炼妖师

柳三笑 著

2

天津出版传媒集团

天津人民出版社

图书在版编目（C I P）数据

炼妖师 . 2 / 柳三笑著 . -- 天津 : 天津人民出版社，
2018.6

ISBN 978-7-201-13107-8

Ⅰ . ①炼… Ⅱ . ①柳… Ⅲ . ①长篇小说—中国—当代
Ⅳ . ① I247.5

中国版本图书馆 CIP 数据核字 (2018) 第 056847 号

炼妖师 2

LIAN YAO SHI 2

出　　　版　天津人民出版社
出 版 人　黄　沛
地　　　址　天津市和平区西康路 35 号康岳大厦
邮政编码　300051
邮购电话　（022）23332469
网　　　址　http://www.tjrmcbs.com
电子邮箱　tjrmcbs@126.com

责任编辑　刘子伯
装帧设计　鱼京山鸟

制版印刷　三河市金元印装有限公司
经　　　销　新华书店
开　　　本　710×1000 毫米　1/16
印　　　张　22
字　　　数　360 千字
版次印次　2018 年 6 月第 1 版　2018 年 6 月第 1 次印刷
定　　　价　39.80 元

目　录

楔子

　　滇南建州，是通往南北的交通要塞，自古便是文献名邦。但建州以北不到百里，有一处荒山名曰冉遗山，冉遗山下有一深渊，是一处阴邪鬼魅汇集之地，传闻其间无日无夜，无上无下，如被阳世遗弃的世界一般，道门中人称之为"万古遗落渊"。

　　遗落渊内鬼物无数，常常在夜间四处游荡，掠杀过往生人，将其化作新的厉鬼，日复一日，深渊中鬼物数量日益增多，已然为祸一方。

　　又过百年，这些鬼物明智渐开，并开始有了门派，它们推选出一名术法高超的驭鬼道人为第一任掌门，这人便是鬼教开派祖师阴王房长生，因其修得鬼道邪功，不生不死，不散不灭，自称鬼教为长生门，列入玄空道术八门之一。

　　这房长生原本便是一驭灵道士，修为极高，又野心勃勃，他一心想着成为天下道法至尊，奈何同门比试技不如人，愤怒之下叛离师门，入了鬼道。他路过遗落渊，见此处地形绝佳，便以驭灵道法教唆鬼物在深渊内依着洞穴内的奇异结构，兴建起层层叠叠、云顶天宫一般的庞大宫殿楼群，起名为：长生殿。

　　长生殿起，鬼道振兴。

　　从此之后，遗落渊附近再无宁日，即便是白天之时，天空中也始终是阴云密布、昏沉如夜，数百里内常年难见一丝一缕阳光。

　　鬼怪大行其道，人间惨变炼狱。

　　渐渐地遗落渊方圆数百里内无人再敢居住，其间虽然有不少修道人士前往驱鬼镇邪，但鬼道势力日益鼎盛，正道之力杯水车薪，难见成果。

　　这一情况一直持续到六百年前。

　　一代宗师，驭灵司开派祖师玉文道人路过此地，他见鬼物猖獗，扰乱天罡大道，有心除邪卫道，以驭灵一门无上至宝十二天信印，与鬼王房长生恶斗七天七夜，最终将其赶入遗落渊内不敢再出界。

玉文道人又等了七天，见房长生龟缩遗落渊内不肯出来，忽然惊觉自己大限将至，无奈之下以天信宝印、地信宝印、万灵宝印设下天、地、人三盘结界，将遗落渊内的房长生连同万千鬼魅一同封印起来。从此阳世之间再也找不到遗落渊的入口，而遗落渊内的鬼物再也没能出世作祟。

半月后，玉文道人羽化登仙，留下赫赫有名的滇南正道之首驭灵司，继续担负起守护遗落渊的重任。

驭灵一脉大肆兴起，终列正道四门之一。

六百年后，建州一带早已恢复繁华景象，过往的世人早就忘却了这里曾发生过多么惊心动魄的恶战，多少残魂碎魄曾在这里游荡而得不到往生，数百年的安稳已让遗落渊变成了一个亘古的传说。

只是这传说，终有一天又要重返人间。

第一章
驭灵道人

滇南深秋，蓝天一碧如洗。

暖阳高照在十万荒山上，色彩绚烂如画。高山之下，是碧玉带一般蜿蜒的兰溪河，河水平稳，水色清澈见底，映照着染霜的层林，更添几分盎然秋意。

兰溪河的对岸走来一对白衣少男少女，女子十六七岁，容颜十分清丽，当真是眉如墨画，眼如明月映海，只是神情颇为冰冷，一副不食人间烟火的模样。那少年只有十四五岁的样子，生得细眉大眼，白肤红唇，若不是带着五色珠冠，颚下微见喉结，还以为是个清秀的少女。

这二人一前一后地走着，少年生性活泼，扯了一根树枝不停地甩动跑跳着，少女却是似有心事在怀一般，微蹙着柳眉，一脸的闷闷不乐。

少年道："姐姐，你别一天天地摆着张苦瓜脸了，师尊还要一年才能出关，你急什么啊！"

少女哼了一声，随手折下一片染霜的红叶，嗅了嗅，冷冷道："你懂什么，一天天就知道到处瞎晃，若是你把那些鬼心思都放在修炼上，早就突破凝神之境，至于现在还在化气境界挣扎，真是空负了爹妈给的好天赋。"

少年不以为意，嬉皮笑脸道："姐姐，我们是驭灵道人，又不是丹鼎、符箓道人，只要能驾驭得住灵力就可以了，天天修炼那些内功心法，好无聊的。"

这二人正是驭灵司的门人，少女叫百无心，正是驭灵司掌教严明崇的得意弟子，虽然年纪轻轻，但已经达到了返照之境，一身修为在驭灵司同辈弟子中已是翘楚。

而这少年叫百无邪，正是她的亲弟弟，虽然也拜在驭灵门下，却生性调皮贪玩，性子又有些柔媚，只是跟了个长老修行回春术法。

百无心一听这话，仿佛触及了她的痛处，当即就有些生气，瞪眼呵斥道："你就是这么懒惰，不然凭你的资质，如何不拜入掌教门下，非要跟一个最清闲的长老学什么回春之术，这事要是爹娘泉下有知，定要被你气死。"

百无邪眨了眨大眼睛，笑道："姐姐你这话说得不对，爹娘都已经过世十多年了，还怎么被我气死，肯定是被我气得活过来啊！"

"你……你一个大男人，一天不练功，就在这儿要嘴皮子，看我不打你！"百无心的嘴巴本来就没有百无邪伶俐，被他呛了一句就说不出话，气得直接就抡起旁边的树枝，便要抽打百无邪。

百无邪急忙四处躲避，他跑了一阵，忽然站在河边静立不动，百无心追了上来，假装还要抽打他，口中问道："臭小子，你怎么不跑了？这就跑累了？"

百无邪转过头，有些惊讶道："姐姐，你看，河对岸好像有个人。"

百无心定眼一看，河道的沙滩上果然趴着一个衣衫褴褛的道人，身上的衣服似是被火焰烧过，焦黑一团，看模样好像曝尸此处很久了。

这灵虚谷乃是四大正道之一驭灵司的道场，百年来一向太平，十年前驭灵司掌门严明崇突然下令封谷，并在谷外设下重重阵法，这附近一带便是连飞鸟走兽都很少看到了，更别说是一个枉死的道人。百无心皱起眉头道："却不知这尸体是哪里冒出来的？"

"姐姐，我们去看看，说不定那人还没死呢。"百无邪还未等百无心同意，自己念了个咒："碧草听令，随我心意，长！"只见河面上碧波荡漾，无数水草漫长而出，一条条编织结成一团绿色的蒲团样子，百无邪"嘿"的一声跳上蒲团，自己一个人漂了过去。

这百无邪跟着驭灵司八大长老之一的谷长老，修炼回春之法，可令天地间百花齐放、枯木逢春，更能治病救人，扭转生死。

这一手"碧草泛波"自是不在话下。

百无邪独自跳了过去，朝那道人缓缓走了过去。

百无心怕出什么意外，无奈地摇了摇头，也捏了个诀，空中一阵清啸回旋，却是一只巨大的白色孔雀落了下来，这孔雀叫玉阳雀，生得朱冠白羽，浑身羽毛洁白晶莹如同羊脂白玉，在日光照耀下有些微微通明，看模样已是大为不凡。

百无心跃上玉阳雀也飞过了河道。这时，百无邪已经翻开那道人——正是自爆了心脏的赵五郎，只是如今已是面目黢黑，五官几不可辨别，跟一具死了多日的尸体没什么区别。

百无邪探了探鼻息，看了看瞳孔，又摸了摸脉搏，有些愣住了。

"他死了吗？"百无心冷眼瞧了一下，一副漠不关心的样子。

"他……他这应该叫半死不活。"百无邪皱着眉头有些为难道。

"死了就是死了，活着就是活着，什么叫半死不活？"百无心有些不解。

"他啊，身上已经没有心脏了，按道理说肯定是死了，但是浑身气息却还在，而且瞳孔还在晃动，显然还有神智，这可真奇怪。"

"人没了心脏怎么可能还会活着？你傻了吧，我看看。"百无心走了过去，但她还未触碰赵五郎就直接惊在当场，因为她已经看到赵五郎胸口破了一个大洞，胸腔里空荡荡、黑乎乎的，真的没有心脏了。

"好奇怪啊！"百无邪俯下身子细细瞧看赵五郎，他见赵五郎眉心一道剑疤鲜红如血，不解道，"这里的血怎么还没有凝固？"

他随即惊叫了起来："这难道是相柳毒血所致？哇，是十大高手排名第四，南宫少羽的九柳龟甲剑！"

百无心更加不解道："什么十大高手？谁排的？"

这十大高手的称谓，是百无邪私底下偷偷对正道年轻一辈高手进行的排名，百无邪将这些高手的招式特点、使用兵器都做了详细记录，南宫少羽贵为御剑宗四少之一，他的九柳龟甲神剑也赫然在列。

但这事自然是不能与外人说起的，百无邪"嗯嗯啊啊"了几声，说道："只是江湖传言啦，什么十大高手，都是虚名，哪里有姐姐厉害。"但其心里却早已在偷偷暗赞："九柳龟甲！传言剑如九头相柳，为其所伤者，伤口永不能愈合，看来果真如此，当真是邪兵啊！"

百无心似是毫不关心这些外门派的排名之事，只是"哦"了一声，而后训斥道："臭小子，我告诉你，别整天打听这些没用的东西，好好修炼自己的本事才是最重要的。"

百无邪急忙把头点得像小鸡啄米一样，随后他又伸出双指轻轻抵住赵五郎的眉心，想要一试这相柳毒血的气息，不想双指刚一触碰到伤口，就有一道红光迸了出来，这红光之中似乎还有少许蓝色的光芒。

"这是什么？"百无心惊讶道。

"好像是灵力。"百无邪双指触碰光芒，红光拂过，一阵灼热感透指而来，但随即又有蓝光闪耀，却是一丝丝爽快的清凉。

百无邪仰起头道："姐姐，他还没死，我们救救他吧。"

"救他做什么？"百无心冷冷道，"一个普通道士罢了，何必为他费这么大力气。"

百无邪嘿嘿笑道："救他当然没用，但是他体内有一只火精，这可是个宝贝。"

"火精？"百无心又看了看赵五郎，已然明白了，"原来这火光是他体内的火精，难道他也是个驭灵道人？"

"是不是驭灵道人我不知道，但这火精的灵力却是十分精纯。"百无邪一脸谄媚道："好姐姐，你知道我现在还没有能飞的灵兽，你帮我把他驭回我师父那里吧。"

"不行！"百无心一脸厌恶道，"这么肮脏的道人，可不是要弄脏了我玉阳雀的翎羽！"

"好姐姐！"百无邪继续撒娇道，"你帮我把他带回去，我从明天起就跟你好好修行，再也不三心二意了，而且我若是能得了这道人体内的火精，我的修为也能大涨啊，这不是你一直的心愿吗？"

百无邪晃动着百无心的胳膊，嘟着嘴一直撒娇不停，百无心听了一阵终于是受不住了，一甩胳膊，道："行了，行了，别撒娇了，你一个大男人天天跟女孩子一样喜欢撒娇，真是受不了你。"

她跃上玉阳雀，喝了一声："回谷！"这玉阳雀却是大有灵犀之物，百无心并未告知要把赵五郎也带走，它就很自觉地探出双爪一捞，抓起赵五郎就往天上飞去，百无邪高兴道："姐姐你先回去，我随后就到，记得今天的事别给其他人说啊。"

百无心在空中无奈地摇了摇头，驾着孔雀转了一圈，化作一道银光消失在彩云之间。

第二章

初入灵虚

玉阳雀低低地穿行在灵虚谷里，绕过几处险峰峭壁，又穿过一座由巨大山石垒成的石桥，就进了一片低洼的峡谷，这谷中四周都是巨大的参天古树，无数水桶粗的红绿藤蔓交织缠绕，如同巨蟒一般静静地守护着谷中的灵阁。

灵虚谷的上空和四周都设下重重法阵，外人想要入谷难之又难。别的不说，单就是这谷中的层层青红灵木都大不一般，这灵虚谷中的灵木号称青红二将，是大有来历的神木。

传闻谷中建有一占星拜月台，曾有一青一红两条巨蛇夜夜在此拜月朝日，吸收日月灵力，岁月日久，这两条巨蛇渐渐有了灵性法力，便盘踞谷中成为一方霸主。

六百年前，玉文道人初入此处，以十二天信印收服青红二妖，将其妖灵化入谷中树木之中，遂成青红灵木法阵，玉文道人仙逝前，想着二灵护谷有功，为这青红灵木取名为：赤霞、碧月。

赤霞神将，掌管阵中赤色灵木，这灵木坚硬如铁，炙热如炭，木上长满利刺，世间金刚利器莫能摧之。碧月仙君，掌管阵中青色藤蔓，藤蔓软韧如鞭，可长可短，可粗可细，藤蔓上还能分泌墨绿色的毒雾，常人嗅一嗅便会尸骨无存。

而且这些灵木按照玄空堪舆术中的罗盘布局设计，每隔六个时辰，就会自动变换方位，若是不慎走错，便会被这谷中灵兽、藤木吞噬绞杀，所以数百年来，灵虚谷虽然身处毒瘴恶兽盘踞的滇南一带，却始终稳如磐石，这青红二木自是功不可没。

百无心驾着玉阳雀依着奇门遁甲方位，左绕右飞低低地盘旋了一阵，只见无数的青红藤木如帷帐一般层层掀开，前方终于豁然开朗，一道道灵光宝气辉耀而出，直叫人目不暇接。且看这谷内究竟是什么模样：

栏杆玉砌，楠柱雕花，凤鸾盘旋仙家院。

琉璃生辉，玉壁凝光，九龙聚首至尊场。

这正是滇南神仙府一般的所在，灵虚谷驭灵司！

这司观建在灵虚谷内，共分一坛、九宫、十二殿、三十六阁。坛是占星拜月坛，用玄、白两色灵石建成，可吸收天地日月星辰的灵力，乃是驭灵司祭祀天地的场所，九宫之内居住的是掌教严明崇和八大长老，十二殿内依照十二天干地支方位排列，分别供奉驭灵司曾经威名赫赫的十二件至尊宝物：十二信天印，只是如今这十二信天印有不少流落各处，已是残缺不全。

最后的这三十六阁内，按照驭灵司修行的驭精、通灵、造化、回春四个法门排列，居住的正是千余名各代弟子。

百无心饶过占星拜月坛，直接往一所色泽葱翠的阁楼飞去，这阁楼与其他八宫相比虽然规模较小，但四周常年绿树环绕、百花不败，更兼有雀鸟飞舞，环境却是谷中最幽静的，这里正是百无邪师父、谷神医谷长老的住所，名叫长春宫。

百无心收了玉阳雀，站在门口的小园里叫道："谷长老？谷长老？"她叫了两声，见无人答应，也懒得再叫，不耐烦道："煮了这等破事，耽误了我半天的修行。"说着，他直接将赵五郎丢在草地上，自己驾起玉阳雀径直离去，也不再管他。

约莫过了半盏茶工夫，这殿阁大门才打开，走出一个十四五岁的少女，模样虽然没有百无心明艳，生得倒也有些清秀，她瞧了瞧被丢在一旁的赵五郎，有些奇怪道："喂，你是谁啊？躺在这儿干吗啊？"

她喊了两声，见赵五郎没有反应，走过去一翻身子，忍不住"哇"的一声叫了出来："爷爷！不好了！这人，这人死了！"

阁楼内传来一阵苍老的声音："死了？明明气息还在。"

"真的死了，心脏都没了！"那少女又叫了一声，吓得自己快步进了阁楼，顺手就把门关了。这少女名叫小茹，正是谷神医的孙女。

"哦？"阁楼内的人又道了一声，而后就见两条胳膊粗细的木藤飞出，将赵五郎卷了起来，收回了阁楼内。

一入殿阁，内里繁花密布，景色更甚外头小院。

一青衣老者端坐在一青叶蒲团上，正拨弄着一只含苞待放的霭兰，兰叶青翠，花苞如团珠，淡淡青烟缭绕而出，带出几抹幽香。

这老者正是百无邪的师父谷神医，他转过头看了一眼赵五郎，只是这一眼就忍不住"咦"了一声，他这一声却不是因为赵五郎的伤势，而是觉得赵五郎十分眼熟。

"这不是葛云生的徒弟吗？怎么落得这般下场。"谷神医回过头来，露出一张颇为熟悉的和蔼面容，这人正是云机社的常春道人，这常春道人如何成了驭灵司的神医长老了？

这谷神医容颜较上次在百戏风云会时明显苍老了许多，不过短短数月，竟有这么明显的变化，这其中的变故却是叫人琢磨不透。他摇头叹道："想必这几个人出了云机社的幻境，又被其他仇家追杀，才落了个这般可怜下场。"他与赵五郎有过几面之缘，心中还有几分亲切，忍不住多看了两眼，而后好奇道："这小子可真是奇了，心脏都没了，却还保留有气息和神智。"

站在一旁的小茹上前瞧了瞧，怯生生道："呀，好吓人，不过我刚才听声音应该是无心姐姐过来了，这人想必就是她放下的。"

"百无心？"谷神医呵呵笑道，"这妮子性子这么傲，如何会做这种事，肯定是百无邪叫她做的。"

"又是无邪师兄！他整天做些神神秘秘的事。"小茹噘着嘴，微微有些抱怨道，"也不知道给爷爷添了多少麻烦。"

"唉，这年头愿意修行回春之术的人越来越少了，他有这份心愿，愿意跟着我修行也算难得了。"谷神医看了看赵五郎，忽然神色大异，他一探五郎的眉心，也是一道淡淡的红蓝光芒透露而出。

"这是什么灵力，竟能这么精纯！还有这火精竟然是……"谷神医惊了一下，他还要再细看，门外已经响起一阵轰隆隆的巨大响声。

"肯定是无邪师兄回来了，他每次都这样。"小茹急忙去开门，果然门口站着的是百无邪，他一脸兴奋地冲了进来，叫道："师父，师父，我姐姐把那人带回来没？"

谷神医指了指赵五郎道："可是他？"

百无邪瞧了瞧，喜道："正是他。师父，你救救他吧。"

"说说你为什么要救他？"谷神医故意问道。

"师父，你不是常说修行回春之术的人，要慈悲为怀，不能见死不救的嘛。"百无邪道。

"这话从无邪师兄的嘴里说出来怎么就那么不对劲儿呢。"小茹揶揄道。

"小茹，你怎么老是不帮我啊！"百无邪埋怨道。

"明明是你自己动机不纯。"小茹虽然修为低，但心思却是十分聪巧，不过看了几眼，就识破了百无邪的念头。

谷神医哈哈笑了起来道："无邪，你是想要他体内的火精是不是？"

"呃……"百无邪脸色微微有些尴尬道，"反正他也快死了，留着也没用，还不如留给我，我拿来作阳火修炼我的小灵子，岂不正好？"

谷神医叹了一声道："想要夺别人的七真灵力，倒也不难，但是这火精已经与这少年定了七真合灵契约，这可就麻烦了。"

百无邪眉头一皱，神情微微有些失落，随即又道："师父，你一定有办法的，对不对？"说着他又跳了过去，挽住谷神医的胳膊，摇晃着撒娇道："师父，我昨日在谷外发现了一株十分罕见的九凤兰，只是时间太匆忙了，没来得及给你挖过来，你看要不我下午给你挖去？"

这谷神医最喜欢各色罕见的兰草，百无邪显然是想投其所好。但不想谷神医微微一笑，也不多做表示。

百无邪神色瞬间黯然，好似十分委屈一般，又嘟嘴道："师父，你帮帮徒儿嘛，你知道我姐姐一直对我修行回春之术很不满意，我若是能把小灵子练好了，说不定就可以振兴我们回春一脉啊，这又不是为我自己，而是为了师父你的大道啊！"

小茹哼了一声道："又来骗人，一天天的义正言辞的话倒是不少，就没见你实际行动。"

百无邪瞪了一眼小茹，气道："臭丫头，你别捣乱行不行？"

小茹被百无邪吓了一下，缩了缩脑袋，委屈道："明明是你自己捣乱。"

谷神医站了起来，摆摆手道："好了，你们两个也别吵了，这少年与我也算有缘，若是见死不救也是违背了我长春宫的祖训，无邪，把这少年抬到桌子上去吧。"

百无邪朝小茹挤眉弄眼了一番，屁颠屁颠地跑过去把赵五郎抬了起来。

谷神医慢慢走了过来，道："也算这小子命大，今日刚好七日，若是过了今天，就算是大罗金仙下凡，也救不了他。"

百无邪见他师父肯帮忙，一时间有些得意忘形，脱口而出道："就是，就是，若是他死了倒没什么，但这体内的火精无处可居也要烟消云散，那才叫可惜了。"

"无邪师兄！"小茹十分不满道。

"嘿嘿，我说错话，说错了，人也是要救的。"百无邪立即改口道。这驭灵司内的人对世间灵力精怪最是感兴趣，尤其是这天地间金、木、水、火、土、风、雷七种真灵，都是十分难得一见的宝物，百无邪心生贪念，也是情有可原。

谷神医不理会这二人，只是问道："无邪，依你之见，这人该如何救他？"

第三章
回春术法

　　百无邪心思一转，道："这人心便是阳火之源，人心没了，自然便成了无阳的阴身，但他体内有火精，正好是至阳之物可以用一用，但是就是不知道这火精威力怎么样，要是太大了，一下子把他烧死了也是有可能。"

　　谷神医点头道："没错，若是寻常方法，以火精化入绛宫必然烧焦躯体，但这少年体内却还有一物，刚好可制这火精。"

　　"什么东西？"百无邪问道。

　　谷神医也不说话，双指轻轻抵住赵五郎眉心的伤口处，一丝丝如发丝一般细小的蓝光混合在火光中透了出来。

　　"这是？"百无邪和小茹齐声问道。

　　"这是股很奇特的灵力，若是没有这一丝灵力，火精早就不受控制烧了这少年了。"

　　"灵力？"百无邪惊奇道，"所以师父你想用这灵力和火精来重新唤起这家伙的阴阳二气？"

　　"正是，灵力乃是滋润之力，而火精正好是焦躁之力，这二者性为阴阳，互相制约，也算正好。"谷神医点了点头，道："来吧，事不宜迟，先来试一试，若是能成，也算我们的功德，若是不能成，便是他自己的命数造化。"

　　"无邪，我引神，你开宫。"

　　"是！"

　　谷神医取出一枚丹丸给赵五郎服下，这是保住魂魄的保魄丹，可让刚死的人魂魄不散，不至于三魂七魄受损，醒来状如痴呆。

　　谷神医叫小茹拿出一盏古朴的烛灯，引出赵五郎的一丝灵力，将它点燃，道："小茹，你看好他的命灯，可别灭了。"

　　小茹点了点头，双手运出两团淡绿色的气罩护住这烛灯。

　　而后，谷神医自己稳了稳心神，双指蘸了一滴甘露，往赵五郎眉心处一点，喝了声："一生阴阳，水生万物，入！"

这滴甘露名曰"一水还阳"，水滴入了赵五郎的眉心，立即四处游走，原本干枯的面容立即有了几分润泽，这神采已然恢复了三分。

这是回春之术的甘露唤神法。

谷神医又以指为笔，捺住赵五郎的脉轮，念道"川河入海，百神归垣，以指为路，速随我意！"一抹红蓝光芒立即凝聚了过来，化作一团旋转的气团。

百无邪随即也双掌化指，一上一下抵住赵五郎的胸口，喝道："百宫已开，虚位以待！"

这是回春之术中的聚气引气法。

谷神医双眼微闭，双指却一刻也不停歇，一直从五郎的额头往下划去。他急急念道：

"途经日月垂光处（双眼），双目开明！"

"绕过嵯峨白玉堂（牙齿），有入有出！"

"再到穿隆金银楼（喉结），元阳聚集！"

"穿行巍巍双华盖（肺叶），清气徐来！"

百无邪见一红一蓝两道光芒一路而下，像两条蛟龙一般在赵五郎的体内闪耀升腾，每过一处都是带来一阵微微的颤抖，他也不敢耽搁，双手俱化指诀，抵住赵五郎的绛宫处，喝道："绛宫已开，百神入宫！"

一股焰火源源不断地注入原本空荡荡的胸腔，这火焰越聚越多，从赤红转为橙黄，再转为莹白，整个胸腔之中如同丹炉一般，翻滚着汹涌的火势，蓝色光芒淹没其间几乎消失不见。

"糟了，这火精的威力远远强过这灵力，这样下去，这少年只怕要焚体自灭了！"谷神医突然睁开眼，担忧道。

"那怎么办？"百无邪焦急道，他还是一心一意想着这只火精，眼看这火精化入绛宫，威力之强横，火光之精纯，真是世间罕见，他如何不垂涎三尺？但是这火精与赵五郎已经签订了七真合灵契约，若非赵五郎主动交出，他是无论如何也得不到这火精的。

所以，当务之急必须先救活赵五郎。

谷神医摇摇头道："他的灵力这么精纯，不该只有这些，定是被人封印住了！"突然右手一扬，一团青绿色的光芒闪耀而出，那正是他自己的内力。

"爷爷，你疯了！"小茹急忙制止道，"何必为了一个不相干的人浪费自己的修为。"

"师父！"百无邪也是惊了一下，他见谷神医要用自己的修为来遏制住火精，这牺牲太大了。

谷神医笑道："不碍事，若是能救活这等奇异症状的人，也算我谷常春的一大功德。"谷常春痴迷回春之术，不论花鸟鱼虫，草木人畜，他都怜惜其生死，尤其是对这些奇异症状，更是有极大的兴趣，若是今日救这人半途而废，于他而言，简直就是奇耻大辱，所以不惜耗费修为也要先救活赵五郎。

绿色光芒并不送入绛宫中，而是逼入赵五郎的眉心中，这人身上有七大脉轮，眉心处正是天脉轮，下阴处乃是地脉轮，而绛宫处却是人脉轮，绿光一入赵五郎的眉心，赵五郎的双眼忽然猛地张开，这一举动吓得小茹又叫了起来。

谷神医笑道："是了，这小子的灵力果然被人设下了封印，好在这封印不算麻烦。"他一声暴喝："解封脉轮！"

谷神医手中的绿色光芒中游出一条三寸大小、似鱼似蛟的灵物，这正是谷神医的至宝，唤名青鳒。青鳒者，可游入人的奇经八脉之中，通畅血气经脉，让人周身疾病自动祛除，身藏青鳒者，自然就会百毒不侵、百病不生。

而这青鳒还有一妙用，便是能解人体内的封印。

青鳒自动游入赵五郎的天脉轮中，一团柔和绿光闪耀而出，这灵物每游走一处，就将一处的经脉疏通，不过片刻，青鳒就将葛云生设下的封印全部解封。赵五郎张开的双眼中蓝色光芒逐渐强盛，道道蓝光暴绽而出，仿佛这眼睛中生出了一轮明月，映照着整个阁楼内一片幽蓝。

百无邪惊讶道："这蓝光有些奇怪啊，这傻小子有这么精纯的道力吗？"

"他是很厉害的高手吗？"小茹也凑过来好奇道。

"这灵力应该不是他自己练出来的，只是暂时寄居在他体内。"谷神医喝了一声，"最后一步了，要么阴阳为我用，要么至阴至阳焚尽身躯！灵光听令，速速随我，生阴收阳！"

一片青蓝色的光芒暴绽而出，蓝色光影随着谷神医的手指迅速游走，直接入了绛宫之中，一时间红蓝光芒交替，不停旋转，如同太极阴阳一般，互相交织缠绕，逐渐化作蓝红双鱼，这双鱼每转一圈，就有一丝一脉的真气往静脉血管中游走，真气每过一寸，赵五郎的肌肉就润泽一分，原本微微有些萎缩的黑黄皮肤也变得更加红润。

这红光正是火精之炎，带动血脉流转，生出无尽阳力。

这蓝光却是混元灵光，带动真气游走，生出无穷阴力。

阴阳交泰，生出了万物生生不息。

赵五郎突然坐了起来，"啊"地叫了一声，这叫声如九霄暴雷一般响亮，直震得百无邪和小茹都退后几步，那长命烛台更是火光暴涨，喷薄而上直冲屋顶，状如火龙。

谷神医又惊又喜道："成了！"

这话刚说完，赵五郎就"扑通"一声又倒了下去，身上红蓝光芒"嗖"的一下全都消失不见，又恢复了原先的昏死模样。

百无邪和小茹又惊呼了一声："这是怎么了，又死过去了吗？"

谷神医急忙上前摸了摸赵五郎的脉搏和气息，立即笑道："哈哈，没死，没死，这事已经成了大半。"他收了自己的青鳝，道："不过治病医人，外力不过相助九十九，最后一分却还是要靠自己，接下来能不能醒过来，就看他的造化了。"

小茹有些担忧道："这人都是昏死的，还怎么靠自己呀？"

谷神医脸色微微有些发白，模样看起来更加苍老，他道："他的神智一直都在，只是被困在虚幻之境中，能不能醒过来，还得靠他自己了。"

他招了招百无邪，道："无邪，为师累了，你给他缝补下伤口吧。对了，小茹，这几天你就辛苦下，好好照顾下他，他醒了再进屋来叫我。"说着自己头也不回地往里间走去，步态微微有些蹒跚。

百无邪低头凝视赵五郎，偷偷抱怨道："这火精还没得到，自己先亏了这么多真元，真是赔本买卖，不划算。"

小茹轻轻敲了下他脑袋，笑道："自己要去惹麻烦，怪谁呢，快点听师父的话，给他缝补下伤口。"

百无邪翻了翻白眼，大不高兴又无可奈何，叹道："好嘛，好嘛，亏死了。"他取出腰上的一个青色大葫芦，默念咒诀，葫芦中慢慢地爬出一条草绿色的膏状物，细看之下，这绿色的膏药却是有无数针眼般细微的绿色虫子合聚而成。

百无邪将一段绿色膏药抹在手指上，在赵五郎破裂的心口四周分别画了五个古怪的符文，喝道："青丁听令，缝天补地！"

这些绿色的小虫子哗啦啦地散开来，一只一只像粉尘一样围在赵五郎的伤口处堆叠涌动，不多时，便有奇迹发生，这早已枯焦的伤口开始泛红发亮，又一会儿，竟然生出丝丝肌肉脉络，这些肌肉就像织布机织布一样，自动缝补，将原本拳头大的破口一丝一毫地合拢起来。

百无邪道："看样子，他醒过来需要一段时间，那我先走了。"他见谷神医自己闭门在里间也没动静，自觉无趣，开了门出了长春宫，径直离去。

小茹应了一声，独自端坐下来给赵五郎擦了擦脸，她细细瞧看了一阵，见赵五郎双目紧闭，安安静静的，一双浓眉下是微微凹陷的眼窝，若是能睁开眼，定是一双黑石一般的眸子吧，她喃喃自语道："倒是个虎头虎脑的人儿，师父说你神智在虚幻之境中，却不知道你在做什么样的梦呢？"

第四章
梦回洛水

"赵五郎！赵五郎！赵五郎……"

一阵白光闪过，眼前的景物渐渐清晰。

赵五郎行走在弯弯折折的石板路上，周遭的空气很湿润，地上的青石板缝隙里蔓生着些许青苔，墙院内还有三三两两的杏花、桑树和垂柳，杏花团团绽放，粉白如雪，柳梢刚刚吐芽，鹅黄嫩绿，这时节已然是江南的初春了。

"这里是哪里？怎么这么眼熟？"赵五郎疑惑道。

他想了一阵，忽然恍然大悟道："对了，这里是江南的洛州啊，自己出生的地方，离开洛州也有七八年光景了，自己怎么把幼年时待过的地方都忘记了。"

美丽的洛州依着浩渺的洛河水，数百年来始终风平浪静，从无灾乱出现，沿岸乡民世代打渔为生，日子恬静而富足，这是乱世之中难得尚存的一处世外桃源。

赵五郎嘴角浮上一丝笑意，洛州，自己终于回来了，七八年了，故乡还是这么静雅婉约，如同尚未出嫁的豆蔻少女。

他漫步在小巷子中，轻轻地嗅着空气中早春的气息。

忽然，对面冲过来一个七八岁的男童，这男童生得黝黑壮实，浓眉大眼颇有几分虎头虎脑的憨气，他嘴巴里叼着一个白面饼子，手里还攥着几个，不顾一切急急向前奔跑着，后面已经传来一阵叫骂声："臭小子，你又来偷我祭祀的贡品，看我这次不打断你的腿！"

男童朝赵五郎迅速狂奔过来，无数回忆像潮水一般向自己涌来，但男童似是没有看见赵五郎一般，直接朝他撞了过来，赵五郎想要扶住他，却不想"噗"的一声，男童已经穿过赵五郎的身体朝身后的小巷子跑去，只留下一串"咚咚咚"的脚步声。

"那，那是我自己？我这是在哪里？这是梦还是幻境？"赵五郎脑袋中忽然"嗡"了一声，一脸的难以置信，"那偷饼子的男孩不就是七八年前的自己吗？我如何回到了过去？"

他这般想着，忽然四周光影流转，所有的房舍、柳树、青石路像潮水一般涌动了起来，一股冷风已经扑面而来。

只是须臾之间，场景就突然变换。

这会儿，他却来到了一条开阔的江面上，天上乌云密布，江上腥风烈烈，正是洛州边的洛水河。

赵五郎悬在半空中默默注视着这脚下的一切。

只见沿河两岸挂满五色经幡，靠近河岸的水中，用巨大的五色河石垒成数丈高的祭坛，四周洒满素饼、瓜果、白饭、纸钱、花瓣、香粉等，一对童男童女已经被捆绑在祭坛之上。

这童男自是年幼的赵五郎。

他不停地挣扎着，口中叫骂道："挨千刀的陆胖子，我不就偷了你家几个祭拜的饼子，你至于害我性命吗？我告诉你，我赵五郎做鬼都不会放过你的！我咒你家断子绝孙！"

陆员外早就吓得跪地磕头，哆嗦道："好娃娃，你就乖乖地跟河神去吧，你听话些，河神说不定一见你喜欢就把你留作侍奉童男，这事你可怨不得我啊。"

有乡民道："此事我们也是迫不得已，若是不送童男童女，河神便要水淹洛州，鸡犬不留。你们乖乖地去吧，今后每年我们给你们多烧点儿纸钱，让你们在河中也过得潇洒些。"

洛州一带自古风调雨顺，安然太平，从无祭拜河神一说，如何今年却要以童男童女来祭祀洛水河神？

此事却还要追溯到一个月前，这洛河水中突然就出现了一名河神，彻底打破了洛州平静祥和的日子。这洛河水神名曰蚩伯，自称洛水神君，实际上却是一只人首蛇身的蛇妖，他从再遗山下的万古遗落渊中逃了出来，顺着河道流入洛河水中，他见此处物华水美，民生富庶，便起了歹意在此兴风作浪，每日吞食过往船只和渔民，搞得渔民惊恐，再也不敢下河捕鱼。

虽有不少捉妖道士自告奋勇来访，但这洛水神君颇有些道行，尤其是他在遗落渊内修得的弄潮之术甚为厉害，来捉妖的道人都是来一个死一个，不死的也是元气大伤，渐渐地洛水神君威名大显，竟再也无道人前来收妖。

时日久了，洛水神君嫌渔民肉老酸涩，便以移魂嫁梦之术，托梦给洛州沿河附近的乡民，要他们每年敬献童男童女一对，才能保洛州城内风调雨顺、河水平稳。

一连七日，所有人的梦境竟都一模一样，全城惶恐。

逼不得已，洛州官吏下令叫洛州城内所有有子有女的门户，按户抽送子签，抽到谁就送一个小孩出来，不幸的是陆员外和这女孩的家里正好抽中了送子签。

赵五郎无亲无故，本来这事与他无关，但陆员外实在舍不得将自己的独子送出去喂河神，无奈之下将赵五郎骗了来，送给祭祀的法师。年幼的赵五郎知道这一情况，心头自是大为恼怒，口中还要叫骂泄愤，女孩却主动劝道："你也别怨他们了，若不是逼不得已，谁也不会舍得将孩童祭祀给河神，要怨还不如怨这恶贯满盈的河神。"

赵五郎依旧愤愤不平，怒道："河神自然可恨，但这些乡民也不是什么好东西，他们怕死，他们的性命重要，那我们的性命就不重要了吗？你怎么这个时候还替这些畜生说话。"

这女孩穿着大红色的绣花短衫，挂着银质的长命锁，脸上涂抹着两圈胭脂，看起来与实际年龄颇为不符，她默首道："其实，其实我是自愿来的。"

赵五郎"啊"了一声，惊道："你，你自己来的？你还说我傻，你明知道来了必死，为什么还来。"

女孩叹道："就是我知道来了必死，我才自己来的。"

她挽了挽凌乱的发丝，幽幽道："我们洛州人在这河畔世代打渔为生，没了这洛水河，便是断了我们的生路，州吏也是出于无奈，决定让所有有小孩的门户抽送子签，抽到谁，谁家就送出一个小孩，其实这样也算公平。但我阿爹和陆员外都不幸抽到了送子签，回来后阿爹、阿妈哭了几天，我阿妈眼睛都哭瞎了，我阿爹原本想带着我们半夜逃跑，但是却被乡民连夜抓了回来，州吏叫人守住我家门口，逼迫我阿爹交出一个孩子，后来实在没办法了，我就跟我阿爹说让我去吧，阿弟还小，以后家里不能没有男丁，我一个女孩子反正以后也要嫁出去的，就当把我嫁给河神吧。"

河面腥风更烈，吹得女童刚挽齐的头发又开始四处飞舞。她说这些话时，手里一直紧紧地攥着那副长命锁，"死了我们两个，能保得洛州一年无忧，我觉得也值了，心中也无怨无悔。"

赵五郎见她去意已决，有些动容，但毕竟他非洛州人，体会不到那种为亲人慷慨就义的情感，再者他坚信妖邪便是妖邪，岂能妥协求全，即便拼个你死我活，也不能助长其威。

五郎站在祭坛上，迎着风浪正色道："你有心舍己为人，但过了今年，明年呢，若是他吃腻了童男童女，还要吃别的呢？这洛水河本来就是你们的，不是这河神的，凭什么还要送人给他吃？凭什么要助纣为虐，叫这妖人猖狂至此！"

"好个有胆色的少年！"河水深处传来一阵阴邪的声音，赵五郎听了这话语心中也忍不住寒了一下。此时，浪花突然高高掀起，层层扑了过来，这河水仿佛是沉寂在河道最底层数千年的腐水，带着浓烈的河水腥气和万千尸体腐烂的恶臭气息席卷而来，教人闻之欲呕。

河面上的人一见河水滔天，知道是河神来了，法师急忙按照河神的要求唱引道："洛水奔腾数千里，今古谁不畏波涛。今日奉上童男童女一对，保我洛州安然度春秋，保我们安然度春秋啊！"

"请河神息怒啊！"

河岸上的人跪拜不止，请求声声声入耳。

而天上乌云卷得更急，河中波涛乍起，浑浊的河水像巨大的海浪一般翻滚沸腾，这些水浪一波一波地朝祭坛卷了过来，洛州乡民都是第一次敬献童男童女给河神，见这天色大变波涛翻涌，一个个吓得掩目闪躲，往岸上退了足足数丈远，生怕自己也被卷进河里。

赵五郎此时心中已有几分惧怕，但嘴上还在强装镇定："妖怪，我才不怕你！我不会让你得逞的！"

河水在空中逐渐凝聚成一双巨大的手掌拍了下来，离得近了，赵五郎才看得清清楚楚，这手掌之上，全都是密密麻麻的人脸，无数冤死的魂魄凝聚在河水中，化作厉鬼一般的水墙，发出"呜呜呀呀"的呻吟声。

女孩虽有心理准备，但见这情景，也是吓得"啊"的一声惨叫，双脚一蹬就晕死过去了。

赵五郎也从未见过这阵仗，方才慷慨激昂的模样立即烟消云散，双脚一软跌倒在祭台上，口中还叫道："你别过来啊！你别过来！我不怕你！"

百鬼凝聚的河水巨手将苍穹完全掩盖，像个屋顶一般罩了下来，河滩上的乡民早已看不见两个孩童的身影，只看见无数的水柱在扭转收缩，江风已经变成一片惨烈的鬼哭狼嚎，其情险恶，其景恐怖，叫他们一个个从头到脚像筛糠子一样瑟瑟直抖。

风助浪势，河水漫卷而上。

这两个孩童显然已是无处逃遁，忽然一道蓝光从天而降，这蓝光像乌云中迸出的一道蓝色闪电，更像九天游下的一条蛟龙，祭拜的乡民只以为是河神显露了真形，吓得"咚咚咚"地叩拜得更勤快。

那蓝光"嗖"的一声钻过水幕朝那女孩子飞击过去，年幼的赵五郎急忙一把挡在女孩身前，叫道："姐姐小心！"

蓝光入体而去，赵五郎身子一颤，浑身如同被雷电劈到一般剧烈抖动。

女孩惊叫道："你怎么了？"

赵五郎呆立祭台之上，双眸之中突然绽放出两道光芒，这光芒清幽幽冷冽冽的如同两道蓝色剑芒，硬生生冲破水浪，将两只水掌分成四瓣，水浪凝成的手掌在空中一顿，化作无数水花迅速回落河中，如同下了一场暴雨。

灵光乍现，穿云破浪。

远处有人终于发出一道惊讶的声音。

第五章

神明如电

洛河中水波急转，快速地形成一个巨大的漩涡，而后河浪中猛地掀起一股龙卷水柱，一条七八丈长的恶蟒盘水而出，这恶蟒的头部却是一名长发有角的男子，他掀起巨浪，怒吼道："何人在此施法，胆敢阻扰我神君收人？"

他瞧了一下，却发现是那祭祀的男孩，赵五郎站立在祭台上，双眼呆呆地凝望空中，眼中蓝色波纹流转，如月落碧波之中，一片通透清亮。

洛水神君突然忍不住桀桀笑了起来，墨绿的长发如水草般摇摆，"你们可真有孝心，我只要你们送两个童子过来，不想却送来这么一个大有灵光的娃娃，甚好！甚好！吃了这一个，可顶普通男孩一百个。"

说着，其双掌拍出，浪花化作万千鬼手狂扑而至。

空中的赵五郎心中焦急，想要奔过去施以援手，但已然忘记了这里不过是他的虚幻之境，一伸手却发现自己犹如一团虚无的魂魄一般，只能看，却碰也碰不到这里任何一样东西。

而祭台上，年幼赵五郎双眼中的蓝光慢慢消隐，又恢复原先乌黑的眼眸，他刚清醒过来，一见眼前的情景立马吓得惨叫道："啊！蛇妖？救命啊！"

这呼叫声刚喊了两声，就被无数水柱缠到，蛇妖一手扼住赵五郎的喉头，贪婪道："这童子便是要鲜活才够滋味。"他张开巨口，密集的利齿间一条黑色蛇信已经卷了过来。

眼看蛇妖一口便要咬下去，年幼的赵五郎性命危在旦夕，忽然远处传来猎猎之声，一团烈火劈开狂风恶浪，"嘭"的一声就将蛇妖击退三尺，赵五郎挣脱恶爪直接摔落水中。

一蓝衣道人高高跃起，稳稳地落在河面上，他轻踏波浪，步步缓行，如同出尘济世的仙家一般。

这道人正是葛云生。

他的双眼根本没有多看一眼洛水神君，而是死死地盯着年幼的赵五郎，眼中闪过几丝难以言状的惊讶和不解。

葛云生踏水而来，口中冷冷道："把这男孩给我，我便饶你一命。"

神君双手一招，巨大的水浪将他高高托起，整个人凌架在半空中，端是威风凛凛，"就凭你，一个臭道士？"

"收服你这妖邪，都不需要我葛云生三根手指。"他嘿嘿笑道，双指捏着一张雷火符纸，在狂风中猎猎翻动。

神君舞动巨大的蛇尾，哈哈笑道："我道是何方神圣，不过区区一个符箓道人，有何能耐在此撒野。"

葛云生依旧冷笑，他也不多说废话，双指往空中一弹，念道："雷火开道，敕！"

黄符在空中倏地烧了起来，化作一团烈焰飞击而去，神君双手一扬，滔滔河水化作水箭飞了出来，"扑哧"一声就将火球挡了下来，葛云生再变指诀，纯阳指化作五雷指，余火之中紫雷暴绽而出，这些雷光顺着水流直奔神君而去。

神君倒也不慌不忙，他本就颇有修为，应对这等符箓道法还是有些信心的，只见他身子一旋，周身水浪骤起，化作无数的浪花向外涌去，紫色电芒虽然速度甚快，但闪耀了几下，还是被层层的水浪淹没不见。

"什么狗屁符箓道法，今日就让你魂归我洛水。"神君单手御起一团浑浊的水球，在掌心把弄转动起来。

"嘿嘿，真是不知天高地厚的蛇妖，修行不过百年，也敢这么造次。"葛云生翻出一张火红色的赤符，双脚踏在震、离二位上，不急不忙念地道："神通浩浩，圣德昭昭，借我九天雷火，斩妖除邪！急急如律令！"

一阵雷鸣翻过云霄。

看天上，铅云更重，翻滚如海潮阵阵。

看云中，电芒急耀，纷飞如剑光四舞。

蚩伯心中微微一惊，急忙御水抗击，河水翻涌而起，结成巨大的水幕阻挡在天地之间，妄图挡住这雷火的袭击，葛云生冷笑道："你这是徒劳无功！"

赤红色的雷电带着惊天巨雷闪耀而下，红光划破浓重的乌云，像一把利剑劈向蛇妖，只是一下，就劈开了漫天的水幕，水幕化作水雾四处飘散，蛇妖急忙再御水抵挡，水雾又重新聚成水流环绕成巨大的水阵，层层涌动不止。

葛云生双指再一抖，这赤色的雷火在空中一聚，就化作一柄雷剑，这雷剑在水阵之中如同一条游鱼一般，四处穿行迅捷无比，不一会儿就绕出了阵法，直奔蛇妖而去。

蛇妖大惊失色，只好化出巨蟒之形用头上的角硬生生地扛住这一击，但不想雷火直接将蛇妖轰飞十几丈远，头上的独角也断裂开来，他狼狈地摔入水中，许久才勉力浮出水面。

蛇妖已然知晓这道人的修为与以往来收妖的大不一样，有些惧怕地问道："你究竟是谁，我这水幕融合了奇门遁甲之术，你的雷火如何能破我的水阵而入！"

葛云生并不回答他的问题，而是指了指他身上的一块红斑，冷笑道："亏你还是修炼有成的蛇妖，你看看自己胸口有个什么东西？"蛇妖低头一看，自己胸口果然有块巴掌大小的红斑，不痛不痒，一望之下却慢慢显形，化作两短一长的震卦形状，正是一个引雷印，原来葛云生趁蛇妖不注意，偷偷在他身上拍入一张引雷印，这引雷印化入肌体之内，与骨骼肌肉皮肤合为一体，除非葛云生亲自念咒解法，不然永生永世不会消除，即便是削掉皮肉，这符印还能印在骨头上面。

身中引雷印，只要施法人念咒，九天雷火便会自动追踪击打对手，无论上山下海都无处可躲，蛇妖终于明白了，为何他的水阵缠不住葛云生的雷火，原来自己早就被他瞄准了目标。

蛇妖恨恨道："不想我一时大意中了你的诡计，算你狠！这娃娃给你！"说着，他一甩尾将赵五郎丢回祭坛上。

蛇妖一头扎进洛水河中，怒叫道："今日算你们有本事，请了个有能耐的道士，来日我雷印一消，必水淹洛州鸡犬不留，叫你们后悔今日的所作所为！"

葛云生冷冷道："我这引雷印料你修行百年也消不掉，以后最好别在我眼前出现，不然我这九天雷火必然要叫你神形俱灭。"

蛇妖吓得入水而遁，岸边乡民突见变故，一片静默无声，而葛云生却掠起赵五郎径直踏波离去。

赵五郎目送葛云生和年幼的自己离去，这洛水祭拜河神之事，他当真是一点印象都没有了，他只记得自己小时候摔倒在陆员外的院子里，醒来后就已经和葛云生在一座破道观中，葛云生直接问他愿不愿意跟自己修行，赵五郎想了想也就答应了。

想来，是葛云生作法抹去了自己这段记忆。

想当初，他以为葛云生招他做弟子，是见他无家可归，可怜他的身世，却不想是另有原因。只是那团蓝色的光芒究竟是什么？葛云生也是因为这个才破例收他为徒的吗?

他这般想着,周边的景物再次变幻,眼前是一层层的云山雾海,浓厚的云层遮盖下却不知是什么景象,忽然一道红光闪过,却是那只火精,火精破云而入,万道火光辉耀而出,把整片云海染成红彤彤的火烧云一样,云海开始急卷,像海面上卷起的巨大漩涡,每转动一圈,就有一些蓝色光芒散出来,最后这蓝光越来越鼎盛,仿佛云海之下藏了一轮明月。

这里是自己的慧海,赵五郎突然想起,他收服火精时曾经来过这里,那这蓝色的光辉就是飞入自己体内的闪电吗?

云海扩散,蓝光更盛。

过了一阵,终于云开雾散,露出明镜一般的天地,天地间一片净蓝,干净得没有一丝一毫杂质,赵五郎只觉得自己六识就像这天地一般,格外清晰通透,他突然想起了葛云生曾经教讨他的符箓咒法,他只是心念稍稍一动,这天地只见立即浮现这般咒诀,仿佛有人在他眼前立即描绘而出一般,煞是神奇。

赵五郎惊道:"怎么会有这么畅快的感觉,难道这就是师父说的返照之境?万法返照而出,御气随心所欲?"

忽然,空中发出一阵笑声,似是嘲笑他的愚钝无知。返照之境,不过是凡人的极限,何足道哉?

"你是谁?师父,是你吗?"赵五郎心中问道。

笑声越来越远,随后又是一阵隆隆雷鸣之声,镜子般的天地间隐约显出了二十个金色的大字:

明净似昊镜;

神锐若雷霆;

万法随心意;

万物显真形。

"明净似昊镜,神锐若雷霆,万法随心意,万物显真形。"赵五郎跟着默念了一遍,心中越发地疑惑:"这二十个字是什么意思?是说神智已然如昊镜雷霆一般明净神锐?"

"这究竟是什么灵力?神明如电?"忽然眼前蓝光大盛,晃得赵五郎都有些睁不开眼,四处又是一片水波流转,如同沧海澎湃横流,而后一片明亮的白光透了进来,赵五郎脑中一阵昏沉又晕了过去。

第六章
五郎重生

梦境重重，如幻似真。

过了许久，赵五郎终于睁开了双眼，映入眼前的是一片春意盎然的景象。

"这又是哪里？"他自言自语道。

他的四周种满了大大小小的兰草鲜花，几只彩色鸾鸟、蝴蝶跳跃在丛花之中，甚是轻灵。

赵五郎缓缓地爬了起来，他除了觉得浑身有些酸麻，使不上力外，倒也没有其他的不适。

他回想起断断续续做过的一些梦境，有些只剩一些碎片，有些却格外清晰，他努力回忆，却不知道这梦境到底是真是假。

"神明如电？"唯有这四个字如烙印一般印在自己的心底。

赵五郎兀自喃喃自语。

"啊！你终于醒了！"忽然他的身后传来一声少女的娇叫声，他回头一看，正是谷神医的孙女小茹，小茹急忙走过来扶助赵五郎道："你先躺下，你都昏迷了七天了，要不是我爷爷救了你，你早就到阎王爷那里报到了。"

"七天了？"

"这是哪里？"

"你是谁？"赵五郎感觉脑袋昏昏沉沉的，还分不清这究竟是梦里还是现实，心头疑问重重，他狠狠地拍了拍自己的天灵盖问道。

"这里啊，这里是驭灵司的长春宫，我叫小茹，我爷爷是驭灵司内的长老。对了，你叫什么名字呀？"小茹见赵五郎直愣愣地盯着自己看，一副傻乎乎的憨样，忍不住"扑哧"一声笑了出来，小茹虽然算不上姿色绝美，但也有几分清新可人，她这一笑倒是让这满屋的兰草都纷纷失色。

赵五郎愣了一下，而后移开视线，低声道："我叫赵五郎，这里是驭灵司？我怎么会在这里啊？"

小茹道："是我师兄在河边发现了你，把你带回来的。"说着她端了一盆水过来，很自然道，"来，我看下你的伤口，估计今天换最后一次药就差不多了。"

她伸手就要剥下赵五郎披着的外衣，赵五郎害羞得小脸通红发亮，他大叫一声，身子缩了几下，急忙把自己的衣服裹紧，叫道："呀！你想干吗啊！害不害臊嘛，一上来就来脱我的衣服！我可是出家人啊！"

小茹见赵五郎脸红得跟炭火一样，忍不住又"扑哧"一声笑了出来："瞧你紧张的，你这几日昏迷不醒，还不都是我给你换的衣服、洗的澡，早都看了个精光了，你现在才紧张，都晚了。"

赵五郎脸色更红，他一想起自己赤条条地被一个女孩子看了个精光，简直羞得鼻孔都要冒烟了，耳朵都要烧化了，他又扯了扯衣服，大叫道："你怎么不跟我商量啊！就这样偷看我的身体合适吗？"

小茹笑道："我怎么跟你商量啊，你都是昏迷不醒的啊！"

赵五郎固执地摇头道："那，那也不可以，我是昏过去的，我什么都不知道，可以不算，但现在我醒了，就不可以。"

"不可以，那你自己洗洗吧，我一个女孩子都没嫌弃你，你倒还嫌弃我了。"小茹继续笑道，她自幼长在灵虚谷内，见到的都是灵虚谷中的弟子，这些修行驭灵道法的人大多性子奔放豪爽，对男女之事从不介意，说话更是口无遮拦，小茹第一次见到赵五郎这样的少年，一直在那儿揪着衣领生怕被自己剥下来，整个模样害羞得比少女还夸张。

她觉得这人傻里傻气的样子颇为有趣，尤其是一对眼眸子乌溜溜的像黑玉一样，仿佛多看两眼就会着迷，她想着想着忍不住又"咯咯咯"地笑了起来。

赵五郎见她笑个不停，愈加羞恼，叫道："喂！喂！还没笑够啊。"

小茹止住了笑声，道："怎么，笑够了你想做什么？"

赵五郎微微有些害羞，他舔了舔嘴唇，道："我肚子好饿，我想吃饭，有饼子吃没有？"

"呵呵，有啊，你想吃什么饼子，我给你做。"小茹笑盈盈道。

"哈！那我要吃肉饼子！"赵五郎一脸的开心，大叫道，"我要吃十个！"

"可以啊！"小茹又笑道。

"咦！"赵五郎摸了摸自己身上，突然脸色一变，着急道，"对了，我的背囊呢？"

小茹又忍不住笑了起来，道："早给你收起来啦。"说着她拎出一件黑黢黢的背囊，递给赵五郎道："喏，是这东西吧，我给你藏好了，里头的东西一件都没动呢，不过这包可真够脏的。"

赵五郎急忙抱住背包，笑道："不脏，不脏，谢谢你了。"

小茹道："行了，我给你拿点儿吃的，对了我还得告诉我师父去，他说你醒了得跟他说下。"

那少女转身进了里间，这长春宫内又立即恢复了一副恬静的气氛，花草静默，雀鸟无声，似乎连空气都静止了。

此番安静下来，赵五郎才觉得脑袋还有些昏沉，似有很多事情没想起来，他打开自己的背囊，一样一样地拨弄着里头的东西，努力地回忆着许多事情。

最后他翻出一个白皙的纸人，挤眉弄眼得颇为可爱，他看了下，似是想起了什么快乐的事，笑了笑又沉默不语，自言自语道："小仙，你还好吗？"

良久，这纸人都没有动静，赵五郎觉得有些无趣，小心翼翼地收了纸人，径直下了床，推开门朝庭院中走去。

院内，碧草如丝，繁花似锦，处处春景烂漫，当真美不胜收。而远处，却是殿宇重重，楠柱琉璃，金碧辉煌，一派皇家宫苑的富丽贵气。

"这就是传说中的驭灵司？"赵五郎默默道，这个四大正道中最神秘的驭灵司。

赵五郎还要上前走走，忽然就见天色急变，原本晴好的天气，只是眨眼间就变得阴云密布，层层彤云旋转下沉，仿佛伸手就可触摸，而四周的温度也骤然降低了不少。

再过片刻，已有蓝紫色的雷电从雷云中闪耀而出，轰隆隆的雷声由远而近地传来，整个谷底都笼罩在电闪雷鸣之中。

"这天变得太奇怪了，到底是怎么回事？"

浓墨一般的铅云中，几道强劲的闪电在空中汇聚而起，变成巨大的雷柱，明晃晃地将灵虚谷照成一片雪白，突然这汇集的雷柱迅速劈下，仿佛是朝着赵五郎直接击打而来，天地间一阵颤抖，赵五郎吓得脸色大变，不知道这雷火为什么朝自己打了过来。

咔嚓！咔嚓！只见远处有无数巨大的青色、红色藤木向天上缠绕而去，这些藤木像触手一般扭成一个巨大的红绿罗盘阵形，不停地扭转盘旋，竟然将这些强横无比的雷火全部收了进去。

雷电入木，竟如石沉大海一般。

而后，天上乌云再转为赤红色，一条巨大的火龙破云而出，将整个天际烧成一片通红，火龙飞舞，盘旋在天际，四周又有阵阵狂风袭来，一时间火借风势，风助火威，风火互相交融，天空化作炼狱一般的骇人景象。

灵虚谷内，青红二木扭动得更加激烈，无数红褐、墨绿的藤木冲向苍穹，像一群巨大的龙蛇盘踞驭灵司上方，叫这风火二力始终不能破阵。

这青红二木合成的阵法，乃是驭灵司开派掌门玉文道人所创，他借鉴玄空堪舆术中的罗盘布局设计，将青红二蛇灵力巧妙化入藤木之中，借灵发力创造出这旷古烁今的法阵，名曰七十二龙盘阵。

七十二龙盘阵，在天化作青红二将，抵御天劫三灾，在地化作七十二灵根龙神，绞杀一切贸然入谷的外人。

眼看这巨大藤木如蛇踞龙盘，不断旋转交织，将强横的雷火之力自动引入地下，叫这九霄术法都徒劳无功。赵五郎直看得目瞪口呆，这等法阵哪里是普通人力所能及的，真不知修建这阵法的高人有何等惊天动地的修为。

雷火之声震耳欲聋，突然也让赵五郎原本有些昏沉的脑袋彻底清醒过来，无数往事开始一幕幕地出现：西普寺降妖初遇齐云飞，彩云社夜探再遇施小仙；天目岭上斗法七圣社众戏师，火精入体令他痛不欲生；中秋之夜，三人月下踏波逐蝶，破除难辨真假的云机社四重幻境，终于击败杜七圣破幻而出；紫云谷中施小仙拜师学艺，小仙跟自己告别，那紫红色的归去来幽香犹存；而龙涎阁内恶斗尸神君三人命悬一线，自己招出无双烈焱，已经死了一次。

但葛云生呢？齐云飞呢？他们伤势也那么重，最后到底怎么样了？是活着，还是死了？

思绪如流水回溯，疯狂涌来，一下子就塞满了赵五郎的脑袋，他只觉得脑中剧痛难忍，一把按住自己的太阳穴，脱口而出道："师父！云飞！啊！"

"你怎么了？"小茹闻声急忙跑了出来，扶住赵五郎，"爷爷，他这是怎么了？"

赵五郎抬起头，看见长春宫台阶上站着一名清瘦的青衣老者，正是云机社的常春道人。

"怎么是你？"赵五郎双眼一黑又晕了过去。

第七章

灵虚三灾

赵五郎再次醒来，已是翌日清晨。

身边依旧是鸟语花香，小茹依旧安静地陪在他身边，小茹笑道："你醒了？"

"呀，这道士，昨天是被三劫吓晕过去的吧？"一个声音在赵五郎的背后响起，赵五郎勉力回头一看，正是当日救他的百无邪。

小茹瞪了百无邪一眼，道："爷爷说了，他那是大伤初愈，一时气血不畅罢了，师兄你别胡说！"

"哈哈，被吓傻了就被吓傻了嘛，又没什么丢人的，你这臭丫头什么时候胳膊肘外拐，帮着不相干的人说话了。"百无邪有些不满道。

赵五郎爬了起来，打断这二人的对话，问百无邪道："你是？"

"我叫百无邪，我可是你的救命恩人啊。"百无邪跳着坐在桌子上，有些得意道。

"是你救我回来的？"赵五郎问道，"你就是小茹的师兄？"

"正是。"百无邪点了点头道。

赵五郎起身致了个谢，问道："你说昨日是三劫？驭灵司内难道有人已经达到传说中渡劫的修为？"

百无邪嘿嘿笑道："怎么可能，当今世上哪里还有这般厉害的人物，这风火雷三劫打的不是人，而是阵法。"

"阵法？"赵五郎疑惑道。

"不错！你非我驭灵司内的弟子，自然是不知道的，我驭灵司立派于六百年前，开山祖师玉文真人以十二天信印收服青红二妖，将其灵力化入谷内藤木之中，终成这七十二龙盘阵，世人只知是这二妖作乱，被我祖师收服，其实真相才不是这样呢。"

百无邪侃侃而谈道："这青红二蛇妖已在此修炼数百年，马上要历经天劫，二妖惧怕三灾劫数，遂向祖师求助，祖师见这二妖本性纯良，有心助他们一臂之力，奈何天劫浩荡，三人合力依旧难敌这风火雷三灾威力，青红二妖被烧尽肉身，只剩元神，玉文祖师无奈之下，才将他们的灵力化入层层灵木之中，并结合玄空堪舆术法，设下灵虚谷七十二龙盘阵，因为这阵法中蕴含青红蛇妖的灵力，又借了玄空之力，所以每年夏至、冬至两天，这天上都会降下风、火、雷三灾，意图破掉这太过逆天的法阵。"

"正是如此。"小茹也点头道，"这世间万物本该平衡，若是有一物力量太过强横，必然要遭天谴。"

"所以啊，苦修什么的都是浮云，练得太厉害了，还不是要被天谴。"百无邪摇头晃脑道。

"百无邪你又胡说什么！这世间只有强者才能生存，这风、火、雷三灾都打了几百年了，也没破掉祖师的法阵，足可见只有拥有至高无上的法术，才能与天地抗衡！"门外一女子冷喝道。

百无邪脸色一变，声音都低了几分："姐姐，你怎么来了？"

小茹也吓得低下了头，恭敬道："见过无心姐姐。"

百无心径直走了进来，环视赵五郎一圈，面无表情道："谷长老妙手回春的本事当真厉害，这样严重的伤他都给你救活了。"

房间内传来谷神医苍老的声音："玉翎仙子难得肯进我的长春宫，真是稀客稀客，可惜老朽这几日身子骨欠佳，有失远迎了。"

百无心也不客气道："我只是来看我弟弟，一会儿就走，你也不必这般客气。"

百无邪一心想要跟着谷神医学回春之术，这事让百无心颇为恼怒，她只以为是谷神医见自己门庭冷落，使着法拐骗百无邪来学回春术，所以心中对谷神医并没有多大好感。加之，这几年，百无心的修为精进甚快，在同龄人中第一个突破了返照之境，深得严明崇的重视，在驭灵司内已是风头无量的人物，因此言语上偶尔会有些放肆。

谷神医"嘿嘿嘿"地干笑了几声，也不介怀，道："那你就好好看吧，老夫身子欠佳，先休息了。"

百无心听了这话也不再理谷神医，盯住百无邪，道："你不是在修炼你的小灵子吗，给我看看练得如何了？"

百无邪脸色一变，吞吞吐吐道："啊，这个，这个，我的小灵子已经炼得差不多了，姐姐没必要看吧。"

"炼得差不多了？那现在化出来给我看看！"百无心冷冷道。

"啊？但这几日小灵子灵物正在吸收阴阳二力，千万不能放出来，一放出来就前功尽弃了！"百无邪强装镇定道。

"真的？"百无心显然不信。

"千真万确，姐姐，我什么时候骗过你，你必须相信我啊！"百无邪一脸谄媚道。

百无心神色未改，依旧冰冷道："再过一月，便是驭灵司一年一度的试功大会，你若是今年还突破不了凝神之境，必须跟我重新修行驭灵法门，不得再练习回春之术了！"

百无心说的试功大会，便是驭灵司每年新年时举办的一次盛会，辞旧迎新之时，掌教和各大长老更要对所有弟子的修为进行一次检验。去年，百无心在同辈弟子中第一个突破了返照之境，叫驭灵司上下的人惊讶不已，这么年轻能够突破返照之境的当真是奇才。

但可惜的是，天资更高的百无邪却始终还在化气之境徘徊，内力似乎毫无长进，这点让百无心十分不满。

在她眼中，这世间唯有强者才能生存，才能受人尊敬，百无邪不思进取，白白浪费了天资，如何能行？

百无心震开长春宫的大门，一抖双指，玉阳雀翩然落入院中，她回头再次警告百无邪道："十日后，我还会再来，你再炼不成你的灵龙，我便亲自来教你怎么突破凝神之境！"

百无邪脸色一变，当真是如白纸一张。

百无心骑着玉阳雀化作一抹白光消失在天际，小茹才长长地嘘了一口气道："她每次一来，感觉这长春宫的地都要翻了一样。"

赵五郎见这百无心虽然冷漠不留情面，但对百无邪却是真心实意的一腔期待，他情不自禁地想起自己的师父，想起那个同样冷傲寡言的齐云飞，也不知道这二人究竟在何处了，是死是活，他心中顿感焦虑，觉得此地再也不能待下去了，自己必须赶快出去找到师父和齐云飞。

赵五郎打断二人的对话，作揖道："两位恩人，我师父和师弟还生死未知，这里虽然有万般好，但是我着实不能安心住下去了，五郎想就此别过，救命之恩，来日必当涌泉相报。"

赵五郎转身再朝里屋一拜，道："多谢常春前辈一再相助，救命之恩，五郎铭记于心，只能来日再报。"

里屋毫无动静，不知谷神医是真的睡着了，还是无心回话。赵五郎等了片刻，见谷神医没有说话，又拜了一下，便起身要离去。

小茹见赵五郎真的要走，脸色一急，道："这么快就要走啊，你的伤才刚好呢。"

赵五郎叹了口气道："你有所不知，我们跟尸神君在龙涎阁恶斗了一场，我被打入河中，也不知道师父和齐师弟是赢了还是输了，是活着还是死了，你说我现在哪里还有心思待下去。"

百无邪哼了一声开口道："我说你是不是傻啊，今日距离你被发现也有八九日了，若是他们赢了，自然会来找你，若是他们输了，早就尸骨不存，你找岂不是也白找。"

赵五郎一听这话，心中更加焦急，"不可能，我师父不会死的！他的道法一定能胜过尸神君的！"他话虽这么说，心中却隐约泛起几丝不安，声音已经低不可闻："就算他们真的死了，我也要找到他们，给他们好生做个法事。"

赵五郎说到这里，已是神色悲戚，当日龙涎阁一战，凶险万分，也不知道自己的无双烈焱究竟把尸神君烧成什么样子，若是未能一举击败尸神君，他师父和齐师弟只怕真的凶多吉少了。

一想到这儿，他不禁悲从中来，恨不得立即就拔腿往龙涎阁赶去。

百无邪突然神情一变，笑道："你要走也可以，不过你也说了救命之恩必当涌泉相报，我也算你的救命恩人，你可是该报答我？"

赵五郎愣了一下，道："这是自然，但五郎心中焦急，可否容我找到我师父和师弟，再来报恩，五郎自问是重情重义之人，此事绝不推脱。"

百无邪摇头道："我这事也很急，也拖不得。"

赵五郎一时两难，想了想还是无可奈何道："恩人想要五郎做什么？请尽管明言。"

百无邪嘿嘿笑道："这才是聪明人的决定，你要知道这灵虚谷内，要是没有我驭灵司人带路，凭你的修为，绝难走出去。你帮了我这个忙，我带你去找你师父，你看如何？"

赵五郎有些惊喜道："那还请恩人明言。"

百无邪嘿嘿笑道："其实我这事也不难，你听着。"

说着，百无邪趴了过去，对赵五郎耳语一番。

小茹站在一旁，也不知这百无邪又起什么歪点子，她生怕赵五郎吃亏，提醒道：

"无邪师兄，五郎伤势刚好，你别又要害他。"

百无邪冷冷笑了一声："小茹，此事与你无关，你休要多管闲事。"

赵五郎却道："救命之恩，本该尽力相报，此事我应允你。"

百无邪高兴道："那便好，三日之后，月圆之夜，我来接你。"

第八章
立坛驱邪

滇南建州，许府。

时值初冬，寒夜冷冷，桂芳阁内更是阴气阵阵。

一年轻妇人躺在三层雕花木床上，脸色一片铁青，她穿着皂色罗纱宽裙，腹部高高隆起，显然是身怀六甲。

按理说怀有身孕的人必是要被细心照料的，但这孕妇却有些奇特，她的四肢用红绳捆绑在四个床角的栏杆上，脸上用朱砂画满符文，模样十分诡异。

这妇人的身子像动物一般剧烈扭动挣扎着，口中发出"呜啊呜啊"的奇怪叫声，似是十分痛苦。

忽然，她口中"呜"一声尖叫，双眼猛然圆睁，眼中竟是一片浑浊发白，没有一点黑色眼仁，她尖啸道："我要喝血，我要喝血！许戈快给我血喝！"

许府的主人正是建州州吏许戈，他虽只是州府的一名小吏，但祖上世代经商，家底颇为殷实，许府盖得富丽堂皇，尤甚州府知府府邸。去年，许戈取了个如花似玉的娇妻，不到一年便有了身孕，正是人生最为风光得意之时，不想妻子怀孕三个月不到，就招了邪祟得了这恶疾，令许府上下都鸡犬不宁。他眼见娇妻变成恶鬼，心中恐惧之情日增，哪里还有一点儿疼爱之意，这会儿见结发妻子尖啸瘆人，吓得连忙退却了几步，双手扶住柱子，颤抖道："道长，我家夫人这是怎么了，可是中邪了？快想法子治住她。"

床边站着一位面色凝重的道人，正是赵五郎。

驱鬼除秽，对符箓道人来讲，是必修功课。但这法门赵五郎修行得却不多，只是依稀记得葛云生教过他一些法门，好在他的混元灵力已开，过往所学道法都一一在列，稍稍一回忆，这些道法就如画卷一般铺展在眼前。加之百无邪先前的提点，赵五郎已是心中有数。

他靠前走了两步，双指抵住妇人的额头，道："你这夫人是不是只怀孕了三个月不到？而且特别能吃，尤其爱喝鲜血？"

许戈点了点头，恐惧道："可不正是，常言道十月怀胎，哪里曾想我家夫人怀了不到三个月就已经肚圆如球，跟别人十月临盆差不多，而且我夫人这一个月来特别贪吃，每每买回新鲜鸡鸭，她也不杀不煮，直接生吞活剥，生生饮血，简直可怕。"

赵五郎冷笑一声道："你家夫人这是招了鸠兰婆，怀了鬼胎。"

许戈无比惊恐道："鸠兰婆？那是什么妖物？"

赵五郎摇头道："鸠兰婆便是百子鬼母，她为了修道不惜堕掉自己即将临盆的胎儿，道法练成后又十分悔恨，故此最嫉妒怀孕的妇人，每每喜欢在孕妇身上下种，把自己的鬼子冤魂注入孕妇胎儿之中，令胎儿生长加速，化作自己的鬼胎，你自己看。"

他伸手按住妇人高高隆起的腹部，只是稍稍一用力，就见那肚皮猛地剧烈鼓动，隔着轻薄的罗纱，隐约可见肚皮上显露出一张诡异的婴儿脸。

五官透过微微透明的肚皮，已是呼之欲出。

赵五郎划破手指，滴了一点血在肚皮上，微微的血腥气弥漫开来，血滴化作一丝丝的脉络在肚皮蔓延，而后整个肚皮忽然如波涛一样翻腾起伏，模样更加诡异。

妇人凄厉地尖叫起来，浑身剧烈挣扎，而后猛地挣脱捆绑的红绳，整个人弹了起来直接就朝赵五郎咬了过去，这个动作十分突然，吓得许戈"哎哟"一声就瘫倒在地上，但那妇人的嘴巴还没到赵五郎跟前，整个人就已僵在半空中。

"镇！"

那妇人的额头上已经被贴上一张黄色的朱砂镇鬼符，符纸上的朱砂红光一闪，这妇人便发出一阵哀号，整个人又重重地落回木床上一动不动。

如今的赵五郎明显更加耳聪目明，身手也更矫健，尤其是运用符箓道法，当真是心到法到，毫无阻隔，刚才这一符出手快如闪电，完全是潜意识飞出，这跟原先总是慢半拍的赵五郎可是大大不同了。他的双眼之中闪过一抹冷光，低声道："鬼婴的阴力已入侵慧海、绛宫二处，这妇人怕是不好救了。"

"那怎么办？"许戈更加恐慌。

"这妇人虽然被鬼子入侵慧海、绛宫二穴，但三魂七魄健在，若是以道坛驱鬼，让鬼子自己离窍而去，尚可保住这妇人的性命，但此法会让这妇人神智受些损伤，你可愿意？"

许戈头点得如同捣蒜，急声道："愿意，愿意，只要能收了这妖物就好，还请道长快快作法。"

赵五郎见这人心中对自己结发妻子并无太多怜惜之情，忍不住摇了摇头，但眼下救人要紧，他道："若想保你夫人性命，烦请准备四张红漆桌子，以及些许祭祀用品。"赵五郎将需要的物什详细地与许戈说了，许戈急忙吩咐下人出门添置。

这道坛驱邪正是符箓六术第二术驱鬼术中的一种，常言道："道力在坛，人力等闲。"以道坛驱鬼请神自然是比人力捏符念咒功效加倍，但设驱鬼道坛需要准备诸多物什，甚为烦琐。赵五郎虽然跟随葛云生开坛作法多次，但是自己独自设坛还是第一次。此事成与不成，他心中也没有十足把握，只能勉力一试。

不多会儿，这道坛便立了起来。赵五郎用四张红色方桌堆叠成品字神坛，而后在坛上设香炉，左右是烛台，后置一排三杯仙茶，其后再摆三碗米饭、四碟菜蔬，其他还有血盘、符纸、溪钱、开光刀等，最后在地上铺上白茅草和白、红、蓝、黑、化五色布匹。

赵五郎摆设完毕，开始摇起手中的招魂铃，口中念道："黄表纸三捆，此是鬼的钱；大米饭三碗，此是鬼的粮；白布、红布、蓝布、黑布、花布各三尺，此是鬼的衣；香三根，此是鬼的路；白烛一对，此是鬼的灯。物什齐备，鬼子速来，莫要稽停！"

妇人剧烈挣扎，双眼圆睁得几乎爆裂而出，口中黏涎四溢，尤其是浑圆的腹部之中有一人形模样的东西左突右撞，几乎要撕裂肚皮而出。

许戈和两名下人吓得躲在门口，根本不敢入内。

赵五郎头也不回道："喂，我劝你们还是进屋里的好，在我身边可比在外面安全得多。"说着他手上更加快速地摇招魂铃，喝道："开阴门，鬼出窍！"一声裂响，一道黑影从妇人的下体处爬了出来，一股腥臭味瞬间布满整个房间，那黑影在床尾渐渐凝聚成一个半人多高的小孩儿模样，却是一名血肉模糊无眼有嘴的鬼婴。

这鬼婴有手无脚，腰部以下还是一团血肉模糊，如同拖着一条长长的尾巴。

赵五郎赶紧洒了一盆血，血渍像有灵性一般自动蜿蜒而出，直通妇人下体，鬼婴闻腥迅速顺着血迹爬，爬了一阵却大为惊恐，原来这血渍在地上凝成一个封鬼血印，鬼婴刚好爬到血印中间，动弹不得了。

赵五郎见鬼婴入了自己的血印，也不迟疑，立即祭起五色布匹，喝道："借力五方，化布缚鬼！"五色布匹漫卷而出，将那鬼子层层包裹了起来，像襁褓中的婴儿一般。

"这符就不要浪费了。"赵五郎把原本贴在孕妇额头的黄符撕了下来，贴在五色布匹上，那布匹中的鬼婴挣扎了一阵就一动不动了。

赵五郎这才转头对许戈道："你天亮之后找人将这婴儿埋在向阳处，多烧点儿纸钱，这事便也了了。"

"还有，今后多行善，莫作恶。"

"那我夫人？"许戈问道。

赵五郎道："放心吧，这鬼子被神坛道力引诱而出，并没有伤到她的魂魄神智，休息几日便能康复，不过夫人被鸠兰婆下了鬼种，以后是不会再有身孕了。"

许戈眼神中闪露出一丝失望。

赵五郎一眼便识破了他的心思，劝道："你夫人生死之际，依然念着你夫妻二人之情，任是鬼婴如何侵蚀她的心念，她始终只肯吃畜生血肉，未曾肯伤你一分一毫，这等情分可比金坚，即便不能有子嗣，也不该负了她。"

许戈见自己的心思被赵五郎识破，有些尴尬道："我自当不会负了她，但我许家世代单传，如今她不能生育，我怕……"

"你怕什么？"门外忽然走进了两个身着华服的老者，正是许戈年迈的父母。

许戈惊讶道："爹，娘，你们怎么来了？"

许父满脸怒容，杵着拐杖猛击地面，喝道："逆子，你可知不孝有三，无后为大！孟馨不能生育，留在我们许家岂不是废物一个？你留她何用？"

许母已是满头银发，面容颇为慈祥，口中却也劝道："你二人连理不过一年，我们许家的家业难道就要断送在你们手中吗？明日我便给李员外家说亲去，这孟馨过几日给她点盘缠便休了她吧，这女人啊，若是空皮囊留着也没用了。"

许戈心头有些犹豫道："可是孟馨刚遭了这大难，人还未清醒，能不能过两天再谈提亲之事……"

"为什么要过两天？你个不孝子想气死我们二老吗？"许父怒道，"明日提亲，你应不应许？"

许母又劝道："大不了多给她一些银两，也算赔偿她的损失。这事你还是应了吧。"

许戈点头道："那好吧。"

这二老进屋后，赵五郎始终脸色冷冷地看着这二人，默不作声，待这二人准备靠近许戈时，他忽然出声道："泥塑之功练得倒是不错，但是在道人面前这般赤裸裸地蛊惑人心，恐怕不太好吧。"

第九章
百子鬼母

二老脸色一变，怒喝道："你是哪里来的道士，我们许家的家事还用你来管吗？"

赵五郎双指捏了一张黄符，嘿嘿笑道："你有你的障眼术，我有我的破解法，你们还敢说自己是许家二老？"他右手一抖，一张烈火符迅速飞出，"轰"的一声将这两人击飞到院落中，二老如同断线风筝一般摔落在地，浑身已被火焰包裹了起来。

许戈惊呼道："爹！娘！"

他转头朝赵五郎怒道："小道人，你干什么？"

赵五郎指了指门外，道："你自己看，那可还是你父母？"许戈朝门外望去，却见二老身子一软，如泥塑一般在火中融化瘫倒，不一会儿便化作一堆烂泥。

紧接着，一阵恶臭弥漫了进来，闻之叫人作呕。

许戈细眼瞧去，却见软泥之中爬出两只半人半虫的怪物，模样与鬼婴极为相似，只是身形稍大一些，腰部以下是一串粘连的肠子绞成的软足。

这是鬼童，若是鬼婴从孕妇之中顺利产出，便会化作此物，是十分邪秽的恶灵。

院子中突然传来一阵"咯咯咯"的冷笑声："嘿嘿，说什么情比金坚，到头来还是抵不住诱惑想要招纳小妾，抛弃这不能生育的空皮囊，这等负心郎留着何用？"

许戈吓得面无血色，不知是何人在捉弄他。赵五郎却已是一个箭步蹿了出去，跳在庭院之中。

那两个鬼童已经慢慢渗透到土中，只剩下两个人形的黑影，却不知那声音是从何处发出。

突然许戈惊叫道："道长，小心你的脚下！"

果然，院落地面像沼泽一样咕嘟咕嘟冒出许多气泡，赵五郎只觉脚下地面一软，双足已经深陷泥潭中，泥沼表面慢慢浮现出无数孩童的脸庞，俱是凄厉惊恐的面容，这些泥脸不断地从泥潭中涌现爬出，正是一具具三尺左右的鬼童，鬼童满身污泥，也看不清五官面容，不停地扭动挣扎，牢牢抓住赵五郎的双脚，张开满是细牙的嘴巴啃咬赵五郎。

赵五郎被这些鬼婴一咬，一阵疼痛钻心而来，他叫骂道："小鬼，给我滚开！"他飞出几脚，将这些泥人一一踢飞开来，赵五郎的脚劲颇大，这些鬼童凌空就被踢成碎泥，但这泥潭之中似乎有数以千计的鬼童，层层涌动而出，如虫蚁一般围拢过来，看得人头皮发麻。

赵五郎朝许戈叫道："把那血盆拿过来！"

许戈吓得躲在屋里一步也不敢出来，倒是那个仆人壮着胆子，端出血盆，往地面上倾倒，一股腥气飘散开来，各鬼童发出一阵阵欢快的叫声，纷纷放开赵五郎的双脚，向血污处集结。

"果然是贪吃的小鬼，一盆污血都把你们骗过来了。"赵五郎挣脱了束缚，又朝那仆人道，"把五色布匹也丢给我！"

五卷布匹丢了过来，赵五郎接住布匹，迅速首尾相连，结成一张巨大的网罩，这布匹上原先就用朱砂描上镇鬼符咒，赵五郎猛甩布匹，像个巨大的天罗地网一般往鬼婴身上罩去，"噗"的一声，就将百来具鬼婴包裹起来。

"借力五方，化布缚鬼！收！"

一阵"吱吱"叫唤，五色布匹越裹越紧，最后缩到水桶一般大小。

赵五郎踏泥而过，双手一捞，就将五色布匹拎起，鬼童已被牢牢地收在五色布袋之中。

赵五郎看着布袋中扭动挣扎的鬼童，有点儿厌恶道："不知道这百无邪要这污秽的东西做什么，不过这些应该够了吧。"

原来那日百无邪跟赵五郎提出的要求，便是帮他抓一百个鬼子。驭灵司能驾驭天下所有灵力，这鬼魅也是灵力的一种，他又修炼回春之术，自是想从这些鬼婴身上提取想要的阴邪之力。

赵五郎收了大部分的鬼童，剩余的鬼童速度甚快，吓得一下子就钻入泥潭之中消失不见。许戈吓得已是面无血色，爬都爬不起来，他何曾见过这般恐怖的场景，见鬼童消失了，才浑身哆嗦道："我的妈呀，刚才这一群群的是何方妖物？怎么生得这么吓人！"

"是鬼童。"赵五郎指了指原先被捆缚的那具鬼婴道，"你看跟你儿子长得好像！"

许戈未理会赵五郎的揶揄，依旧有些惊魂未定道："那刚才我爹娘也是这些东西所化？"

"正是。"赵五郎又道。

许戈这才松了一口气，道："我就说我爹娘明明已经回乡下去了，这大半夜的怎么会跑到我这里来，吓死我了。"

赵五郎道："那不过是鬼童的泥塑化形之术罢了。"

鬼婴生于血污之中，天生具有驾驭污秽之物的能力，只是这泥塑而成的二老竟能与常人无异，单凭这鬼童的能力，恐怕还做不到。

赵五郎目不转睛地盯着院落之中。

许戈见鬼物已收，再一想自己未出世的孩儿已经命丧鬼母之手，忍不住怒从心起，骂道："这什么鬼母，简直可恶至极，无缘无故夺了我孩儿的性命，当真是天打雷劈一百次都不能解我的心头之恨！唉，我那可怜的孩儿啊！"

赵五郎"嘘"了一声，笑着劝道："我劝你还是收了刚才这话。"

许戈立即换成一副恐慌的模样道："怎么？难不成她就在这附近不成？"

赵五郎冷眼看了看庭院，道："她好像真的来了。"

许戈吓得抖了一下，只见原本平摊在地的污泥慢慢鼓起，凝结成一个巨大的泥人，而后一阵阴冷的笑声幽幽传来："嘿嘿，是谁说我可恶至极，天打雷劈一百次都不够的？"

这笑声穿堂而过，带来一阵阴寒气息，屋内烛火尽数灭掉，整个屋里如同冰窖一般寒冷销骨。

刚刚站稳的许戈"嗷"了一声又跌倒在地。

此时，泥人之下又有无数的婴儿汇聚过来，攒头而动，黑压压的一大片，仿佛她骑着一只有千头婴儿结成的坐骑一般，污秽诡谲，丑陋不堪，这便是百子鬼母鸠兰婆。

鸠兰婆身上的泥层渐渐剥落，露出真正的面目，只见头裹乌巾，脸色青白，双眼乌黑如墨，背上背着巨大的半圆形经架，十几支长短不一的令牌插在经架上，其间还有无数画满黑红经文的经幡绶带缠绕蠕动，如同背了一架子的毒蛇。

鸠兰婆被无数鬼童、鬼婴拥护，立在半空阴冷道："许久未见到收鬼的道士了，就连我鬼母的鬼婴也敢收吗？"

这鬼母长得委实可怖，要是换作以前，赵五郎早吓得哇哇大叫，但此时他心智已开，却也不怎么害怕，反倒笑道："为何你的鬼婴就不能收？你的就不一样吗？"

鸠兰婆见他不过是一个修为平平的小道士，有些不屑道："这等修为如何也敢这般猖狂？"她一弹手指，脚下的两只鬼婴如同弹丸一般射了出去。

赵五郎拍出一张黄符，喝道："御！"

黄光一闪，两团泥人啪的一声拍在黄色光圈上，化作了一摊烂泥。

赵五郎摇头可惜道："浪费了两个鬼婴。"

鸠兰婆大怒，她一甩长袖，背后的绶带如毒蟒一般卷了过来，赵五郎捏出一张雷符拍了出去，但不想这绶带上的经文黑光一闪，雷符就被收得一干二净。绶带再一甩，就直接往赵五郎脸上打去，赵五郎急忙伸手挡了一下，黑气缠绕手背，一阵剧痛直钻骨髓之中。

"破秽！"

赵五郎急忙再抽出一张天罡破秽符敷在自己手背上，这黑气一散，伤口才有所缓和，赵五郎冷笑道："好厉害的邪物！不过这把我是看出来了，你这绶带之上寄养着无数恶灵，所以一接触有阳气的东西，都会吞噬殆尽，若是给你这东西捆住了，想必只剩枯骨一具了吧。"

鸠兰婆哈哈哈大笑道："不错，你倒是有些眼光，我这丝带唤名浊龙绫。乃是以虬龙下体的浑浊之气加上万千的婴儿冤魂凝炼而成，一条绶带之上蕴含无数恶灵之力，是世间最污秽的邪器，若是教我这浊龙绫稍稍触碰一下，绫上的恶灵便会喷涌而出，噬咬生人血肉，直至剩下一堆白骨。"

赵五郎升腾起一股怒意道："能炼出这么恶毒的东西，真是罪不可赦。"

鸠兰婆恶狠狠道："臭道士，此事与你无关，快还我孩儿！不然便要你生不如死。"

"倒不知道谁生不如死？"赵五郎双指一抖，黄符立即化作火球飞旋而出，鸠兰婆一甩浊龙绫照例想把这火球收了进去，但不想这火球突然当空爆裂开来，赵五郎喝道："朱绫缚鬼！敕！"

火球中迸发出无数的火带与浊龙绫互相交织缠绕，难分难解。

第十章

摄灵法阵

鸠兰婆狂摧内力，浊龙绫黑光迅速大涨，疯狂地吞噬周边的术法真气，火焰朱绫很快就要被消灭殆尽。赵五郎急忙双指一抵眉心，大喝道："火精助我！"

一团烈焰从赵五郎的眉心处喷薄而出，火精自从化入赵五郎的绛宫中后，与赵五郎已是完全合灵，此时人灵交汇融合，更显天衣无缝。

赵五郎神念一动，火精就挥动着翅膀跃上半空，它好久没出来活动了，显得兴奋异常，在空中疯狂地舞动跳跃。而后，它仰天狂吐，团团火焰四处喷射，状如烟花炸裂。

赵五郎眼见这火精如同撒欢的野狗一样，摇头晃脑拦都拦不住，急忙喝道："小胖，回来！赶快吞并余火！"

火精正激动着，被赵五郎怒喝了一声，大为不满，眼睛上的羽毛都竖起来了，它扭了一阵，才稍稍收敛自己的情绪，扑扇着翅膀一口吞下火铃铛，烈焰入体，火精暴涨数丈大小，短小的翅膀中有无数焰火喷涌而出，红艳艳地将整个院落都炙烤得要融化开来。

火精朝着鸠兰婆猛吐一口火焰，鸠兰婆急忙收回浊龙绫回身守护自己，这把火焰却没能被收进去，反倒是火球凌空把龙绫弹开。火精一击得手，立即得意扬扬地发出一阵叫嚣声。

鸠兰婆颇有些恼怒，但她也看出这火精的不凡之处，冷冷道："倒还有些本事，你有火精，我也有鬼婴，且看看我鬼婴的厉害！"她一声令下，蓬松的裙摆之下，爬出无数半人大小的黑色鬼婴，这些鬼婴肮脏污秽，所到之处留下一道道乌黑的血迹，恶臭难闻。

鸠兰婆又喝了声："化！"

鬼婴边爬边自己分裂，一变二、二变四、四变八，不一会儿就布满整个院落，密密麻麻，只看一眼就叫人全身发麻。

赵五郎见鸠兰婆放出无数鬼婴，不攻反退，收了火精就往屋里退去。

　　鸠兰婆只道赵五郎敌不过她，想要逃跑，心头更加得意，立即驱使这些鬼婴迅速地涌了进来。此时，赵五郎心眼已开，视力比常人更加敏锐，这些鬼婴的一举一动他都看得一清二楚，他暗叫道："若非答应了百无邪，真想一把火烧了算了。"

　　许戈听得赵五郎要烧他房子，连忙上前阻止："烧不得，烧不得，这可是我们许家的祖业啊！"他这话刚说完，就见成百上千的鬼婴爬了过来，立刻吓得又是瘫软在地，而后干脆趴在一旁呕吐不止，折腾了一阵，他缩到床底下惨叫道："道长，快显神通收了这些妖怪！用火烧死他们，不用管我的房子！快！"

　　赵五郎嘿嘿笑道："不急，时辰未到。"

　　鸠兰婆得意扬扬道："臭道士，你输了！"她一步一步往桂芳阁内走去，但是刚刚走到门口，忽然就脸色大变，一抹惊恐之色就涌了上来。

　　"百子速归！"鸠兰婆惊叫道。

　　为时已晚，一道明亮的黄光绽放而出，整个房屋都笼罩在光辉之中，像一个无形的罩子把整个房子都罩了起来。屋顶上闪出一个身着白衣的纤瘦人影，正是驭灵司的百无邪。他哈哈笑道："老太婆，这把我要把你这些鬼婴一网打尽，散尽你的五十年的道行，你觉得怎么样？"

　　鸠兰婆急忙喝道："百鬼听令，遁！"各鬼婴纷纷从墙壁、房梁上跳了下来，想往地底下钻去，但是不想这地面上一道红光闪耀出来，将这些鬼物反弹得四处翻滚，原来这地面上是百无邪一早就画下的阵法。

　　百无邪笑道："老太婆，我用谷内星月台中的阴阳水来画这个摄灵阵，若是有阴灵之物入了我的阵法，怎么会有逃走的机会呢。"

　　灵虚谷中有占星拜月台，双台之中各有一泉水，分别称作阳泉和阴泉，数千年来这两口泉水吸纳无数阴阳之力，正是画制阴阳阵法的绝佳载体，而且以这泉水画阵，无色、无味、无形、无相，对手料是道法再高也看不出来。

　　鸠兰婆遭了暗算，气急败坏怒吼道："好歹毒的驭灵小儿！"

　　百无邪哈哈大笑："鬼道的人居然说我们驭灵司歹毒，真不知道这是夸奖还是讽刺？"

　　"御灵神君，与我神方。先杀恶鬼，后斩夜光。何神不伏，何灵不摄，何鬼敢当，何精敢避，收！"屋内金光急收，所有鬼婴发出一阵惨叫，凄厉之声不绝于耳。

　　摄灵阵法，专摄无主鬼魂精灵，一入其间，绝难逃脱。

　　百无邪要赵五郎设计引出百子鬼母，而后故意诈败，将鬼母的百子引入原先设好阵法的屋内，叫这些鬼子一个也不能逃脱。

鸠兰婆心痛不已，无奈之下只有奋力飞出背后的浊龙绫，喝道："驭灵小儿，快还我孩儿！"

赵五郎急忙提醒道："无邪，小心她的毒绫！"

百无邪"嘿"一声，笑道："不怕，我正好有一物可以克她这龙绫！"说着，他又捏诀念道："颠颠倒，二十四山星盘绕；倒倒颠，穿山破甲神形现，龙神听令，穿山破土！"

这"颠颠倒、倒倒颠"六字听起来有些古怪，却是出自玄空五经之一《青囊奥语》，代表纳音五行之意，这咒诀原本是唤醒灵虚谷七十二龙盘阵巨龙的咒诀，但百无邪把它改了改，用来召唤自己的灵龙，只见大地一阵剧烈抖动，"轰"的一声爆响，一条井口粗的青黄色巨龙从土中钻了出来。

这龙是由无数巨大树根绞缠而成，模样古怪，穿山破土如鱼潜水底一般容易，正是百无邪口中的小灵子。

穿山破甲灵根龙。

赵五郎见百无邪招出灵根龙，心中惊了一下，他原以为这百无邪也是与他一般，不过是修为平平之辈，但不想却能招出这么厉害的灵物，他不知道驭灵一脉与符箓道法有许多相似之处，内力修为虽然不可或缺，但修行者的天资灵性却更重要。百无邪天性聪慧，驭灵的资质奇佳，这一点甚至比百无心还要高，只是他这人生性贪玩，不爱静心苦修，导致他的修为一直没怎么进步。

百无邪拍了拍灵根龙，介绍道："我这宝贝名叫小灵子，正是用天地灵根修炼而成，不死不灭，万年长春，灵龙听令，破它！"

灵根巨龙迅速破土盘旋，一时间杀气蒸腾，威武万千，这两条龙纠缠在一起，斗得难分难解。这浊龙绫能吞噬有灵气和阳气的东西，而灵根龙却能持续不断地生长，吞噬了多少就又长出多少，两者此消彼长，一时间也难分高下。

鸠兰婆神色更急，双手更加快速地舞动龙绫。

百无邪却是神态轻松，他突然五指一握，喝道："绞！"

灵根龙龙身分裂出数百条胳膊粗细的树根，将浊龙绫层层交缠包裹起来，而后，百无邪又猛地分开五指，喝道："破！"

龙身像八爪鱼的触手一般迅速向不同的方向飞去，"嘶啦"一声脆响，浊龙绫被硬生生地撕裂成十几段碎片。赵五郎这下彻底服气了，这灵根龙确实厉害。

　　"我的龙绫！"鸠兰婆仰天哀号，眼下她大势已去，鬼婴和浊龙绫双双折戟，也顾不得哀痛，身子一翻，化作一堆烂泥，急急往地面钻去。

　　鬼道之人都擅长遁地术，一入后土，直达九幽，无处可寻。

第十一章
含象宝镜

百无邪还要御灵根龙追击，赵五郎却拉住他："算了，这鬼物入土，追不上了。"

百无邪颇有些懊恼地跺了下脚，先前的得意劲儿不知不觉间已经消失殆尽。

赵五郎奇怪道："你怎么了，你不是要抓这些鬼婴吗？现在不是都抓到了嘛，难不成你还怕这鬼母回来找你报仇吗？"

百无邪叹道："我才不怕这鬼母，我是怕我姐姐，万一她知道我偷偷修炼这等污秽的术法，肯定不会放过我的。"

赵五郎本来就不赞成这等修行方式，顺口责备道："明知她会生气，那你还练？"

百无邪无奈道："我也是没办法啊，下个月掌门就要出关亲自主持试功大会，我若是突破不了凝神之境，姐姐肯定不会让我再修行回春之术了，所以我才想了这个法子，以阴阳之力来快速修炼小灵子，只要小灵子炼成了，我体内的修为也会大涨，到时候突破凝神之境自然是易如反掌。"

百无邪背着百无心，偷偷以这些鬼物中的阴力修炼自己的灵根巨龙，虽然并无作恶，但始终与正道法门有所偏颇，若是旁人也就罢了，偏偏百无心对自己弟弟管得极严，生怕他误入歧途走了邪道，所以明令禁止百无邪修行炼鬼之术。

百无邪一想，这鬼母鸠兰婆今夜逃去，改日必然会集结鬼道的人士卷土重来，到时候百无心自然就知道他今夜的所作所为，他倒不怕这些鬼道的人士，却十分惧怕他姐姐的手段。

若是叫这冰面美人儿知道了这事，那下场真是……

百无邪一想到这事真就一点儿也高兴不起来了。

赵五郎知道了缘由，拍了怕百无邪的肩膀，劝了一番，而后又也有些幸灾乐祸道："我以为是什么大事呢，大不了一顿打嘛，我小时候都被我师父打了不知道多少遍，怕什么。"

百无邪又"唉"了一声，一脸愁云。

这时，屋里传来一阵哀号："救命啊，救命啊！你们还救不救人啊，这么多妖怪！

救命啊！"

二人这才想起，屋里还有成百上千的鬼婴在四处乱窜呢，百无邪急忙取出腰间挂着的巨大青葫芦，这青葫芦上刻满了蓝色的铭文，显得颇为神秘。不知是什么来头。百无邪将葫芦摆在大门口，在法阵上划开一个口子，而后念道："鬼婴鬼婴，三呼其名，速速前来，不得稽停！"

这些鬼物正被摄灵阵法压制得痛不欲生，一见门口开了一个阵法缺口，一个个急速飞窜而来，全部鱼贯而入，纷纷都钻进葫芦之中。只是片刻，数百个鬼婴、鬼童就被吸得一干二净。

百无邪收了葫芦，贴了个封印，终于露出一抹微道笑："不过这一次抓了这么多鬼婴也是赚了，我的小灵子又能长大一些了，姐姐要打我就打我吧，我也认了，有了这些阴力助我，半个月内我肯定能突破凝神之境了。"他摇了摇葫芦，瞬间又喜上眉梢，兴奋道："今夜多谢小道长相助。"

赵五郎摆摆手道："不必客气，也算还了救命之情。"

百无邪招了招庭院中的灵龙，道："小灵子，来，给黑炭道长致个谢。"

那灵龙倒是十分服帖听话，立即化出威武的龙身，龙身上还有两只小小的前爪，它弓起背，收了前爪，郑重地朝赵五郎鞠了个躬。

赵五郎觉得颇为有趣，哈哈笑道："这龙倒是跟小狗一样乖巧。"而后又指了指自己的眉心，假装呵斥道，"小胖子，你自己看看，同样是灵物，别人的就这么听话乖巧，你再看看你！一点儿都不听话。"

眉心处火光一闪，一团火焰飞舞了出来，"噗"的一声喷了赵五郎一手火焰，而后发出"啾啾啾"的几声叫，显然是大为不满。

赵五郎急忙甩灭自己手上的火焰，气道："还不能说你了，一说就生气，一生气就喷人。"

火精又"啾啾啾"地示威了几声才飞了回去，把赵五郎气得没有任何办法。

百无邪"扑哧"一声笑了起来，而后他喝了声："收！"就见灵龙身子迅速收缩，变成一条只有拇指粗细的树藤缠绕在自己葫芦上。

百无邪收了灵龙，将葫芦挂在自己腰上拍了拍，笑道："嘿嘿，这满满的一葫芦鬼婴够你吃一阵子了。"他抬起头，突然走过来直勾勾地瞧看赵五郎的眉心，直看得赵五郎全身发麻。

"百无邪，你，你想干吗？这么盯着我看。"赵五郎有些不自然道。

"谁看你,长得跟黑炭一样,我是在看你的火精。"百无邪笑了笑,问道,"喂,黑炭,我拿灵物跟你换火精干不干?"

赵五郎忽生警觉,立即蹦了几步躲开百无邪,哼了一声道:"想得美,我才不换。"

百无邪笑道:"放心,我不会让你吃亏的,反正你也驾驭不了它,留着用处也不大,还不如换给我。"

赵五郎立马把头摇得像拨浪鼓一样说:"不行,不行,这个绝对不能换,谷神医跟我说了,火精已经跟我的心脏融为一体,若是没了火精,我就死了。"

百无邪哼了一声道:"你的火精不过是利用阳火之力帮你续了阳气,你想要保住你的性命这有何难,我驭灵司内有的是可以令你心力重生的宝贝。"

赵五郎依旧摇头道:"还是不行,这风险太大!"

百无邪眼珠子一转,道:"你等着。"说着从怀中掏出一面镜子,银镜古朴,镜面如同水波缓缓流转,清亮亮的像夜色中的皓月一般。

赵五郎奇道:"这是个镜子吗?你大半夜的拿镜子干吗?"

百无邪切了一声,得意扬扬道:"没见识!你可知道这是什么宝贝吗?这叫上清含象天地镜,可是我驭灵司内不得了的宝贝。"

此镜确实大有来头,这上清含象天地镜又名含象镜,乃是宗师司马承帧在天台山所铸,上刻八卦五岳十兽纹,背刻篆书铭文:"天地含象,日月贞明,写规万物,洞鉴百灵。"手持此镜,可鉴别天地间的灵兽本源,可召唤世间一切灵兽灵木,真乃是驭灵一门的至上法宝。

赵五郎见这含象镜大不一般,忍不住多看了几眼,问道:"这宝物恐怕不是你自己的吧?"

百无邪哼了哼,道:"这个不需要你管。"

赵五郎瞬间明了,道:"是你那个冰山姐姐百无心的吧,呀,你偷了她的宝贝?"

百无邪也不置可否,只是诡异地笑了笑,而后小心翼翼地翻了翻含象镜,带出一抹清光,他道:"我跟我姐姐关系好着呢,姐姐的东西,就是我的东西,她的镜子我自然也用得,什么叫偷,你别说得这么难听,我告诉你,这面含象镜可幻化出万千灵兽,黑炭,你想要什么我都可以给你变出来,只要你拿火精跟我换。"

赵五郎有些好奇,想看看这含象镜到底有什么威力,但他刚点了点头又立马摇头,道:"不行,不行,我不能换,我要对我的小胖子负责。"

百无邪哼了一声道:"你且先看看我镜子里有什么宝贝再摇头不迟,说不定你看了就不想说这话了。"说着他双手护住宝镜，喝道："大地含象，日月贞明，写规万物，洞鉴百灵。奉号承帧祖师敕令，驭使通天银蟒！"

含象镜银光大涨，原本如水银一般的镜面，忽然像波浪一样翻腾起来，水波旋转，化作一条水柱，水柱上盘旋出一条银色的小蛇，百无邪喝了一声："咄！"

小蛇蜿蜒而出，化成井口粗大的巨蟒从镜子中游了出来，这巨蟒浑身细鳞密布、银光闪烁，如同白银浇铸而成，只是稍稍游动一下，就压得地面砖石开裂。

百无邪介绍道："这是通天银蟒，身长十丈七尺，浑身比精钢玉石还要坚硬，别说区区五行之力，就算是四大阳火、四大阴火都未必能奈何得了它，而且银蟒十分警觉，又特别护主，有任何一丝一毫的杀气它都能觉察出来，有这等灵物护在左右，岂不是安全满满哈！"

赵五郎见这银蟒果然是好东西，双眼立刻放光，赞道："果然是好宝贝！"

百无邪笑道："若不是极好的宝贝，我能介绍给你吗？怎么样，换不换？"

赵五郎正欲发话。忽然，屋顶上传来熟悉的少女的声音："银蟒虽好，但还是不如火精，黄雀斗大蛇，始终是黄雀道高一筹，银蟒虽然护主，灵性却不高，极易被幻术迷惑，反倒自乱了阵脚。五郎哥哥，不要换！"

百无邪见自己银蟒的弱点被少女一语道破，气得满脸通红，抬头气道："臭小茹，你不说话没人当你是哑巴！"

"小茹？"赵五郎抬头一看，可不正是，小茹换了一身深紫色的衣服，端坐在屋檐上，一脸笑嘻嘻的模样，几分可爱之中更透着一股英姿飒爽。

赵五郎喜道："小茹，你怎么来了？"

第十二章

朱雀火羽

小茹跳了下来，双手拉住赵五郎笑道："无邪师兄鬼点子最多，我怕你吃亏，就暗中偷偷跟了过来。"

她瞪了一眼百无邪，道："你果然没安好心。"

百无邪也白了小茹一眼，暗骂道："真是只小母猫，看中了男人就一路跟过来，你还真就一点儿都不矜持啊！"

赵五郎脸色 红，微微有些尴尬。

倒是小茹毫无羞之色，只是反责道："无邪师兄，你胡说什么啊！明明是你自己想占五郎哥哥的便宜。"

"五郎哥哥……这叫得可真亲切！"百无邪又翻了个白眼，浑身抖了两下，表示自己被恶心到了。

"百无邪！"小茹有些生气地道。

"好了，不说你了。"百无邪又一抖含象镜，正色道，"黑炭，那我再给你看另一件宝贝，你肯定喜欢！"

银光闪过，"啪嗒"一声，却是一枚赤红色的种子掉了出来，这枚种子如同一颗红色的晶石一般，里头蕴含点点火光，颇有些奇异。

赵五郎以为他要召唤出什么灵物，没想到却是一枚颜色有些刺眼的种子。

"这是什么东西？种子？"赵五郎将这种子捡了起来，触感有些滚烫。

"这是火藤花的种子。"百无邪笑道。

"看起来普普通通啊，它有什么用啊？"赵五郎问道。

"用处大着呢，我告诉你，只要你把它服进肚子里，它就会在你体内生根发芽，与你的肉体骨骼化为一体，这火藤一旦在你体内生长，不仅会让你的血肉体魄得到强化，而且你还可以随意驱使它替你做任何事，比如变化出万千藤蔓捆缚对手，或者落地生根，巍然不动如山。这火藤花养个十年后还会开出赤焰花，花能喷吐烈焰，可不比你这火精厉害百倍？"

赵五郎脑海中立即浮现一个浑身长满树叶花朵的人，像只树妖一样，他觉得这个造型很有意思，忍不住"嘿嘿"傻笑起来。

小茹以为赵五郎动心了，立即又哼了一声，劝道："五郎哥哥，听我的，不要换！"

百无邪气得直接跳了起来，"臭丫头，你又来！为什么不能换！"

小茹道："这火藤虽然罕见，却是个华而不实的东西，别说修炼十年才能开花吐焰，光是这藤蔓在体内生根长刺时，那种互相适应的过程就让人痛不欲生，十个修道的人有一半以上熬不过这生藤长刺的关卡，自己活生生地就被痛死了，那模样可惨了。"

赵五郎惊了一下，指着百无邪叫道："好啊，你个阴险的娘娘腔，居然想要用这么歹毒的东西来骗我！"

百无邪气道："好了好了，臭小茹，你等着，我这把再给你看的绝对是个好东西！你可注意看了！我只拿出来一次。"他又凝神念道："天地含象，日月贞明，写规万物，洞鉴百灵。奉号承帧祖师敕令，驱使霜火双黑！咄！"

水波又凝聚成两只拳头大小的熊黑，一黑一白，煞是可爱。百无邪握住含象镜朝院子里一翻，就听两声咆哮震耳欲聋，两只两丈大小的巨熊已经站立在院子中，将原本还算宽敞的庭院都挤得满满当当。黑白双熊一只叫北极寒霜熊，一只叫地炎烈风熊，皆是驭灵司的神兽。

百无邪眼中露出满意之色，问小茹道："臭丫头，你觉得这黑白双熊如何，可换得五郎的火精吗？"

刚才还一直顶嘴的小茹，此时也惊讶得说不出话来，这黑白双熊当真算得上是灵兽中的极品，寻常驭灵道人能得一只便是莫大的机缘，更别说两只齐备，当真是万金不换。

赵五郎也看得目瞪口呆，他瞧了瞧小茹，问道："小茹，你觉得这熊怎么样，我觉得很厉害啊！"

百无邪得意道："那可不是，我告诉你，这双熊均是力大无穷，黑熊吼声如雷，出掌如风，还能吞吐炙热地焰，天下阴邪之物莫能匹敌。而这霜熊更了不得，口中含着北冥极寒真气，只要被它的气息稍稍碰到，就会立即冻成寒冰，再拍一掌，就是太乙真金都要碎成齑粉。嘿嘿，黑炭，想不想要？"

小茹点了点头，情不自禁赞道："这两只确实是好宝贝。"

赵五郎这次真的有些动心，这烈风、寒霜双熊威武骇人，比起自己的火精显然厉害百倍，他一想自己与人斗法时若是能招出这样厉害的灵物，不说能稳赢一流高手，但是拿下二流的对手是绝对没有问题的。

赵五郎心生几分贪念，但他转念又一想，这百无邪既然肯拿这么厉害的灵物跟自己毫不起眼的火精对换，显然这火精也是个了不得的宝贝，只是自己一直还没发挥出它的真正威力罢了，这事交易下来自己未必划算，可不能换！

赵五郎想到这儿，忽然他脑中震了一下，自己把自己惊出了一身冷汗，他有些心惧自问道："我刚才怎么会这么想？这火精与自己相处时日已久，虽然说有时驾驭还不是很自如，但二者早已有了一些亲密的情感，别说这黑白双熊，即便是青龙白虎相赠，自己也是断断不能换的，这早已不是哪个灵物更厉害的问题，而是火精跟自己有了感情的问题，可刚才自己为什么突然就会有这种贪念了呢？"

或者说这不是贪念，而是一种理智之念。人若趋之利弊，则谓之理；而趋之亲疏，则谓之情。赵五郎向来重情而寡理，只是这一念之间，他突然动摇了自己的选择，这似乎是他换心后的一个征兆。

赵五郎犹豫再三，最终还是摇了摇头，道"你这双熊虽然厉害，但我还是不换。"

百无邪气得脸色一黑，叫道："臭黑炭，你不要太贪心，这灵物可是一等一的宝贝，你还想要怎么样的！你的火精虽然也是个宝物，却也未必能抵得过我这双熊。若不是我集够了阴力，想要收集阳力，我才不会拿这双熊跟你换。"

赵五郎听出了百无邪的话中意思，惊讶道："原来你是准备用我的火精去炼制你的灵龙？"

百无邪"啊"了一声，知道自己说漏嘴了，而后有些尴尬地点头道："正是，只要我收集了这阴阳之力，我的小灵子就是最厉害的灵物了，我好生修炼修炼，五年后就可以代表驭灵司参加道坛决了，我一定要让我姐姐刮目相看。"

赵五郎好奇道："道坛决？什么是道坛决？"

百无邪翻了个白眼，一脸嫌弃的模样说："亏你还是修道之人，连道坛诀都不知道，这道坛决可是四大正道的一件盛事，哎呀，我懒得跟你说了，你自己去问问你师父去。"

赵五郎听到师父二字，面色立即有些凝重，"我师父……现在都不知道是死是活。"

小茹见赵五郎情绪低落，急忙推了一把百无邪，道："无邪师兄你不要哪壶不开提哪壶。五郎哥哥你别难过，我前几日叫人去打听了，那龙涎阁早就变成了一片废墟，根本没有你师父和白衣少年的尸体，想来你师父和师弟吉人自有天相，已经脱身离去了。"

赵五郎回想龙涎阁中的恶斗，着实凶险万分，心中担忧之情只是有增无减，他叹了一声道，"希望如此吧。"

百无邪见这情景，忍不住又啧啧两声，打趣道："真是一对野鸳鸯！这一唱一和的好是般配。"而后又继续问道："黑炭，先别想你师父的事了，我就问你，你到底换不换，你可想清楚了，我这双熊可真是了不起的宝贝。"

赵五郎摇了摇头，坦然道："我修为资质有限，这火精我原本是没资格拥有的，但它似乎与我颇有缘分，偶然闯入我体内，如今已成了我身体的一部分，你这些灵物再好，却始终是外来的灵物，恐怕与我不合。而且最重要的是，我不想让它被炼成灵龙的阳之力，百无邪，你也是驭灵道人，这灵物也是有神智的，若是我拿宝贝跟你换小灵子，让我把它炼化成无知觉的灵力，你会愿意吗？"

百无邪怔了一下，他没想到赵五郎会这么反问他，口中有些犹豫道："道理倒是这样，只是我……唉。"他欲言又止，犹豫了一阵，终究是没能说出口。他收了黑白双熊，抹了一下含象镜，镜面又恢复一片水波含烟的样子。

百无邪望着残月有些不甘心地最后问道："黑炭，你真不肯把火精给我？"

赵五郎坚定地摇了摇头说："这事恕我不能答应。"

百无邪无奈地笑了一下，他突然问道："那你可知这火精是什么来历吗？"

赵五郎摇摇头，道："不知道，我也是偶然间得它的。"

百无邪无比地艳羡道："这真是傻人自有傻福，想我们驭灵司的人多少人穷其一身寻找灵物，都不能找到合适的灵宠，你倒好，瞎猫都能碰到金耗子，看来这也是你的福分。"

这天地间虽然有七种真灵，但每一种真灵的形成和来历都大不相同，即便同样是火精，因为形成条件不同，所幻化出的灵力和属性也大不相同，赵五郎体内的火精有点接近南明离火，但具体是什么东西，就连见多识广的葛云生也不清楚。此番，百无邪问了这么一句，赵五郎立即起了兴致，急忙问道："小胖子是什么来历？你跟我说说吧。"

百无邪一指赵五郎的眉心，道："你的火精名叫朱雀羽。"

第十三章

风波再起

一听到"朱雀羽"三个字，赵五郎明显感觉到自己体内的火精在急速转动，十分振奋。

"朱雀？"赵五郎惊叫了起来，这么不起眼的火精就是四方神兽之一的朱雀？自己何德何能竟可以驾驭这样通天彻地的神兽。

百无邪见赵五郎脸色剧变，忍不住又笑了起来说："我说的是朱雀羽，而不是朱雀，这两者差别可人了，朱雀乃是上古神兽，南方之神，怎么可能沦落到凡间任由凡人掌控？你想得倒是美！但传闻朱雀每过五百年便会火中涅槃一次，每次涅槃都会烧尽自己的烈羽，长出新的羽毛，这一过程中会有一些火羽没有焚烧殆尽，流落到凡间，这一片残羽经过数百年的机缘巧合，渐渐有了自己的灵性，最终化作天地间的火焰精灵，便是朱雀羽了。"

赵五郎忍不住摸了摸自己的额头，原来这只不起眼的火精还有这么传奇的来历，虽然不是朱雀神兽，但想来以朱雀神羽历经世间的奇遇，最终修炼而成的火精也是不得了的灵物。

赵五郎一下子就觉得自己是捡了个大宝贝，高兴得嘴巴都合不拢，他再也没有刚才收伏鬼母时的冷酷，而是傻笑道："哈哈，原来小胖子叫朱雀羽，不过呢，这名字还是太拗口，还是小胖听起来可爱一点儿。"

这话刚说完，额头中又喷出一股烈焰，直接烧了赵五郎抚摸的手指，赵五郎"哎哟"一声，赶紧甩灭火焰，气道："你大半夜的都不睡觉吗？居然还在偷听我们说话！"

"啾！啾！啾！"赵五郎都能感觉出来，火精在他脑海中拧着眉头，气鼓鼓地扇着短小的翅膀，脑袋一撅一撅的生气样子。

"好了，不说就不说了，脾气还这么大，好歹我是你主人，对不对？"赵五郎无奈道。

小茹见了又忍不住咯咯笑了起来说："五郎哥哥真是傻！"

百无邪噘了噘嘴，眼巴巴地瞧着赵五郎，浓眉星目之上，一道裂缝艳红如血，淡淡的光霞晕染而出，甚是奇异。

这朱雀羽实在是太难得了，它与赵五郎已经合灵，除非赵五郎主动释放灵力，不然百无邪无论如何是得不到这火精了。百无邪心中有些舍不得，叹了一声道："可能我与这火精真的无缘，真是可惜。"

赵五郎劝道："这天下的灵物又不是只有火精一种，你何必介怀。"

"也是，我若练好了小灵子，也绝不比任何灵物差！"百无邪倒也是情绪快速变化之人，只是片刻又踌躇满志了。

三人收拾了东西正准备离去，突然一条人影蹿了出来，紧紧地抱住百无邪，三个人吓了一大跳，定眼一看正是许戈，这人边摇晃百无邪的大腿，边哭叫道："这位姑娘，你可别走啊，你得给我留个保命的法宝才行，不然过两天这妖怪要是再来我可怎么办啊？"

百无邪脸部肌肉抖了三抖，猛然一回头，大喝道："你瞎了吗？你睁开眼睛看看我是男的还是女的！走开，别烦我！"说着他一脚将许戈踢到一边。

赵五郎和小茹早已见怪不怪，摇头笑了一阵，五郎见百无邪粗鲁撒泼的模样好似一个人，忍不住自言自语道："也不知道小仙现在怎么样了，她在紫云谷过得好不好。"

小茹有些吃醋道："小仙？小仙是谁？"

赵五郎从怀中掏出一枚纸人，摇了摇道："她是我一个朋友，很好很好的朋友，我好长时间没见过她了。"说着他又轻轻摇了摇纸人，喊了喊，"小仙，你在不在？你在千机阁过得怎么样了？千机老头对你好不好？"

纸人咧着嘴巴，一脸笑呵呵地看着赵五郎，只是这表情已经凝固了很长的时间，却从没发出过声音。赵五郎无奈道："偏偏这个时候坏了。"

三人出了许府走了一阵，夜幕中一派月朗星稀，当真是个好天气。这滇南一带历来天高地阔，初冬时节气候最好，点点繁星落在乌蓝的苍穹之中，仿若洒了漫天的宝石。

赵五郎赞道："中原一带很难看到这么漂亮的星空。"

小茹应声道："那可不是，我听爷爷说中原之地灰尘可多了，天色总是灰蒙蒙的，很多灵物都养不活。"

百无邪也抬头望了望夜空，他看了一阵突然叫了声："哎呀，不好！今晚是满月之夜，我姐姐说不定有危险。"

赵五郎只道这百无心是不是修炼了什么功法，满月之夜会气血回流之类，也问道："你姐姐她怎么了？"

百无邪一脸焦色道："我姐姐说今晚去雷泽湖转转，但是她忘记了今天是满月之夜。"

小茹听到"雷泽"二字，也是惊了一下，惊恐道："若是平时去雷泽也就罢了，今日是圆月，无心姐姐可不是有危险？"

赵五郎不解道："这雷泽是有什么妖物吗？"

小茹道："雷泽之内有上古神兽夒兽，每到圆月之夜它必会浮出水面观星拜月，无心姐姐要是碰到夒兽可不是糟糕了？"

雷泽与灵虚谷相距不过百里，湖形如一轮圆月，若是月圆之夜，必有恶兽浮出水面，对月长啸，其声如奔雷，闻之令人肝胆俱裂，所以当地人称之为夒兽。若是有人不慎在圆月之夜误入雷泽，必会遭遇夒兽袭击，这是灵虚谷内人人都知道的秘密，为何一向做事颇为严谨的百无心会如此大意？

百无邪想了一想，突然叫了起来："我知道，我姐姐是想去抓夒兽！"

"抓夒兽？"赵五郎和小茹惊讶道。

小茹立即摇头道："夒兽乃是上古神兽，威力何等强横，无心姐姐的修为虽高，但是想以人力制服神兽，恐怕……"

百无邪旋即担忧道："正是如此，但你也知道我姐姐性子高傲，势必不肯叫人帮忙，所以今夜才自己一个人偷偷去了。她的想法我最清楚了，下月试功大会师尊必将出关，她肯定是想要在这样一个场合叫所有人都为她的本事震撼。"

小茹也叫道："无心姐姐也真是的，她都已经是驭灵司新一辈中的翘楚了，又何苦冒险呢？"

赵五郎不知这试功大会究竟何等隆重，为何一个个这么重视，但料想这百无心入了雷泽必是凶险万分，赶紧劝道："那我们赶快走吧，万一她真是遇到了夒兽，可就麻烦了。"

三人正准备出发，忽然赵五郎回头朝小茹道："我跟无邪去看看就行了，小茹你修为尚浅，还是不要去。"

小茹满脸愁容道："但你刚刚伤愈复出，我怕你……不如我们回去禀报各长老，多带几个人去看看。"

百无邪摇头道："我姐姐生性孤傲，这驭灵司内除了师尊和我师父，其他长老早把她视为自己弟子的劲敌，哪里还肯帮她，但师尊正在闭关，想必是指望不上了，小茹，你回去后只告诉师父，说我跟姐姐去了雷泽，他听到这话就知道来帮我了。"

小茹点了点头，一转身又依旧是一副放心不下的样子，百无邪又催了一句："你快去快回，省得耽搁了时间。"小茹这才急急招了只青鸾鸟，赶紧往驭灵司飞去。

赵五郎目送小茹离去，道："无邪，那我们赶快走吧。"说着，他拉着百无邪便准备往外疾奔。

百无邪一把拉住他道："傻黑炭，你知道雷泽在哪里吗，你就开始跑。"

赵五郎哑然无语，道："这个，我确实不知道。"

百无邪白了他一眼，哼道："一副毛躁的样子，我们驭灵司的道人哪里还有靠双脚赶路的道理。

他喝了一声："咄！"就见腰间葫芦上的灵藤盘绕而出，化作一条巨大的灵根龙，这灵根龙身子一旋，化出无数手臂粗细的树根，将二人缠绕在自己怀中，而后如同掀开水面波浪，钻入土中，一路往西北方向狂奔而去。

灵龙在土中穿行，如同鱼儿在水中游弋一般，赵五郎只觉得四周一片混沌，无数的土石在前方破碎瓦解，向四周分散而去，端是神奇。

赵五郎呵道："原来土遁之术是这么个情景啊。"

百无邪得意道："这有什么，如果我的小灵子能把这阴阳二力都吸纳进去，那就是天底下最厉害的灵兽了。到那时候，我就可以跟我姐姐一起去参加道坛决，一振我驭灵司的威风！"

赵五郎好奇道："对了，这道坛决究竟是什么东西啊，你为什么这么重视，要一再提起。"

百无邪有些奇怪道："你真的不知道道坛决？"

赵五郎一脸茫然，摇头明确表示不知道。百无邪有些无语，这修道之人居然有不知道道坛决的，他解释道："我告诉你哦，道坛决可是天下正道人士最翘首以盼的盛事。道门成立至今近千年，每过二十年便会由当任掌教举行天地道坛决，由各门各派派出教内修为最强的门人参加决斗，道坛决的胜者也将执掌道教牛耳，成为新一代的道教掌门人。"

赵五郎惊叹道："竟有这么隆重，为什么我师父从来不告诉我？"而后又有些疑问，"那这么决斗，自然没人斗得过这四教掌门了，其他弟子去了岂不是当了陪衬，谁还会去参加啊。"

百无邪白了赵五郎一眼，哼道："看来你真的是一点儿都不知道。为了保证掌教之位不被某一个人独占，道教先祖立下规矩，所有修道之人一生只能参加一次道坛决，即便你的武功修为再超群，你也只能参加一次。比如我师尊，上一次参加了，这次就不能再参加了，所以他这一辈子当不了道教掌教了。"

"你师尊是输给丹鼎观的徐掌门吗？"赵五郎问道，徐长元现今是道教掌教，想来便是当年的天下第一了。

百无邪冷哼一声，道："不是，徐长元虽然是现今的道教掌教，可他未必有这能耐！我师尊是惜败给了御剑宗的王琼风，他的剑法当真是天下第一，无人能敌。"

百无邪无限感慨道："若非王琼风的横空出世，我师尊必是天下第一！他二人的对决堪称历次道坛决中最强的一战！"

第十四章

十大高手

昔年，太虚崖之巅，九鼎道坛之上。

山风呼啸如利刃，地火升腾似海潮。空气中火硝、硫黄的味道浓而不散。

驭灵司严明崇与御剑宗王琼风，演绎了一场旷世对决。

一个是驭灵圣君，深居滇南灵虚谷，一身驭灵术法登峰造极，万千灵物随心化出，一人足可抵挡万兵。

另一个是至尊剑圣，常年与海潮日月为伴，御剑之术神出鬼没，六宗神剑惊天动地，却叫天下万夫莫当。

若论内力二人不分伯仲，若论求胜之心，严明崇更胜一筹。

若说心境，王琼风却远胜众人。

王琼风的剑是天地之剑，他见天地日月变化，观阴阳五行互长，而悟道出师，再过五年练成了天地六宗神剑，每一剑都蕴含日月之华，迸发山海之势，是天下间最强横霸气的剑法。

二人斗了三百招，犹难分胜负。

严明崇祭出他的本命灵物，九色神龙。

天地间骤然变色，浓云之中九色龙形盘绕凝聚，将整个太虚崖笼罩在一片死寂之中。

王琼风迎风而上，他朗声道："驭灵一术，始终是借力之法，九色神龙再强，始终与你心有间隙，就是这一间隙便误了你战机。我的剑法历来唯快唯强，我要胜你，只需这一剑便足矣？"

他震碎自己的长剑破开层层乌云，一抹金光如利剑般透了下来，王琼风借着这一抹日光，聚起万千大日金光，化作不可阻挡的日宗神剑，劈入严明崇的龙蟠九阵中，将严明崇最得意的九色神龙碎裂成彩沫飞扬在山巅之上。

九色神龙化作了一道长虹。

"外力再强，始终不如自己的好！"

王琼风击败了严明崇，赢得了最关键的一战，却在与徐长元的最终对决中主动弃剑离去，拱手让出道教掌教的位置。

四大道门的人都难以理解，为什么王琼风最后要弃剑，那一剑"大日金光"已是近在咫尺，掌教之位已是唾手可得。

可是最终这一剑却刺向了丹鼎观的九大神鼎，剑芒在古老的神器上留下一道永远抹不去的疤痕。

王琼风"哈哈哈"狂笑三声，道："我不如徐老道，这掌教我当不了，琼风甘拜下风！"他兀自垂然下山，十五年过去了，他独居在东海清虚山上的剑阁中，再也不问江湖世事，再也未踏足太虚崖一步。

道门中谣言甚嚣尘上，却没有谁知道当年他弃剑的真正原因是什么。

说起往事，百无邪依旧一脸激动，"你说这道坛决叫不叫人激动？距离下一届的道坛决，也就剩下五年的时间了！"

但赵五郎关心的却不是道坛决而是"王琼风"三个字，这不正是齐云飞日日念叨的杀师仇人吗？这人修为如此通天彻地，就连四大掌门都不是他的对手，那齐云飞如何能击败他？

赵五郎有些替齐云飞惋惜道："这王琼风这么厉害，齐师弟怕是很难报仇了。"

百无邪头也不回地问道："齐师弟？是你符箓门的弟子吗？怎么还会得罪王琼风？"

赵五郎摇头道："他是御剑宗的门人，具体情况我也不太清楚，不过他的资质甚好，远胜于我，说不定苦修个十年八载，也能有一线希望。"

百无邪笑了一声，这笑声甚是轻蔑："资质甚好？能有多好？你可知这正道四门之中，年轻高手有多少，哪一个不是资质卓绝的天纵奇才？但这些人中哪个敢说出要击败王琼风这样的大话？真是蚍蜉撼大树，自不量力！"

赵五郎眼见百无邪挖苦齐云飞，有些气恼道："你怎么可以这么说齐师弟，你又没见过他，你自然是不知道他的实力，就连我师父都一再夸他。"

"那是因为你师父教了你这个蠢徒弟，他自然觉得别人是天资无双了。"百无邪冷嘲热讽一番后，从怀中掏出一本烫金小册子，小心翼翼地翻了翻，说道，"若说这正道中修为出众的新一辈弟子，莫过于我手中的这十个人，你可觉得会有你齐师弟？"

赵五郎瞧了瞧他手中的册子，用金线细细地绣了边，首页上描了四个大字："十大高手"，颇有些华丽。他忍不住问道："你这又是哪里来的杂书？"

百无邪一合册子，微微恼怒道："这些都是我费尽千辛万苦才搜集到的，每一个人的招数、法宝都一一在列，你可知道我为什么要搜集这些人的资料吗？"

赵五郎脱口而出道："你既然写着十大高手，肯定是想击败他们，成为新一任道教掌门，但是以你的修为，不是我打击你，恐怕这五年时间是来不及了。"

百无邪也不生气，哼了一声道："当道教掌门，我可没兴趣，那位置有什么好，倒不如当个长春长老安逸，日日与花鸟相伴，何其潇洒自在。"

赵五郎有些不信道："那你还偷偷收集这些人的资料？"

百无邪道："我做这些都是为了我姐姐，我姐姐一心想要振兴驭灵一脉，整天就想着练功！练功！练功！人都练傻了，唉，我能帮她的也不多了，我帮她收集这些对手的情况送给她作为新年的礼物。再说，我若练好了，也进了道坛决，自然能助她一臂之力，这样可不正好？她一个女流之辈跟这些男人决斗，我总归不放心。"

赵五郎心想这百无邪倒也是个重情之人，处处还替他姐姐着想，但他随即又心想，自己的修为这般平庸，这道坛决断然是不会与自己有关系了，到时候若是能有机会到现场看一看，目睹这些高手的较量，也算是三生有幸了。

想到这儿，赵五郎突然来了兴致，"无邪，那你告诉我，当今正道之中都有哪些高手？有我师父吗？"

百无邪疑心道："你问这干什么？难不成你也想参加道坛决？"

赵五郎急忙摇头道："我这修为上去干什么，我就是想了解下，万一有机会到现场一睹风采，也不至于哪门哪派的高手都认不清。"

百无邪点头道："料想你这修为，也是不会有什么大出息了，好吧，我这就跟你说说我这册子上有哪些高手。"

百无邪扶住灵根龙的根须，微微仰起头，深吸了一口气，拨了下衣袂，做出一副器宇轩昂的模样，他正准备开讲。赵五郎突然仰起头问道："那个，这十个人里面不会有你吧？"

百无邪当即跳将起来，气急败坏，姿态全无，怒骂道："什么叫不会有我吧？那是肯定必须有我啊！臭黑炭，你这是质疑我的修为吗？"

赵五郎恍然大悟道："那看来这些高手的门槛也不是很高啊。"

百无邪直接伸过手就想去揪赵五郎的脸，无奈灵木隔着，出手不太方便，唯有臭骂道："你个死黑炭，嘴巴这么贱，看我不撕烂你嘴！"

赵五郎东躲西躲，大叫道："行了，你快点儿说，都有哪些了不得的人物，也让我开开眼界。"

百无邪收了手，这才正色道："嗯，你可听好了，这四道之中如今有十个年轻有为的高手，都是修为卓绝，风头无量的青年才俊，这其中有六个人早已突破了返照之境，当真了得。你想先听哪个门派的？"

赵五郎毫不犹豫道："我先听符箓门的！"

"符箓门？"百无邪脸上立即浮现出一丝不屑，"符箓门啊，近些年来确实是后继无人，只出了一个稍微厉害点儿的角色，他叫李默然，如今记挂在神霄长老门下，他的天资修为在符箓门新一辈弟子中当得起出类拔萃四个字，但符箓道法终究是没落了，与其他门派的高手相比还是有些差距，不过我相信清微、神霄这些老道必然会全力栽培这棵独苗，那教内法宝什么的想必也是倾囊相助，这样说来，他的综合实力其实也是不错的，勉强可排第十。"

赵五郎听得百无邪口气中对符箓门甚为轻视，想来这教派当真是落魄到人见人欺的地步。他自己修行符箓道法已久，特别是换了心之后，对符箓道法又多了很多理解和感悟，这其中的无上真法何其之多，何其之妙。只是浩海无边，如何取用却不是人人都会的，眼下符箓一脉恐怕真的要无人继承渐渐失传了。想到这儿，他心中不禁一阵悲凉。

百无邪未注意到赵五郎的情绪变化，依旧晃着脑袋继续说道："怎么了，黑炭，不想听了？要不要再听下御剑宗的剑宗四少？这四个人可真是个个了不得。"

赵五郎早已索然无趣，随口道："你说吧。"

百无邪兴致勃勃道："御剑宗如今虽不是道门掌教，但人人都知道御剑宗的王琼风剑法之高超无人能敌，所以修行御剑的门人也日益增多，御剑宗门下的弟子修为高的很多，但是最出色的无疑还是王琼风钦点赐名的剑宗四少。"

"御剑宗第四少，丁少宗。丁少宗是御剑宗内天资最卓绝的弟子，传言其天分甚至不逊色于至尊剑圣王琼风，但丁少宗自小身子骨不好，导致内力修为一直难以长进，御剑之人内力和剑招都是相辅相成，缺一不可的。丁少宗的剑招虽然举世无双，但内力平平，这也阻碍了他剑道的上限。丁少宗一直都紧跟在王琼风左右，很少下山，他的剑传闻无形无相，无锋无影，肉眼根本看不见，号称是天下间最快的剑，很多人都未看清他是否出剑，就已经身首异处。他的剑当真配得上速度之剑！这人可排十大高手第八。"

　　赵五郎听到这来了几分兴致，问道："这人倒是有意思，却不知道，跟云飞比谁的天分更高？"

　　"云飞？就是你那个齐师弟？嘿嘿，料想他天分再好，还是比不上丁少宗，丁少宗可是号称剑门内天资第一。若不是身体条件太差，他的修为早就盖过其他三少了。"这天下竟有比齐云飞天资还高的剑客？赵五郎忍不住心生几分羡慕，若是自己也有这么卓绝的天赋，他师父是不是就不会这么苦恼了。

　　百无邪继续道："御剑宗第二少冷少卿。冷少卿绰号千剑不留形。因为他的剑名曰千机剑，剑身由一千零八块碎剑组成，变化多端，是灵巧之剑。冷少卿的天赋虽然没有丁少宗高，但为人练剑最是刻苦，三年前突破了返照之境，到如今内力修为和剑招变化都十分厉害，是御剑宗新一辈中的佼佼者。但此人生性孤僻乖戾，喜欢独来独往，而且做事歹毒不留余地，就连御剑宗内的门人大多也不喜与他接触，是个十分不好惹的角色。他的本事可排第六！"

　　"御剑宗第三少，是南宫少羽。"

第十五章
雷泽秘境

"南宫少羽?"赵五郎听到这个名字打了个激灵,眉心处又传来一阵剧痛,仿佛这伤口刚刚被划破了一样。

百无邪道:"说起南宫少羽这人可真有意思,外表俊美堪比绝代美人,内心心机之深恐怕要冠绝群雄,天天一副彬彬有礼的假君子模样,但江湖中谁不知道这人就是个披着乌龟壳的毒相柳,'玉面相柳君'这个称号也真是贴切。不过,此人的修为剑法都十分厉害,尤其是他的九柳龟甲剑法攻防兼备,招式诡谲,十分难敌。而且,他的九柳龟甲剑还被王琼风封去了四剑,若是有朝一日他解封了这四剑,恐怕就算是秦少商也未必能胜得过他。"

"他的剑法可排第四!"

南宫少羽的剑法,赵五郎是见识过的,诡谲凌厉,就连齐云飞全力使出乾坤九剑前四剑也难敌他一剑之威,以自己目前的修为是万万斗不过他的,这等厉害的剑客也只能排在第四,可想而知,如今天下正道各门派弟子之强盛。

当然,符箓门除外。赵五郎又叹了一口气。

"御剑宗第一少,是大弟子秦少商。"百无邪说起秦少商两眼都忍不住放出光彩,"秦师兄可是天纵奇才的人物,剑宗之内除王琼风外,也只有他是算得上是剑法、品德兼修之人。"

"秦师兄十三岁就御剑斩杀山妖之王,十五岁只身闯入魔教总坛,击杀魔教长老教徒两百余人,来去如风,毫发无损!十七岁得王琼风赐剑,名七星望海,并修得六宗神剑中的地三宗,海、岱、川三剑。他是御剑宗中唯一习得王琼风六宗剑的弟子,毫无疑问,日后这御剑宗的掌门之位定就是他的了。更加难得的是,秦少商虽然修为卓绝,但为人谦虚仁厚,胸怀大义,毫无高傲轻浮之态,当真是一代大侠!我姐姐以后要是嫁人,就要嫁给秦少商这样的人物!"

"在我看来,秦师兄是年轻一辈中当之无愧的第一高手!"

百无邪说得唾沫横飞,双眼熠熠生光,一脸崇拜的神情。而赵五郎在想的却是,当日在柳风社中，那出手相助他和施小仙的御剑高手，秦少侠，看来真是这御剑宗的秦少商了。现在想来那人果真是气度卓越的青年才俊，浑身透露出一股不怒自威的王者风范，自己与他一比，真是云泥之别。

百无邪见赵五郎又发呆，有些不满道："喂，黑炭，我说你有没有在听啊？干吗老是发呆？"

赵五郎回过神，"哦"了一声，随口问道："那你觉得我能排第几啊？"

百无邪愣了一下，叹气道："说实话，你现在这修为在各门派中中等之资都未到，不过呢，你也看开点儿，这天下第一有什么好，我百无邪就一点儿兴趣都没有。"

这天下第一，多少江湖人士趋之若鹜，但世间种种事物，有人爱，就会有人不爱，任是他天分再高，也毫无兴趣。

赵五郎的心中像被一颗石头击中的湖面一般，荡起层层涟漪，他想自己若也有通天彻地的天资，现在会是什么光景？会不会也像这名册上的十大高手一样，快意恩仇，笑傲江湖，被所有人所敬畏敬仰，但是否也会被道门中的其他弟子紧紧盯上，视为一生之敌，终日深陷排名争斗之中，这样的人生是否无趣了些？

人心各有所求，能懂得自在快乐，何尝不是最好的选择？

正想着，忽然一声巨吼穿透而来，灵根龙吓得剧烈抖动了一下，龙头猛然抬头上扬，整个龙身高高跃起，飞出了地面。

赵五郎眼前一亮，却见灵根龙整个身子已经腾在半空中。

只是这腾空不过片刻，灵根龙就快速收缩化作一条枯木藤缠绕回百无邪的葫芦上。

这龙一收，两个人就径直摔了下来，百无邪痛得叫骂道："小灵子你个胆小鬼，一个吼叫声就把你吓成这样了！"

二人也不知道是到了哪里，只好站了起来，细细观察这周边的情况。只见四周是黑洞洞的悬崖峭壁，脚下是一片汪洋般的水域，水面平滑如镜，映着满星辰，一片清朗明亮。

"这就是雷泽吗？"赵五郎问道。

"对。"百无邪也恢复了正常的脸色，他指了指湖面道，"你看到那湖水中有一丝丝亮光的流动，那都是散落水中的雷光，这湖水肯定是雷泽。"

湖水之中蕴含雷力，若是修为尚浅的人一触碰湖水，必会遭雷击而亡。

"这里好安静啊。"赵五郎感叹道。

"满月之夜，百里雷泽之内所有的生灵都蛰伏不动，自然是悄无声息了。"百无邪摇了摇葫芦，见那灵根龙一脸惧怕地缩成一团，不禁有些气恼道："这小灵子不肯出来，我们只能靠双脚走路了。"

"但这雷泽太大了，这么找起来，怕一时半刻也找不到你姐姐。"赵五郎眺望湖面，水波浩瀚，四处悬崖峭壁、怪石嶙峋，一眼也看不尽这里的情景，哪里还有百无心和夔兽的影子。

"等着，我有办法。"百无邪又掏出含象镜，轻声念道，"天地含象，日月贞明，写规万物，洞鉴百灵，役使寻踪仙子，速随我意。"

含象镜中波光闪动，一群雪白色的蝴蝶飞舞而出。

百无邪命令道："帮我找到姐姐百无心，仙子快去。"寻踪仙子闪动着翅膀，像点点星光一样在雷泽湖面上扩散开来。

"真是好宝贝啊！"赵五郎忍不住羡慕道。

"哼，我驭灵司的道法不比你符箓门几张破纸厉害多了？"百无邪得意扬扬地扫了扫巨石的表面，端坐了下来，道，"你也坐下来休息下，我这寻踪仙子找人也得有个时间，我们先好好调息下，万一真遇到夔兽，也才有力气对付它。"

赵五郎看了一圈，忽然脸色愈加凝重，他两步跳下巨石，走到湖边，四处摸索了一阵，低声道："不对劲儿，这里有些不对劲儿。"

"怎么了？"百无邪问道。

赵五郎也不说话，绕着悬崖的边缘慢慢地走着，忽然他一下子跳下了悬崖，整个人消失不见了。

百无邪吓了一跳，一下子站了起来，叫道："黑炭，你在干吗？"他急忙奔了过去，往下一瞧，却见赵五郎并未坠入雷泽之中，而是整个人垂直立在崖壁上，一脸惊讶地望着百无邪。

这是怎么回事？

赵五郎如何能垂直站在刀削一般的峭壁上。

赵五郎抬头道："无邪，你跳下来试试。"

百无邪跳了下来，终于发现问题所在。当他踩着岩石壁的时候，整个重心也随着移动，天地为之旋转，也就是说这里的重心是在崖壁上，而不是地下。

二人立在崖壁上向前望去，雷泽湖如同一面湖水凝成的巨大水墙横立在天地间，着实震迫人心！

赵五郎不由自主地往水墙走去，水光莹莹，微微晃动，仿佛下一瞬间就要迎面坍塌下来。

"这就是雷泽？"赵五郎惊讶道。

"这是雷泽！原来雷泽是这个样子。"百无邪也是第一次来到这个地方，他以前只是听百无心说过雷泽里的大概情况。

赵五郎眯着眼细细地查看周围的情况，反问道："无邪，你说今夜是满月之夜，但这里天空无云，却光有星光，而没有明月，可不是奇怪？而且这星光颜色也有些不太正常。"

"那，那光亮好像确实有些不太一样！"百无邪这才意识到，原先在许府门外可是皓月当空，此番这雷泽湖的天上却只有星辰而没有明月，这可真奇怪了。

"那是幽火！"赵五郎面色凝重更甚，"但如果我猜得没错的话，我们现在应该是在雷泽的水下。"

百无邪的嘴巴张成了一个大大的圆形道："这是水下？明明看起来是水面上啊？"他突然想起谷神医曾经跟他说过的一件事。

浩淼雷泽之下，是万骨遗落渊。

传闻遗落渊内磁场诡异，无上无下，无前无后，没有明确的十个方向，故又称幽冥十方界。

六百年前，驱灵司开派祖师玉文道人击败了阴王房长生后，将其逼退到遗落渊内不敢出来，玉文道人突感自己大限已至，无奈之下，以十二天信印中的泛波宝印引来天界真水，汇聚成雷泽，封住遗落渊的出口，再驱逐夔兽镇守雷泽湖，但因夔兽残暴不听召唤，玉文道人又以天信宝印、地信宝印和万灵宝印三印设下天、地、人三盘阵法，镇住这夔兽，叫它永生永世镇守此处，令阴阳两界的人互不侵犯。

百无邪震惊道："不可能！雷泽周围有玉文祖师用天、地、人三印设下的三盘结界，我们不可能穿过结界来到湖底的。"

赵五郎冷冷道："那只有一种可能，三盘结界已经不存在了。"

这世间有谁能破得了玉文祖师的三盘结界，百无邪摇头道："这结界设在此处六百年都安然无恙，怎么可能几日之间就被人破了？"

"这天下间厉害的高手这么多，难不保就有人找到了设置在此处的天地人三印，一并将它们取走了，这三印不在，结界自然就不攻自破。"赵五郎道。

忽然一声巨响，水面发出一阵剧烈的抖动。

二人脸色剧变，"糟了，可能是夔兽过来了。"

百无邪忧心忡忡道："没了三盘结界，这夔兽一旦醒来，必然冲出雷泽，为祸人间。不行，我得赶快找到我姐姐，回去禀报尊师。"

他急急念动咒语，葫芦上的灵根龙勉强变成水桶般粗细，畏畏缩缩地盘旋在湖边。

百无邪说道："我们赶快走，回驭灵司！"

突然大地又是一阵颤抖，灵根龙吓得又缩成一条手指头粗细的枯藤，缠绕在葫芦上再也不肯下来。

第十六章
鬼道术法

百无邪一时气结，"没见过这么胆小的灵兽！"

赵五郎道："这湖中的夔兽乃是灵兽之王，你的灵龙估计天生胆子小，惧怕这等神兽也是正常。"

"那怎么办？出也出不去，万一夔兽来了，难道要我们在这里等死不成？"百无邪皱着眉头，开始有些惴惴不安，"希望我姐姐没事才好。"

赵五郎抬头看了看不远处，冷冷道："先不管夔兽之事，我看当务之急，是怎么解决这些鬼道的人士。"

"有人来了？"百无邪凝神一看，果然不远处有几个黑影晃动，动作迅捷如鬼魅，显然来者修为不低。

二人急忙退回巨石上，遗落渊内地形奇特，唯有此处较为开阔，若是交锋起来，也不易被暗算。

那些黑影闪动了几下，却一个个消失不见，显然是知道自己被人识破了，故意隐藏了起来。

赵五郎道："鬼道的人最是诡异，必须小心应对。"

咚！咚！咚！

忽然头上传来一阵阵击鼓声，鼓声一下一下，摧人心魄，每击打一下，百无邪就觉得自己的心脏剧烈跳动一下，很不舒服。

百无邪"哎哟"了一声惨叫道："这，这是摧魂落魄鼓，我的心脏都要爆裂了！"他急忙御法抑制住自己翻腾的血脉，道："好邪门的鼓声，就连我这等修为都有些抵挡不住，五郎，你可得小心点儿。"

他转头看了下赵五郎，却见赵五郎一副安然无恙的表情，根本没什么感觉，百无邪奇怪道："这鼓声这么厉害，你没感觉到吗？"

赵五郎也奇怪道："不就是普通的鼓声吗？你这是怎么了？"

百无邪突然想起赵五郎已经换了一颗心脏，这心脏不是普通的血脉之心，而是火精和混元灵气交汇而成，自然不受这等催命鼓的影响。

赵五郎双眼聚光，瞄准机会朝空中飞出一火符，叫骂道："敲大鼓的，你给我下来，鬼鬼祟祟的，不似个英雄好汉！"

空中咚咚两声，那鼓声竟然直接将火球震飞开来。

那人见赵五郎发现了自己的行踪，急忙更加拼命地敲鼓，只敲得水面波涛阵阵，四处飞沙走石，但赵五郎却依旧一副毫发无损的样子。反倒是百无邪的心脏剧烈跳动，已经痛得脸色通红，倒在地上四处打滚。

赵五郎急忙飞出一张黄符，贴在百无邪额头上，喝道："太上台星，应变无停，智慧明净，心神安宁。急急如律令，敕！"这是静心咒，黄符化作一道淡黄色的光芒将他笼罩了起来，百无邪立即觉得自己的心跳减缓了许多，胸口稍稍松了一下。

"哼！好个符箓道人！"天上的鼓声戛然而止，一个人影从天而降，更准确地说，这人应该是从深渊里跳了上来，因为遗落渊内是四处倒转，无上无下的。

只见这人状如大头娃娃，不足三尺，一身红衣红裤，脑袋嘴巴大得有些不成比例，脑门上扎两个冲天辫，脖子上挂几串白纸钱，满脸皱纹，口中是黑黄尖牙，长得委实古怪丑陋。

大头娃娃手里握着一把巨大的拨浪鼓，足有一名成人高，两侧鼓壁上悬挂着一黑一白两个骷髅头，正反鼓面上分别写着"魂""魄"两个字，正是百无邪口中的摧魂落魄鼓。

"吞噬童子？没想到你居然还活着！"百无邪显然认得这厮，一个借鬼道吞噬之力返老还童的怪人。

吞噬童子摇头晃脑道："臭小子，你死了我都不会死！要不是你，偷走了我的驻颜灵物，我如何会是这丑陋的样貌，你这仇我可是一辈子都不会忘了！"

他又指了指赵五郎，叫道："你这人倒是奇特，竟然不怕我的摧魂落魄鼓。"

赵五郎笑道："看来这是天意，老天特地要我赵五郎来降你的。"

吞噬童子像个小娃娃一样嘟嘴气道："臭道士口出狂言！你以为我只有这鼓声能摧魂落魄吗！"他单手握住巨大的拨浪鼓，晃了晃，叫道："这遗落渊可不是你们这些名门正道人士该来的地方！若是来了……嘿嘿！"

"若是来了，定叫你们三魂七魄都带不走！"空中又有一人接话道，这声音雄厚浑浊，显是修为颇深厚的中年男子。一道红色的人影飘动而至。来者头戴黑色帽筒，身着朱砂色罗袍，生得豹头环眼，铁面虬髯，手摇一把巨大的黑色金边扇，这一身打扮着实眼熟。

赵五郎惊叫了一声："呀！是钟馗！你是钟天师吗？"

百无邪冷哼道："什么钟天师，他叫鬼钟馗，钟天师吃鬼，他却养鬼，怎可同日而语。"

鬼钟馗哈哈笑了起来，摇了摇手中的黑扇，道："不想我鬼钟馗多年不闻阳间事，还有人认得我。"

这鬼钟馗出山以来便以钟馗天师自居，号称自己是鬼中仙，只不过钟馗抓了恶鬼是斩杀消灭或是吞噬食用，而鬼钟馗却是收集恶鬼当作自己的灵物养起来。

百无邪不单对正道高手了如指掌，对这邪道的人物也知之甚多，他挑眉道："你虽然喜欢假扮钟馗，但出山以来除了喜欢收集恶鬼，倒也没什么大奸大恶之事，不过河州之事却是实实在在触犯了禁令。"

百无邪说的这件事，是七八年前，鬼钟馗假装天师身份，骗取河州知府信任，叫人给他建城隍庙、立葬魂碑，当年河州大旱，满城饿殍，鬼钟馗趁机夺走了数千人的魂魄，这些人虽不是他杀的，但擅自收人魂魄也是大罪。

百无邪嘿嘿笑道："数千条魂魄，光这罪责你就该就地伏诛。"

鬼钟馗见百无邪喝叱他也毫不在意，反而有些得意，道："你这黄口小儿倒也知道些故事，但我得告诉你，不是数千条，而是一万三千三百三十一人的魂魄，助我修炼成了五鬼术法！"他打开扇面，只见扇子上果然画了五只恶鬼，个个面容狰狞，活灵活现。

鬼钟馗轻轻吹了一口气，扇面上的五鬼全部都活了过来，一个个竟然在扇面上摇头晃脑，左顾右盼。这五鬼术赵五郎也是有所耳闻的，寻常道人不过是驱使五鬼做些搬财改运的小事，但鬼钟馗却直接将这五鬼炼成五阴将，化入自己的铁扇之中，单独为自己所用。

百无邪更是面带几分惊惧道："看来你这五鬼扇终究是炼成了。"

鬼钟馗合了扇子，有些遗憾道："可惜，我鬼钟馗从不杀生人，不然要是早些年夺了你们这些驭灵道人的灵力，我还这么辛苦地练这五鬼扇做什么？"

"真是冤家路窄啊！"黑暗中突然又现出一个黑影，阵阵腥臭气息汇聚而至，正是许戈府中见到的百子鬼母鸠兰婆，她阴阴叫道，"你们二人设计夺了我的鬼子，今夜竟敢追到遗落渊来，当真是大胆至极啊！"

"原来，鬼婆说的那两个小道人就是你们！"吞噬童子道，"竟然这般穷追不舍，真是欺人太甚！"这三人以为赵五郎他们是追着鸠兰婆而来，心头更加恶恼，个个怒目而视，摆出一副殊死搏斗的姿态。

赵五郎倒也不惧，冷冷道："没想到，转来转去，在这里又碰到了，当真冤家路窄。"

鸠兰婆鼓惠道："钟师兄，这符箓道人和驭灵道人都是我鬼道的死敌，来了遗落渊岂有让他走掉的道理？你虽不杀活人，但也断断不能让他们这般来去自如，目无鬼道。"

吞噬童子也劝道："鬼钟馗，你也别成天想着日后羽化登仙，你虽不杀人，却也损了这么多阴德，哪里还有列入仙班的可能，趁早破了你这烂规矩，与我们一起杀个痛快！"

鬼钟馗将扇子在手掌心拍了拍，笑道："我如何能为了这几个道士破了规矩，不过鬼婆说得有道理，遗落渊历来是鬼道人士聚集之地，阳人如果这般轻松来去，传了出去我鬼道颜面何在？"

"那你想怎么样？"赵五郎问道。

"小道人，你们与我也算无冤无仇，但我看你的魂魄大不一般，今夜你留下，他可以走。"鬼钟馗指了指赵五郎。

"为什么要留下他？我要杀的是这驭灵司的臭小子！"吞噬童子恶狠狠道，"把你的饕餮灵根还给我！"

鬼钟馗笑道："这驭灵小道人资质虽好，却还是不如这个符箓道士，你们不知道这个道人才是个炼魂的好材料！"

他指了指赵五郎的眉心，那里有一阵淡淡的忽红忽蓝的光华飘散出来，很是独特。

人体内有七个脉轮，印堂之上的天脉轮眼，乃是连接体内十二正经、奇经八脉和三魂七魄的一个枢纽，是一道虚实转换交界的命门，若有灵光透彻而出，便说明这人拥有极强的灵力和极高的悟性，这种人的三魂七魄取来炼魂自然不同凡响，鬼钟馗精于炼鬼一门，对这个自然是懂得极多。

赵五郎冷笑道："自古正邪不两立，你要我留下我便会留下吗？何不先问问我手中的符箓！"

百无邪也急忙翻出含象镜，严阵以待。

鬼钟馗道："若是敬酒不吃吃罚酒，便只有硬取了，不过你们放心，我从不杀生人，我只会折磨你们，让你们受不得地狱之苦，自行了断。"

他打开黑扇，叫喊道："茫茫醴都中，五鬼在何方？"黑扇往空中猛地一扇，阵阵阴风乍起，道道寒气直催，众人只觉坠入了海底冰窟。

第十七章
五鬼奇术

　　阴风之中，渐渐显露出五个黑影，个个头戴珠冠长翎，身穿宽大戏服，背插五彩靠旗，却难掩一身污秽破烂阴邪恶气，这正是鬼道中臭名昭著的五鬼。且看是哪五鬼：

　　其一曰曹十阴将，手抱一黢黑的双耳泥罐，曰万蝠壶，其人尖嘴猴腮，鼠目急转，最是狡猾，又名奸诈鬼。

　　其二曰张四阴将，生得肥头大耳，状如屠夫，手持一把碧绿短剑和一口黑色污浊皮袋，分别是夺魄剑和收魂袋，本性最是贪婪，又叫贪婪鬼。

　　其三曰李九阴将，长得消瘦高挑，面黄如蜡，手执巨大黑布幡，上书八个黑字：生人避让，百鬼潜藏。其性最是势力，又叫势力鬼。

　　其四曰汪仁阴将，手握白骨攒集的大锤，曰万骨锤，模样高大威猛，好似金刚力士，生性最是残暴，又叫嗜杀鬼。

　　其五曰朱光阴将，背着一把朱红色的油伞，这人个子矮小如同猴孙，弓腰驼背，行动畏畏缩缩，最是懦弱，正是胆小鬼。他四处瞧看了一阵，急忙解开红伞，"嘭"的一声打开，却见伞面上写着"混元"二字，而后就化作一道红光消失不见。

　　五方阴将一一出列，却比葛云生招出的六甲神将还要鲜明具体，可见这鬼钟馗道行之高，至少在驱使阴将一术上并不逊于葛云生。

　　赵五郎和百无邪面面相觑，心想这人道行如此了得，这次真是惹了大麻烦了。

　　鬼钟馗一摇五鬼扇，又喝道："神通大无比，威灵显五方！五鬼擒人！"

　　除了胆小鬼朱光，其它四个阴将齐齐涌了上前，纷纷祭出手中的法宝。

　　奸诈鬼曹十掀开黑色泥罐，就见一群乌压压的巨大蝙蝠飞舞而出，这蝙蝠通体玄黑如墨，双眼却是红彤彤的像两块燃烧的炭火，乌压压的一大片少说有数千只。

　　贪婪鬼张四、嗜杀鬼汪仁分别举起夺魄剑和万骨锤，猛击过来，大地开裂，黑光四射。

　　而势力鬼李九却站立不动，不知他的黑幡有什么玄妙。

　　鸠兰婆和吞噬童子见鬼钟馗出手，五鬼神威无穷，激动得连连喝彩。

　　百无邪见四阴将威不可挡，二话不说，翻转含象镜，喝道："天地含象，日月贞明，写规万物，洞鉴百灵，驭使通天银蟒，助我杀敌！咄！"

　　巨大的通天银蟒盘旋而出，朝着四名阴将冲了过去。鸠兰婆、吞噬童子也欺身而上，意在夺回百无邪身上的宝葫芦和灵根龙。

　　这边，嗜杀鬼汪仁朝赵五郎狂奔而来，猛挥出一锤。

　　赵五郎急忙飞出一道烈火符，火浪疯狂涌动，噼里啪啦作响，威力比原先的更加威猛。

　　但这火球还未飞到，就一下子就被汪仁的骨锤震开，化作一团火星四处消散。

　　汪仁的内力远胜赵五郎，它脚步不停、攻势也不减，万骨锤脱手而出，直击赵五郎的命门。赵五郎躲避不及，双手化掌护住乾坤二位，喝了声："御！"

　　黄符化作一道淡淡的金色八卦挡在胸前。

　　巨大的骨锤来势迅猛，直接破开赵五郎的黄光八卦，一把将赵五郎击飞十几丈远，赵五郎扑倒在地"哇"的一声吐出了一口鲜血。

　　汪仁一击得手颇有些得意，遥遥一握五指，阴冷道："凝百骨成兵，杀万千正道！受死吧，小道人！"

　　骨锤分裂出无数碎骨片，又迅速一合，化作模样更大的巨大邪锤，在空中低低盘旋。

　　赵五郎被一锤子击倒在地，只觉浑身骨骼都要断裂了，痛得龇牙咧嘴，他挣扎地爬了起来，擦了擦嘴角的血渍，开口道："我看出来了，你的骨锤乃是万灵碎骨凝成，内里囚禁的都是恶灵，对不对？"

　　汪仁冷笑道："你就算看出来又能如何？关键看你怎么抵挡我的万骨神兵！"

　　他双掌一拍，巨大的骨锤疾疾飞了过来。

　　赵五郎眉心处的蓝光突然开始急急闪烁，渐渐压制了红色光芒，他只觉自己心脏中红蓝两道光芒飞快旋转，带出一股股纯净的混元灵力，自己的心智越见明净，神色也微微有些变化，脱口而道："鬼物猖獗，以雷力镇压，自是最好！"

　　鬼钟馗哈哈笑道："你这小道人开了混元心怎么还这么蠢？你不知道这雷泽阻隔天与地，你如何能引得来天上的神雷？"

　　赵五郎冷笑道："驱使天雷的本领，我还尚未学会，但是以气化雷也一样可以斩杀你们这些恶鬼。"

鬼钟馗这把笑得更加轻蔑："掌心雷？这般低劣的术法也敢拿来对付我的五鬼吗？哈哈哈！"

赵五郎猛地睁开双眼，眼眸湛蓝如水，他左手握住右手手腕，右手五指猛地张开，喝道："道合于心，万法自然通灵，神聚于顶，诸法无一不应，五指运雷，五雷皆应，雷从心生，速灭邪灵！"

一团隐蓝紫电芒从赵五郎的掌心闪耀而出，发出耀眼璀璨的光芒！这掌心雷不过是符箓道人的初级御雷技法，但叫赵五郎使出竟也是威武万千。

电芒炙烈如火、锐利如剑，已然远胜一般的掌心雷威力！

赵五郎一捏翻飞的光芒，猛地一抖，紫蓝色的闪电飞跃而出，划出一道光弧直击嗜杀鬼汪仁的骨锤而去，汪仁急忙御力击挡这道电芒，但赵五郎的电芒在空中如灵蛇一般绕过骨锤而下，"嘭"的一声就将汪仁撞飞了几丈远。

此时，赵五郎眉心中的蓝色光芒已经完全盖过了红光，神情更是变得冷漠无比，他一击得手，立即又凝雷电，这把却是双手各凝一枚雷球，齐齐飞了出去。

站在一旁的李九见状急忙闪动身子，挥动手中黑色的旗幡，一阵尖锐的鬼哭狼嚎之声传出，黑幡之中无数黑色影子飞了出来，一下子将赵五郎发出的两枚雷球裹了起来，电芒闪了几下就消失不见了。

势力鬼李九道："我的千魂幡专克刚猛的雷火术法，你这是徒劳！"

赵五郎冷笑道："邪终究不能压正，我倒想看看谁是徒劳。"

百无邪这边，靠着无上神器含象镜召唤出的银蟒，也与鸠兰婆、吞噬童子斗得难解难分。

一时间，遗落渊内刀光剑影，飞沙走石，直斗得天昏地暗。通天银蟒浑身披着白银一般的银甲，坚硬不可阻挡，鸠兰婆飞出浊龙绫，一阵卷缚却伤不得它分毫，反倒是吞噬童子身材矮小却十分灵活，不停地闪躲并摇晃手中的摧魂鼓，意图用这摧魂落魄鼓击垮银蟒的斗志。

但不想，这鼓声对生人有用，对银蟒毫无用处，摇了一阵，银蟒丝毫未受影响，反而越战越勇，飞快绞缠啄击，直逼得吞鸠兰婆和吞噬童子四处闪躲。

吞噬童子恼羞成怒，突然把摧魂鼓往岩石上一插，暴喝一声："吞天噬地！"

只听他骨骼爆响，整个身子如皮球一样，暴涨至五六丈大小，比银蟒还要庞大，尤其是整个头部占了身子的近一半，整个巨口犹如黑洞一般，吞噬童子桀桀狂笑道："这才是我吞噬童子的本相！"

这吞天噬地神功与勾太常的饕餮丹法颇有共通之处，只不过吞噬童子变身后并没有鼓胀得像个气球，而是浑身青筋肌肉暴涨，变成怪物一般的可怖样子。

百无邪驱使银蟒再上，吞噬童子双手猛地一擒，直接扼住银蟒中段，银蟒急忙一旋，朝吞噬童子喉头咬去，吞噬童子哈哈笑了两声，突然张开巨口，咬中银蟒的七寸，口中利齿如锯子一般绞动，坚硬逾铁的银甲也被硬生生地咬碎，吞噬童子再一用力，"扑哧"一声，利齿已经入了银蟒血肉之中，一股血水已经从口角处流了下来。

百无邪惊恐道："不可能，我的通天银蟒是刀枪不入的！"

吞噬童子哈哈大笑，道："你忘记了我叫什么了，吞噬童子，自是能吞噬万物！区区银蟒又算得了什么！"

他双手奋力一扯，竟然将通天蟒活生生地扯成两段，摔在地上扭动不止。

百无邪大为心疼，呼喊道："通天蟒！"

他一时气急，又一翻含象镜，喝道："烈风、寒霜听令，助我杀敌！"

黑白双熊咆哮跃出，一时间湖边冷热交叠，引起气流急旋，狂风舞动。

吞噬童子刚杀了银蟒，正自得意，但见这黑白双熊呼啸而来，心里也不禁咯噔了一下，暗想：这小子年纪轻轻，居然也能驾驭这么厉害的灵兽？

眨眼之间，黑白双熊已经挟带霜火之势，一左一右奔跑而来。

烈风熊一掌拍出，带出万千火星，炙热之力销铁即溶。吞噬童子不敢大意，收回摧魂鼓抵了一下，不想这烈风熊力气大得惊人，一掌拍下，摧魂鼓立即碎成焦炭，不复存在。

吞噬童子心头骇然，刚一回头，寒霜巨熊也张开巨口撕咬了过来，吞噬童子这般躲无可躲，伸出右手硬生生扛下这一口。

霜熊的利牙犹如千年冰刃，一口咬下，寒气透骨而来，吞噬童子只觉右手一麻，已然冻结成冰。

百无邪怒火中烧，恶狠狠道："小黑，小白，撕了他！"

黑白双熊得令，更加疯狂撕咬，烈风熊双掌呼呼生风，每一掌都带出团团烈焰，直烧得吞噬童子衣不遮体，寒霜熊每一口都是带足寒力，咬下一片片血肉，化作一摊摊冰水。

这双熊的威力着实惊人，对阵吞噬童子便是压倒性的胜利。百无邪终于露出一抹微笑，道："这黑白双熊可是一品灵兽，对付你这二流鬼道术士，还不是手到擒来？"

吞噬童子大惊失色，以他的修为还算高手，但是与这双熊相比却还是差了一截儿，就连鬼钟馗看了几眼，也暗赞道："好个灵兽，这驭灵司的手段也是不能小瞧。"

百无邪继续驱使双熊厮杀吞噬童子，眼看这吞噬童子就要被撕成碎片，鸩兰婆不再袖手旁观，她一挥背后的令牌，口中念道："阎罗有命，令我排兵。百鬼受敕，佐吾行刑！"

一时间绿光四起，无数黑影举着绿色的灯笼从空中飞了下来，原本昏昏暗暗的湖面一下子就如同翠绿的银河一样，璀璨夺目。

这是鬼道的掌灯阴兵。

第十八章
借雷发威

掌灯阴兵原本是长生门中的守门侍卫，如今阴王房长生被封印已有数百年，这些鬼物早被其他鬼道人士所驱使奴役。

只见这些阴兵一个个状如灰色人形烟雾，左手持着绿色灯笼，右手拿着勾魂锁链，正是："锁链勾人魂，灯笼收人精。"若是阴兵手中的灯笼越亮，就说明这阴兵收集的魂魄越多，威力越强。

百无邪笑了起来道："早知道这里有这么多的阴灵，我何须去抓鬼婴？小灵子，吃饭的时间到了，出来吧！"他一拍葫芦，那段根条又蜿蜒而出，它怯生生地盘旋在百无邪的身旁，四处瞧看，生怕遇到什么危险。

百无邪有些不满道："小灵子，睁开你的眼睛好好看看，这绿色的都是什么好东西？可不比葫芦里的好上百倍！"

小灵子终究嘴馋，它一见无数阴兵持灯漂浮，立即低吼了一声，水桶粗的树根立即化作一条比井口还粗大的龙形，灵龙将百无邪环绕其间，头部撕裂成九个头颅，如同九头蛇一般疯狂地吞噬前来的阴兵。

吞了一阵，灵龙肚子中都是绿莹莹的鬼火，映照着整条龙身如翡翠雕刻的一般。

但这些掌灯阴兵数量太多了，层层密布如漫天星辰一般涌了过来。

百无邪暗自苦恼："这阴兵太多了，若是再吞下去，非把小灵子涨破不可。"他急忙下令让黑白双熊放了吞噬童子，转身回守，全力对阵漫天的掌灯阴兵。

另一旁，赵五郎与使万骨锤的汪仁、御千魂幡的李九斗在一处，起先他对阵二鬼，稍稍占了下风，多次险些被打翻入湖，但随着时间的流逝，他只觉自己运用符箓道法越发熟练，以往葛云生教他的所有术法都一一罗列，招招了然于胸，甚至有些只是看过一遍，自己并没有深入修炼的术法也如明镜回照，历历在目。

他脑海中仿佛有一面巨大的昊镜，他站在镜子前，看着所有的术法在他眼前缓缓展开，这些术法中的每一个细节、每一个要点，都看得清清楚楚，用起来自然也就明明白白。

如此打了一阵，赵五郎已经渐渐掌控了局势，虽然他掌握的还只是一些初级符箓道法，但这些道法若是运用娴熟，却也一样有通天彻地之威。

鬼钟馗却并不着急，他笑道："这倒也好，他自己把灵力慢慢地激发了出来，也省得我还要来炼化。不过，汪仁，朱光，你们也该使出些真本事了。"

说罢，汪仁低吼一声，巨大的骨锤一挥，无数白骨从锤子中迸发而出，连成一条巨大骨蛇一般的怪物缠绕过来，这万古锤乃是由一万种生灵的天灵盖骨合炼而成，挥动之间，可幻化出无穷无尽的白骨神兵，或变锐利的骨矛，或变巨大的骨盾，或变诡异的骨兽，不一而足，变化多端。

骨蛇狂扑而来，赵五郎冷笑一声，他觉得自己心口内另一股力量蠢蠢欲动，双指轻轻抵住眉心，蓝光突然消失，红光却陡然出现，这红光一闪，便是一团烈焰喷射而出，直接就将骨蛇击退数丈远。赵五郎再一翻身，红光再换蓝光，手中飞出一符，却是一道撼地符。

"天荡地明，山崩地裂，敕！"崖壁上的巨石翻滚，从四面八方砸落下来，不过几下就将骨蛇砸个粉碎。

鬼钟馗更加震惊，若说赵五郎只是在一个时辰内快速地掌握了混元灵力的运用便也罢了，他方才这招灵力转换，可就太令人惊诧了！毕竟就连葛云生都未能这么自如地掌控混元灵力。

这难道就是赵五郎的天分所在？

汪仁不信邪，再一甩骨锤，直砸得地面龟裂开来，地缝中有无数骨矛骨刀喷涌而出。

汪仁狂笑道："凝骨成兵，万骨穿心，我这招可是百发百中，看你怎么守得住！"

赵五郎也不硬拼，而是高高跃起，直接朝天际蹿去，无数骨矛如飞剑一般也跟着飞了上去。按理说赵五郎的轻功一般，飞上数丈高已是极限，但这遗落渊内重力有别常理，赵五郎他人在半空中，忽然身子一旋，天换作了地，地倒转成天，整个人直接就往遗落渊的对面掉落下去。

百无邪不知详情，惊了一下，叫道："黑炭！你干吗去？"

鬼钟馗知道，这小道人想要利用地势躲过汪仁必杀的万骨穿心，忍不住骂了一声，而后一挥扇子，命令汪仁和李九也追过去。

百无邪刚要追击过去帮忙，手执万蝠壶的曹十、手握夺魄剑的张四就围了过来，曹十引动万千蝙蝠，张四则一凝剑光，一阵阴风从剑尖中散发出来，化作无数黑色剑影也蹿了出去。

百无邪急忙召回双熊，烈风熊喷火，寒霜熊吐霜，逼得曹十和张四退避三舍，一时间也不敢靠近。百无邪双脚一点，也朝赵五郎的方向飞去。

黑石崖壁上，赵五郎已被无数的掌灯阴兵围住，这些阴兵绿幽幽的多到数不清，阴兵突然挥动手中的勾魂锁朝赵五郎丢来。赵五郎也不再疑迟，光芒又一换，立即招出火精，火精飞舞带出一道道炙热的烈焱，围成一个巨大的火圈，竟叫阴兵一个个都不敢靠前。

朱雀烈焱，乃是纯阳之力，正好克制这些阴邪之力。

汪仁、李九追击而至，李九还想祭起千魂幡来收火精的火焰，但这把他却失算了，赵五郎一衣带风，烈焱呼啸而过，将他的黑幡引燃，吓得李九"哎哟"一声就甩了旗幡。

汪仁见状再飞骨锤，这次骨锤却变化成一把四五丈长的巨大骨刀，刀背上嵌着无数的骷髅头，一直连到刀柄，看起来霸道至极。

"凝骨成兵，骨刀斩魂！"骨刀横空劈了下来，带来强大的力道。赵五郎深知这一刀威力极大，身子一闪躲过了第一刀，骨刀却如同恶兽一般，又迅速横劈过来，赵五郎眼看躲不过去了，只有捏了个金光金身咒，以自己肉身硬抵住这一刀。

骨刀威力巨大，赵五郎被劈了一下，直接飞出十几丈远，金光金身咒立即破裂，他"哇"地又吐出一口鲜血。

汪仁御刀再击。

赵五郎突然眼中蓝光急转，身影一晃便消失不见了。

"这人去哪儿了？"

"那道人念了七星闭月咒，偷偷躲在那里了。"手握红伞悬在半空中的朱光，手指一戳提醒道。

汪仁喝道："老五，快让他现出原形！"

朱光飞出红伞，念了句："月下显形！"红伞伞面上发出一道蓝光，蓝光所到之处，如同月光穿透迷雾一般，万事万物立即显露真形，赵五郎被蓝光一照果然无所遁形。

赵五郎气得立即朝朱光飞出一张火符，骂道："死耗子，要你多嘴！"朱光急忙收回红伞撑在自己头上，又念了声"避"！

"嗖"的一声，朱光顿时消失不见。

"这是什么法宝？"赵五郎看那伞模样奇特，既可以破法，还可以隐身。他还未想明白，汪仁和李九就再发招而至，巨大的骨刀凌空斩下。

这骨刀十分霸道，赵五郎的符箓之法运用得再精妙也始终受他自己内力所限，想要硬对硬地击败这骨刀难之又难。但赵五郎脑中电光一闪，心头却有了制敌的办法。他身形急闪，立即往湖边掠去，汪仁和李九穷追不舍，而另一边曹十、张四跟着百无邪等人也追了过来。

赵五郎跑了一阵突然停在湖边，一动不动。众人不知道他想干什么，却见他双指微屈，捏了个雷诀，高声念道："道合于心，万法自然通灵，神聚于顶，诸法无一不应，五指运雷，五雷皆应，雷从心生，速灭邪灵！"

一团紫色雷球瞬间闪耀而出。

鬼钟馗轻摇黑扇，笑道："我以为是什么了不得的道法，不过又是这掌心雷而已，对付我的五鬼可没什么用，五鬼听令，速速擒人，不得稽停！"

汪仁双手一合，无数碎骨凝合成巨大的白骨刀；曹十万鸦壶一举，万千黑蝙蝠飞舞而出；张四和李九也纷纷飞出夺魂剑和千魂幡，空气之中仿佛有万千虎豹怨灵在号叫，百无邪忍不住惊叫道："赵五郎，快躲开！"

赵五郎不惧反笑，手持雷球划过水面，紫色电芒一触碰到雷泽湖水，就听"嗤啦嗤啦"的声音不绝于耳，湖水中无数孑孓一般的微光迅速汇聚过来，小小的雷球不断旋转变大，只是眨眼间，就已经变成磨盘一般大小。

鬼钟馗惊讶道："你竟敢借雷泽的雷力？"

赵五郎手中的雷球已经亮如一轮紫日，他猛地一甩雷球，喝道："我虽不能驱御天雷，但万物之中皆有五行，凡是五行之力，皆能为我所用，这便是符箓之法！雷泽之力，我如何不能借？"

"雷法镇邪！"

第十九章
混元避世

巨大的雷光飞射而来，雷球化作一支光芒四射的雷剑，猛烈地撞击巨大的骨刀，无数的电芒透入骨刀的每一个缝隙，骨刀内部紫电迸射，嗤嗤作响，而后光芒爆炸，直接将万骨锤炸裂成道道碎片。

汪仁大惊失色，他这万骨锤不说无往不利，但从来还没被人直接炸碎，此番硬拼之下，居然被赵五郎的一个掌心雷硬生生地撕成碎片。

但他这心疼还没有片刻，就已经被惊讶所替代。

因为赵五郎后招又至，他一捏指诀，四处飘散的电芒迅速一凝，化作一条闪电直击众鬼物而去，又一道紫光飞遁，汪仁、李九、曹十等人躲避不及立即化作一团黑雾，发出一声惊呼。

一直在一旁驭鬼杀敌的鬼钟馗更是脸色大变，他怕自己好不容易炼出的五鬼被打散鬼形，急忙打开扇子，大喝道："五鬼速归！"

黑光一耀，四团黑烟就被鬼钟馗收回画扇之中。

赵五郎刚想要趁势追击，忽然半空中传来一道蓝光，光芒清冷而通透，赵五郎只是被照了一下，就觉浑身发冷，神智也渐渐有些恢复原先的模样，自己的混元灵力转速也缓缓下降，到最后竟然是施展不出来了。他抬头一看，正是胆小鬼朱光手握红油伞立在自己正上方，这蓝光就是从伞面下发出的。

赵五郎这把可看得清清楚楚，这红油伞模样十分奇异，上面是红色伞面，画着一轮黄日火焰，写着"混元"二字，而伞面下却是黑色，画着一轮幽蓝的弯月冷光，写着"避世"二字。

混元避世？这是个什么神器？

赵五郎越发清醒，但这清醒于他而言却不是什么好事，因为之前都是靠着体内的混元灵气占据他的心智，让他激发出潜意识中的灵力，使得混元灵气和火精都能最大限度地发挥出来。

这一次清醒过来，赵五郎身上的蓝光逐渐消散，又恢复了原本的模样，他似如梦初醒一般，惊道："这是什么宝贝？这么古怪，既可破幻术隐身，也可定身控行。"

百无邪也急忙赶了过来，一边驱使灵根龙飞击朱光，一边惊道："什么破伞这么厉害？"

灵根龙腾空而起，化出龙爪抓了过去，朱光急忙转了下红伞，喝道："避！"之后立即就消失得无影无踪，朱光一摇红伞又从另外一个角落探出脑袋。

混元避世伞一移开，赵五郎就觉自己的心脏又快速跳动起来，混元灵力源源不断地蓬勃而出，他一捏指诀，飞出一符，喝道："朱绫缚鬼！敕！"

火符化作火球飞了过去，朱光急忙撑起混元避世伞想要隐身躲避，但不想这火球突然爆裂，无数火绫如野草疯长，一下子就将朱光紧紧缠绕住，朱光原本就是十分胆小，一遇火绫绞缠，痛得立即松手，混元避世伞飘落了下来。

百无邪大叫道："黑炭，快把那伞收了！"

朱光尖叫了一声，也不顾烈焰焚身就要去抢混元避世伞，但赵五郎速度更快，"啪"的一下就合了伞面，将伞握在了手里。

朱光脸色大变，直接朝赵五郎飞扑过来，但这阴将身子瘦小如鼠，哪里是赵五郎的对手，赵五郎几个回合就将他打飞了出去。

鬼钟馗眼见朱光失了混元伞，大怒道："速速化鼠！夺回混元伞！"

朱光在地上挣扎了一阵，原本猥猥琐琐的面容剧烈扭曲抽动，变成了尖牙利齿的恶鬼模样，他双眼通红，手中指甲爆长而出，足有一尺长，整个人就像一只剥了皮的巨大老鼠。

朱光四肢着地狂奔而来，一双利爪直接朝赵五郎挠了过来，这利爪黑光莹莹，显然剧毒异常，赵五郎也不敢硬拼，躲了两下，回身再一凝眉心，"嗖"地射出一道火光。

但不想这鼠化后的朱光动作迅捷异常，身子一翻就跳上悬崖，整个人在悬崖峭壁上奔走如飞，赵五郎心头有些骇然，这阴将说变就变，刚才还是胆小如鼠的样子，现在却像一头恶狼，完全判若两人，刚想着，这朱光又一跃而下，十只前爪带着寒光疾疾抓了过来。

赵五郎右手一张一握，一道掌心雷脱手而出，这雷球没有了湖水里的雷力相助，威力不如先前的迅猛，但朱光一心想要夺回混元伞，也不躲避，这一击竟不偏不倚打了个正着，电光"呲呲呲"地作响，朱光"哇"的一声翻滚在地，一阵哀号。

但只是片刻，这朱光又翻身而起，疯狂地尖叫道："把伞还我！快把混元伞还我！"

朱光的身体不停地膨胀壮大，现在足有一丈大小，青红血脉经络密布身躯，牙齿更是像老鼠一样长得不成比例，这模样跟先前瘦弱如鼠的感觉完全不一样。

最关键的是，随着身形的变化，他的速度、力量、爆发力也成倍数增长。

赵五郎忽然明白，这阴将朱光必然是修炼了什么邪法，可以让自己的身体非常快速地壮大变强，但这个效果没有上限，所以若是任由其发展下去必然会爆体而亡，唯有这把混元避世伞能够遏制这种力量，让他恢复老鼠一般的孱弱姿态。

所以，这混元伞是可以遏制世间超越常理的术法，让它返本归真吗？所以自己的混元灵力刚才也是被它所遏制？这般想定，赵五郎心中已然有了应敌之策。

他也不强攻，只是不停地与朱光周旋，符箓道法中本有移形换影的道法，唤名风影咒，乃是借助风向地势之力，让自己身形快捷如风，不可捉摸。赵五郎原先是不会这个咒法的，他曾见葛云生用过几次，此番回忆起来，竟也能琢磨出七七八八，依葫芦画瓢使出来也有几分像模像样。

二人一个追，一个躲，均是快如疾风闪电。

这朱光越跑速度越快，浑身肌肉暴涨得近乎发紫透明，他每拍出一爪都带出无数的邪力，钢爪抓到石头上如斩瓜切菜一般。

赵五郎躲了一阵，渐渐觉得有些难以抵御，因为这朱光的速度已经快得超乎想象，这怪物一瞬间就能拍出几十爪，直接将一面巨大的黑石岩抓成齑粉。

僵持了片刻，赵五郎脚步终究是慢了一步，被朱光一头撞飞出去，这邪物再凌空一爪，爪力竟隔空带出阵阵气焰，直接割向赵五郎的手臂。

赵五郎知道自己不能力敌，急忙调头狂奔躲避。

而鬼钟馗再也不敢托大，带着鸠兰婆、吞噬童子、李九围攻而至，誓要夺回混元伞。

赵五郎边躲边想，也不知道这朱光的极限在哪里，再这般缠斗下去，只怕他还没爆体，自己先要被这些怪物杀了。他心念一转，抽出背后的混元避世伞，"嘭"的一声打开，也学朱光念道："避！"

蓝光一闪，赵五郎只觉眼前世界立即如同隔了一层薄纱一般，朦朦胧胧，而鬼钟馗等人却一下子看傻眼了。

赵五郎凭空消失了！

这天下隐身术法万千，大多数逃不过鬼道人士的双眼，盖因鬼道的人本身就生于暗之中，察微观细、明辨虚无之力远胜常人，所以识破隐身术法最有一套。但这混元避世伞的隐身法门却是他们看不出来也破不掉的。因为混元伞下就是另一个世界，称为混元世界，是独立三界而存在，躲入其中，不漏一丝一毫气息，便是大罗金仙也难以找寻。

鬼钟馗气急，便将怒火发泄到百无邪身上，一群人呼啦啦地又朝百无邪围了过去。

赵五郎一见百无邪有难，也顾不得自己安危，急忙收了混元伞，拿在手中挥舞道："恶鬼，你道爷在此，有本事过来拿你的混元伞！"

鬼钟馗大怒："我今日便要破戒杀了你这臭道士！"他这一怒喝底气十足，声音在地穴内隆隆而出，四处传荡，竟然是久久不能停歇，最后居然化成了一声震天彻地的巨响。

遗落渊内一阵剧烈抖动，直抖得巨石四落，湖水波涛翻涌，众人各个面色惊骇："这不是回音，是……是夔兽来了！"

湖水中央越发地明亮，一道道亮光闪耀而出，映照着整个湖面像一块充满魔力的水晶。

水波翻滚间，一个巨大的白影挟带蓝紫色的电芒冲出水面，赵五郎和百无邪抬头一看，这人影正是百无心。百无心骑着玉阳雀，浑身湿透，脸色微微有些发白，她冲出湖面后见到遗落渊内的场景，也有些骇然。

纵是谁也想不到，这湖底竟然也是湖面，百无心原本是冲入湖底，却不想这速度一快，却是直接就天地倒转，进入了另一个世界。但她这惊骇也不过维持了片刻，就急急驭雀往岸边掠去，显然湖中已经来了惹不得的巨兽。

湖中光芒更甚，无数蓝色、紫色的电芒闪耀而出，整个雷泽完全笼罩在一片电光之中。

"夔兽！是夔兽来了！"吞噬童子吓得脸色剧变。鸠兰婆也收了掌灯阴兵，急急叫道："师兄，我们快走，夔兽来了！"

第二十章
玉阳生辉

鬼钟馗也吓得脸色大变，但这混元避世伞对他太重要了，他咬牙道："我必须夺回混元伞再走！"说着，他不顾一切朝赵五郎飞了过去。

吞噬童子摇了摇头，劝道："一把破伞有什么要紧，都这关口了，保住性命才最重要。"说着，他也不顾鬼钟馗和鸠兰婆，自己一个遁地术就不见踪影了。

鸠兰婆倒是讲义气，她见吞噬童子逃走，也不挽留，只是坚定道："师哥不走，我也不走，我来助你夺回这混元伞！"说着她也跟着鬼钟馗去追击赵五郎。

百无邪带着黑白双熊也赶了过来，鬼钟馗又放出曹十、张四和朱光三名阴将，一群人又斗在一处。鬼钟馗心里着急，"唰"的一声又打开了五鬼扇，这次他将扇子的另一面显露出来，却是一面乌金油亮的扇面，这背面上画的是一团跳跃的浓墨火焰。

黑扇用力一摇，立即飞出一道黑色的火焰，这邪火与正火一样，也分五色，分别是青、绿、紫、墨、玄，火焰的颜色每变化一层，威力就依次加剧数倍。邪道黑火与正道蓝焰都是返照之境的修为才能驾驭，赵五郎深知其厉害之处，也不敢贸然迎接，双指按住眉心，也发出一道火光，红黑双焰互相撞击，迸发出无数的烈焰和光芒，把整个空间照耀成一半赤红、一半乌黑的诡谲情景。

鸠兰婆奔走一阵，想要施法施以援手，但此时双焰交锋，四处一片火海，她也不敢贸然过去。

鬼钟馗边扇黑火，边关切道："师妹你且小心，护好自己，且看看我的九幽之力！"他又一扇黑扇，黑风四起，黑色的焰火陡然壮大几倍，而后竟然开始吞噬火精发出的烈焱，红光渐渐转化成黑色光芒。

赵五郎突然想起，这黑色火焰正是葛云生提过的九幽冥火，九幽冥火乃是取自九幽之地的阴火，具备吞噬吸取之力，最是邪祟。鬼钟馗冷笑道："能逼得本仙用出九幽之火，小道人你也算死而无憾了！快把混元伞还我，我且让你死个痛快！"

赵五郎此时虽然处于下风，但今时今日的他与先前确实大不一样，越到这时候他反倒越冷静，他心想这鬼钟馗越想夺回这混元伞，就越说明这伞是个难得的宝物，那就越不能给他。赵五郎眼见这黑火四处游走，如黑浪席卷，所到之处一片焦黑，再硬拼下去火精也要被吞噬，他急忙收了火精，反手祭出混元伞，朝这飞击而来的焰火猛扫过去。

伞面上画着金色太阳，扫动之间，一阵温暖的红光喷薄而出，化作一团薄薄的光晕，这光晕犹如惊涛骇浪中的一块礁石，屹立潮水之中，硬生生地将巨浪分成两半。

鬼钟馗暗骂了声："臭道士，倒是会用我的宝贝！"他疯狂地扇动黑扇，冥火如同狂风骤雨一般席卷而来，赵五郎擎住混元伞，也觉得这黑焰威力惊人，他奋力握住伞柄，猛地一挥，喝道："还给你！"

红光大涨，竟化出一轮红日，九幽冥火被红光一照迅速回弹，鬼钟馗急忙身子一旋跃上半空，但鸠兰婆身手却慢了些，火焰回扑过来，直接将她包裹其中，黑色焰火拂过，鸠兰婆整个人如同被炭化了一般，立即化作一尊黑色干枯的雕像，立在岩石上一动不动。

鬼钟馗痛呼道："师妹！"

他这哀号不过片刻，湖面上又是一阵剧烈的抖动，雷泽湖中的电芒终于冲出水面，整个洞穴内几乎都被电芒充盈，蓝紫色的电光将万古幽暗的深渊照耀成白昼一般明亮。

而后，一头双头巨兽昂首破水而出。

雷泽的夒兽终于出现了！鬼钟馗也吓得面如死灰，他虽舍不得混元伞，但眼见巨兽出现，也不敢再多滞留，整个人化作一股黑烟消失在黑暗中。

百无邪见夒兽出水，既有七分惧怕，更有三分期待，"这就是传说中的神兽雷夒？这雷电之力果然厉害，若是能为我用，那该多好？"

赵五郎远见百无邪看呆了一般，也不知躲避，急忙喝道："无邪，还在看什么，快躲起来啊！"

他拉着百无邪一路狂奔，空中飞舞的百无心绕了一圈终于发现了这两个人，"你们怎么也在这儿？"

"今日圆月，正是夒兽出没之时，我们担心你有危险想过来帮忙，不想却遇到鬼道的人，不过现在好像……都晚了。"百无邪委屈道。

"这夔兽已经被惊动了。"赵五郎道。

赵五郎瞧这夔兽身躯庞大，两个兽头像两座小山一般，其中一只是独角恶蛟，称之为电蛟首；另一只脖子下长了个巨大皮袋，像个眼镜蛇一般，称之为雷蛇首，双头正是一雷一电，皮甲间密布流动的电芒，威武骇人，哪里是凡间所能有的。

赵五郎抬头问百无邪道："现在已经惊动了它，该怎么办？"

百无邪脱口而出道："还能怎么办，赶紧跑啊！"

百无邪急忙念咒想要招出灵根龙，但不想夔兽眼镜蛇一般的头部鼓足气囊，突然一声巨吼，声如九霄震雷，灵根龙吓得一抖，死死地贴住青葫芦，一动也不敢动。

百无邪气道："真是胆小鬼！养你何用！"

百无心却收了玉阳雀站在湖边，双眼之中都是精芒，整个一副跃跃欲试的模样，她捏了捏指头，准备再试一试这夔兽的锋芒。

百无邪急忙喝住他："姐姐，你疯了，以我们的功力是斗不过这夔兽的，快走啊！"

百无心冷傲道："不试试怎么知道，要不是月光作祟，我刚才差一点儿就得手了！"说着，她又招出玉阳雀想要再度袭击夔兽。

但就在这时，独角恶蛟头双眼一闪，额头上的独角发出一道紫色光芒，无数电光像银枝玉杈一样在角尖闪耀，它只是稍稍一低头，独角中就迸发出一条数丈宽的紫色闪电链，整个遗落渊内都是刺啦刺啦的电耀之声。

轰隆！天地间一阵剧烈颤抖，山崖被闪电链直接击打出一个几十丈宽的深坑，黑黢黢的，深不见底，无数巨大的石块翻飞出来。这等威力，若是要击打在人身上，必定是化作灰烬。

百无邪被吓得一动也不敢动，倒是赵五郎一把抱住他向崖壁角落里逃窜。

百无心早已跃上玉阳雀化作一道白光，在闪电中快速穿梭，电芒急跃竟然未伤她分毫，这身法当真是奇快无比。

此时，夔兽的雷首也鼓足了脖子处的皮囊，那皮囊胀得足有房屋一般大小，圆滚滚得几乎要炸裂开来，百无心在空中提醒道："你们两个赶紧封闭口鼻耳三识！"

赵五郎和百无邪急忙运功封闭三识，只见夔兽猛地仰起头部，朝天嘶吼。

这二人虽然已封闭三识，但依然觉得一阵天旋地转，雷泽中的湖水被声波震动得向四周猛烈地拍去，如同海啸袭来一般。

巨浪袭来，无处可躲。

赵五郎和百无邪合力挥出四掌，堪堪抵住第一波浪潮的威力，第二波浪潮再来，二人抵挡不住，直接就被拍到悬崖峭壁上，撞得浑身骨头差点儿散了架。

这浪潮一波接着一波拍打而至，赵五郎被水浪打得身形难定，难受之极，他想起自己背上的混元伞，立即抽出打开红伞，拉住百无邪，喝了声："避！"

巨浪穿堂而过，似如虚影一般。

百无邪惊奇道："你这抢过来的红伞倒真是个好宝贝。"

雷泽湖中，一人一兽已经激烈交战，百无心拍了一下玉阳雀，只见白孔雀挥动双翅，雪白色的孔雀翎像流星雨一般密密麻麻地飞了过去。但夔兽浑身硬皮硬甲，这孔雀翎击打过来，却如同树叶丢到石头上一般，叮叮当当一阵，分毫不伤。

百无心神色骇然，显然她低估了夔兽皮甲的坚硬。

夔兽昂起独角电蛟首，再度喷出一道闪电，巨大的闪电链像一把明晃晃的利剑一般割裂空气，直奔百无心而来。百无心急忙又一拍玉阳雀，喝了声："御敌！"

白色孔雀突然开屏，雪白色的孔雀翎发出一圈圈强盛的白光，数百个圆圈组成一面巨大的盾牌，将这闪电硬生生地挡了下来。

赵五郎忍不住惊叹道："好厉害的孔雀！"

百无邪看了一会儿，却忧心忡忡道："糟了，姐姐的闭月乌还未完全练成，光靠这玉阳雀怕是收服不了夔兽。"

百无心的灵兽是一对阴阳孔雀，阳雀正是玉阳雀，善于防御，阴雀却叫闭月乌，擅长进攻，阴阳孔雀一攻一防才能立于不败之地，如今百无心只有这阳雀，恶斗起来自然是力有不逮。

第二十一章
恶斗夔兽

夔兽盘踞在雷泽数百年，甚少有人再敢踏足此地，今夜突然被人惊扰，显得愤怒异常，口中紫色、蓝色闪电不停喷吐，将整个遗落渊都照耀得一片惨白。

一人一兽僵持了一阵，夔兽始终更强横一筹，再喷一道闪电，玉阳雀的白色防御光芒瞬间碎裂，百无心急忙一拍雀尾，往下疾飞，堪堪躲过这一攻击。

夔兽暴怒般地扭动巨大的身躯，而后突然昂起巨大的头颅，恶狠狠地朝百无心咬去。百无心见无处可躲，急忙捏诀，清喝道："北斗七真，统御万灵。玉阳生辉，闭月无影，今奉敕号，雀神速速与我合灵！"

百无心化入玉阳雀体内，原本不过一丈大小的孔雀迅速变大，化作三丈大小的巨大雀兽，朝夔兽的蛟首扇了过去。

这正是驭灵道法中的通灵术法，将人与自己的灵兽合二为一。

夔兽的蛟首也不躲避，硬生生地受了这一下，这雷霆万钧的一扇也只不过是让它的脑袋歪了歪，紧接着雷蛇首又扑咬了过来，直接将雷声灌入玉阳雀耳中，竟然震慑得这神雀一刹那间神志恍惚不能动弹，蛟兽趁机再咬一口，便撕下一大块血肉，玉阳雀一声惨叫，已然受到重创。

百无邪急忙冲上前，"不行，没有闭月鸟，我姐姐与玉阳雀合灵威力发挥不出来，根本没有胜算，我们赶紧去帮她。"

赵五郎也冲了出来，但这二人的修为在夔兽面前，着实太过低微，夔兽不过是扭动身躯掀起的一道巨浪，都让二人抵御不住。

百无心与玉阳雀终究神形难以一致，加之受了重伤，白光一闪重新分开成一人一雀，而夔兽则是再度攻了过来。

"姐姐！"

千钧一发之时，空中忽然飞来一道金色的身影，这道身影迅捷无比，直接朝夔兽撞了过去。

轰隆一声巨响！

　　威力强大如夔兽也被震得后退了一步，金色身影却屹立空中纹丝不动。

　　这金色身影究竟是谁，竟有这般强横的功力，可以只身逼退夔兽这般强横的上古神兽。

　　百无邪神色狂喜，大叫道："是师尊！是师尊！师尊来救我们了！"

　　"严明崇？"赵五郎急忙仰头看去，只见来人头戴五色宝玉冠，身着金色美华服，衣服上还用金线密织百兽暗纹，微风拂动之下，这些百兽花纹时隐时现，甚是华美。

　　这人浓眉凤眼，面容极为俊朗，微有黑色须髯，背手踏在空中，已是一副君临天下的尊贵王气。只是，有些美中不足的是，他的左眼皮到脸颊处有一道殷红的疤痕，乍看之下如同附了一条红色的蜈蚣一般，大大破坏了他英俊的容颜。

　　这疤痕触目惊心，令威严之中更添一份可怖。

　　严明崇傲立空中，斜睨下方，问道："百无邪，这次又是你闯的祸？"

　　百无邪一见严明崇，原先的调皮劲早已荡然无存，一张脸吓得苍白，他急忙跪拜道："尊师在上，这次夔兽惊醒，真的不是弟子招惹的，还请尊师明鉴。"

　　百无邪这话刚说完，突然想起，惊动夔兽的是自己姐姐，自己反正一事无成受罚也无所谓，可千万不能让师尊责罚姐姐，又急忙改口道："禀师尊，是弟子无知，不小心惊惹了夔兽，还请师尊降罪！"

　　"怎么一会儿说不是你，一会儿又说是你，这事一会儿本座自会再审！但你姐弟二人半夜偷偷进了雷泽，已是犯了禁令，这罪责也要叫你们一顿好打！"严明崇虽然语气平和，但听起来已是不怒自威。

　　百无心急忙跪拜道："谢师父救命之恩，弟子自当悔过自新。"随后又朝百无邪横眉怒目，低喝道："你还不快找个地方躲起来，站在那里找死吗？"

　　百无邪吓得赶紧躲到一块巨石后面，不敢再说半句。

　　严明崇回头一望，见那夔兽又昂起巨头，立即身子一晃化作一道金光疾飞而去，他双指一弹，飞出一枚金色的种子，种子落入湖中，立即爆发出无数金光，井口粗的金色藤蔓迅速生长起来，编织成巨大的网罗，一下子就将夔兽缠绕了起来。

　　严明崇飞落夔兽头上，双指一点夔兽恶蛟首的前额，快速画印，喝道："孽畜，祖师叫你看管雷泽，如今三印被盗，你就想兴风作浪吗？"

　　夔兽被金藤紧紧捆住全身，就连嘴巴都被牢牢拴住，根本不能张嘴吼叫，它胸腔内发出几声愤怒的低吼，浑身奋力扭动，想要挣脱这金色藤蔓的交缠，但它越挣扎藤蔓就捆缚得越紧，金色藤蔓已然入肉几寸，远远看去好似与夔兽合为一体了。

赵五郎是第一次见到这么厉害的宝贝，这金藤恐怕比真金还要坚韧几分，驭灵司的掌教果然名不虚传，刚一出手就把自己震慑到了。

严明崇见夔兽挣扎，始终不肯屈服，又怒喝了一声："孽畜，你降还是不降？"

这把，金色藤蔓上又长出无数金色的叶片，这些叶片像一把把金刀一样刺入夔兽的肌体内，每一次蠕动，都带出千道伤口，无数道蓝黑色的血液汩汩流出，注入雷泽水中，化作一团团紫蓝色的电芒四处飘散。

"尊师威武！"百无邪躲在巨石后忍不住喝彩起来，百无心站在峭壁上扫了他一眼，百无邪立即又吓得缩了缩脑袋不敢说话。

"好个千叶金蝉！"夜幕中似乎有人轻轻叹了一句，"当真是个好宝贝"。

这声音极低，以至于聚精会神对付夔兽的严明崇根本未注意到，反倒是撑着混元伞的赵五郎听得清清楚楚。

想不到这遗落渊内还有其他人！

赵五郎急忙四处瞧看，但四处峭壁上无数黑黝黝的洞穴像蜂窝一样密布，每个洞穴纵横交错也不知蜿蜒到何处，哪里听得清这声音从何处发来。

倒是百无邪一阵振奋道："尊师祭出了千叶金蝉！这下夔兽必是手到擒来！"

这千叶金蝉乃是用千年金蝉和化金藤合炼而成，且不说千年金蝉和化金藤本来就十分难寻，还要将金藤化入金蝉体内，让二者共生，更是难上加难，但此灵物一旦练成，便可捆缚世间一切事物，盖因金蝉灵力极强，化金藤万不能摧，二者相合，便是连幻术和梦境都能捕捉到，是驭灵道人的无上法宝。

夔兽虽然厉害，但碰到千叶金蝉却也无力抵抗，金藤不断收缩，夔兽体积也不断缩小，不过片刻间，蛇身变得只有井口粗细。

严明崇再御千叶金蝉，高喝道："雷泽夔兽，你降还是不降，若是肯降服于我，我自助你修行；若是不肯，今日便要废去你的修为，罚你永生永世待在雷泽，不能出入半步！"

这夔兽乃是玉文道人为了防止阴阳两界的人互相出入而囚禁在三盘阵中的，也算是对三盘阵的一种后招预防，数百年来，驭灵司更换掌门无数，还从未有人能驾驭得了夔兽，这上古神兽的威名，众人也顶多只是在月圆之夜能看到冰山一角，今时今日，严明崇一出手便将这夔兽抓捕到手，他自然也想把它修炼成自己的灵兽。

忽然半空中有人高声道："严掌门，这夔兽乃是镇守雷泽的神兽，如今三盘阵已经被毁，若是你再把这神兽收走了，只怕这遗落渊内的鬼物将更加肆无忌惮，滇南一代将永无宁日。"

来者是一老一少两个人，二人身影一闪，一前一后落在崖壁上。

这二人身形是如此熟悉，以至于教赵五郎见了一下子就忍不住热泪夺眶而出，这来人可不正是自己日夜想念的葛云生和齐云飞吗？

赵五郎喜得挥手大叫道："师父！云飞！"但他忘记了自己还撑着混元避世伞，外人根本听不到也看不到他。

严明崇微微愣了一下，他未曾想在滇南一带，竟然还有人敢出言阻止他，他只道是何方神圣，抬头一望，却忍不住笑了起来，"我道是谁，原来是符箓门的葛师弟，真是多年不见了。"

严明崇的口气中颇有些轻视之意，想当年这二人都是年轻一辈的翘楚，都是各自门派振兴的希望所在，但如今二人境遇却大不一样，一人已是驭灵司掌门，堂堂天下四道首领之一；一人却早已叛出师门，沦为一事无成的丧家之犬。

严明崇笑道："葛师弟十多年不见踪影，今日突然到我驭灵司的地界，不知有何指教。"

葛云生不卑不亢道："严师兄已是一派掌门，云生不敢有什么指教，只是驭灵司历来是守护滇南一代的重要屏障，如今遗落渊外三盘阵被破，若是严掌门再将这夔兽捕去，只怕这些鬼物将更肆无忌惮。"

百无邪也叫道："尊师，这位前辈说的倒是实情，这些鬼道的人已经越来越无法无天了，弟子前几日也看到……"

百无心急忙瞪了百无邪一眼，呵斥道："这里有你什么事，快给我闭嘴！"

百无邪回头看了看百无心，无奈低着头又走了回去。

严明崇从怀中掏出一个橘子大小，玲珑剔透的水晶球，这水晶球名曰水波境，可大可小，外层不过是薄薄的一层水纹，却十分坚韧难破，是专门用于收纳各种灵兽的。

第二十二章
师徒重逢

严明崇转了转手中的水波镜，笑道："我驭灵司镇守西南边陲，自然是肩负这滇南的安宁，如今天、地、人三枚宝印被盗，三盘阵尽数被毁，这夔兽可不是也不受控制了？你也说这鬼道人士如今都可随意进出这遗落渊，想来已是另有通道，绝不会是从这雷泽湖而过，倘若我现在还留着这夔兽，只怕会是纵容了它，让这附近的乡民遭受大难。"

严明崇一句一句说得有章有理，但葛云生就是有莫名的预感，当年玉文道人将这夔兽困在雷泽湖中，必然还有其他重要的原因，绝非简单地守住雷泽湖的出口，但这其中具体缘由是什么，自己又不是驭灵司内的人，何况只是一种猜测，无凭无证，如何能让人信服？

严明崇不再理葛云生，祭起水波境，就要收了那夔兽。

水波境在空中缓缓旋转，越变越大，透亮的好似一层薄薄的蝉翼，眼看这波纹就要笼罩住夔兽，忽然一道黑影闪过，空中青色剑芒挥出，"嘭"的一声就将严明崇手中的水波境击个粉碎，水波境立时化作一团水雾四处飘散。

"谁！"严明崇怒喝道，"好个葛云生，没想到今夜你还喊了御剑宗的帮手！"

半空中，黑衣人也不说话，兀自收了剑芒，凌空踏步，立在夔兽正上方。

这身形，这剑法，这气度，如此的熟悉。

葛云生和齐云飞纷纷脸色一变，叫道："是你？"

这人不是龙涎阁内斩杀尸神君的神秘剑客吗？他怎么也来了，今夜的雷泽湖可真是越发热闹了。

黑衣人手握平平无奇的三尺青锋剑，笑道："堂堂的驭灵司掌门，为了自己一人之私，竟也要做出这等无耻之事，倒也是叫人开了眼界。"

"你是谁？"严明崇忍住怒火再问。

"在下无名无姓，无门无派，严掌门你何须一问再问。"神秘人笑道。

严明崇冷冷道："无门无派？你虽然刻意用这平平无奇的青锋剑，但你以为本座看不出你这剑法都是御剑宗的招式吗？"

　　说起御剑宗，严明崇就大为光火，想当年自己惜败给王琼风，这一剑不单劈碎九色神龙，还在自己脸上留下永远不可磨灭的疤痕，严明崇若要修驻颜之术掩盖这疤痕何其容易，但他偏要让这疤痕露出来，就是时刻提醒自己，当年怎么败给了剑圣王琼风。

　　严明崇脸上血红色疤痕似乎活过来了一般，变得愈加狰狞，"可是王琼风老儿派你来的？你们御剑宗和符箓门今夜联手有什么目的？"

　　神秘人倒是不急不慢，只是笑道："联手？我做事向来不喜与人联手，再说那王琼风？哈哈哈，他剑法虽然高超，我与他却是毫无关系！驭灵圣君，你这两件事可都是猜错了。"

　　"那你为何要阻拦我收服夔兽？"严明崇再问，"这是我驭灵司的事，与你何干？"

　　"你想收服夔兽，炼成万灵心经，这事我可不干！天下第一可不是你们驭灵司应得的！"神秘人一语道破严明崇的意图。

　　"万灵心经？"百无心和百无邪纷纷惊讶道，这是什么功法，为何自己从未听说过，难怪师父最近一直闭关不出，想来正是在参悟这等至高奥妙的心经。

　　但这话教严明崇听来，却又是大不一样的感受，简直是狠狠地戳中了他的痛处——天下第一不属于驭灵司！

　　时至今日，严明崇都无法释怀，但越是这般挑衅，严明崇反倒越发冷静了，他冷冷道："我修炼我的本门经法，与你何干！你又是什么身份，道教掌教吗？竟敢来管我驭灵司的事。"

　　神秘人踏在夔兽身上，千叶金蝉仍在不停地收缩，神秘人拍了拍夔兽，有些心疼道："你若只是修炼功法也就罢了，但是你神功练成后，意图吞并正邪八门，这我如何依得？我这是路见不平，替天行道！"

　　严明崇哈哈笑道："这话无凭无据，无异于血口喷人！"

　　神秘人也冷笑道："这天、地、人三盘阵，数百年来无人能破，若非你严明崇自己解了封印，取走了天、地、人三个宝印，试问天下还有谁能做得到？"

　　听到这儿，严明崇再也遏制不住心中的震怒，喝道："好一个恶毒泼皮！我岂能容你！"他双指一弹，一道金光飞击而出，神秘人身形一闪，早已躲在一边，他飞出青锋剑，双掌化指一凝，平平无奇的青锋剑剑芒暴涨十余丈，清亮的光芒照耀得整个遗落渊内清朗透亮。

严明崇见这人修为着实了得，也不敢大意，画了一个八卦印，想要挡下这一剑，但不想这神秘人剑锋一转，并不劈向严明崇，而是朝夔兽身上的千叶金蝉劈去。

严明崇哑然失笑，须知这千叶金蝉坚韧无双，天地间任何术法利器都破不了它一分一毫，这青锋剑芒虽然凌厉，但想要劈断千叶金蝉却还是不可能的。

果然一剑劈落，只听撞击之声爆起，千叶金蝉却纹丝不动，反倒是把夔兽劈得伤痕累累。

严明崇哈哈笑道："你太小瞧我驭灵司的手段了，你以为我还是十五年前惜败你御剑宗的严明崇吗！"说着他就要甩动衣袖，放出他的灵兽。

但不想，黑衣人"嘿嘿"冷笑了两声，单手剑指一捏，原本散落四周的剑芒余晖，忽然再度聚集，变成一只清幽幽的气剑，他以指御起气剑朝着湖中猛然一戳，喝道："剑灵听令！寻踪破法！"

这蓝色气剑像一条鱼儿一般迅速钻入水中，立时消失不见。而严明崇神色已然大变，天下所有的剑招、术法、法阵都有破绽，差别只是在这破绽隐藏水平的高低，千叶金蝉虽然厉害无比，但也不能例外，它身上自然也是有破绽的。

千叶金蝉的破绽，便在那只金蝉身上。

须知，此物乃是将化金藤的种子种入金蝉体内，让化金藤饱吸千年金蝉的灵力而炼成，而灵物的破绽便在这二者的连接处——金蝉的肛门，因为化金藤是从金蝉的肛门处生长出来的，所以这里十分敏感，一受到强烈刺激，金蝉一吃痛必然收缩肛门，所有的化金藤也必然全部回收入体。

这部位十分细微，又隐藏在金蝉身子下方，所有人都不知晓这破绽会在此处，但这神秘人这招"寻踪破法"委实厉害，蓝色剑芒疾疾游走，自己会分辨对手术法中的薄弱环节，自动寻找破绽处一击破法！

严明崇急忙飞出一物，却是一只金色的灵蛇，喝道："灵蛇夺剑！"金蛇"嗖"的一声迅速朝湖中飞去，追击蓝色剑光而去。

雷泽湖中，蓝、金两道光芒飞快绞缠追击，快如疾风闪电，两道光芒斗了一阵，金蛇身子陡长数倍，已化作蛟龙一般的巨物准备吞噬蓝色的剑气，但不想这剑气又晃了个虚招，绕过金蛇直接飞向了千叶金蝉。

这金蛇回身再追，速度终究是稍稍慢了些，蓝色剑芒挣脱金蛇的缠绕，"嗖"的一下朝金蝉肛门处猛烈飞击，"噗"的一声，金蝉发出一声尖锐的叫声，水面上一阵波涛涌动，井口粗大的化金藤快速收缩，只是眨眼工夫就变回一只核桃大小的金蝉飞了回来。

严明崇大为恼怒！

但此时，夔兽挣脱了束缚，突然昂首嘶吼，吼声震天，只震得整个雷泽如海啸般涌动。电蛟首疯狂激射闪电，蓝紫电芒四处穿梭，击打得四处崖壁巨石纷纷滚落。

齐云飞大叫不好，朝葛云生道："葛师父，这恶兽震怒了，遗落渊怕是要塌了，我们赶快走吧！"

葛云生看了看那神秘人，又看了看雷泽，坚定道："但是这河水一路流到这里，五郎的尸身应当是到了此处！云飞修为尚浅，你先出去躲避下，我再找找看。"

齐云飞正色道："葛师父，你不走那我必定也不会走。"

就在这时，赵五郎终于知道把混元伞收起来，大叫道："师父！师父！"

四周早已是雷声隆隆，吵杂不堪。

这声音像沧海乱流中浮现的一叶小舟，飘飘摇摇，隐隐约约穿透而来，葛云生听到这两个字，浑身如被电击了一样，瞬间愣在当场，他有些难以置信地四周环顾，怀疑自己是不是幻听了。

齐云飞也回头望去，惊讶得难以言状。

赵五郎跃上崖壁之上，又喊了几声："师父、云飞别走，五郎在这儿！"

葛云生终于看到赵五郎活生生地站在不远处的岩石上，他还有些不敢相信，狠狠地揉了揉眼睛，才确认那真的是自己朝思夜想的傻徒弟赵五郎。

葛云生见赵五郎眉眼未变，笑意依旧，虽然一身狼狈，但还算精神抖擞地朝自己挥着手，忍不住老泪纵横起来，他也顾不得擦眼泪，一路拔腿狂奔过去，大叫道："臭小子，你真的没死！你真的没死！"

赵五郎也喜道："师父，我没死，我没死！"

二人正狂奔着，忽然一道巨大的闪电劈了过来，眼见雷电袭来，齐云飞反应倒快，急忙御出神剑抵挡，紫金神剑首当其冲，而后引电入体，一道道强劲的雷电之力直奔齐云飞的经脉之中，他顿时觉得浑身痛麻无比，但这痛麻之中，身体又有一种异样的感觉在升腾。

葛云生见齐云飞不顾一切抵御闪电，急忙回头叫道："云飞，快丢了紫金剑！"他正要出手相助，齐云飞却摇了摇头，痛苦中带着一丝喜悦道："这雷电之力，正是我想要的东西！"

第二十三章
御剑引雷

葛云生突然明白了，齐云飞乾坤九剑第六剑、第七剑正是雷、电二剑，若要修得这二剑，非要精确领悟到天地间能量的变化不可，这等修行纵使天赋再好，不下十年绝难成功，但若是能短时间内吸收强横的雷电之力，将力量化为己用，倒也算是一种速成之法。

只是，此法修得雷霆二剑始终并非正途，实在太过危险！

电芒入体，痛楚不停地累加，但齐云飞对雷电二力的感应也愈加强烈，他只觉自己已经达到身体承受的极限，浑身肌肉骨骼似乎都要爆裂寸断，每一处神经都痛不可言，但即便这样，他还不想挣脱放弃，只道自己再坚持一阵，必能参悟这雷电二剑的奥妙。

这人性子最是坚韧，做事不会轻易放弃。葛云生却看不下去了，他拍出一符，劈断了电芒，喝道："小子，你疯了，再这样下去，你雷电双剑还没练出，自己先被劈死了！"

齐云飞浑身已经被劈得灰头土脸，神色尤其虚弱，却还在逞强道："只差一点儿了！葛师父，我只差一点儿了！"

"你只差一点儿就死了！"葛云生训斥道，"练剑这么急于求成，不死也要走火入魔！"

此时，赵五郎已经跃了过来，一把扶住齐云飞，劝道："云飞，听我师父一句劝告，修行切不可以急于求成。"

齐云飞有些不甘心，他别过了头不想回话。

葛云生倒是高兴，用力地捏了捏赵五郎的脸，又捏了捏他的胳膊，又一次喜极而泣道："你没事就好，我就知道你这臭小子没那么容易死，一定会绝处逢生的！"

赵五郎何尝不是这般激动，他笑道："师父，我命硬着呢，不过这次要多谢常春道长救了我一命。"

葛云生疑惑道："常春道长？可是云机社的那个道人？"

"正是，他也是驭灵司的常春长老。"

葛云生更加疑惑道："这驭灵司难不成也跟云机社有瓜葛？这可不好！"

他抬头脸色有些凝重道："五郎，云飞，我们还是先想办法出去再说，这里已经乱成一团了，保住性命要紧。"

三人急急闪动身影，朝一些闪电击打不到的角落里掠去。

雷泽湖上，严明崇已然震怒，他猛地拍出一掌，巨大的金光化作一个十余丈大小的掌印朝夔兽压了过去，但此时这夔兽已然疯狂，猛然跃出湖面，喷出一股更加强横的雷电，轰然一声，竟将金色掌印击得粉碎！

百无心神色着急，朝百无邪喝道："百无邪，我的含象镜呢？快把含象镜还我！我要助师父一臂之力！"

百无邪惊了一下，问道："你怎么知道含象镜在我这里？"

"废话，敢偷我含象镜的，除了你还能是谁？快还我！"百无心呵斥道。

百无邪急忙掏出镜子往空中一抛，道："姐姐，接着。"

百无心单手接过含象镜，立即迅速一翻，喝道："天地含象，日月贞明，写规万物，洞鉴百灵。驭使烈风、寒霜双熊，助我降妖！"

银光伴随着一阵咆哮闪现，一黑一白双熊再度扑了出来。

百无心喝道："制住夔兽！"

烈风、寒霜双熊摇身一变，长到三四丈大小，双熊擎天而立，像两座小山一般朝夔兽冲了过去。

百无心的修为明显强过百无邪许多，同样是以含象镜召唤黑白双熊，她召唤出来的威力显然更甚数筹。

寒霜熊一踏入水中，湖面瞬间凝结成冰，寒风呼啸，已是一片天寒地冻；烈风熊挥舞双掌，却带来火星万点，将四周燃成一片火海。一霜一火，左右夹击，将整个雷泽变成冰火两重天。

夔兽却根本未将这双熊放在眼里，电首一抵，一道闪电又闪耀而出，霜熊挥拳格挡了一下，饶是它皮肉厚实，也被劈出一道焦痕。但这霜熊也不吃痛，抵住紫电之力，继续飞扑而至，重重地拍了一掌，火花四溅，这夔兽的皮甲竟比金石还坚硬！

霜熊一爪未能重创夔兽，烈风熊也迅速拍出一掌，这把却是带来炙热的焰火，一阵轰然巨响，道道火光迸裂开来，仿佛在夔兽身上燃放了巨大的烟花，这利爪猛拍之下，夔兽的身上也不过多了一道微黑的痕迹。

黑熊未能伤得夔兽，巨兽回头便是一吼，声波抖动，直接将黑熊震出几十丈外。

赵五郎忍不住叫道："好厉害的怪物！"

百无心见自己双熊受挫，急忙驾着玉阳雀在空中如一道白练疾疾飞过，她翻动含象镜，喝道："杀！"

两道白光飞舞而出，白光射入黑白双熊体内，双熊突然精神大振，身子一下子又暴涨一倍，足有十丈大小，烈风熊浑身烈火熊熊燃烧，已完全化身一头火焰神兽，寒霜熊却如冰山雕琢出来一般，晶莹剔透，寒光闪闪。

这双熊又猛扑上来，不断撕咬拍打夔兽，道道寒冰烈焰肆虐而出，饶是夔兽这般铁皮铜甲，也被击打出道道伤口，鲜血汩汩直流。

严明崇喜道："不错，心儿驭灵的本事又见长了。"

百无心一听到严明崇夸了自己，心中一阵暗喜，但脸色上却依旧冷如冰霜，只是俯首道了声："心儿学艺粗浅，还要师父多多指点！"

严明崇也不再说话，他身子一闪，化作一道金光又飞舞而出，准备一举控住夔兽，但那神秘人却不依不饶，凝剑化出青色剑气也劈了过来。

严明崇挥手挡下剑气，但这一空当，夔兽又一声嘶吼，这雷声更大，所有人都被震得往四处飞去，黑白双熊"嘭"的一声被震飞百丈之远，重重地撞击在崖壁上。这一雷声，就连严明崇的身子也禁不住晃了一下，他大怒道："你究竟是何人，为何一而再再而三与我驭灵司作对！"

神秘人哈哈笑道："并非我要与你作对，而是我见不得你这伪君子的模样，明明是自己贪图灵兽，却还要装成一副为天下苍生的姿态。"

百无心眼见师父受辱，不禁大怒道："驭灵司的地界岂容得你胡说八道！"她驾着玉阳雀又要欺身而上，却不想这神秘人随手挥出一剑，便将百无心逼退三尺。

神秘人冷笑道："玉翎仙子，修为倒是不错，不过始终是女流之辈，杀之不武！"他一换剑指，青色剑锋"嗖"的一声调了个头，径直向夔兽的腹部飞去。

严明崇神色大变，不知这人为什么要出剑斩杀夔兽。

但这剑锋刺入夔兽皮下数尺，却不能再进一寸。

夔兽乃是上古神兽，内力强劲，皮甲之下是更加坚硬的血肉躯体，十分难破。

神秘人偏向虎山行，口中冷哼一声："破！"

青色剑芒中突然散出丝丝黑气，这些黑气迅速涌入夔兽的裂口之中，像无数的黑爪一样不断地将伤口越撕越大，夔兽剧痛难忍，仰天长吼，雷电二力疯狂迸发而出，整个遗落渊内似乎要坍塌了一般。

紫色、蓝色的电芒疯狂飞窜，所有人都只顾着自己保命，却不想这神秘人并不躲避，反而迎着电光迅速而上，他收回青锋剑，单手握住剑柄，笑道："这雷出现得可是正好！"

他厉声高喝道："乾坤借法，以剑引雷，雷化剑威，破！"

这剑诀如此熟悉，叫齐云飞听了双眼不禁瞪得浑圆，心中震惊不已："这以剑御雷的法门，可不是自己朝思暮想的乾坤雷霆剑法吗？他如何也会这等精妙的剑法？他究竟是何人？"

葛云生也惊讶道："这人真的不是御剑宗的门人吗？为何有这么高超的剑术！"

齐云飞摇头道："若是御剑宗的高人，我定能认出他的身形和剑招，这人的一切都好生陌生。"

万千雷电，汇聚成锋！

神秘人的手中虽然只是一柄普普通通的三尺青锋剑，但他身子急转，御剑引雷，威力气势上却远远胜过齐云飞的乾坤九剑。

这人的剑法修为之高真的已经远远超出所有人的想象！

无数紫色的电芒聚集过来，在剑锋上疯狂跳跃，神秘人的身影早已淹没在电光之中，忽然耀眼的电芒中传来一声轻喝，所有闪电居然凝成一条线，神秘人舞剑一劈，巨大的闪电喷薄而出，这正是借力杀敌之招，紫电增加了神秘人的剑道威力，比之夔兽发出的单纯雷电之力更加可怕！

巨大的雷电反击到夔兽身上，饶是强横的上古神兽也抵不住这般威猛的剑法，剑芒直接将夔兽的肚皮撕裂一个巨大的口子，夔兽一阵惨叫，雷蛇首竟然垂然倒下。

这神秘人竟然直接击毙了夔兽的雷首！

但是众人还未从这个事实中震惊过来，已经又被另一件事更加震惊到了。

这夔兽的肚皮中竟然滑出一块黑色巨石，准确地说，是一具巨大的石玉棺椁。这棺椁乃是黑色灵玉雕刻而成，若是细细分辨，可以清楚看到棺椁上刻着百鬼借寿、百鬼夺灵、百鬼夺舍等花纹，一丝丝黑色的气息从缝隙中缓缓飘出，聚而不散，看起来诡异已极。

赵五郎叫了一声："这棺椁内是……"

严明崇已然震怒不已，大喝道："我明白了，原来你费尽心思，就是要放他出来！

枉你还修行了一身的正道剑术！"

　　葛云生也看出来这黑玉棺椁是什么了，他惊道："这是，是百鬼枢！是阴王房长生的法器。"

第二十四章
鬼道长生

神秘人御剑踏在半空中，冷笑道："严明崇，你不是想要驭灵司再现当年玉文道人的风采吗？这可是我送给你的一份大礼，当年玉文真人苦战七天封印了这房长生，以你的修为想来也不会太难吧。"

他又飞出一剑，剑芒没入黑玉棺椁之中，蓝色光芒迅速化作黑雾在棺椁四周流转，棺椁上的百鬼好似复活过来一般，不停地晃动眨眼，而后一个个快速游走，互相推动着棺椁上的机关，棺椁内传来"咔嚓咔嚓"的声音，却见棺椁不停地变化收缩，如同机甲一般。

黑气更甚，遗落渊内阴气四鼓，叫人不寒而栗。

严明崇朝百无心叫道："心儿，快镇住百鬼枢上的小鬼，绝不能让他们开启棺椁！"说着，他自己朝神秘人杀了过去，这人今日执意要放房长生出来，想必也是自己的大敌，如何能轻饶了他。

另一边，百无心一个得令，急忙驭起含象镜，喝道："双熊拍棺！"黑白双熊又爬了起来，挥舞双掌朝黑玉棺椁拍去。但为时已晚，黑色棺椁里一道黑光暴涨，夔兽又是一声巨吼，却见夔兽突然像泄了气的皮球一般，迅速收缩坍塌，无数光华朝百鬼枢上涌去。

只是片刻时间，这上古神兽竟然被吸尽了精元，化作一堆软烂的空皮囊。

黑色玉棺光芒更甚，黑曜曜的像个无底的黑洞一般，仿佛连四周的光线都被它尽数吸收，黑棺迅速飞上半空中，而后炸裂开来。无数黑气涌了出来，化作冤魂厉鬼四处飞舞，整个遗落渊内，如同恶鬼地狱一般，四处都是哀号惨叫，百无心也吓得脸色微微发白，却不知这是房长生的什么鬼术。

黑气飞了一阵，又在空中凝结，化出一道黑色的人影，众人也看不清他的五官和面貌，只听得他用比寒冰还要阴冷的声音说道："六百年了！老夫被这玉文老狗囚禁了六百年了！玉文老狗在何处！玉文老狗如今在何处！"

声音高昂和凄厉，所有人都听得胆寒万分。

严明崇神色严峻，弹出一道金光，喝道："魔头，岂能容你放肆，还不束手就擒！"

千叶金蝉飞扑而至，无数金色藤蔓缠绕而出，房长生身子一旋，化作一道黑气四处飘散，但这千叶金蝉就连幻术和梦境都抓得住，何况他化成的这股黑气，金叶狂卷，房长生身上的黑气就被卷缚住大半，房长生大吃一惊，道："你是谁？竟有这等本事？"

严明崇傲立半空中，浑身金光熠熠，如同金仙下凡，他朗声道："我乃驭灵司第三十一代掌门严明崇，今日必要再镇你入棺，教你千年都难以翻身！"

房长生阴狠道："那玉文老狗呢？他死了吗？"

神秘人御剑而立，在一旁笑道："玉文老道都死了几百年了，你被关了六百年是不是傻了。"

房长生见神秘人说话十分不客气，勃然大怒道："你又是谁，也配这般与本座说话！"

神秘人冷冷道："若不是我，你现在还在这夔兽肚中受封，你这性命还是我送给你的！你说我有没有资格跟你说话？"

房长生显然有些不悦，但如今自己刚刚解封出来，功力尚未完全恢复，眼前这驭灵司的掌门显然是个修为极高的对手，若是这神秘人能与自己联手，以一敌二，显然大有优势，他心思想定，就"嘿嘿"笑了起来。

严明崇暗觉不妙，这二人都是修为深厚的超一流高手，若是自己以一对一尚不惧怕这二人，但若是这二人联手，只怕自己毫无胜算，尤其自己现在还是……

百无心也一闪而至，喝道："休要以多欺少！"

神秘人狂笑道："也好，也好，你这身修为也算一个对手，省得说我们欺负驭灵司内无人！"

这四人天雷地火，催之欲爆，场面已是针锋相对。

悬崖下，赵五郎望了葛云生一眼，问道："师父，这情景，我们该帮谁？"

百无邪当即道："肯定是帮我师尊啊！"严明崇是正道驭灵司的掌门，自是代表正道一方，而且百无邪也救过赵五郎的性命，若是不帮也着实说不过去。

但葛云生心想，这神秘人也救过他们三人一命，只是不知这人是正道还是邪道的人物，若是自己贸然出手，却也是落了个不仁不义的罪名。

不过，这阴王房长生却是人人得而诛之的邪道魔头无疑。

齐云飞心念神秘人曾救他一命，又见严明崇贪图夔兽，反驳百无邪道："这御剑宗前辈与我们有救命之恩，我自然是要帮他。"

百无邪立即气得跳起来，叫道："你是哪个门派的，竟敢帮着鬼道的人说话！"

齐云飞冷眼看了下百无邪道："你又是谁？我是哪个门派与你何干。"

百无邪再度气结，骂道："你……看来你也不是什么好东西！"

葛云生神色凝重，示意二人不要争吵，他一锤定音道："我想我们还是得帮严明崇，阴王房长生是个大奸大恶之徒，绝不能让他再兴鬼道风浪。"

齐云飞错愕了一下，立即低头道："既然葛师父这般说了，那云飞也只有谁都不帮了，要我对付自己的救命恩人，只怕真的做不到。"

葛云生叹了一声，道："救命之情，自当相报，但是我们修道习武之人，心中更要是非分明，这神秘人正邪未分，我们不好定责，但这房长生却是不折不扣的大魔头，若是让他跑了，这江湖中又是一片腥风血雨，不知道又有多少人要无辜丧命，若是报恩与取义两难抉择，修大道者必然还是要取大义，云飞这番道理你要明白。"

赵五郎也劝道："师父说得对，大不了我们只攻打这房长生就是了，这样也不算恩将仇报。"

说话间，遗落渊内又剧烈抖动了一下，原本还算平静的雷泽剧烈震荡起来，无数的水浪澎湃激荡。

"怎么回事？又有其他恶兽来了？"赵五郎问道。

百无邪忽然指了指雷泽湖，惊恐道："你们看，那湖水，那湖水好像往天上飞了起来。"

果然，湖面上一层层的水花缓缓飞在空中，却不落下，像是被什么力道震上了天空一样。

"糟了！"葛云生望着波光莹莹的雷泽，神色大变道，"是这雷泽要塌了！我知道了，玉文道人将夔兽囚禁在雷泽湖中，一方面是挡住遗落渊内的万千怨灵出没，另一方面却是想以夔兽的雷电之力封住房长生，这夔兽自身的雷电力量太强，加之天地人三盘阵法作用，让这雷泽湖水内磁场有异，湖水可以倒悬天际而不掉落，加之这遗落渊内无上无下，所以我们一直觉得这雷泽像是湖面一般在我们脚底下，其实这雷泽湖一直在我们头顶上，现在夔兽死了，雷泽湖内的磁力消失了，自然是要塌下来了！"

赵五郎和百无邪"啊"的一声："那怎么办？"

"那只有速战速决了！"齐云飞立即御剑而出，直奔房长生而去。

赵五郎叫道："云飞也真是，刚才还在说自己心中两难，这会儿又这么决绝了。"

百无邪望着齐云飞的身影，道："这人就是你说的齐师弟？天赋确实很高，不过性情嘛，我不喜欢！"

湖面上，更准确地说是湖面下，严明崇、百无心和神秘人、房长生激斗正酣，严明崇的金蛇在空中一绕，身子迅速变大百倍，化作一条十几丈长的金龙，把自己护得严严实实，神秘人御剑如飞，蓝色剑芒飞快吞吐，引来罡风阵阵，而房长生右手一托，黑色的石玉棺椁又出现在手中，他一拍百鬼枢，无数黑气喷涌而出，化作万千鬼厉凄厉而出，叫人防不胜防。

百无心本身就有伤在身，驾驭双熊协助对阵神秘人，完全落了下风，神秘人冷笑两声，道："你知道驭灵一门最大的弱点是什么吗？就是没了灵兽便是废物一个！"

"还要借力这些畜生，你们说自己是不是比畜生还蠢！"

"小姑娘，女子修行，可得修男女合欢神功，修什么熊罴猛兽，可别玷污了你这冰清玉洁的身子！"

神秘人口中不断用言语挑衅，扰乱百无心的心神，双手却御剑如飞，也不管双熊如何，招招直取百无心命门而去，百无心身法虽好，硬拼硬斗哪里是这人的对手，不过十几招，就被一剑刺伤，直接从半空中被踢了下来。

齐云飞正巧飞过，急忙一把抱住百无心。

只见百无心脸色白如霜雪，双眉微蹙一团，殷红的鲜血在白裙上晕染开来，如同红梅在雪中绽放一般，她神智有些昏沉，却依旧努力地仰起头朝齐云飞道："你快去帮帮我师父……我师父不能死！"

"我师父不能死！"这话如霹雳一般炸在齐云飞的心中，曾几何时，他也是这般陪在师父的左右，灵犀长老待他就如亲生父亲一般，悉心传授他剑术和为人之道，让他在这个乱世之中有一安身立命之所。

只是那一日的傍晚，东海澎湃，在九层万剑冢中，灵犀长老终究是惨死在王琼风的剑下，自己也是这般绝望地抱着灵犀长老，仰天长吼，悲得泪如雨下。

灵犀长老要他好好参悟乾坤九剑，若是悟不出这九剑，永生永世不要再提"报仇"二字。

恩师如父，自古重如泰山！

此仇不报，何为天地男儿！

往事历历在目，齐云飞心中一热，他眼见百无心一介女子，在自己生命垂危之际依旧不忘恩师，不禁心生几分共鸣，双手不自觉地紧紧抱住她。

耳边剑风呼啸，鬼厉哀号，却都觉得远之又远。

齐云飞抱着百无心缓缓下坠，阵阵幽香沁入脾肺，竟教他有些目眩神迷。

二人穿过点点水花，绕过道道剑芒，最终飘落到一巨石上，齐云飞将百无心平放在地上，看了一番，暗自道："倒也是个刚烈的女子！"

第二十五章
剑破金印

另外一旁，百无邪已经冲了上来，人还未到，声音就蹿了过来："臭小子，想干什么，放开我姐姐！不许碰她！"

齐云飞突然面色一红，想起方才自己的举动确实有些失礼，站了起来，恢复冷峻的表情，道："我不过是可怜她，顺手救了她而已，现在人归原主吧。"

说着，他身子一跃，又往严明崇那边飞去。

此时，半空中已是激斗正酣！

房长生掀开百鬼枢，层层黑色鬼气攻心而去，严明崇双掌一合，金色巨龙盘旋而回，化作一面巨大的轮盘，龙身层层缠绕，龙首正居中间，将这些黑气一一挡掉。

金光大涨，灿烂若正午烈阳，竟叫黑气都逼退三丈。

这招"龙化金盘"正是严明崇三十六蟠龙印中的一招，借鉴的是灵虚谷的七十二龙盘阵原理，以金光正气化作坚不可摧的屏障。

神秘人见严明崇功力委实深厚，一身驭灵道法高深莫测，急忙与房长生更加疯狂地强攻。

葛云生担心赵五郎再出意外，要他站在下方不要上来，自己却掠了过去。但不想，雷泽湖水忽然漫了出来，巨大的水浪像陨石一般砸了下来，然而在遗落渊内的众人看来，这水浪完全就像被巨大的吸力吸上天一般。

"不好了！雷泽湖塌了！"葛云生叫道。

赵五郎和百无邪抱起百无心急忙向角落里躲去，湖水失去了夔兽雷力的支撑，迅速向遗落渊内落去，这遗落渊中虽然无上无下，但是这水势太猛，如一堆巨石般坠落深渊之中。

房长生也不躲避这疯狂下坠的湖水，仰头哈哈狂笑道："夔兽死，雷泽干，驭灵灭，鬼道兴，如今终于又到了我鬼道振兴的时候！"

他一拍百鬼枢，所有的黑气凝聚，化作比浓墨更黑的色泽，四周骤然灰暗一片，黑气黏稠得如同铁水黏土，慢慢凝聚成一个人形。

这，这正是恶魔！

令所有正道人士闻风丧胆的恶魔！

鬼道中有"百鬼易炼，一魔难得"的说法，说的便是世上炼成一百个恶鬼容易，但是想要炼成一个魔却难之又难。恶魔的形成有十分苛刻的条件，首先必须是人员的大规模死亡，例如瘟疫或者大屠杀；其次必须保证尸体的完整性，不能腐烂或风干，只有这样，让大量的怨灵凝聚不散，才能最终形成一只恶魔。

房长生利用遗落渊的绝佳地势，设下炼鬼法阵，再将附近成千上万手无寸铁的百姓驱赶入遗落渊内，让他们活活饿死在其中，他们的怨灵长期徘徊在深渊内不能消散，经过日积月累，竟也滋生出三只恶魔。

这正是其中的一只，名曰墨魔。

墨魔夺神，最是扰乱心神，吞噬神力。

房长生阴笑道："驭灵司的小儿，我看你能不能抵御得了我的墨魔！"他一捏指，浓黑色的墨魔就飞了出来，这墨魔悄无声息，如同一道影子朝严明崇的蟠龙印飞去，严明崇急忙挥掌转动金龙，龙身狂舞，迸发出万道金光。

但这墨魔委实可怕，所到之处，金光俱灭，周围一片黑暗死寂。墨魔狂舞，一点黑气沾染金龙身上，金龙仿佛历经千年腐蚀一般，竟生出一抹灰绿色的霉斑，龙身已然受到侵蚀。

严明崇神色剧变，似是被什么迷惑住了一样，双手一停，蟠龙印便松开了一道口子。

葛云生暗叫："糟了！严明崇被墨魔控住了心神，陷入梦魇之境了！"他急忙飞出一张赤符，喝道："赤赤阳阳，避除不祥。百邪断绝，符破梦魇！急急如律令！"

这是断梦咒，以赤阳之力断绝梦魇侵扰，赤符在空中化作一道阳力疾飞而至。

一道青光飞来，这符咒却被神秘人一剑劈了下来。

神秘人高声质问道："葛云生，我那日救了你们一命，怎么今日还恩将仇报？"

葛云生道："非我们不懂恩情，而是这阴王当真是十恶不赦的大魔头，我如何能眼睁睁地看着他重现人间？"

神秘人哈哈笑道："你有匡扶正道之心，但你有没有问自己，是否有这个能耐？"

葛云生笑道："能耐？匡扶正道最主要是问心无愧，这与能耐大小有什么关系！

蝼蚁再小，说不定也能撬动大树。"

他也不顾自己的伤势，猛地拍出一张赤符，喝道："火山大将，风火元君，借我火马，与我神威，急急如律令！"

这狱火神咒，葛云生脚下的巨石突然裂开一条条缝隙，无数地火喷涌而出，这地火凝成一只巨大的火焰战马朝神秘人飞驰而去。

火势汹涌，马蹄疾疾。

这地狱火马在空中拖出一道长长的火焰，映红了整个洞穴，端是神威赫赫。神秘人也不敢小觑，急忙借法乾坤，捏指御水成剑，化出几十道水剑直杀火马而去，水火交战，嗤嗤作响，一阵水雾升腾四溢，二人堪堪打了个平手。

葛云生心念此人于自己有救命之恩，不敢痛下杀手，招式之中有所保留，但这神秘人却招招狠毒，不留余地。

二人斗了一阵，神秘人渐渐处于上风，他用余光瞧见严明崇瞳孔之中恢复闪动，暗叫一声不好，这严明崇看来要挣脱恶魔的控制了。

他挥出一剑逼退了葛云生，直接反身逆流而上，朝着急急下坠的湖水飞了上去，这人身子飞快旋转，卷动滔滔的雷泽湖水，像刮起巨大的水浪龙卷，神秘人借着这水潮之力，猛然劈出一剑，这一剑葛云生和齐云飞再眼熟不过，正是那招海宗神剑！

剑锋引动万千雷泽湖水下坠之力，更加神威无穷，比之上次斩杀尸神君更加霸道三分！

神秘人御剑引水，高喝道："天地六宗，海潮万千，俱化神威剑锋！"

巨浪龙卷中劈出一道蓝光，蓝光凝成巨大的剑形，直斩严明崇而去。

严明崇突然如梦初醒，眼前恶魔、剑锋已经斩杀而至，他骇然失色，急忙御起金龙想要抵住这力道万钧的一剑。

几声爆裂声响，蓝色剑芒更甚，直捣黄龙而去，而后光芒一耀，金龙竟然裂成无数碎片，这海宗神剑剑威依旧不减，劈了进去，"扑哧"一声直接没入严明崇的体内！

"啊！"众人齐齐惊呼道。

百无邪更是痛声叫道："师尊！"

严明崇神色大异，身上金光逐渐黯淡，这堂堂驭灵司掌门，驭灵圣君严明崇还是败在了这神秘人和房长生的联手之下。

驭灵道法终究再一次败在六宗神剑之下！

房长生冷笑道："天下神司，灵虚谷主，也不过如此了，你这修为与玉文老道还是差远了！"他还要催动墨魇侵入严明崇的神智内，趁机吸取他的灵力。

忽然，一旁的神秘人双眼之中闪现出一丝不安，"不对！他要用化金神功了！"他急忙拉开房长生，向外飞去。

严明崇冷笑一声，喝了一声："封！"浑身金光爆射而出，整个人炸裂成无数金粉，状如烟花一般暴涨开来，金光四射，所到之处都化作金灿灿的金色雕塑，神秘人急忙御剑狂舞，房长生也召回墨魇挡在自己身前，抵住这金粉的侵袭。

金光闪过，遗落渊内所有被金粉触碰到的东西都变成一片金黄，就连坠落一半的雷泽湖水都化作了金黄透明的雕塑，凝固在空中，像巨大的琥珀一样挡住了遗落渊的出口。

百无邪已经是哭得倒地不起，心中悲痛绝望至极，"师尊！师尊死了！姐姐，你看到了没，师尊死了！"

此时的百无心虽然已经昏迷不醒，但是眼角还是留下了一串泪珠。

驭灵神司，难道今夜就要惨败雷泽吗？

葛云生摇头道："不可能，不可能，以严明崇的修为不可能这么容易败下阵来。"

严明崇贵为四大正道掌门，内力修为何等之高，就算神秘人和房长生这样的绝顶高手合力一击，也不至于这般容易就败下阵来，葛云生突然明白了什么，坚定道："不对，严明崇没死！他今夜根本就没来，被破掉的只是他的元神分身。"

百无邪突然恍然大悟道："对了，师尊正在闭关修炼，我说怎么会突然出关来对付夔兽，一定是他元神出窍，化了个分身过来。"

神秘人和房长生骇然失色，原来今夜来的只是严明崇的元神。

只是元神出窍，就能逼得这二人使出绝技，若是他日严明崇真身驾临，自己未必能有今日这般胜算。

金粉蔓延，整个遗落渊内金黄一片已是躲无可躲。

众人疯狂后退躲避这"化金神功"，就连神秘人也御剑躲闪，但金粉无孔不入，剩下的空间已是越来越小。

神秘人有些后悔道："不想这老狗竟有这么狠毒的后招，今日可是失算了！"

房长生冷笑道："我道你是多么了不得的高手，就是这招化金神功也都怕成这样。"

神秘人"哦"了一声，微微有些羞恼道："好大的口气，那我倒要看看阴王房长生的高招！"

房长生哈哈大笑道："化金神功是将转金之力化入元神碎片之中，所以看起深不可测，甚至毫无破绽，但其实这每一点金粉就是一只灵虫，老夫跟这驭灵司的玉文老道斗了七天七夜，对这驭灵的伎俩再熟悉不过，嘿嘿，只要他有灵性，我就有办法制他！"

说着，将手中的玄玉百鬼柩飞出，口中疾疾念道："茫茫酆都中，重重金刚山，九幽诸恶煞，随我化梦魇！"

"皆入我梦魇之境吧！"

第二十六章
梦魇之境

百鬼柩中的墨魇升腾而出，不停地旋转，无数黑气向四周扩散，这黑气所到之处，万物都被吞噬殆尽，就连灿烂如日光的金粉也被一点点侵蚀了。

葛云生大叫不好："这墨魇会让人坠入梦魇之境，我们赶快走！"

但此时，遗落渊的出口被堵住了，偌大的洞穴内一半是严明崇的化金粉，一半是房长生的墨魇黑气，哪里还有地方可逃，葛云生疾疾飞出两张蓝色符文，念道："道合三微，玄坛举真，山常入空，立地顶天，诸法不破，万莫能摧！起！"

这正是天地圆光术坛，蓝色光芒大盛，化作一轮明月一般的清辉将众人护在其中，但这光华比上次对阵苏丹青时弱了不少，显然葛云生的内伤还未完全康复，玄天明的墨虫徘徊在他的心脏里，让他根本无法使出全力。

一黑一金两团雾气终于涌了过来，要将这遗落渊内最后一块处女地消灭殆尽。

这两团雾气不断地侵蚀着蓝光，葛云生脸上已经密布豆大的汗水，胸口又开始隐隐作痛，这墨虫虽然被自己一点点地化解掉，但就算只留下这么一丝一毫，都能让葛云生的内力受到极大的限制。

想来，这玄天明的御墨道法当真是深不可测。

房长生冷笑道："原来这里还有这么几只不知深浅的小虫子！哈哈，正好，来祭祭我的墨魇吧！"他一转动手腕，黑气暴涨，黑雾之中又显露出无数厉鬼一般的影像，这些厉鬼疯狂地撕咬着圆光道坛，光芒一点一点地被吞噬掉。

百无邪惊得大叫道："糟了！糟了！道长的法阵抵不住墨魇了，这些墨魇要击破道坛了！"他也不管其他人，赶紧招出灵根龙将自己和百无心牢牢捆缚起来，化作一团黄绿色的树根。

齐云飞却不似百无邪这般临阵退缩，他横眉怒道："我来试试这魇究竟有什么厉害之处！"他一捏剑诀，炙热的火光就从道坛之中升腾而起，火焰盘旋化作火龙一般的利剑飞啸而出，直刺房长生而去。

房长生五指一转，一团黑气又凝了出来，这黑气将烈焱剑迅速包裹了起来，只是转眼之间，就将这耀眼的火剑吞噬掉，再片刻，这黑气迅速腐蚀烈焱神剑，剑体黯然失色。

齐云飞脸色大变，他不想这恶魔厉害如斯，急忙喝了一声，召回烈焱剑，飞剑入鞘，但剑柄之上已是有淡淡黑气环绕不散。

"好可怕的邪术！"齐云飞惊道。

赵五郎眼看葛云生脸色愈加惨白，心中大为不忍，道："师父，你的伤肯定还没好，不如我去试试！"

葛云生脸色一怔，喝止道："赵五郎！你又想干什么！"

赵五郎抽出那柄混元避世伞，道："这样下去终究不是办法，师父，我且去试试！"

"这伞？"葛云生大惊，"你怎么会有这伞！"

赵五郎未等葛云生同意，自己"嘭"的一声打开红伞，喝了一声："避！"

葛云生和齐云飞害怕赵五郎又做不顾生死之事，急忙喊他回来，但这附近哪里还有赵五郎的影子。

房长生和神秘人盘旋在半空中，由于四周蓝光、黑雾四溢，倒也未看清这一幕。

神秘人对房长生冷笑道："好一招恶魔吞金，不过你这么一来，可真就没有人能进得了这遗落渊了，我看我还是速速离去的好，省得也入了你的梦魇之境。"

房长生冷眼看他道："老朽未踏足阳间许久，倒不知阁下是御剑宗的哪位高人？叫甚名谁，日后也好答谢。"

神秘人哈哈大笑，这笑声中颇有几分嘲弄之意"其一，我可不是御剑宗的门人；其二，恐怕阴王日后只有杀我之心，绝不会有什么答谢之意吧。"

房长生桀桀笑道："那你为何还敢救我？"

神秘人跃上半空，高傲道："我放你出来，自然是为了日后再杀了你！因为我要你的恶魔！"

房长生脸色陡然一变，但随即又哈哈狂笑道："就凭你！"他一挥手，黑气就朝神秘人喷了过去，神秘人身子一弹，化作一道剑光穿行在浓烈的雾气之中，这剑光比闪电还要快捷，闪动之间，黑气竟沾染不到分毫。

房长生大为恼怒，挥手一凝，万千鬼物朝着剑光飞扑过去，神秘人哈哈大笑两声，径直朝雷泽飞去，一声巨响，这剑光穿透琥珀一般的雷泽，一道细微的光芒透了下来，遗落渊内只留下这神秘人的声音："老鬼，你的恶魔还未炼成肉身，你给我好好修炼，日后再见，我便是要来收我的成果了。"

房长生怒吼道："御剑小儿，你算什么东西！"他这一怒吼，遗落渊内的恶魔黑气如怒涛海啸一般朝四周翻滚，葛云生的天地圆光坛再也抵挡不住这恶魔的侵蚀，当即就被击得粉碎，黑气涌了进来，所有人一沾染到黑气，瞳孔溃散，脸色发黑，整个人一动不动。

恶魔会化出梦魇之境，这是所有修道之人的禁地。

房长生眼见葛云生等人已经入了梦境，整个遗落渊内空荡荡的又只剩下他一人，心中似有些惆怅："六百年了，整整六百年了，我的长生殿不知道现在还在不在？我的鬼兵呢？老夫真是万般想念啊！玉文老狗，你万万没想到吧，你把我封印起来，自己却先死了，如今我还活得好好的，你若是泉下有知是不是要悔恨万分啊！"

"哈哈哈哈，从今日今时起，鬼道长生门又将重现滇南！驭灵司必灭我手中！"

说着，他身子一旋，化作一团黑气直接朝遗落渊深处飞去。

赵五郎在混元伞下，感受不到这恶魔的威力所在，他只觉一股股黑烟弥漫而过，四周一片灰暗，双目不能远视，再过一阵子，黑气都往深渊里飞去，雷泽附近的黑气稍稍转淡，这时他才看清，葛云生、齐云飞、百无邪三人如雕像一般站立在巨石上，三人面色隐隐有一团黑色环绕，双眼无神，身子纹丝不动。

"师父！"赵五郎大惊，收了混元伞就朝葛云生狂奔而去。

赵五郎只道他们都被房长生的恶魔杀死了，心中已是一阵悲愤交织，口中只顾着大喊着："师父！云飞！无邪！"但这叫声再大，如何能唤得醒入了梦魇的人？

赵五郎又跑了一阵，葛云生等人已在眼前，忽然四周有无数游丝一般的黑气涌了过来，他急忙挥动混元伞，将这些黑气扫开，但越靠近葛云生三人，这黑气就越多，丝丝缕缕，飘散在空中，如冤魂凝聚不散。

赵五郎飞出一张引风符，念道："清风自来！敕！"

一阵清风拂动，赵五郎双掌御风急转，风力明显加大，化作一阵罡风朝葛云生等人吹去。风势强劲，却连葛云生的一片衣袂都吹不动，这三人仿佛被固化了一般，而那一道道黑丝依旧盘旋不断。

除了混元伞，似乎所有的外力都对这黑气无效。

赵五郎兀自不肯放弃，唯有奋力地挥动混元伞，只搅得黑气四散，但这些黑丝只是片刻又会汇集，所有办法都是徒劳。赵五郎刚见到葛云生不过片刻时间，可转眼之间，他师父又变成这般活死人的模样，他心中一顿抓狂难受。赵五郎不顾一切地疯狂扫动黑气，口中怒吼道："走开！全都给我滚开，别缠着我师父！"

"五郎，别再浪费力气了。"雷泽湖中传来一阵苍老的声音，一道绿光从破口处现了出来，绿光消隐，现出两个人影，正是谷神医谷常春和他的孙女小茹。

小茹眼见洞中情景，一半金黄一半黑雾，又见几个道人屹立不动，旁边还有一截树根，惊恐道："爷爷，他们这是怎么了？"

谷神医叹了口气道："这是中了鬼道的恶魔之术。"他吹散了附近的化金粉，叹道："竟然连严掌门都奈何不了这些鬼道的人，滇南又将永无宁日了。"

赵五郎见谷神医来了，就像看到救星一般，急忙求救道："常春前辈，你快救救他们。"

谷神医走近了些，伸出手指探出一点绿光去轻轻触碰这游丝，绿光一触碰到黑丝，立马就被吞噬掉。谷神医摇头道："好厉害的墨魔术，恐怕我也无能为力。"

赵五郎满脸悲戚，道："那怎么办？我师父他们是不是必死无疑了？"

小茹急忙劝道："五郎哥哥，你也别着急，我爷爷一定有办法的。"她一扭头朝谷神医央求道："爷爷，你快想想办法吧，好像无邪师兄也在里头。"

赵五郎道："是啊，百无邪和百无心都被困在这灵龙里面，却不知道是死是活。"

百无心姐弟虽有灵根龙守护，但这黑气无孔不入，一丝丝地侵蚀着灵根，恐怕过不了多久必然会破体而入。

谷神医眼见洞中惨状，叹道："我何尝不想救他们，但这墨魔术确实是十分难破的一门邪术，凭我的道行实在是没有办法。"

赵五郎听出了一线生机，急忙接话道："这么说来，还是有办法救他们的对不对？"

谷神医道："办法倒也不是没有，只是太危险了，不知道你敢不敢？"

第二十七章

望舒寻梦

破梦救人，千难万难。

但只要能救葛云生等人，赵五郎都会拼尽全力。他急声道："只要有解救之法，我自当全力一试，前辈，你只管说我该怎么做。"

谷神医道："墨魔这种邪物十分少见，他会编织梦魇之境让人沉浸其中不能自拔，这种道法我也只是听说过，今日也是第一次见，不过这术法也是移魂嫁梦法门的一种，若要破解，定是要惊醒梦中人才行。"

赵五郎又问："如何惊醒？"

谷神医道："你自己入梦，到他们的梦里去，找到他们，把他们的神智带回来，这是我能知道的唯一办法。"

"入梦解梦？"赵五郎喃喃自语，他心想，这黑气既然能让人入噩梦，那他自己也去触碰这些黑气，也一样可以到梦里去，这样是不是就可以找到葛云生他们了。

他突然转身，朝葛云生跑去，刚跑了一半，就被一条藤蔓卷了回来，谷神医摇摇头道："你这傻小子，我的话还没说完，你就这么着急去送死，你以为入梦这么简单吗？你这样过去，只能是被恶魔控制住，自己入了自己的梦魇罢了，跟他们三个人的梦境却毫无关系，我要的是你入葛云生他们的梦境！"

赵五郎对这些知之甚少，入他人的梦境，怎么入，有什么后果，全无概念。

谷神医道："若真要入梦，必要做好万全之策，你这样进去岂不是白白送死？"

赵五郎道："但是我担心师父他们挨不了太久……"

谷神医道："放心吧，以葛云生的内力修为，挨几天是不成问题的，反倒是你，若是没有做好准备，一入噩梦之境，只怕有去无回。"

赵五郎问道："那还要做什么准备，请前辈明言。"

谷神医道："当今天下的嫁梦之术，最负盛名的莫过于逐月术，想要解梦自然要找赤月门的人相助，唯有她们的逐月之术能遣人自由出入他人梦境。"

"赤月门的逐月术？可是近年来名气渐起的逐月夫人？这人可不好找啊！"

小茹皱眉道。

赤月门最擅长嫁梦之术，其门内秘法逐月术，正是借着月光教人入梦出梦的奇门道术，具体什么原理却是无人知晓。赤月门神秘难寻，现今的门主叫逐月夫人，中原一带可能无人知晓，但在滇南一带却是颇有名气的嫁梦高人，只是这人行踪诡秘，外人根本找不到她的住所。

赵五郎道："谷神医可否告知这逐月夫人的下落？我这便去找她。"

谷神医哈哈笑道："外人要找逐月夫人定是竹篮捞月，费尽千辛而不可得，不过我刚好认识一个人可以助我们一程。"

赵五郎问道："是哪位高人？"

"这人你也见过，正是妙月郎君。"谷神医笑了笑一挥袖子，道，"走吧，事不宜迟，我们这边找逐月夫人去，看看她是否有妙招。"

谷神医随手一招，一道青光从手掌心飞出，正是他的至宝青鳞。

青鳞在空中一扭，身子逐渐变长，化成两丈大小的龙首鱼身的模样，三人上了青鳞，化作一道青光就从神秘人破开的那道口子出了雷泽湖。

青鳞一路游水而上，赵五郎这才发现，严明崇的金粉并没有将这个湖面都凝结成黄金雕塑，这雷泽湖太深了太大了，浩渺如大海一般。

众人游了一阵，就见上面依旧是一片幽蓝湖水，只是由于遗落渊内重力倒悬，加之严明崇和房长生的余力充斥，让这湖水下坠一半就不能再往下继续。

"哗啦"一声，青鳞跃出水面，一阵阳光刺眼而来，赵五郎揉了揉眼睛，这才发现这雷泽当真是浩瀚如海，四周清波荡漾，一望无际，远处更有山峦青青，景色美如画卷。

滇南山川之美，尤甚江南的小桥流水。

纵使这风景再美，此时众人也无暇观看。谷神医道："葛云生的内力还算深厚，但是无邪和那个白衣少年的功力尚浅，入了梦魇最多只能坚持几天，我们得抓紧时间。"

赵五郎用手遮了遮明晃晃的阳光，问道："前辈，那我们去哪里找逐月夫人？"

谷神医道："十年前，赤月门旧主凌月夫人曾与云机社赵社主有些深交，我曾在百戏风云会上一睹这人的风采，当时因我二人都来自滇南，便多问了一句赤月门具体所在之处，只想着日后有空登门拜访，她当时告知我赤月门在望舒山中，若是到了山前的无人渡，高喊三声'明月照人来'，她便会遣人出来接我，但如今时过境迁，凌月夫人早已病故，新任门主逐月夫人我也不认得，不过料想这门派应当还是在这山中，只能去试一试了。"

谷神医口中所说的望舒山在雷泽正南以外的百里处，远倒不算远，只是滇南一带山势连绵险峻，茫茫大山之中寻找几个人影，恐怕比大海捞针还难，而且这三人与赤月门人平日里毫无交情，真是找到了，也不知对方肯不肯帮这个忙。

但即便如此，就算只有一线生机，赵五郎也是要去试一试的，他心想，不说是望舒山中的赤月门，就算是下九幽地狱找阎罗王，自己也一定要去闯一闯。

三人行了一阵，赵五郎突然又回头问道："对了，那妙月郎君呢，我们不等他吗？"

谷神医笑道："妙月郎君我已经遣飞蝶去找他了，他收到飞蝶自然会赶过来，你不必担心。"

小茹也安慰赵五郎道："妙月郎君与我爷爷交情最深，他见到白蝶自然会来找我们的，你放心好了。"

赵五郎"嗯"了一声也不再说话。

青鳞在水中游弋如飞，耳畔湖风习习，水花如珍珠般倾泻而去，湖边景色倒映水中，一片湛蓝青黄，但赵五郎根本无心欣赏这滇南的壮美风光。

这正是：若有急事挂心头，便无人间好时节，纵然良辰美景，也难舒眉头紧蹙。

又行了半日，便见前头有一巍峨大山，山如利刃，险峻陡峭，山间更有薄薄的云雾缭绕，也不知其中境况。

赵五郎抬头望了望眼前的这座山峰，山势之高几欲通天，峭壁之险兽鸟难驻，最奇异的是山上有一巨岩状如少女，抬头望天似在拜月祈福，赵五郎忍不住问道："常春前辈，这就是望舒山吗？"

谷神医道："对，这便是望舒山，古来望舒为月神，月落人间，化作这片神山，你看那女子，传言就是落入凡间的月神，站在峰顶仰望天空，想要回到月宫之中。"

小茹也道："所以滇南一带都认为望舒山是距离月亮最近的地方，若是祭拜月神，此处自然是最佳。"

大自然的鬼斧神工成就了一个个美妙的传说，赵五郎看了看，竟有些愣愣地出神。

众人乘着青鳞顺着望舒山的山根游了一阵，终于到了一个码头处，这码头四周荒草蔓长，一段木栈枯朽腐烂，旁边还停着一艘小小的柳叶扁舟，看情景，显然是许久未有人来摆渡了。

三人跃上码头，谷神医收了青鳞，见这码头边立着一个木牌子，写着："无人渡"。

他有些唏嘘道："此处想来就是凌月夫人说的无人渡了，若是她还健在就好了。"

小茹道："爷爷，要不我们按照你说的办法试试吧，说不定这就是他们门派的暗号呢。"

说着她和赵五郎两个人扯开嗓子高声喊道："明月照人来！明月照人来！明月照人来！"

声音在风中激荡，飘飘摇摇几下就消失在山脚下，整个渡口又恢复了一片寂静。根本没有赤月门的门人来接他们。

赵五郎和小茹对望了下，颇为失望道："看来不管用。"

小茹也失望道："估计没人在了吧。"

谷神医叹道："看来这里当真是许久没有人来过了，要不我们进山看看吧。"

他拨了拨草丛，这些杂草如同侍卫见了主人一般，纷纷向两边垂去，分开出一条小道，谷神医边走边道："这望舒山还有一个传言，相传每隔十年，这天上的月亮就有一天会转变为赤红色，赤月如血，映照整个山峰如鸡血石一般，赤月映天本不是什么好兆头，但赤月门的人却最喜这赤月征兆，因为赤月是阴中之阳煞，蕴含一种由实入虚的灵力，对修炼嫁梦之术的人而言，这种灵力是最适合操控梦境的，因为梦便是由实入虚。"

赵五郎听了这话，有些领悟道："那我要入梦境，也是必须由实而入，由虚而出？"

谷神医点头赞道："正是，看来你的心智已开，比原先是聪慧了不少，如果你师父见到你现在的模样，不知道多么欣慰，只可惜……"谷神医这话不好再说下去，只是无可奈何地叹了口气。

这话让赵五郎心中也不免生出几分哀叹，自己侥幸换心重生，却不想师徒二人刚刚见面，葛云生就又中了恶魔之术，入了万劫不复的梦魇之境。如今这入梦破梦艰险万分，若是一时不慎，自己也被困在梦境之中，只怕这几个人都要化作梦中的傀儡，永世不得轮回了。

但即便如此，为了救出师父和其他人，赵五郎早已毫无畏惧。

三人又走了一阵，沿途见到不少野鹿、云豹、雀鸟甚至是道人的尸体，这些尸体还未完全腐烂，有表情欢愉者，有痛苦者，还有十分扭曲愤怒者，像是被凝固在临死前的那一刻。

赵五郎心中生疑，只怕这山中有人设下了什么陷阱妖术，竟可以让这么多生灵丧命于此。

第二十八章
又遇鼠精

赵五郎谨慎道："常春前辈，这山中有些古怪啊！"

反观谷神医却走得极为坦荡，他笑了笑道："这些都是寻梦的人，放心吧，白天这山中倒也不会有什么事。"

再走了一阵，也不知到了何处，就见前头毒藤野草丛生，已无进路，谷神医自言自语道："这山可比我们想的还大，这样找下去不知道要找几天，可别耽搁了时间。"他还要作法开路，忽然草丛中"嗖"的一声窜出一黑、一白、一灰三团影子。

小茹被吓了一跳。

赵五郎喝道："哪里来的畜生！"他眼疾手快飞出三张定身符，啪啪啪地贴住三团影子，将这三物定住不动。

众人这才看清这三团黑影是三个不足三尺的小矮人，一个个长得怪模怪样，既像七八岁的小孩子，又像满脸皱纹的小老头，嘴巴上还有几根长长的胡须。

赵五郎只觉得这三人甚是眼熟，好像在哪里见过。

那个白衣服的小矮人突然就咧开嘴，一副眉开眼笑地乐道："哎呀，又是这个小道人，那个猪一样爱睡觉的傻道士，他居然没死！"

赵五郎脸色一红，突然想起这三人可不正是西普寺见到的三只白鼠妖嘛。

这三只鼠妖从西普寺逃了出来，不知道又跑到望舒山中来做什么。

另外两只鼠精也激动地跳跃道："哎呀，哎呀，真是这个蠢道士！模样一点儿没变，看起来还是蠢蠢的！"

赵五郎气恼道："你们说什么呀，你们三个妖精跑到这里来干吗？"

穿白衣服的鼠精脸色变得有些怪怪的，鬼鬼祟祟地走过来，劝道："我告诉你们哪，这个山里可古怪了，你们最好不要进去，进去的人都出不来了。"

穿黑衣服的鼠精也说道："正是，正是，前几天还有几个道士也说要进来找什么夫人，不到一夜，就都死翘翘了，前面的路不能再走了，去不得，去不得，会死人的。"

原先还有些害怕的小茹，看这三只老鼠扮作的人形抓耳挠腮，颇有些滑稽，忍不住笑道："你们三个倒是有些好玩，既然去不得你们为何到这望舒山来？"

黑鼠精道："因为，因为我们……"

这黑鼠精话还没说完，灰鼠精就跳过去"啪"的一下猛击黑鼠精的脑袋，叫道："说好的，我们三个人每个人说一句话的，就听得你们两个在这儿叽里呱啦的，这话早该轮到我说了！"

黑鼠精"哎哟"一声，捂住自己脑袋道："你自己不说，怪谁！"

灰鼠精又打了黑鼠精一拳，骂道："你又说话，这都连续说了两句话了！这么贪得无厌！如何成仙！"

"敢说我不能成仙！说得好像你可以一样！"这两只鼠精一下子就扭打成一团。

白鼠精趁机一把跳上前去，揪住赵五郎的衣襟，翻动着唇齿倒豆子一般快速说道："我告诉你，因为我们三个人也想得道成仙，有个老道士跟我们说要多做好事多救人，积够了阴德就可以免去三灾之苦，自然就能成仙了。所以我们天天守在此处，告诫进山的人不要进去，这样也算救人一命。"

黑色和灰色鼠精还正打着，就听到白鼠精已经把话说完了，两个人气得胡须都竖起来了，"啊啊啊"大叫着跑过来准备揪打白鼠精。

"就你最贪心，话多噎不死你吗！打你！打你！"

这三只鼠精一身臭烘烘的，搅打得四处一片乌烟瘴气。小茹却觉得颇为好玩，忍不住问道："那你们劝住多少个人了？"

三只鼠精一下子愣在当场，脸色颇为尴尬。

白鼠精沮丧道："唉……一个也没有，不知道这山里有什么好，来的人劝都劝不住，进去的人反正都再也没出来过。"

黑鼠精也苦恼道："唉，就是啊，好心劝他们，结果我们还经常被当作妖怪打，这样下去，我们别说成仙了，人形都修不出来。"

灰鼠精更是气嘟嘟道："反正我再也不想当老鼠了，太丑了，我要当神仙。"

白鼠精点了点头，而后又劝道："所以你们听我们一句劝，千万不要进去，这山后面有一道峡谷，一到晚上可危险了。"

赵五郎问道："那你们怎么没事啊？"

三只鼠精异口同声道："因为我们跑得快！"

"听我们的话，快走吧，别白白去送死。"

一直默不作声的谷神医，俯下身子摸了摸白老鼠的额头，笑了笑道："你们三个倒是有心，可惜妖物修行本就该历经岁月洗礼方能历练身心，证得大道。你们本心善良，但是这样救人可不算什么好办法。"

三只鼠精见谷神医气度和蔼，一身修为暗敛，料想是个不得了的高人，急忙齐齐磕头道："还请真人指点迷津，成全修真之道！"

谷神医站起来道："欲修道者必先修心，你们不喜自己的鼠形本相，寄居在小儿尸身之中，想要以人形示人，这本身便是误入了修形不修心的歧途，凡得大道者首先便要正视自己，不论鸟虫鱼兽皆无差别，以本相修行这是第一条，你们可明白？"

三只鼠精面面相觑，白鼠精仰头道："真人是要我们脱去这身尸衣，以本相示人吗？"

谷神医劝道："何必背负一身发臭的皮囊行事呢。"

三只鼠精"唉"了一声，多有不舍，过了片刻，三只鼠精"嗖"的一声齐齐脱去身上的尸体，化作了三只小狗一般大小的白毛大老鼠，只是一只额头有黑斑，一只额头有灰斑，另一只却是纯白色的。

赵五郎笑道："这样子可好看多了，穿着小儿尸体一身尸味太重了，好难闻。"

小茹也喜道："这样看起来可爱多了，对了，听说白鼠如狗，必是修行了百年，能占卜前程，你三人不如给我们算上一卦？看看我们要去哪里找逐月夫人，这样也算你们一件功德。"

三只鼠精面面相望，不再说话。

最终白鼠精道："实不相瞒，白鼠过百岁确实有占卜之能，但是每次算卦都要断尾一次。"

赵五郎和小茹"啊"了一声，急忙摇头道："那算了，不算了。"

黑鼠精却叫道："不过不要紧，我们尾巴断了还能再生的，只要三年就可以长回来了。"

灰鼠精最是胆小，劝道："哥哥，算了吧，断尾很疼的。"

黑鼠精却往前一跃道："不要紧，就断我的吧，我哥哥的占卜之术是最准的，我出尾巴，他占卜。"

灰鼠精顿时觉得颜面无光，气嘟嘟道："那都没我份了，要不我也出条尾巴。"

白鼠精立马就摆出一副老大的姿态，咳咳两声道："我看就由我来占卜，二弟出条尾巴好了，老三你就留着下次吧。若有功德，也算你一份。"

灰鼠精这才不再说话。

白鼠精立了起来，朝谷神医道："真人，多谢今日指点，如今你们想问什么请尽管直说，在下定当尽力相助。"

谷神医道："我问这赤月门在何处，还请鼠仙卜路。"

白鼠精一听谷神医喊他"鼠仙"二字，简直是掩不住地狂喜，一阵狂跳，而后立即朝黑鼠精大喝一声："老二过来。"

黑鼠精蹦蹦跳跳地跑了过来，把尾巴翘给白鼠精道："哥哥，给！"

白鼠精用尾巴在地上画了个法阵，而后两只前爪一合，默念道："白鼠自卜，明镜自照；福吉可贞，灾祸不殃。"它猛地一扯黑鼠精的小臂粗细的尾巴，"啪"的一声，白色的大尾巴就硬生生地被扯了下来。

黑鼠精"吱吱吱"的一阵惨叫。

白鼠精立即将白色的尾巴往空中一抖，将这鼠尾化作一支血笔在空中快速书画，白鼠精画得甚快，这望舒山中的一山一水，一沟一壑都清清楚楚，最后它点了一下群山之中的一个峡谷，那里出现一个开阔的平台，平台上的血珠又凝成一座小小的祭坛。

白鼠精道："这里就是赤月门的祭坛了。找到祭坛就能找到入赤月门的入口，不过……"它略略迟疑了下，道，"赤月门只在赤月出现之时才开放，这段时间恐怕是不会有这等异兆了，真人只怕会白来一趟。"

"况且山谷之中危机重重，真人可要万分小心啊！"

谷神医朝白鼠精俯了俯身，道："这事我自有办法。还是多谢三位相助了。"

白鼠精修为有限，这空中的血印显了片刻就落在地上化作一摊污血，那条尾巴也软了下来，变成一块死肉。

黑鼠精可怜巴巴地看着那条断掉的尾巴，捂着尾巴一阵龇牙咧嘴。

小茹有些心疼，急忙从怀中掏出一个白瓷瓶，倒出一些药水给黑鼠精抹上，这药水一抹上，黑鼠精顿觉尾部一阵清凉，痛觉也渐渐消失。

只是，屁股上没了尾巴，空荡荡的还是有些不太习惯。

赵五郎看了看，嘿嘿笑道："你这没了尾巴，看起来倒不像老鼠了，更像只大白兔了。"

谷神医递给三只鼠精各一枚丹丸，道："念你三人断尾为我们占卜，这几枚回神丹权当一点儿谢意。"

三只鼠精修炼以来，道行低微，历来只有被修道人士追杀的份，何时见过别人相赠这等好东西，一个个当即激动地俯首谢道："多谢神仙道长！多谢神仙道长！"

谷神医道："我等还有要事在身，不便多语，若有机缘再助你们修行，也算我们三人的功德一件，这就拜别了。"

赵五郎和小茹也朝三只鼠精道："来日再见了。"

三只鼠精激动得狂跳道："多谢真人！多谢小道长！多谢小仙女，我们必有再见一天的！"

三人拜别，顺着白鼠精画出的地图往山中走去，而那三只鼠精捧着回神丹，一个个嘻嘻哈哈地跳着往无人渡跑去。只是一溜烟，就不见影子了。

第二十九章
初探梦境

山势更加难行，四处杂草毒藤密如屏障，好在有谷神医这等御木好手在，他常常只是拂了拂手，就见这些毒藤纷纷退让、杂草低头俯腰，道路自在眼前，这倒也省了不少力气。

再行了半个时辰，前方豁然开朗，却见是一个宽阔的峡谷。

峡谷壁立万仞，三面都是悬崖峭壁，青苔藤蔓四处丛生，也不知长了多少年岁。峡谷正中央是一块天然巨石开凿出的巨大平台，虽然毫无雕饰，却蕴含着一种古朴的力量。

赵五郎激动道："这里就是刚才看到的那个峡谷了。"

谷神医点头道："嗯，这里应该就是祭月台了。"

他伸手一招，峡谷上蔓生的巨大藤蔓编织成一条藤梯连接到对面的一个平台处。

三人顺藤走到了平台上，才发现这祭台上真有一座一人高的祭坛，上刻着一轮满月，下雕无数男男女女，纷纷祭拜这天上明月。

想来，这里就该是赤月门拜月的祭台了。

赵五郎喜道："想必赤月门就在这附近了，看来也不算难找。"

谷神医摇头道："赤月坛易找，但赤月门却不好进，尤其到了夜晚，这里真真假假，最易叫人坠入梦境不能自拔。"他指了指平台下的悬崖，道："五郎，你看这下面是什么？"

赵五郎低头一看，只见祭坛下的深谷中堆积了无数人的尸体，一具一具，有的已经化作累累白骨，有的还鲜活如初，似是酣睡不醒。

赵五郎惊道："这里怎么有这么多尸体？"

谷神医道："凌月夫人曾跟我说过，望舒山中遍生梦萦草，这种草一到夜间便会分泌一种迷雾，叫作雾海迷香，所有闻到这香味的人畜都会进入梦境之中，直到死去。"

赵五郎听了这话，忍不住抽动鼻子四处猛嗅，认真道："呀，真的有一丝丝的香味呢，不过还挺好闻的。"

小茹忍不住笑道："你傻啊，那是我衣服上的香粉味，你要是现在能闻到雾海迷香，你早就完了。"

赵五郎脸色微微一红，挠了挠头不好意思地笑道："哈哈，原来是我闻错了，既然这草夜间才会分泌迷雾，为什么我们不白天来啊。"

谷神医道："因为赤月门人只在晚上走动，白天来这里自是碰不到这些造梦之人。不仅如此，外人若是想要进赤月门，唯有天上出现赤月之时才有机会，其他时间任你把这望舒山都翻个遍，也找不到进山门的入口。"

赵五郎想起刚才白鼠精也说过，赤月出现赤月门才开门的事，惊讶道："前辈，我记得你刚才说赤月十年才出现一次，那我们岂不是要等好几年？"

谷神医道："这我自有办法，不过眼下，先想办法过了这入夜的梦障吧。"说着，他扫了扫祭坛的灰尘，席地而坐。

赵五郎和小茹也对视而坐，小茹看了看赵五郎，笑道："五郎哥哥别担心，有我爷爷在，一定没事的。"

赵五郎想到自己与师父分别以来，这爷孙二人对自己一直照顾有加，不禁心中一暖，点了点头道："晚辈与常春前辈也不过是萍水相逢，前辈却一再相助，五郎心中感激不尽。来日若有机会，五郎定当涌泉相报。"

谷神医道："其实救你们也是救我自己，我虽为驭灵司长老，却也是云机社的一员，虽然救人不少，却也帮赵归真杀人无数，想我年幼时选择修行回春之法，就是想多做救死扶伤之事，但不想这些年做过的恶也难以计算，心中愧疚难平，唯有多做善事，才能让我心安一些。"他对着赵五郎道："再说无邪不也中了恶魔之术吗，他是我唯一的徒弟，我如何能见死不救？"

赵五郎见识过云机社戏法师的种种行径，绝非正道门派，他心中生疑，料想谷神医必是有难言之隐，劝道："既然如此，那前辈又何必为云机社做事？"

谷神医仰天长叹道："若是能选，我如何会为赵归真做事。"

赵五郎不解，他觉得想不想不就在自己一念之间，若是不愿，大不了一死了之，又有何所惧？

谷神医看了看小茹，眼神中掠过一丝怒意和愧歉。过了良久，他道："赵归真给我和小茹种下了幻根，我若不替他做事，小茹就会永远陷入他的幻术之中，不死不灭，受尽幻术折磨，我如何能眼睁睁地看着自己唯一的孙女受此折磨。"

"幻根？"赵五郎惊道，这东西他是第一次听说。

谷神医道："赵归真的幻术诡谲莫测，他可以把自己的一丝神念种入别人的慧海中，这样他就可以随时控制这个人的神智，若是这人不听他的召唤，他便会利用这丝幻根，给人造出无穷无尽的恐怖幻境，让人生不如死。"谷神医说到这里，眼神之中转为恐惧和哀痛，往日的恐怖场面仿佛近在眼前。

赵归真的幻术天下第一，但他窥探人心的本事却更高，他知道谷神医疼爱小茹，便让这二人的幻境叠加在一起，让谷神医清清楚楚、真真切切地看到小茹是如何在幻境之中受辱疯癫，这一切教常春道人只看一次，就再也不敢回首了。

你若不从，就把你最珍爱的东西用最残忍的方式毁灭给你看，这便是赵归真的驭人之术。

"太可怕了！"谷神医一想起来浑身都有些颤抖，"若是我自己受苦也就罢了，但是小茹尚且年幼，她是无辜的，我不想她受到这样的伤害，没办法，我才答应赵归真入了云机一脉。"

赵五郎道："那云机社的那些戏师人人都是如此吗？"

谷神医道："也并非人人都是这样，听说赵归真原本是个有大智的贤人，不但道法极高，为人也极为贤德，不然也不会有这么多戏师愿意进云机社这般卖命，只是我入社稍晚，对云机社的很多事情知道得也不多。"

"不过，这云机社里没有一个敢反抗赵归真，我们没有一个人能逃得出他的六道幻术。"

赵归真的幻术堪比真境，若没有葛云生的万法辩真这等灵力，料是修为再高，也难逃幻中迷局。

赵五郎不禁又想起百戏风云会的场景，他和葛云生、齐云飞、施小仙等人一起闯荡游历仿佛还在昨天，只不过一梦醒来却早已物是人非，自己的师父更是性命垂危。

他重重地叹了一口气，道："若是自己能有更高的修为就好了，也不至于让身边至亲这么受苦。"

此时，夜幕低垂，四周渐渐暗了下来。

今夜天上是一轮新月，弯月如钩，悬在半空，像一把明晃晃的尖刀。

祭坛的周围，忽然有无数朦胧的亮光浮了上来，一点一点像是山里的萤火虫一般，发出或幽蓝或淡黄的光芒。

小茹道："好美的萤火虫啊！"她伸手便准备去接。

赵五郎立马拉住劝道："小茹小心，这恐怕不是萤火虫，是祭坛下尸体的鬼火！"

小茹"呀"了一声，连忙收回了手指。

果然这些光亮近了，才发现这不是一般的火焰，而是一团圆形的好像气泡的光环，光环之中似乎还有东西在不停闪动。

"这是他们的梦境。"谷神医道，"这些中了雾海迷香的生灵，都会没日没夜地做梦，直到他们精元耗尽，这梦境白天自然是看不到的，到了晚上，你们就能看清了。"

谷神医单手轻轻一招，就见一个淡黄色的光圈飘了过来，他对着赵五郎和小茹道："你们自己看。"

二人趴过去细看，果然光圈之内显露出一些场景，是一条大河，河中有一人正在泛舟，谷神医道："反正都要入梦救人，不如你们先感受下梦幻之术，也有个心理准备。"

他双指一弹，这光圈如气泡一般破裂了，三人只觉得眼前景物大变，一下子就到了一叶木舟上，船下是缓缓流动的江水，两岸是连绵的青山，空气中还有丝丝水腥气扑面而来，这船尾上有一个道士模样的男子独自坐着喝闷酒，看模样倒是颇为俊朗，只是表情却甚是苦闷。

赵五郎偷偷指了指那个道士，问道："常春前辈，这，这是他的梦境吗？"

谷神医点了点头，道："正是。"

赵五郎想着自己居然真的进入了别人的梦境，大呼神奇，急忙拍了拍自己的脸，又拍了拍额头，才确认自己还是有痛觉的，他又悄悄问道："那他看得到我们吗？我们会不会被发现？"

这话刚说完，那道士就开口道："几位道友，如今是什么年号什么时节了？"

赵五郎惊了一下道："啊，你居然看得到我们？"

谷神医倒是依旧一副淡然的模样，道："如今已是文安四年，冬令了。"

那道士倒不觉得惊诧，只是苦笑了起来道："都整整三年了，想必我的肉身早已毁坏了吧？"

小茹道："原来你知道自己在做梦啊？"

那道士又苦笑道："知道。"

赵五郎也好奇道："看你也是道门的前辈，为什么到这里来？"

道人又喝了一口酒，道："到这里来，自然是来寻梦了。"

"寻梦？"谷神医笑道，"那想必是有不可得的心愿了。"

道人苦笑道："正是。"

"能否说来听听？"谷神医道。

那道人又喝了一口酒，双目眺望远处的山峰，陷入深深的回忆，过了良久道："这事原本不足与外人道，但如今我入梦已久，也不知能持续多久，想来是夙愿未了，咽不下这口气，所以一直留着这残念留恋在这个梦境里，今日你们与我有缘，说说倒也无妨。"

第三十章
雾海迷香

这道人迎着江风，徐徐道："我原本是个富家公子，我喜欢上一个女子，我俩也算郎才女貌，门当户对。在我心中她知书达理、柔情似水，与我琴瑟相合，这世间除了她我谁也不娶，她自然也是除了我谁也不嫁，按理说这本是一段天赐良缘。但新婚之夜我的娘子不知何故，突然变成巨大的蛛妖，我一生平顺未经风浪，这一场景当即把我吓得魂不守舍，正当我六神无主之时，有一无名道人前来救我，他制住了我娘子，抽出了一把斩妖剑要我杀了这妖妇，断了自己的这段情丝尘缘，我当时心中恐惧，也就照办了。"

"后来这道人收我为徒，带我回道观学艺，不过三年时间，我的修为就有所小成，再后来我才知道我师父练得正是丹鼎观的五毒化形丹，我娘子那日是误吞了蛛丹才会变成那副模样，我与师父理论，却反倒被他打伤，绝望之下我出了师门，日日借酒消愁，唯有喝醉了在梦中能够与她一聚。"

"但是梦终究是梦，总是会醒，醒过来后，我愈加愧疚难安，后来我听人说，望舒山内有会移魂嫁梦的高人，能让人入梦达成心愿，甚至可以永生永世地活在梦中不必醒来，我心贪梦中的娘子，便一路寻来，可惜，还未见到高人，自己便入了这梦境而不能外出。"

"如今，正好三年了。"

那道人说完，有些惆怅，他道："只可惜这里的梦境并不能随心所愿，我在这江上漂了三年，这江一直都到不了岸也没有尽头，我不生不死，就一直活在这个梦里。这也算是对我的惩罚吧。"

"想当日，她也是这般跳入江中，独自漂浮，娘子一定比我还绝望还孤独吧。"

道人说完，长长地叹了口气，满脸都是悲戚之色。

赵五郎似是想起了什么事，试探性地问道："我冒昧问一句，你家娘子，小名可是叫小莲？"

那道人惊了一下，抬起头望着赵五郎道："你怎么知道我娘子的小名？"

赵五郎原本想说，这妇人早被自己师徒给杀了，但话到嘴边又停住了，这话可万万说不得，他想了想低头道："我见过她，其实她并没有怪你，她说她根本没有恨过你，她只恨那个骗她吃蛛丹的道人。"

那道人站了起来，激动道："你真的见过她？她真的没死？她现在在哪里？"

赵五郎骗他道："你，你别激动，她已经被一老尼收为弟子，拜入空门，要你何玉卿不要再想她了，她说这一切都是姻缘使然，你二人在西普寺结缘，也应在佛前了缘，一切恩怨都如梦幻影，不复存在，请你放下寻得自在。"

赵五郎这段话说得极快，仿佛一口气吐完一般，生怕何玉卿发现自己在撒谎。

何玉卿整个人怔了怔，他原本是不信赵五郎的话的，但听他说的句句属实，甚至连他的名字都知道，也不由得不信，终于两眼泪水潸潸而下，他边哭边笑道："也好，也好，我怕自己背负愧疚在这梦中度过一生，如今看来，上苍怜我，叫这小道人来指我明路，想来我这梦也该结束了。"

谷神医点头道："心有残愿，这一口气咽不下去，神智始终残存，你的梦自然是断不了，如今想开了也就好了。"

何玉卿朝着远处"哈哈哈"地大笑着，他一甩酒葫芦，整个人直接跳入江中，道："娘子，今生负你，来世我们再见吧。"四周景物流转，一声脆响，一切归还原位，谷神医、赵五郎、小茹又端坐在祭台前，只是那轮淡黄色的光晕飘到一具干枯的尸体前一点点消散了。

这梦境如真，想来这何玉卿终于也是在梦中得了自在。

小茹犹自有些昏沉道："爷爷，刚才我们真是入了梦境了？"

谷神医点了点头道："嗯，这里的每一点光都是一个生灵的梦境，你若不小心碰到了，就会被带到他们的梦里去，方才这梦还算好，若是遇到噩梦，就危险了。"

赵五郎却还在想着何玉卿的事，他不禁感叹，这世间痴男怨女总逃不过一个"情"字，葛云生常常告诫他，大道修行与儿女痴情是不可兼得的，盖因儿女情长牵绊太多，极易乱了心神，所以回回告诫赵五郎要以修行为重，莫叫尘世烦恼阻碍了修行大道。看来这话不假，只是自己心中意志不坚，若是有朝一日真的也面临两难，到底该如何取舍？赵五郎想了想，心中却是更加动摇难定。

夜深雾重，峡谷之中已有层层白雾弥漫而出。

小茹见白雾升腾，时聚时散，若活物一般，惊道："爷爷，这雾气有些奇怪！"

赵五郎见这迷雾大不一般，问道："这就是传说中的雾海迷香？"

谷神医闭目养神，眼睛都不抬一下，道："正是。"

赵五郎站了起来，道："糟了，好像这些迷雾朝我们涌过来了，前辈，可有抵御之法？"

谷神医始终闭目道："守住心神，不乱心志。"

但赵五郎和小茹的修为终归达不到谷神医这般深厚，两人心生恐慌，已然惊动了这迷雾。

只见雾气翻滚，如海浪流云一般涌了过来，谷神医立即弹了下手指，飞出一颗绿色的种子，这种子落到祭台下的深谷中，只是片刻，就有巨大的灵藤生长上来，这灵藤散发出翠绿色的光芒，将三人紧紧护住，叫这些白雾不能入内分毫。

赵五郎稍稍心安，不过只是片刻，他就再度脸色一变。

白雾之中忽然发出一声巨吼，雾气迅速滚动凝结，化出一只数丈高的巨大白雾山妖。

山妖状如雷公，尖嘴猴腮，满口利齿，身上还布满鳞片，双手握着巨锤，模样可憎之极。

小茹惊叫了起来："爷爷，有妖怪！"

谷神医镇定道："是这雾海迷香生的幻象，只要你们有一个人心生恐惧，迷雾便会化作你最害怕的东西，小茹，这就是你的幻象！"

他一把拉回小茹，想要定住她的心神。

此时，山妖已经踏步而来，挥手疯狂地扯动捶打灵藤，谷神医急忙驭起灵藤绞缠山妖，但这山妖乃是白雾所化，本是虚无之物，灵藤如何缠得住它？

山妖一步步地跨过灵藤，逼近众人。

赵五郎跃出一步，道："既是水雾所化，那便试试我的火精！"他双指一抵眉心，一道火光喷涌而出。

火光冲着山妖直奔而去，二者缠斗不止，烈焰将水雾烧化成气体，但这气体又会迅速凝结，生生不息，又斗了一阵，水雾突然急变，无数似蛟似蛇的头颅从迷雾中伸了出来，一只庞然大物赫然盘踞在峡谷之间。

正是九头相柳！

相柳九首朝火精龇牙咧嘴，吐着蛇信，火精在空中怔了一下，它似乎是想起了上次南宫少羽的九柳龟甲剑气，也是这般凝成九头相柳之形，而后一剑将它斩得火羽纷飞，差点儿破灵。

赵五郎暗叫不好："这雾海迷香竟然连火精也能迷惑，变化出火精最惧怕的死敌。"

果然，原本丈大的火精，逐渐缩小成巴掌大的火鸦，扑棱着翅膀很怂地飞了回来，它绕着赵五郎叫个不停，好像叫赵五郎给它报仇。

"小胖，你……"赵五郎一脸无语，心里叫道原来这真灵也怕死。这时，他一回头，却见那九头相柳又溃散成一团白雾，白雾化作奔腾的波涛席卷而来，幸好有谷神医的灵藤死死护住这个祭台，迷雾拍打而过，才没有伤到他们。

雾水横流，带来阵阵腥气。

赵五郎觉得这情景似曾相识，似乎在什么时候见到过，忽然雾气之中立起一个半人半蛇的人影，赵五郎"啊"的一声惊叫了起来，这半人半蛇可不正是洛水神君吗？他在水浪中张牙舞爪，掀起无数的水浪朝赵五郎扑了过来，赵五郎只觉自己仿佛又回到了八年前的洛水河中。

谷神医和小茹急忙叫道："五郎，快回来！"

但赵五郎站在水雾中如痴呆了一般动也不动。

水雾澎湃，凝成的影像越来越真实，四周的景物逐渐成真，脚下的河水，远处的山峰，祭拜的乡民，甚至空中飞舞的经幡，都一一重现。

这景象是如此真实，到底是幻象？还是梦境？还是穿越？

赵五郎心中越来越恐惧，他又变回了七八岁的孩童模样，被捆绑在五色祭台上，蛇妖扭动着巨大的蛟尾缓缓而来，"小子，我等了八年，终于还是把你等到了，哈哈哈。"

赵五郎问道："你等我干什么？"

蛇妖笑道："你不知道劈入你体内的那道闪电是什么吗？那是一道混元灵力。"

"混元灵力？"

"不错，不然你以为九窍魔头葛老道为什么会收留你这么蠢笨的徒弟，因为他也想夺走你的灵力！"

"不可能！"赵五郎登即大怒道，"我师父不是这种人，我师父不会这么对我的！"

"哈哈哈，真是天真的小儿，你不知道他为了得到混元心，杀了符箓门整整两百多位同门吗？你跟他的那些同门师兄弟比起来，又算得了什么？"

赵五郎根本就不信，摇头道："不可能！"

蛇妖恶狠狠道:"快点儿,把你的心掏给我!我要吃了你的心!"赵五郎忽然全身僵硬,身不由己,手中不知不觉已经多出了一把剜心刀。

"把心挖给我!"蛇妖的脸渐渐变成葛云生的模样,葛云生一脸狰狞地朝赵五郎笑道:"好个笨徒弟,为师教了你这么多年,就是等着这么一天,你把这道灵力养好了,我就来收它,不然以你这么笨的资质,我费那么多心思教你干吗?"

"你不过是我养混元灵力的一个工具!"

赵五郎未曾想过待自己如父的恩师,原来是另有所图,他心中又震惊又悲哀又不敢相信,"师父,为什么,为什么会这样。"

"赵五郎,师父待你如何?你是不是该回报你的师父了?只要师父得了你的混元心,就能天下第一了,快点儿挖了给我!"葛云生整个人已经如恶鬼一般咆哮道。

赵五郎整个人开始变得呆滞,他喃喃自语道:"原来如此,原来如此,师父的养育之恩无以为报,这混元灵力本就不属于我,如果你要我的心,我也无怨无悔,我这就给你!"他终于举起弯刀一点点地朝自己的心脏戳去。

"赵五郎,幻象都是心中的恐惧所化!别被骗了!"

第三十一章
混元之力

谷神医在一旁怒喝道："五郎，守住心神！"

但此时赵五郎已经完全入了梦境，早已分不清眼前是真是假，他直道谷神医就是他师父，神状痛苦地跪拜在他面前，举起弯刀刺入自己的心口，红蓝两色光芒喷涌而出，像一团团烟花一般在四周飞舞，但这蓝色的光芒刚飞跃了一阵，就立即又飞入赵五郎的眉心之中。

蓝光再度入体，赵五郎的脸上青筋开始暴涨，容貌渐渐变得戾气十足，双眼之中更是幽蓝如月。

他浑身抽搐，而后低着头桀桀笑了起来，声音阴冷而陌生。

小茹吓得退后了两步，道："爷爷，五郎哥哥这是怎么了？"

谷神医面色凝重道："遭了，是他的混元灵力开始自我保护了，这混元灵力十分特别，好似有灵性一般，能自己保护宿主。"

"那有什么后果？"

谷神医道："我也不知道，混元灵力这东西我也只是听说过，传闻中这种灵力有很强的反噬之力，若是驾驭不善必然会遭到反噬，后果非常严重。"

果然，赵五郎整个人颤抖得愈加激烈，他的混元灵力原先一直被封印在体内只是偶尔才会出现，如今谷神医把这股灵力与火精一同化入他的绛宫之内，等于是完全是融入了赵五郎的身体，赵五郎重生之后慧觉、体术都有了明显的提升，乍看之下好像是大有裨益。但今日赵五郎的神志失去控制，这股灵力似乎也不受控制，开始侵蚀自己的神志，整个人变得嗜杀而冷漠。

这混元灵力开始趁机反噬了！

赵五郎站了起来，他微微弯曲着身体，双眼中的冷光流射而出，面容是从未见过的扭曲，口中低吼道："混元灵力，有能者得之，想夺我混元心者，我必杀无赦，不管你是我师父还是我至亲！"

他猛地朝谷神医拍出一掌，掌力化作一团蓝色的印记飞舞而出，谷神医急忙弹出灵藤也在空中结了个法印将这攻势挡了下来。

赵五郎哈哈笑道："常春之术，不过是救人之道，其威力如何能与我符箓大道相比！快来受我这一雷火符！"

"神通浩浩，雷火开道，急急如律令！"

赵五郎手中黄符化作一道雷光飞出，这红色的雷光之中还有团团烈焰蹿出，雷火相交，更添威力。

赵五郎的这招雷火符虽然威力不算特别巨大，但他整个人已被混元灵力占据，灵光已开到极限，当真是心到法到，没有一丝一毫的滞顿，整个雷火术法电光火石间就飞了过来。

小茹吓得惊叫道："爷爷小心！"

谷神医心念赵五郎安危，也不敢出狠招，只是御木再挡，硬生生地将这雷火术法顶了下来。

赵五郎冷笑道："御木之术，始终是借助外力，你还做不到人灵合一。"说着他又拍出一符，却是一道烈火符，黄符化作火剑飞击出去，谷神医还要引藤化御。不想赵五郎双掌化指一转，这火剑也立即调转方向朝小茹飞了过去。

"啊！"谷神医大惊，急忙御木去救小茹。

赵五郎脸上突然浮现出一抹奸笑，他暗捏双指，又拍出一张黄符，口中喝了声："定！"

谷神医整个人的身子立即就僵在原处，他面露惊讶之色，叹道："没想到竟遭了你的暗算！"

赵五郎冷漠道："暗算？斗法历来只有高下之别，可未有明暗之分。胜负已分，你受死吧！"

他五指化出掌心雷，雷光作响，紫色电芒大如花盘，直接往谷神医的天灵盖上劈去。

"五郎不要！"小茹一步上前抱住赵五郎，这雷光一偏只是拍到了谷神医的右手，咔嚓一声，竟是直接打骨折了。

小茹死命地抱住赵五郎，叫道："五郎哥哥，你醒醒啊，你不要伤害我爷爷，你快醒醒。"

赵五郎整个人有些恍惚了下，口中喃喃："五郎？五郎是谁？是我吗？"

但这恍惚也只不过是持续了片刻，赵五郎又恢复了一张冷漠的面容，他张开五指，一把抓住了小茹的天灵盖，喝道："不管你是谁，挡我者死！"

小茹的修为低，赵五郎只要再用几分力，必然要捏爆她的脑袋，生死一刻，谷神医用神念驱使灵藤解了定身符，疾疾飞身过来，大喝一声，狠狠拍出一掌击打在赵五郎眉心的天脉轮上。

手掌离眉心不到七寸，赵五郎反应更快，直接御掌挡下这一招，但谷神医掌心中还有一物。

正是他的至宝青鳝！

青鳝如一根青色的细针一般钻进赵五郎的天脉轮中，赵五郎双眼之中蓝光猛的一下再度暴涨，光芒刺透重重迷雾，四周升腾的迷雾像雪崩一般坍塌下来，化作无数水雾四处飘散。

这青鳝在赵五郎体内迅速游走，先封住他的几大脉门，将混元灵力驱逐出慧海，而后又游进绛宫之中，令绛宫倒转，赵五郎大叫一声，绛宫如同巨龙吸水一般将这周身的蓝光全部吸了回去，他的双眸之中蓝光消失殆尽，再度恢复为黑色。

赵五郎终于如梦初醒，整个人力竭了一般跪倒在地上，呆呆地有些难以置信。

"刚才发生了什么事？"他见小茹发丝凌乱，谷神医一只胳膊血迹斑斑，惊恐道。

小茹还心有余悸道："你，你刚才被你体内的灵力控制住了，差点儿杀了我们！"

赵五郎大惊失色，他未承想自己竟然差点儿杀了眼前的救命恩人，当即悔恨不已，自责道："前辈，真是这样吗？为什么会这样？我是被雾海迷香控制住了吗？"

谷神医原本不想告诉赵五郎，但想了想这灵力一旦入体便是注定他的生活与常人不同，若是还不加注意必然要酿成大祸，遂坦然道："其实雾海迷香只是个引子，这事根源还在你体内的混元灵力，这道灵力很特别，我暂时也参悟不透，但你要谨慎用它，不到万不得已不要轻易用这股力量。"

"这世间越是强横的术法，越是会反噬人的心智，你要切记这点。"

赵五郎依旧有些不安道："既然如此，那不如帮我去掉这股灵力算了，我不想再发生这种事了，修道要靠个人修行，我宁可成不了大宗师，也不想成为不受控制的恶魔。"

谷神医道："哪有那么容易，混元灵力一旦入了体内，便去除不掉，除非挖掉你的心，只是你本就是无心之人，这灵力和火精共同合成你的心脏，若是去了这股灵力，你自己也会死。"

赵五郎一时陷入两难的境地。

谷神医劝道:"道说机缘,这灵力既然选择了你,便是你的机缘所在,刀剑本无善恶之分,你若持剑卫道,那它便是神兵;你若持剑杀人作恶,那这剑便是邪兵。灵力再强,终究有驾驭之道,五郎你的日子还长,要好生守住自己的本心,不可让邪念侵蚀了你的神志。"

赵五郎点了点头道:"五郎一定谨记前辈的教诲,只是让你和小茹受罪了。"

谷神医摆了摆手,叹道:"这点小事倒不算什么。"他自己化出一团青翠的绿光拍入右臂之中,手臂嘎啦嘎啦作响,不过片刻又复原如初。

赵五郎端坐在一旁不再说话,谷神医又给小茹查看伤势,过了一阵,赵五郎想起幻象之中所见的情景,开口又问道:"前辈,你说我刚才幻象中看到的一切都是真的吗?我师父是不是有什么事一直瞒着我?"

小茹劝道:"既然是幻象那肯定都是假的,五郎哥哥,你别想太多。"

赵五郎喃喃自语道:"但是这雾海迷香所营造的也并非纯粹的幻境,而是半梦半幻的情境,既然是梦便肯定有几分来源于真实。"

谷神医语重心长道:"五郎,不论是幻象还是梦境都是你自己的心念所致,人心是最难揣测的,明识暗识一日之中何止出现千百种,有些常驻脑海,有些一闪而过,如果你控制不住你的这些心念,那你入了恶魔梦境,看到的会是比这里凶险百倍的情景。这一切是善是恶,是真是假,眼见未必为实,还需用心辨别。"

赵五郎静默了许久,才低头道:"五郎明白。"

他话虽如此,但心中如何能明白得了,今日所见之事让他大为震惊,且不说混元灵力让自己完全失控,差点儿杀了谷神医和小茹,就说这雾海迷香让自己一时都难以招架。

人心内装的都是七情六欲,怎么能没有迷惑,怎么能没有私心,即使是这一丝一点的迷惑和私心,便能让这恶魔找到击败你的突破口,如此想来,要破解恶魔之术,真的太难了。

但是再难,也只有这华山一条路了。

夜色更深,雾气更浓。

四周原本溃散的水雾又凝聚起来,化作万千妖物盘旋,虎视眈眈。

谷神医有青鳞护体自是不怕这水雾幻象,但赵五郎和小茹修为较浅,始终难以控制心中的恐惧,水雾时不时化作各色妖物前来骚扰。

谷神医驭起灵藤青鳝层层守护，才勉强抵住这水雾幻象，道："看来今夜是进不了这赤月门了。"

"那可未必！"云中传来一个男子的声音。

话音刚落，天上月光突然大盛，清冷冷的像一道道利剑一般穿透下来，赵五郎抬头一看，原本弯如银钩的新月不知何时变成了满月，明月下坠低垂，仿佛落在了祭台之上。

月亮大得如同拱门一般，照得四处一片清亮，所有的水雾都如潮水一般退却。

谷神医笑道："这妙月郎君可算是来了。"

小茹也喜道："五郎哥哥，今夜我们可以进赤月门了。"

明月之中，现出一个人影，正是妙月郎君，他依旧一身锦衣华服，打扮气度都十分华美。

第三十二章

郎君弄月

赵五郎自是认得妙月郎君,急忙恭敬道:"晚辈见过妙月前辈。"

妙月郎君收了明月,看了下赵五郎,奇道:"这小道人甚是眼熟,可是那葛云生的徒弟?"

赵五郎点头道:"正是,在下赵五郎,见过前辈。"

小茹也俯了下身子,道:"小茹见过叔叔。"

妙月郎君颔首还礼,而后笑道:"唔,不妥,不妥,我与常春老道虽然年纪差了二十一岁,但在云机社内尚属同辈,小茹你喊我叔叔,可不是把我辈分喊小了?"

小茹笑道:"爷爷年事已高,叔叔正当壮年,我若喊你妙月爷爷,可不是又把你喊老了,你这驻颜之功可不是白练了?"

妙月郎君哈哈笑道:"好个鬼丫头。"而后他又对谷神医道:"常春老道,你私自跟这葛云生的徒弟在一起,不怕社主责罚你吗?"

谷神医嘿嘿笑道:"赵社主虽然给我种了幻根,但他也只能控制我的神志,却还不能时时知晓我的想法,这事你不说我不说,又怕他做什么。"

妙月郎君笑了笑道:"那倒是,多亏了谷神医的妙术,不然我也是要时时刻刻担心受怕啊。"妙月郎君说的这个妙术正是谷神医的青鳝,它虽然不能祛除幻根,但可以封印几条关键的穴道,让自己的一举一动不至于时时刻刻受赵归真监视。

妙月郎君又看了看赵五郎,收了笑意道:"老道,说吧,邀我前来做什么?你知道我的空闲时间可不算多。"

谷神医道:"我小徒中了房长生的恶魔之术,只好来请教赤月门的逐月夫人,但这赤月门只有赤月之时才开山门,所以请你来替我们画一轮赤月。"

"房长生?"妙月郎君惊道,"哎呀,这人不是六百年前被玉文真人封印的阴王吗?怎么他又出来了?"

谷神医叹道:"此事说来话长,不提也罢。"

妙月郎君道："这人可是十恶不赦的大魔头，你小徒如何能惹了他，这可大大不妙啊！老道，你要我画一轮赤月倒也不是难事，但我还是得提醒你，要入梦解梦恐怕不是那么容易，尤其这梦魇之境你我都未曾见识过，谁知道其中深浅，你这老骨头可要三思啊！"

谷神医道："入梦之事我自有安排，你先替我画了赤月再说。"

妙月郎君见谷神医执拗，叹了口气，也不再说话，从怀中掏出一张白纸，剪成一个弯月的模样，道："那我就给你们画轮满月，不过后面的事我可就管不了了，是死是活可是天命注定。"

他把纸月吹了吹，整张纸就直挺挺地立在了半空中，乍看之下与天上明月一模一样，就连这纸月周边泛起的层层水雾也如天上半遮的云彩一般。

妙月郎君抬头望了望天，又看了看纸月，道："这天上有云，可不太妙，欲弄皓月，必先遣云。"妙月郎君挥了挥衣袖，纸月旁边的水雾渐渐消散，而天上的云朵也四处散去，整个夜空顿如一块深海的宝石。

妙月郎君一指纸月，口中念道：

"新月初弯，我来描钩。"

那纸月晃悠悠地旋转着，而天上的弯月竟然也跟着纸月一起缓缓旋转，这两个月亮模样动作一般无二，就像互相照镜子一般。

赵五郎暗自称奇，这妙月郎君又伸出双手隔空拨弄纸月，继续念道：

"变月已半，临君裁圆。"

他弹了一下纸月，月牙开始一点点地变化，原本细如柳眉的月亮已经变得瓜片那般半圆，光亮也越来越明显，照得整个山谷清朗一片。妙月郎君再念：

"圆月无缺，游人织梦。"

只是片刻间，半月又变成了一轮浑圆的满月，这弄月的技法颇为独特，赵五郎看得也是目瞪口呆，虽然戏法一道与其他八门术法原理相似，但观感颇有不同，更加炫目夺睛，看过之后除了惊叹已经找不出别的词语。

眼见满月如盘，妙月郎君叹了一声，道："可惜，今夜未曾带红纸前来，不然这赤月现在就成了，只有借这小道人的一滴血用下了。"

说着掌中一晃，也不知是个什么法宝，就见飞出一抹银光，擦过赵五郎的指尖，带出一点殷红的鲜血，妙月郎君大拇指和中指一捻，这滴血就被招了过来，他对着月光看了看血滴，笑道："好清透的血，用来染色当真是极好。"

妙月郎君双指一弹，鲜血化作一道红光飞到纸月上，一声闷响，血染白纸，一点点晕染开来，不过须臾之间，这白纸已变作了红纸，而天上的满月也渐渐转换成朱红色的赤月。

天地间一片红艳。

赤月当空，是为异兆。整个望舒山似是惊醒了一般，山谷之中无数的野兽怨灵嚎叫而出，听得人胆战心惊。

赤月现，山门开。

这是赤月门开山立派至今不变的规矩。

妙月郎君笑道："赤月已成，这术法可是有几分新意？"

谷神医道："妙月的弄月术确实是越发神妙了，当得起'妙'这个字！今日有劳了！"

妙月郎君依旧笑道："都是多少年的老交情了，说这些话可不是无趣了，不过我倒也很想看看这赤月门是什么模样？"

赵五郎在惊讶之余，又觉得有几分奇怪，但这奇怪也说不上来，总觉得哪里又不对劲，这种直觉与葛云生的看人料事颇有些相似。

此时，红色的月光照射整个山谷，更添几分妖异，这月光落在祭台上雕刻的纹路上，如同灌入了鲜血一般，红色的纹路开始一点一点显露出来，四处蔓延伸展，这些奇怪的纹路一直蔓延到整个峡谷峭壁上。

峭壁上的恶藤毒草纷纷剥离掉落，露出三面光滑如明镜一般的绝壁，绝壁反光，汇聚在祭台上，上面雕刻的明月终于发出明亮的光芒。

祭台下雕刻的男男女女都活过来了一般，一个个在石刻中手舞足蹈，山谷之中甚至隐隐约约有歌声传来，仿佛数百年前，侍月一族祭拜明月时庆典的场景。

众人的脸上都写满了"惊讶"两个字。这赤红色的光芒越来越强盛，最终凝成一道巍峨古朴的山门，独自凌空立着，山门上刻着"月华照梦"四个字，山门后则是另一番景象，似乎与这峡谷毫无关联。

赵五郎和小茹惊奇道："这就是赤月门的入口？未免也太过神奇了！"

妙月郎君赞道："以月光为引，激发这里的道坛法阵，连接两个空间，倒也是个妙招。"

谷神医道："这术法始于云梦真人，却也终于他自己，世间恐怕也仅存这几处遗迹了。"

　　这嫁梦之术源自云梦真人，云梦真人在梦中悟道而羽化登仙，其最得意的术法除了嫁梦，便是空间转换法门，不然如何能有乾坤卷这般宝物问世，这般想来，赤月门必是找到云梦真人留下的神迹，改成自己的入山之门，也算是奇迹一处。

　　妙月郎君道："既然山门已开，我也不多做滞留，妙月还有要事在身，就不陪诸位进赤月门了，就此别过。"

　　众人还礼道："慢走。"

　　妙月郎君又剪纸化出另一轮月亮，他人影一晃入了明月，招招手又消失在云雾之中不见了。

　　三人拜别妙月郎君，见赤月门后是另一番情景，互相瞧了瞧，纷纷身子一跃，进了赤月门。

　　山门后是另一个世界，一条陡峭而古朴的石梯一直往上，这石梯不知有几百丈高，每一级台都刻有符咒云篆，画有星斗神像，显得尤为神秘。

　　一轮巨大的赤月悬在石梯的尽头，看起来这石梯就像是连接月宫的天梯一般。

　　三人登梯而上，沿途台阶上矗立着许多巨大的石刻雕像，有狮虎神兽，玲珑玉兔，也有神女雕像，一尊尊雕刻得极为精细，如同活物一般仰望台阶尽头，仿佛纷纷在虔心拜月。

　　小茹有些担心道："爷爷，你说这赤月门会不会欢迎我们？"

　　赵五郎道："欢迎我们自是最好，若是不欢迎我们也只有硬闯了。"

　　谷神医却道："我与旧门主还是有几分交情，逐月夫人即便不愿帮忙也不至于太过为难我们。"

　　话音刚落，就见这台阶四周的石刻神兽一个个掉头凝视他们，这些石像石兽都是仰头望月，此时突然调转脑袋，发出"嘎啦嘎啦"的声音，颇有几分诡异。

　　小茹吓得尖叫了一声。

　　赵五郎急忙护住小茹，喝道："何方妖物！"

　　石像石兽并未有更多的动作，只是一双双眼睛死死地看着这闯入赤月门的三个人。

　　谷神医道："糟了，定是我们的气息惊扰了这些石兽。"

　　果不其然，一条石蟒终于按捺不住性子，缓缓蠕动准备爬过来试探三人，谷神医和赵五郎神色戒备，心想只要这石蟒再往前一步，必然要先发制人，制住这怪物。

石蟒还要往前，忽然石梯的尽头传来一声女子的呵斥声："休要无礼！"

石蟒立即停住了，那声音又道："你们如何能进得了我赤月门？"

三人面面相觑，正要解释，不想那人又道："既然来了，就先上来吧，石兽无心，不辨敌友，莫再惹恼了这些神灵。"

三人急忙拔腿往石梯上爬去，爬了近一刻钟，终于到了石梯的尽头。

这尽头是一个巨大的祭坛，四座三丈大小的巨大神像分立在四个角落，雕刻的正是侍月神像，这神像模样奇怪，都是三头六臂，赤裸上身，下披铠甲，手持各色神器。

祭坛的中间放置一个一丈大小的白玉圆盘，玉盘之中盛满了清水，水中正好倒映出天上的赤月。

双月交汇，光亮更甚，照耀四处通红如血。

月光下，三名红衣女子跪拜在白玉盘前方，虔诚拜月。

三名女子齐齐叩了十余个头后，中间一人方才抬起头，再问道："你们是何人，为何能在这个时候进我赤月门？"

第三十三章

逐月夫人

未见这女子容颜，但闻声音已是缥缈空灵，仿佛从清冷的月宫中传来一般。

谷神医颔首道："老朽乃云机社常春道人，方才也是略施计策才得以进来，请夫人莫怪。"

两侧的女子自觉退却两旁，中间的女子站了起来，一袭红衣妖冶如火，她笑道："云机社？其社主可是幻师赵归真？他与家师凌月夫人倒是有几分交情。"

谷神医一喜，心想看来这逐月夫人还是知晓此事的，急忙道："正是这般。"

不料，逐月夫人又恢复冷言冷语道："不过这交情也是薄如草尖露水罢了，你们三人此番前来着实有些冒昧，倒不知是什么急事，要如此硬闯？"

赵五郎道："自是有很重要的事，才会这么唐突地来麻烦夫人，还望夫人予以方便。"

女子这才回过头，露出一张极为美艳的脸庞，看模样不过二十左右，高高的飞仙髻，入鬓的长眉，狭长的凤眼，额头上还画了一弯朱红色的月牙，整个人当真如同赤月仙子一般。

绝色、冷艳、不可方物。

她瞧了瞧赵五郎，突然微微一笑，道："你是何人？好像在哪里见过？"

赵五郎也觉得这女子有些眼熟，但他实在想不起自己什么时候遇到过这么艳丽的女子，想了一番也没想出个所以然。只能笑道："我也觉得夫人有点儿眼熟，就是有些记不起来了。"

逐月夫人细细地瞧了赵五郎几眼，突然咯咯地笑了起来，而后微微颔首，道："原来是生死之交的故人来访，倒是逐月有失远迎。"

赵五郎顿时愕然不解道："我们认识吗？"

逐月夫人一拂白玉盘中的清水，道："你，可还记得洛水河神之事？"

白玉盘中水波流转，有几道微弱的光亮随波浮动，水中逐渐显露出一道场景，正是洛水河祭拜河神那一幕。

　　赵五郎和一女童被放置在祭台上，准备送给洛水神君。那女童模样清丽可爱，眉眼与逐月夫人有几分相似，额头上也有一个半月形的疤痕。

　　难道……

　　往事如霹雳般闪过，赵五郎惊得目瞪口呆，指着逐月夫人道："你，你就是跟我一起祭拜河神的姐姐？"

　　逐月夫人掩嘴笑道："正是，我本名李嫣儿，是洛州李长贵之女，六年前洛州又发了洪水，我背井离乡因机缘入了这赤月门，凌月夫人收我为徒，传我逐月之术，再过三年家师身染恶疾不幸仙逝，便将这赤月门掌门之位传于我，如今他们都叫我逐月夫人。"

　　逐月夫人又瞧了一眼赵五郎，道："没想到你都长成这么大的人儿了。"

　　"啊？你就是逐月夫人？"赵五郎惊喜道，而后又摸了摸脑袋，嘿嘿笑道："没想到，姐姐现在变得这么好看了哈。"

　　小茹微微有些吃醋，偷偷骂道："五郎哥哥越来越不正经了，肯定是跟无邪学的。"

　　逐月夫人也忍不住笑了起来："你倒是没变，还是这么傻里傻气。"

　　过了片刻，她收住笑意，道："来我赤月门都是有事相求，既是生死之间的故人，我也不多说闲话，说吧，你们所来何事？"

　　赵五郎心想既是故人，心中也再无顾忌，遂坦然道："我师父、师弟还有这位前辈的徒弟，一起中了阴王房长生的恶魔之术，陷入噩梦之中，我想请姐姐帮我救救他们，带他们脱离梦境的苦海。"

　　逐月夫人微微皱了眉头道："恶魔之术？这可不太好办。"

　　谷神医道："久闻赤月门操控梦境之术天下无双，这恶魔之术虽然厉害，想必也有破解的办法吧？"

　　逐月夫人伸出玉指轻拨玉盘内的水波，道："我派内的嫁梦之术确实天下少有人能够匹敌，但你如今是要救人，却不仅仅是嫁梦，这可有些难了。"

　　这倒也是实话，这天下间救人的事总比杀人难做，施毒的事总比解毒容易，想要以梦救人确实难之又难。

　　小茹着急道："那如何是好，还请夫人想想办法。"

　　赵五郎道："我听人说，欲解恶魔之术，必要自己入梦去解梦才能行，是不是这个道理？"

逐月夫人微微颔首，道："正是，怎么你愿意入梦？"

赵五郎点了点头，道："我愿意！"

逐月夫人问道："那你可知这恶魔之术凶险万分，你入了他人梦境，你的一切生死都操控在别人的手里，这危险你不怕？"

赵五郎坚定道："就算刀山火海我也不怕。"

逐月夫人道："这么多年了，看来你这性子还是一点儿也没变，真不知道你要救的是何人？竟这么不惜牺牲自己性命。"

赵五郎道："是我师父和师弟。"

"你师父？可是当年带走你的那个道人？"逐月夫人忽然神情微微一变，问道。

赵五郎道："正是当日救我们的道长，他叫葛云生。"

逐月夫人转头望月，身子微微抽搐，似是回忆历历往事，洛河那日的洪水滔天，蛇妖挟带风浪如同恶鬼一般差点儿将她吃掉，这也算是她自己的梦魇之境吧。须臾她定了定神，说道："如此说来，你师父也算是我救命恩人，若非当日他出手相助，我早已葬身河神之腹，这份恩情无论如何也是要还的。"

赵五郎心中一喜，他未曾料到众人难寻的逐月夫人，竟然是自己儿时有过患难之交的故人，他急忙跪拜道："五郎谢谢夫人相助！夫人，我师父有伤在身，我师弟内力尚浅，还请快快作法，让我早点儿去试一试。"

谷神医也俯首道："还请夫人相助。"

逐月夫人也不说话，而是径直绕过玉盘，朝前方走去，她立在祭台边缘上，回头道："你们见识过谷中的梦境没？"

赵五郎想起方才谷神医弹破的一个梦境，当真是如真如幻，叫人难以辨别，他道："见识过，跟真实的一模一样。"

逐月夫人道："知道便好，不过你要想入梦救人，必要先知道怎么破梦而出，不然你进去了就是白白送死。"

三人齐齐问道："怎么破梦？"

逐月夫人回头对赵五郎招了招手，道："你自己过来看看。"

赵五郎走上前，一道光芒从前方透射上来，再上前几步，却见那祭坛之下出现了一片灿若星河的海洋，无数或明黄、或幽蓝、或荧绿、或朱红的光芒在祭坛下闪烁飘动，一点一点汇聚成璀璨银河。

赵五郎惊道："这都是，都是人的梦境？"

"正是。"逐月夫人伸手招起一团光圈，里面是一个子女承欢膝下的美好梦境，父母高寿祥和，子女满堂融洽，竟教逐月夫人看着有些着迷。她吹开这个光圈，徐徐道："此处名曰云梦台，乃昔年云梦真人飞升之处，这里的一切都是云梦真人在梦境中所化，所以亦真亦假，亦幻亦梦，不能以世间常理来看待。"

赵五郎望着星河一般的梦海，道："那我师父他们的梦境也在这里面吗？"

逐月夫人道："天下万生万物的梦境都在这里，这世界上万物的梦境都是相通的，入梦便是进入另一个世界，而我们赤月门便是连接真实和梦境的一座桥罢了。"

赵五郎道："所以你在这里可以随意进入别人的梦境？"

逐月夫人笑道："正是，你知晓了梦的玄机，想要入梦便不再是难事，好比你开个门进入别人的房间罢了。"

赵五郎喜道："既是如此，那还请姐姐快点让我入梦，好去救我师父和师弟。"

逐月夫人道："你也别急，这入梦虽然简单，但出梦却十分不易，尤其是恶魔之术十分难破，你若不懂破解之法，进了梦里岂不是白白送死？"

嫁梦之术，赵五郎自是不懂，他问道："有什么特别的办法吗？"

逐月夫人叹道："这办法却是没有，都是随机应变，只是你如此性急，只怕难以成事，不如先试试我这里现成的一个梦境，让我看看你的修为如何！"她托起另一枚光圈，光影闪烁，也看不清里头是什么情景。逐月夫人手掌一摆，这光圈就径直往赵五郎身上飞去。

啵！

光圈破裂，里头的光芒散了出来，身边的景物骤然大变。

赵五郎揉了揉眼睛，细眼一看，却见这眼前是一个一人多高狭长的石洞，洞穴石壁显然是人工开凿而出，一股浓烈的硫黄硝石味道凝而不散，石洞的尽头还有隐隐的火光透了出来。

赵五郎摸了摸石壁，温暖而干燥。

他顺着石壁往前缓缓走去，越往里走，光线越明亮，一股奇异的味道也越浓烈。再拐了个弯，终于豁然开朗，却见是一个颇为宽敞的地底天然洞穴。洞穴四周立了八跟巨大的石柱，挂了八条黑黄色的经幡，暗合八卦方位。石柱的中间是一个阴阳双鱼的炼丹池，一半是炙热的地火，另一半却是幽冷的真水。

一冷一热，却不知道这等异象是如何做到的。

一个驼背的老道人围着炼丹池转动，口中念念有词，而后将手中的东西一个一个往池子中抛去，一阵阵焦臭的气息传了过来，显然是正在炼制什么邪门的丹药。

赵五郎再靠近了一些，终于看清这老道人手中捧的是什么，那是一颗颗血红色的心脏和一粒粒黑白分明的眼珠子，用朱红色的漆盘盛着，分外醒目。

心脏丢入地火里，而眼球却抛入真水中，真水池中无数的眼珠子在翻滚浮动，仿佛都有灵有性一般。赵五郎一声惊叫，这叫声立即引起老道人的警觉，他立马回头喝道："谁？谁在那儿！"

第三十四章
独眼道人

赵五郎急忙往自己脑门上拍了张黄符，念了个七星闭月咒躲了起来。

老道人勾着背，朝洞穴入口处缓缓走了过来，赵五郎这才看清这道人的模样，只剩一只独眼，浑身污秽不堪，腰间系着一个大葫芦，整个人散发着几分邪气，分明不是什么善类。

赵五郎心想，这逐月夫人可真会挑梦境，这把估计是要有苦头吃了。

果然，这老道人嗅着鼻子四处搜寻，而后突然停了下来，嘿嘿笑道："是个符箓门的小道士，你身上朱砂符纸的味道可是骗不了人。"

"别再躲了，出来吧！"他一扬手，八卦池里的地火忽然喷涌而出，朝赵五郎隐身的地方飞了过来。

赵五郎急忙往旁边一闪，躲了过去。

但这一个急闪，自己气息一乱，七星闭月咒也自动解了。

老道人笑道："其实你也大可不必用隐身咒，老夫的眼睛早已看不太清这眼前的事物了，但是我的嗅觉和耳朵可是灵敏得很，你一来我就闻出这鲜肉的味道了，啧啧，还不到十七。"

他说这话的时候，口中的黄牙一颗颗都露了出来，竟是一副垂涎的模样。

赵五郎心中生了几分厌恶，怒道："你这道人偷偷躲在山洞中炼制邪药，必定是个邪道！"

老道人倒也不生气，他道："邪道？我丹鼎观乃是名门正道，何来邪道一说？"

赵五郎呸了一口道："但你以人心人眼炼丹，如此违反天道人伦，还说自己不是邪道！"

老道人似是嘲笑赵五郎的无知，哼道："祖师炼丹，莫不是取天地之精华，有采芝草乾花者，有捕白鹿神龟者，亦有炼制丹石金玉者，这龟鹿有灵，芝草有寿，金玉亦有价，俱是天生地养的灵气所结，人不过也是天地间一造化生灵，怎么祖师龟鹿蛇虫用得，我这人眼人心就用不得？"

"丹鼎之法，本就是夺人精华为我所用之法，既是夺，又何来正邪之分？小道人，你说是不是这个道理？"老道人步步紧逼，赵五郎平时斗嘴时倒也不笨，但是一到辨法之时，立马就笨嘴笨舌，盖因他自己对道法理解也不深，即便是有了混元心，也是很多道法会用其法却不懂修心之道。

习武而不修心，自然易被谬论所惑。赵五郎被逼得退后了两步，老道人突然桀桀笑道："嘿嘿，我猜你有一双乌黑的大眼睛，还有一颗不一般的心脏，不如都给我吧，也省得我还要在这阴阳池中养这么久的眼珠和心脏。"

这池之中是老道人用地火和真水炼制的婴儿心脏和眼珠，集满千目和千心，便能炼成他所要的火心和真眼。老道人猛地伸出双指朝赵五郎的双眼戳去，赵五郎猛然惊醒，双手捏诀，一团电芒朝着老道人击打而去，雷球没入道人体内，直接将他击飞，重重摔在石柱上。

老道人脊骨似乎被摔断了，他整个人晃晃悠悠站了起来，背部和头颅却是反向搭在地上，老道依旧笑道："不想你的符箓道法还有些厉害！不如，也看看我的丹鼎道法如何？"

他身子突然剧烈抖动，皮肉层层撕裂，骨骼寸寸生长，一阵爆响，老道人的脖子不断伸长，四肢缩短不见，整个身躯看起来十分畸形，再过片刻，终于看清这老道人化作一条五六丈长的独眼巨蟒。

"五毒化形丹！"赵五郎惊叫道。

这道法赵五郎并不陌生，在仓谷县的崖壁下，勾太常率领丹鼎观的道人前来缉拿葛云生，其中就有三个修炼守宫、赤蛛、玉蝎丹的道人，也是一样能化作各色毒物，这道人能化作浑身乌黑的独眼巨蟒，显然是修了玄蛇丹。

这独眼巨蟒正是黑水玄蛇，虽然身子巨大，但却柔若无骨，速度奇快，如同一团黑水一般四处游动，身形几乎不可捉摸。

玄蛇吞吐蛇信，朝赵五郎扑了过来，赵五郎反应倒也快，捏符一拍，喝了声："御！"

黄光一闪，就将这巨蟒弹了回去。

玄蛇欺身又上，口中喷吐出一道黑水，水冷若寒冰，正是玄寒癸水，这一口黑水喷出，整个洞穴内温度骤然下降一大截儿，赵五郎惊了下，急忙脚踩离宫位，一捏指诀，喝道："气运五行，火龙诀！"

火龙从双掌之中飞舞而出，水火交锋，整个洞穴内升腾起滚滚白烟。

赵五郎暗叫不好,这老道人本就是靠嗅觉和耳朵来辨位制敌,这般水雾升腾可不是把自己困住了?

水雾浓得根本辨不清方位,赵五郎猛地挥了挥眼前的迷雾,突然浓雾之中就有一道黑影飞了过来,赵五郎想起自己背后的混元避世伞,急忙抽了出来挡了一下,但不想又有一道黑影从另一个方向袭来。

赵五郎大惊,这玄蛇的速度有如此迅捷吗?两次完全是同一时间,赵五郎空中一翻,勉强躲过这第二道黑影的袭击,但不想他人还未落地,水雾之中第三道黑影又冲了过来,赵五郎这把已是无处可躲,他一转混元伞,喝了声:"避!"

黑影穿膛而过,这下赵五郎看得一清二楚,正是那头玄蛇的蛇头,赵五郎人在混元伞下,洞穴内的情景已看得清清楚楚,那道人化作的玄蛇此时已经分裂出三个头颅,三个头上都是独眼。

这老道人的化形丹显然大不一般!

老道人一时间找不到赵五郎大感诧异,它引以为傲的嗅觉和听觉也察觉不出赵五郎的任何气息,急得四处游动,到处嗅闻。

赵五郎瞧准了一个机会突然收了混元伞,再御五雷诀朝中间的蟒蛇脑袋打了过去,雷光一耀,中间的蛇头猛地发觉,张口一喷便是一股癸水,寒气扑面,赵五郎无奈只好再御混元伞挡了下来。

其他两个蛇头也迅速绕过混元伞扑咬过来,赵五郎打不过,只好喝了声:"避!"躲了起来。

老道人阴阴笑道:"你的隐身术倒是练得不错,可惜其他的道法就不怎么样了。但是你就算有这宝伞,也是逃不出我这洞穴的,不如乖乖束手就擒。"

赵五郎收了混元伞怒道:"你妄想!"

右边的蛇头突然昂首一吸,八卦池内的地火倏地一下就被它吸入口中,玄蛇的腹部之中一阵红黑交错,它张口狂喷,却是一道炙热的地火喷了出来。

地火汹涌,赵五郎唯有驭起混元伞勉力扛住这一进攻,火焰顺着伞盖流了过去,将他身后的山石烧化成一摊摊的岩浆。

左边的蛇头也昂头一吸,洞穴内的水雾忽然都迅速往它口中倒流而去,而后这水雾又迅速吐出,已化作一道道的冰棱喷出,冰棱尖如飞刀,又将原本融化的山石冻成了寒冰。

混元伞虽然能抵御万千术法,但毕竟大小有限,这些寒冰迅速积累变厚,将赵五郎和混元伞裹了起来。

玄蛇摇身一变，又化成驼背老道人的模样，他喜道："可是让我抓住了！你这眼睛给我，我就能重见光明了！"

他双指一探，坚冰融化，露出赵五郎的整个脸蛋，老道人笑道："啧啧，我虽看不清，但这灵光充沛饱满，想必是大不一样的眼珠子，给我吧！"

赵五郎浑身被坚冰所冻，动弹不得，想要破口大骂，却发现冻得浑身僵硬，话都说不出口。

老道人两指化作鹰爪往前一扣，这双眼珠子已是势在必得，忽然一阵猛禽的尖啸响彻洞穴，一道烈焱从赵五郎眉心处冲了出来，老道人躲避不及，"哎哟"一声就被烧了眉毛胡子。

这烈焱自然是赵五郎的火精，火精一展双翅，迅速融化了寒冰，将赵五郎救了出来。

赵五郎冻得抖了几下，叫骂道："臭老头，想要挖我眼珠子的人多了，你得排队！"他驱使火精乘势再追击老道人，老道人就地一翻，又化出三头玄蛇的模样。

火精趾高气扬地准备飞过喷他，结果一看这老道人化作的玄蛇有三个脑袋，以为又是南宫少羽的九头相柳来了，吓得身子一缩，一口烈焱没喷出去倒把自己噎到了，它"嗷嗷"了两声，很怂地飞了回来，一副要死要活的模样。

赵五郎气得拍了它一下，喝道："这不是九头相柳，就是条三头蛇，你怕什么！"

但这火精不知是怕了还是不舒服，是铁了心不想去，一直围着赵五郎"啾啾啾"地吵个不停。赵五郎颇为无奈地收了火精，转头喝道："老道士，你这招化形的功夫可是老了！我不用火精也能收拾你！"

三头玄蛇昂首扑咬，赵五郎急忙祭起混元伞，身子一隐，从另一个方向闪了出来，他"啪"的一声就是一个雷符，而后又立即隐身，再换方位又是一道火符，赵五郎不停地隐身现身，趁机攻击，打得三头玄蛇也毫无办法。

玄蛇摇身一变，又化作老道人的模样，他抽出腰上的大葫芦，猛地一拍，爬出十余条一尺来长的黑色蛞蝓，赵五郎一收混元伞，想要御雷灭除恶虫，不想他刚一收伞，这蛞蝓就吐出一堆黏液，将赵五郎的混元伞层层粘住了。

唾液黏稠，腥臭难闻，这下混元伞再也打不开了。

老道人摸了摸自己伤痕累累的脸庞，哈哈笑道："我看你这次还怎么隐身！"说着便五指一伸，朝赵五郎抓了过来。

赵五郎脸色一变，也顾不得形象，急忙转身就往来时的山洞跑去，洞穴弯弯曲曲，赵五郎被沿途的石笋石柱撞了几次，也顾不得许多，只是拼命往前冲去。

背后的老道人又化作玄蛇紧追而来。

终于，前头有光亮传来，这光亮却不是火光，而是青天白日的光芒，赵五郎大喜，一个箭步跃了出去。

耳畔传来阵阵呼啸的烈风，眼前是一片绝壁一般的山崖，头顶是一个山崖围成的圆形天空，四处伸出比柱子还要粗大的乌金铁链，铁链连接着一座座巨大的紫铜鼎，悬挂在环形悬崖的中央，蔚为壮观。

而这脚下，正是一派沸腾滚动的地火！这是一个火山口！

赵五郎直接飞了出去，跳进了火山口！

第三十五章

遣君入梦

"救命啊!"

赵五郎惨叫了起来,身子不断地下坠,地火越来越近,这种炙热感已经扑面而来,烤得人皮干肉焦,他心想这次完了肯定要死了。

地火迎面而来,忽然感觉不是炎热灼痛,而是一阵清凉,似是水花拍打到自己脸上。

"出梦吧!"逐月夫人喝道。

赵五郎猛地惊醒过来,却见自己依然站立在祭坛之上,脸上冰冰冷冷,却是逐月夫人将白玉盘中的清水洒在了他脸上。

赵五郎如梦初醒,他回想着刚才的梦境,惊魂未定道:"这又是谁的梦境?"

"这是丹鼎观独眼老道敖青华的梦境。"

"独眼老道?可是九圣元老谭子化的师弟敖青华?这人可是正道内的大善人啊,怎么他的梦里也会凶险万分吗?"谷神医不知道梦中发生了什么事,但只看赵五郎的神色,也猜得出这次必然不是什么好梦。

赵五郎完全不能相信谷神医的话,"他……他还是大善人?"

谷神医道:"正是,他自幼身患恶疾,伤了眼睛和心脏,所以修炼道法上受了限制,不过他为人最是慈悲,尤其对小儿最是照顾,每每见到身染恶疾的弃婴,都要抱养回观中悉心照料,人称敖慈父。"

赵五郎听到谷神医一说,脸色又是一变,震惊道:"那,那这些小儿如今都健在吗?"

谷神医摇头道:"这我就不知道了,我不是丹鼎观的门人,此事我也只是听人传闻,但据说有不少弃婴如今都是各道门内颇有建树的高人。"

逐月夫人冷笑道:"所以说人心叵测,这梦就是他自己内心最真实的想法。敖慈父,这可真是一个讽刺!"

谷神医奇道:"怎么了,五郎,你梦见什么了?"

赵五郎道："我梦见他炼化婴儿的心和眼睛，想要化成自己的心脏和双眼，这道人绝对不是什么大善人。"

谷神医和小茹纷纷惊讶地叫出声来："这，竟会是这样？"

逐月夫人道："你先别管别人做什么梦，我刚才见你入梦后就什么都不知道，见人就打，岂不是要被梦境牢牢所控，这等做法如何能破梦而出？"

赵五郎一想到刚才自己入了梦境，就一门心思地跟那道人斗在了一处，根本未想过破梦而出的办法，颇有些尴尬道："五郎愚钝，还请夫人赐教。"

逐月夫人道："方才的梦境，是他心中恶念所化，独眼老道虽然日行百善，想以救助无辜的小儿来弥补自己幼时染病无人照料的创伤，但人都有私心，他的心中仍存有一丝恶念，这恶念便是心有不甘，只是这念想压抑得太深了，以至于夜夜做梦都梦到要将自己收留的婴儿炼成心眼，其实这也并非他真心向恶，只是恶念无处释放罢了，这等梦境必要以善念当头喝之，要他明白自己是在噩梦之中，唤起他正常的神志，他必然会很愧疚，这梦可不就解了？又何须这般辛苦搏斗？"

赵五郎听得她这么一说，也觉得易如反掌，但心想若是自己去做恐怕又要变得一团糟。

逐月夫人道："刚才这不过是普通的嫁梦之术，只要你让他知道自己在做梦便能清醒过来，但梦魇之术却大不一样，必有一只梦魇在他的梦里，这梦魇会不停地迷惑他，你再怎么呼喊他都没有用，你要做的是想办法找到梦魇，击败他自然就能破梦而出。"

赵五郎问道："那梦魇在梦里长什么样子？我怎么找到它？"

逐月夫人摇摇头道："这就是难点所在了，因为这是它借助被嫁梦者的意识构筑的梦境，它可能化身成任何东西，一个人，一只鸟，一棵树，或者一把剑，但是有一点，那就是任何出现的梦境场景中，都会有它的存在，他是整个梦的关键。"

赵五郎似是低头陷入了沉思，在想这梦魇究竟会是什么样子。

逐月夫人问道："怎么样，想清楚了吗？还要入他们的梦境吗？"

赵五郎抬头坚定道："要去！必须要去！"

小茹上前拉了拉赵五郎的衣襟，也怯生生道："五郎哥哥，要不我陪你一起去。"

谷神医立即喝止道："小茹！你什么都不懂去做什么？"

小茹低头道："我怕五郎哥哥一个人进去没人帮他。"

谷神医叹道："那也该是我去，毕竟无邪是我唯一的徒弟，我不救他，谁救他。"

说着，他也上前一步。

逐月夫人轻笑道："你们也别争了，这梦境之中，人多更易受惑，最好一个人去。"

赵五郎朝谷神医道："那还是我去吧，常春前辈，你对五郎已经有再造之恩，今日入梦必然是我自己去了。"

谷神医又叹了口气，他并非贪生怕死，只是舍不得眼前的小茹，若是他死了，小茹一人留在这驭灵司中，真不知要怎么办。

赵五郎开解道："前辈莫要内疚，五郎无亲无故，只有师父一人，我自然是要去救他的。"

逐月夫人叹道："这乱世纷纷扰扰，倒是没污了你的品性。不过，你入了梦魇之境，有三点一定要谨记：其一，梦中一切事物都会随着织梦人的想法改变而改变，或是春暖花开，或是刀山火海，你必要自己守得住；其二，入梦的人尽可能不要打扰织梦人，若是惊扰了他，谁也不知道这梦境里会出现什么异象，这于人于己都不利；其三，要细心观察，找出与常理明显不一致的地方，那里有可能就是恶魔所在之处。"

赵五郎听得极为认真，可是还是有些云里雾里，他也不管许多，说道："夫人，那事不宜迟，开始吧。"

逐月夫人见赵五郎虽然神色坚定，但依旧还是有些半懂未懂的样子，颇为担心地摇了摇头，她抬头望了望赤月，道："不过，今夜倒是个入梦的好时候，只是入了梦，你就不是你，切记万事要守住本心。"

谷神医也有些不放心，说道："五郎，要谨慎使用你体内的那股灵力，你现在还不能很好地驾驭它。"

赵五郎点点头，拍了拍自己背后的混元伞，道："放心吧，我不开灵力，还有这个宝贝呢，他们不会发现我的。"

"那便好！"逐月夫人用玉指上的长指甲挑下一缕红色的月光，这月光如同一段丝线一般在她的指尖缠绕游走，她吹了一口气，将月光引入赵五郎的眉心间，而后念道："借我明月光，入君千重梦，速速寻梦去，莫等破晓归。"

赵五郎闭上双眼，只觉眼前红光一闪，整个人都有些迷糊不清，逐月夫人推了一把赵五郎，道："去吧！"

赵五郎整个人直接坠落神坛，跌入万千繁华一般的梦境光圈中，他只觉得四周光影快速流转，五光十色在眼前环绕，心中更加迷乱，这光影中有繁花似锦，有暴雨倾盆，有阴森诡谲，也有灯红酒绿，真真假假，是是非非，都如过眼云烟，转瞬即逝，翻迭不止。

又过了一阵，赵五郎听得逐月夫人在耳边喝道："五郎，已入梦境，睁开眼睛吧。"

他睁开眼睛，一阵白晃晃的耀眼光芒刺了过来，教人几乎不能直视，适应了一阵，才发现这天上是一轮巨大的红日，脚下是一片苍茫的大海，海水碧蓝，连接天际处无穷无尽。

"这是哪里？是师父的梦境吗？"赵五郎满心疑问。

赵五郎身如一缕青烟，随风飞舞，低低地贴着海面往前飞去。渐渐地，大海之上，出现一座山峰，山色青青，松柏重重，微风拂过吹起松涛阵阵，仿佛都能听到沙沙沙的松簧之声。这树影掩盖下还隐隐约约能见青瓦朱柱的宫殿矗立在山巅之上，端是仙气缥缈。

赵五郎暗自赞道："这真是个修炼的好去处。"

又飘了一阵，赵五郎忽然觉得这山峰有些奇怪，山根处越来越细，仿佛被人削去了一般，赵五郎心想这山势如此巍峨，这么细的山脚怎么承受得住山的重量，只怕一个海浪都会把山拍倒吧？

他飞得更近一些，终于看清了这座山峰的全貌，这座山竟然是凌空悬浮在大海之上，山脚也如山峰一般，尖尖地朝着大海，整座山峰如同对称的梭子一般漂在大海上。

赵五郎惊奇道："这里是哪里？为什么这山却能漂在海面上？"他朝山峰上看去，见一面巨大的峭壁上被利剑削出两个大字：清虚。

清虚山？

难道这里就是传说的御剑宗道场，东海清虚山！

清虚山，山浮于海而不坠落，人倒于山而不跌倒，是为天下第一奇观。

传闻，数万年前，天降巨大陨石于东海，却不想这东海之内生有另一块奇铁，陨石与奇铁恰巧属性相斥，陨石落在半空就不能再继续往下，从此便一直悬浮在海面上，如同巨大的陀螺立在海上一般。

数万年风吹雨淋，陨石之上渐渐草木葱茏，八百年前，铸剑师淬明子来此，他见此处景色奇绝，矿铁奇特，遂以陨石奇铁混合东海天地之灵气，铸造出天下第一神剑乾坤九剑，开创四大正道之一的御剑宗。

凌空御剑，笑傲九霄，是为第一神宗！

　　这御剑宗共分上下九重天，上九重为御剑宗历任掌门和修行弟子所在之处，分别是中天、羡天、从天、更天、晬天、廓天、咸天、沈天和成天。下九重为万剑冢，按照乾坤九剑的顺序，分为金、木、水、火、土、雷、电、风、灵九层，最后一层灵剑冢距离海面不过百丈之遥，抬头望去，碧蓝化作蓝天，海浪涌动，仿佛随时要倾泻而下，蔚为奇观。

第三十六章

柳龟二侍

赵五郎第一次见识到御剑宗的风采，自然是惊讶了又惊讶，赞叹了又赞叹，这鬼斧神工当真是人间难寻。

他心中想着，身子已经扶摇而上，穿过笔直陡峭的山道，越过遮天蔽日的松林，绕过雄伟绮丽的宫殿，来到了一处颇为幽静的平台处。几棵虬枝横生的松树下，有一男一女两个人影。

赵五郎落在一块巨石后面往前看去，这男的正是齐云飞，女的比齐云飞略小一些，生得唇红齿白，容貌与齐云飞还有七分相像，却是齐云飞的妹妹。

齐云飞道："若梦，你在孙长老处要好好练剑，知道吗？"

那少女朝齐云飞笑了笑道："哥哥，你也不要太辛苦了，你最近整个人都瘦了。"

齐云飞笑道："最近师父教了我七灵剑法，我一学就会，师父都夸了我好几次，但是我功力始终有所不逮，用得还不是很好，所以这几天特地夜间苦练了下。"

赵五郎看了看，忍不住道："原来这个木头脸也是会笑的啊，我一直以为他都是那么苦大仇深的表情。"

齐若梦拍了拍手也笑道："哥哥的天资百年难得一见，肯定学什么剑法都很快的，我想不出几年，掌门师尊一定会收你做第五大弟子的。"

齐云飞傲然道："天下又不是只有掌门师尊会用剑，我师父的剑法也很厉害，他待我可好了，我要好好跟他学剑，我若是能学到我师父的一半绝学，未必赶不上如今的剑宗四少。"

"好个有志气的弟子！竟然这般口出狂言！"二人的背后忽然传来一个傲慢的冷笑声。

赵五郎和齐云飞兄妹齐齐回身一看，脸色端即一变，这背后的人正是南宫少羽和两名剑侍刚巧路过。

齐若梦脸色一变，急忙拉住齐云飞，低声道："哥哥，糟了，是南宫师兄。"

齐云飞安慰齐若梦道："不要紧，虽然他一向与我不和，但我们也没做什么错事，料想他也不能怎样。"

南宫少羽满脸笑意，有些玩味地看着这兄妹二人，反倒他右边的那名高瘦剑侍走了过来，刚才傲慢的声音也是他发出来的。这人捧着一个朱红枣木雕刻的小小卜棺，满脸轻蔑道："一个守剑长老的弟子竟然也敢对剑宗四少评头论足，当真不知天高地厚！"

齐若梦见此，急忙低头道："是若梦该死，口不择言，还请南宫师兄恕罪。"

齐云飞也颔首道："云飞一时口误，还请南宫师兄多多包涵。"

南宫少羽微微扬着头，阳光之下，他的珠冠熠熠生辉，长长的睫毛像抹了一层金辉，显得他脸庞更加俊美无双。他看了看齐若梦，又看了看齐云飞，故意问道："我若没记错，你是灵犀长老唯一的弟子吧。"

南宫少羽其实早就认得齐云飞，去年他手下的剑侍深夜私闯万剑冢，被齐云飞发现，二人还发生了争斗，事后南宫少羽威逼利诱齐云飞不要揭发他的剑侍，但齐云飞为人最是倔强，并不听从南宫少羽的劝告，而是义正词严地揭发了这事。因为这几年掌教王琼风基本不问派内杂事，事后秦少商出面亲手废了这剑侍的修为，并驱逐他下山。此事，南宫少羽自是怀恨在心，他怎么可能认不得齐云飞？

齐云飞如何不知他二人的间隙，但见南宫少羽故意问话，口中也答道："正是，我师父门下只有我一人。"

南宫少羽嘴巴虽然微微上翘，但双眼却冷峻如鹰隼，他盯着齐云飞道："灵犀长老的剑法据说仅次于掌门，却始终不肯收徒，为何却突然又收了你这个弟子呢？"

齐云飞摇头道："云飞不知，云飞只知师父待我恩重如山，我必不能有辱师名。"

那个捧卜棺的剑侍立即喝道："南宫少主问你什么你答什么便是，其他的要你多嘴多舌了吗？"

齐云飞身子微微一抖，眼神之中已经有了一丝怒意，这人当真是狗仗人势欺人太甚。

南宫少羽却摆了摆手，呵了一声轻笑道："柳侍，不得无礼，这人倒是个尊师重道的弟子，你二人应当好生学学。"

齐云飞道："云飞不敢。"

那托棺的柳侍突然上前一步道："少主说的在理，我刚才听这少年说，他刚学了灵犀长老的什么七灵剑法，想这灵犀长老剑法卓绝，这仅有的徒弟也必是个用剑好手，在下斗胆，想跟这少年讨教讨教。"

齐若梦见这人来者不善，急忙出声阻止道："掌门师尊说了，门派之内不得擅自比剑，否则要予以重罚。"

齐云飞也强忍怒意道："师尊有令，云飞不敢私自比剑。"

柳侍傲慢道："放心吧，掌门师尊这几年都足不出阁，如今御剑宗上下的事还不都是由四位少主在打理，今日有南宫少主在此，如何能算是私自比剑？"

南宫少羽故意道："恰好今日青木长老赠我枣木卜棺一具，用来装我的九柳龟甲神剑。柳侍，你不如用我的神剑跟这齐师弟好生讨教讨教，你可知道，灵犀长老的剑法是仅次于掌门师尊的。"

柳侍如何不懂南宫少羽的心思，这话是故意激将他，意思是自己的剑法修为还不如眼前的守剑弟子，还需要少羽的神剑相助才能胜过他，柳侍眼神中闪过一丝战意，低头道："柳侍多谢南宫少主了，但对付灵犀长老的弟子何需少主的神剑。"他一托卜棺，交给一旁的龟侍，而后双指平伸，道："小子，无需多言，出剑吧！"

齐若梦拉了一下齐云飞，阻止道："哥哥，不可！"

齐云飞战意已起，轻轻挣开齐若梦的双手，道："该来的也躲不掉，不过是比场剑罢了，不要紧的。"

柳侍冷笑一声道："请吧！"他这话都没说完，已经欺身而上，他一抖袖子，一道青色妖冶的光芒飞了出来，正是他的赤炼青柳。

这剑细长如草，通体青翠，只有剑尖有一丝血红色，整个剑身都剧毒无比，一旦沾上必会蛇毒攻心，如赤炼青丝双蛇齐咬，令人痛不欲生，故名赤炼青柳。

赤炼青柳灵如青柳，毒如赤炼，剑身柔若灵蛇，随着柳侍的剑指飞舞，飞快地朝齐云飞吞吐而去，齐云飞不慌不忙，三尺青锋剑握在手中，画出五六个剑花，将这些青光一一挡住。

南宫少羽笑道："不愧是灵犀长老的关门弟子，当真是个用剑的奇才。柳侍，你这把太大意了，怕是要吃亏了。"

南宫少羽一再出言刺激柳侍，目的便是让他恼羞成怒，痛下杀手。果然，柳侍大怒，一收赤炼青柳，喝了一声："风中摆柳！"

他再一拂出长袖，千百道的绿色剑芒爆裂而出，如同烟花一般朝齐云飞飞了过去，这剑威十分惊人，已然是凝神之境的剑招了！

齐云飞此时还不过是化气之境的修为，加之手中不过是御剑宗弟子最普通的青锋剑，想要以硬拼硬，显然是必败无疑。但他的天资却远胜于柳侍，眼见这一剑狠辣无比，也不躲避，而是凝神聚气，御起青锋剑急转身姿，剑锋带动罡气流转，整个人如同陀螺一般快速转动，这些剑芒竟然一一偏了方向，向四处流散。

柳侍大惊，怒道："你这是什么古怪剑招？为何能破了我的青柳剑？"

齐云飞道："你这招风中摆柳，正是借着袖口拂动的风劲，将赤炼青柳中的毒芒挥洒出来，看似铺天盖地，实则都是虚招，我若避退必然无处可躲，难免被一两点剑芒击中，但是我若御剑为风，迎敌而上，自然可破你的剑招。"

柳侍的内力远胜齐云飞，但是这剑威化作百点而出，自然是削弱了不少，齐云飞只攻一处，恰好破了这剑招。

南宫少羽哈哈大笑道："果然是个练剑的奇才，难怪灵犀长老要收你为徒，柳侍，你这十几年的剑可真是白练了啊！跟着我多年也没什么长进，哼！"

柳侍脸色一变，急声道："属下一时大意，竟叫这厮钻了空子，我这一剑必要他再也说不出一句话！"

他一震青剑，赤炼青柳化作一条丈长的青蛇，剑身化作长蛇，红丝化作蛇信，青蛇喷吐毒物直飞向齐云飞。

齐若梦惊叫道："哥哥小心！"

齐云飞御剑一击，但不想青锋剑立即被青蛇咬中，青蛇一用力，便咬碎了青锋剑，齐云飞脸色一变，急忙翻了个身躲过青蛇的攻击。齐若梦急忙抽出自己的青锋剑朝齐云飞丢了过去，站立一旁的龟侍却双指一弹，飞出一枚龟甲铜币，将齐若梦的青锋剑一下子击飞。

他冷冷道："怎么，还想施以援手？"

齐云飞无剑在手，更加抵御不住青蛇的攻击，赵五郎在一旁看得着急，真想上前帮他，但是他想起自己现在是在他梦里，逐月夫人跟他说过，不到万不得已不要暴露自己的身份。

赵五郎终究还是忍住了。

青蛇挟带腥风卷至，齐云飞一咬牙，眼中精芒爆射，捏诀喝道："青锋有灵，听我号令！"

碎裂在地上的青锋剑残片"嗖"的一下子立了起来，长短不一的碎片在空中一合，竟又化作一支完整的长剑，柳侍惊了一下，这凌空御剑的法门本是御剑宗化气之境的修为，但是能将残剑合一，却是必须对以气御剑驾驭得十分精巧才能做到。

柳侍冷笑道："你这剑招倒是颇有冷少主的风采，但你的破剑终究是破剑，如何能比得上他的千机剑，你再凝成什么都没用！"他御起青蛇再飞击，青蛇快如疾风，化作一团青色烟气朝齐云飞快速游走。

第三十七章
七灵剑法

齐云飞双指驾驭青锋剑，冷冷道："我的七灵剑法，便是专门克你这有灵之剑！"他双指一转，青锋剑在空中又化作七块碎片飞了出去，每一块碎剑都化作一道剑锋，反向绞杀青蛇。

齐云飞道："七灵剑，第一剑曰金蛇灵剑，剑如金蛇狂舞，势如灵蛇出洞！还请柳师兄指教指教！"

碎剑空中又一聚合，化作一道明亮的剑芒如灵蛇一般追击青蛇，赤炼青柳薄若树叶，柔若柳枝。灵蛇剑乃是用碎片合成，灵巧上竟丝毫不输这青柳剑，双剑交织，一时间难分胜负。

柳侍已是急得额头上冒出细汗。

齐云飞不等柳侍变招，提前一变换指诀，喝道："七灵剑，第二剑曰蝶灵剑，剑如彩蝶翩翩，势在以柔克刚！"

剑锋一散，化作一群剑蝶飞舞而出，柳侍大骇，这剑法变化多端，着实比他高出太多，纵然自己功力比齐云飞高上一截，但若是光比这剑招，自己已然是输了。

青蛇虽柔，但剑蝶却更轻灵，虚若无物，绕过青蛇剑芒，直向柳侍飞去，柳侍躲避不及被一只剑蝶刺破了脸颊，一串血珠飞了出来。

柳侍败了一招，龟侍的脸色都微微一变，他未曾想这么一个还在化气之境的剑冢长老弟子，竟可以几招之内就破了柳侍的剑法，而且还伤了他的脸颊。

但他这惊讶还未平息，齐云飞已经又出一剑，只见所有的碎剑突然回收，齐云飞整个人身子在空中用力一弹，青锋剑芒猛地暴涨几丈，化作一团白光朝柳侍飞去。

齐云飞喝道："七灵剑，第三剑名曰虎灵剑，剑如猛虎出山，势在攻城拔寨！杀！"

剑芒呼啸而过，竟带出隐隐虎豹咆哮之声，柳侍左肩中了一剑，但这一剑只是擦了衣服和表皮飞了过去，并未伤及筋骨，显然是齐云飞留了情面。

但若只是比剑，这显然是胜负已分。

齐云飞收了剑锋，颔首道："柳师兄承让了！"

柳侍恼羞成怒，他脸上的肌肉快速抖动，突然一弹赤炼青柳剑，柳剑化作巨大的青色毒蟒飞了出来，齐云飞七块碎剑回身一挡，变成北斗七星之形，这一招唤名七星守心，他怒道："柳师兄突施狠招，不怕丢了身份吗？"

柳侍阴笑道："我的剑法历来如此，怎么能叫偷袭？你可知我这剑名叫赤炼青柳，乃是分为赤炼和青柳二剑，如今你只是见识了我的青柳剑，却还没见过我的赤炼剑呢！"青蟒口中突然吐出一道红光，这红光正是剑尖的一丝血色，血色变成一条赤炼毒蛇般的利剑从七星阵的空隙中飞了过去，直奔齐云飞喉头而去。

这一招乃是暗招，叫人防不胜防！

赵五郎忍不住惊呼道："云飞小心！"他顺手飞出一道火符，火焰将赤炼剑击偏数尺，剑锋只是微微划过齐云飞的鬓角，并未伤了他皮肉。

"谁？"柳侍一惊，这一空当，齐云飞已经化阵为剑，七块碎剑快速飞去，"噗噗噗"几声，碎片全部抵住他的全身七个死穴，叫他一步也动弹不得。

齐云飞虽然恼怒，但终究是不敢痛下杀手，碎剑只是擦破了衣服，连皮肉都未曾伤到，他拱手压住怒意道："柳师兄，胜负已分，承让了！"

南宫少羽也觉得意外，他回身朝赵五郎藏身的假山望去，双眼冷冽如苍鹰。

而赵五郎早已打开了混元伞，把自己隐了起来。

南宫少羽瞧了一眼，未见端倪，情不自禁击掌笑道："齐师弟的修为虽然一般，但确实很有天赋，就算是与少宗相比，也不差多少，少羽都自愧不如。"

齐云飞急忙收剑颔首道："云飞不敢，冒犯之处，请南宫师兄多多包涵。"

南宫少羽走了过来，拍了拍齐云飞肩膀，笑道："你这等资质，稍加时日，只怕要成为剑宗第五少了！"

齐云飞听着南宫少羽这口气透着一股阴寒，心中一惊暗叫不好。一股阴邪之力已从肩膀处透了进来，齐云飞心中恶寒，整个人已经腾在半空中。

南宫少羽冷冷道："你资质虽好，但似乎人品不端啊！居然还私通符箓门的道人！"

齐云飞原先就与南宫少羽有些间隙，但南宫少羽毕竟贵为四少之一，自己自是万万招惹不起，他急忙摇头争辩道："南宫师兄不要血口喷人，我入了御剑宗一门以来从未下山过，怎么可能私通符箓门的道人？"

南宫少羽左手双指在空中捻了捻，正是一丝残余的符灰，他嗅了嗅道："这不是符箓门的符纸吗？若非你的朋友，他如何叫得出你的名字？气运五行？看来这人除了隐身法，御符之术也不过如此。"

他转头朝赵五郎藏身之处又看了一眼，阴冷道："符箓门的道友，到了我御剑宗门下，为何不现身一下，可是怪我御剑宗待客不周？"

赵五郎心中一阵犹豫，不知道自己该不该现身，这时南宫少羽右手一握，齐云飞的肩膀上已经出现了五个深深的指印，鲜血染红了他白色的衣裳，一点点透了出来。

齐若梦又是一阵惊叫："哥哥！南宫师兄你快住手！"

南宫少羽又笑道："看来这人是有意看齐师弟受苦啊！"他瞄了一眼齐若梦道："齐师妹，你可认得方才偷袭的人？"

齐若梦自是不认识，急忙摇了摇头跪地求饶道："我兄妹二人入了御剑宗后从未与别门派的人交往，还请南宫师兄明鉴。"

南宫少羽看了看齐若梦，有些怜爱地摸了摸她的发梢，幽幽道："倒是个标致的美人儿，齐师弟，你若不肯说倒也无妨，一会儿我跟孙长老讨要你妹妹，让她给我做剑婢，替我看管九柳龟甲神剑，这事我便也不追究了，你看如何？"

柳侍也笑道："这小子驱走了少主的鹤侍，把他妹妹赔给少主当剑婢倒也是应该。"

"不可以！"齐云飞震怒道，"南宫少羽，你不要欺人太甚！此事与我妹妹无关，你不要牵涉于她！"

"那你说方才用符的是谁？"南宫少羽已是阴冷如霜。

齐云飞颓然摇头道："我真不知道，你就算打死我，我也不知道。"

"冥顽不灵！"南宫少羽再御力一把将齐云飞摔飞在一棵老松树下，松针松果如雨般飘落。

南宫少羽双指一抖，卜棺一阵颤动，他喝道："齐师弟，我的神剑可是许久未曾饮血了！"

此时，齐云飞与南宫少羽修为上的差距何止是云泥之别，但他却再也受不了南宫少羽一而再再而三的欺辱挑衅，他捂住自己受伤的肩膀，挣扎着站了起来，怒骂道："南宫少羽，你不就是怨恨上次我出面检举了你的鹤侍，就一直故意找借口来教训我吗？你贵为四少之一，我不过是籍籍无名的守剑长老弟子，你要杀要剐何不堂堂正正地来，非要找这么多借口，真是伪君子！"

南宫少羽一恨别人伤他面容，二恨别人说他伪君子，三恨世间丑陋之物，此时齐云飞胆敢说他是伪君子，登即暴怒，双指一弹，卜棺材中的青光飞射出去。

他怒喝道："既是如此，那我便不找借口，你修为不如人，便该认命！"

赵五郎此时再也忍不了了，他虽然知道这不过是齐云飞的梦境，但眼见南宫少羽起了杀心，自己如何能坐视不理，他收了混元伞蹿了出去，一把抱住齐云飞朝一旁滚去。

剑芒飞至，粗如人腰的老红松立即被齐根砍断。

赵五郎怒喝道："南宫少羽，你真是欺人太甚，算什么名门正派的弟子！"

"你是谁？"一群人齐齐问道。

"云飞，我是五郎啊！"赵五郎答道。

"五郎是谁？"众人又齐齐问道。

赵五郎突然张开嘴巴，他随即明白了，这肯定是齐云飞梦到以前，他以前自然是不认识自己的，赵五郎登即后悔不已，这下自己冒冒失失跑了出来，不知道怎么收场。

南宫少羽轻蔑道："还说没有私通符箓道人？柳、龟二侍，将这人给我拿下！"

赵五郎飞出一张火符，喝道："万神朝礼，火神助力，借我火中火，烧尽八方妖！灭！"

火球像一轮烟花般飞击而去，柳、龟二侍急忙御剑挡了一下，柳侍用的是赤炼青柳，而龟侍用的是龟甲铜钱剑，这铜钱剑乃是用二十一枚赤铜铸就的龟甲铜板合成的十字利器，十一枚铜板可分可合，妙用无穷。

龟侍一托铜钱剑，剑化作二十一枚铜板朝赵五郎飞了过去，赵五郎急忙打开混元伞，铜板穿体而过，击中了身后的山石。

南宫少羽一惊：这人的隐身术倒是好生了得，既不用咒诀也不用符箓，而且以自己的修为竟然丝毫觉察不出这小子去了哪里。他朝柳侍看了一眼。

柳侍立马会意，一抹双眼，黑色瞳孔化作金绿色的蛇眼，他这一招叫"碧眼探微"，便是在夜间也能神目如炬，连数百丈外的一只蚂蚁一只飞蚊都逃不出他的双眼。

即便是双眼察微观细远胜于常人的他，此番却也看不出个所以然。

柳侍努力看了一阵，最终摇了摇头，俯下身子有些惧怕道："少主，属下，属下看不出他去了何处，可能已经被少羽的威名吓跑了吧。"

　　南宫少羽冷哼一声，道："若是他还在此处呢？"说着一震朱红色的卜棺，九柳龟甲剑破棺而出，凝成九头相柳之形，一只只青光熠熠，吞吐红信，吓得柳、龟二侍急忙俯身叫道："少主息怒！"

第三十八章

流云若梦

南宫少羽道："我不信他能躲得了我的九柳龟甲剑法！"

赵五郎一见南宫少羽御出神剑，不堪回首的往事又浮现在眼前，他只觉自己眉心一阵痛，那伤口仿佛又要渗出血一样。

南宫少羽这一剑直接朝齐云飞斩去，赵五郎急忙祭出混元伞一下子将这剑威挡了下来，青色剑光如流水一般顺着伞盖滑了过去。

南宫少羽震怒，这小道人一而再、再而三地阻扰自己，当真死一千次都不足以消他心中的愤意！他挥剑再击已是毫不留情。

齐若梦见南宫少羽已经起了杀意，急忙叫道："哥哥，你自己赶快走，你赶快回万剑冢，进了剑冢，他就不敢杀你了！"

万剑冢乃是御剑宗的禁地，非剑冢弟子决不能私自进冢。

但以齐云飞的性子，他岂会临阵脱逃，弃自己的妹妹于不顾？他挣脱赵五郎的手臂，翻身而上要去试一试这南宫少羽的剑法！

南宫少羽笑道："也好，叫你输得心服口服！"他的柳剑青色剑芒已经凝成，绿气森森，煞是慑人！

赵五郎突然意识到，这里只是齐云飞的梦境，自己要护住的只是齐云飞的性命罢了，其他的都不过是在他梦里的化影罢了，他一把抱住齐云飞打开混元伞，"嗖"的一下就消失不见了。

齐云飞兀自挣扎，但赵五郎的力气比他大了许多，二人躲在混元伞下已是另一个世界，任他怎么呼喊，外人也听不到、看不见。

柳、龟二侍又找了一遍，见确实找不到这二人，便准备将怒火全部发泄到齐若梦身上。

二人围了过去，南宫少羽却扬了扬手，喝止道："如此娇弱的女子，你们怎能这般粗鲁相待。"

柳、龟二侍不知南宫少羽言下之意，唯有退后一步，道："但凭少主吩咐。"

南宫少羽道："这女子我看中了，你二人捡些松枝连同百花扎个像样点的花轿，把她抬回我的飞羽宫。"

柳、龟二侍立即明了南宫少羽的心思，笑道："小妮子，你可算是有福气了。"

齐若梦冷冷一笑，道："这御剑宗内女弟子也不在少数，南宫师兄何必独独中意我一人，再说我本是孙长老门下的弟子，若我不同意，你这般强取，不怕孙长老责怪吗？"

柳侍冷笑道："孙长老？你不知道孙长老也要卖我少主三分颜面吗？"

南宫少羽却低下头，瞧了瞧齐若梦，忽然笑了起来，明眸皓齿美艳如桃李灼灼，"我知道你会同意的，只要你来了我的飞羽宫，从今往后，我便不再找齐师弟的麻烦，你看可好？"

齐若梦身子微微颤抖了一下。

这南宫少羽当真是十分狡黠之人，他一句话便能戳中别人的软处，教人反抗不得。

齐云飞怒吼道："若梦，你疯了！你疯了！不要给这种蛇蝎之人当奴婢！"他疯狂扭动，想要冲出去，但赵五郎立即拍了一张黄符，喝道："定！"

齐云飞僵在原处，身子不能动弹，整个面容极度扭曲，泪水早已是潸然而下。

齐若梦一个人孤零零地站在树下，有风拂过，凉凉的好似秋天要到来了。她想起兄妹二人入了御剑宗以来，这日子并不好过，习武之人历来以修为高下定尊卑，自己剑道修为低微，哪里有尊严可言？若非齐云飞常常护住自己，她如何能在门派内求得周全。想到这，她忽然冷笑了几声，似有几分悲愤，亦有几分决绝，而后突然跪了下来，俯首道："婢女齐若梦愿服侍南宫少主生生世世，只求少主能护我哥哥周全。"

南宫少羽已是一副万事在我掌控之中的得意模样，哈哈大笑道："好！从今往后，你就是我南宫少羽的剑婢，你只准在我宫中服侍我一人，不准离开我宫殿半步，明白吗？"

齐若梦点了点头道："奴婢明白。"

南宫少羽讥讽道："你那缩头乌龟的哥哥怕是不敢出来了，不如你这便跟我走吧。"

柳、龟二侍齐声道："请上轿！"

齐若梦俯了下身子准备上轿，突然又停了下来，她转身朝万剑冢的方向拜了一拜，朗声道："从今往后，若梦便是南宫少主的婢人，哥哥要安心练剑，不必挂念若梦，待你能穿云拨日之时，再来接妹妹不迟。"

说完这话，齐若梦头也不回，上了松花轿子。

老红松下，红花添锦，胭脂沾唇，这少女眼角一滴泪也不曾流。

山脚下是东海翻动的水潮，海潮的气息带来蔚蔚的流霞，如涛的松籁，这景色当真美得人间难寻。

只是晚霞再美也终尽，残阳如血亦会沉。

齐云飞终于挣脱了赵五郎的阻拦，他满脸杀意，捡起齐若梦掉在地下的青锋剑，就要冲上山去找南宫少羽。

赵五郎一把拉住了他道："齐云飞，你去了又能怎么样？你现在连他的两个侍从都打不过，怎么可能斗得过南宫少羽！"

齐云飞怒吼道："你是谁？我的事与你何干？你赶快给我滚开！"

赵五郎道："我是……"他这话卡在喉咙里半天出不来，他想说自己是赵五郎啊，我们一起经历了那么多事，但如今齐云飞又怎么会认识他，再怎么解释也没用。

他也不再解释，手中御出一道雷光，"嘭"的一声就将他击倒在地，青锋剑脱手而出，重重地摔在了地上，赵五郎冷冷道："齐云飞，你别管我是谁，如今你连我都打不过，你又有什么资格去救你妹妹，就算你今天真把你妹妹救出来了，但明天呢，后天呢？你手中的剑胜不过南宫少羽，你就始终要低人一等，你就始终不能摆脱他的影子！"

"你没听你妹妹最后说的话吗？若有他日穿云拨日时，再来接她，你现在能穿过这清虚山的层层流云吗？你能进入剑宗四少的飞羽宫吗？你不能！"赵五郎捡起青锋剑递给齐云飞，很郑重道，"云飞，安心练好你的剑，总有一天你会击败南宫少羽，你会成为全天下都仰慕的剑客！"

齐云飞眼中的怒火渐渐平息，转而化作一抹坚定，他仰起头看着赵五郎道："我不知道你是谁，但五年之内，我一定要击败南宫少羽！如违此誓，我此生永不再练剑！"他收了青锋剑，转身便往山下走去。

赵五郎骂完齐云飞，心中亦是十分沉重，但他见齐云飞转身离去，突然想起自己是在他梦里，可不能跟丢了他，于是急忙撑起混元伞也悄悄跟了过去。

山路崎岖，陡峭向下。

齐云飞一路走得甚快，路过几丛松柏，前面就是一座巨大的石桥，这石桥建得有些奇特，它是半圆形的，桥上刻满了神兽，桥中间还立了一个古朴的牌坊，正面书着"阴阳有界"，背后刻有"乾坤无量"。

齐云飞一步跃上石桥，绕着石桥走动，须臾就转到了山下，赵五郎这才看清，这座石桥便是连接上下九重天的地方，人过石桥，从正立转为倒立，便是由阳转阴了，若是自己走上去不过以为是绕了个弯罢了，但在外人看来，却是整个人完全倒立于山崖之下，委实惊心动魄。

赵五郎急忙跟了过去，也跃上石桥，走了半圈，抬头一看，原本向下的下九重天已经笔直往上，山势高耸入海，整片东海已经倒转为蓝色的天幕铺陈在头顶上，赵五郎多看两眼都觉得心慌，感觉这海水下一刻就要倾倒下来。

但他顾不得欣赏这奇观，因为齐云飞身影闪了几下已经往山峰上飞奔而去。

这下九重天，正是九层万剑冢，分别依照乾坤九剑的金、木、水、火、土、雷、电、风、灵而设，齐云飞平日里就和灵犀长老住在山巅的灵剑阁中，要入这九层剑冢必须要有令牌才行，齐云飞身上有灵犀长老给的灵剑令牌，自是能畅通无阻。

赵五郎靠着混元伞的隐身法，跟着齐云飞一路往上，沿途所见均是各色荒芜的景象，十分凄凉凋敝。

第一层剑冢是紫金剑冢，处处都插满紫金打造的各色神剑，剑冢之内寸草不生，形如世界末日。一群金甲剑侍没日没夜地擦拭着万把紫金剑，常常后面的还没擦拭干净，前面的又蒙上灰尘。

随后进的是青木剑冢，剑冢中有几根巨大的青木藤盘旋其中，但除了木藤上插着千把青木剑外，再无他物，也是一般无二的萧条。青木长老坐在粗硕的青木藤上喝着闷酒，他见齐云飞过来了，随口问道："小子，又跑哪里去了？这万剑冢中就属你来去最自由，真是好啊！"

万剑冢中都是受罚之人，若没有王琼风的手谕，出入都不自由，唯独齐云飞是守剑长老钦点的弟子，不算剑冢的罪人，可以自由来回九层剑冢和九重天。

齐云飞也不答话，自顾自地往山顶上走去。

青木长老旁边的另一个身穿青色道袍的年轻道士怒骂道："齐云飞，我师父问你话，你这是什么态度！"这人正是青木长老的徒弟苟烈。

齐云飞也不答苟烈的话，绕过青木藤就要走出青木剑阵，苟烈掠了两步挡在齐云飞跟前，怒喝道："臭小子，我问你话呢！"

齐云飞冷冷道："你的话我听到了，怎么还有事？"

苟烈的脸色愈加难看，便想出手教训他，不想青木长老却喝止道："苟烈，你管他做什么，他可是灵犀长老的唯一弟子，这九层剑冢中的第一剑少，你给我回来！"

青木长老这话说得极为阴阳怪气，显然他对齐云飞也没什么好感，更或许他是对灵犀长老没什么好感。

齐云飞欲言又止，最终懒得说话还是扭头进了上一层剑冢。

火云剑冢内，处处是地火熔岩，到处一片焦土，堪比阿鼻烈焱地狱。火云长老疯疯癫癫，衣不遮体，他看见齐云飞却是另外一副表情，惊讶道："你小子居然还活着，你有十八了没有？"

赵五郎有些奇怪，不知道这烈焱长老为何说这话，难道齐云飞身体有什么问题吗？抑或是他在这御剑宗内结怨太多？

赵五郎想了想，这齐云飞从小一副木头脸，待人冷若冰霜，但天资卓越，处处树敌是在所难免，一定是这个原因。

第三十九章
灵犀之死

紧接着进入的是霹雳双冢，剑冢内时刻电闪雷鸣，无数剑魂受尽雷电二力摧残，剑上的煞气更重，常人根本不能驾驭。而第八层罡风剑冢中，常年狂风不止，长剑化入风中四处飞舞穿梭，若非熟悉这剑冢之中的奥妙，一入其中必然被风剑撕成碎片。

齐云飞显然是轻车熟路，按照熟记的法门如履平地般过了八个剑冢。赵五郎一路跟随行来，心中愈加感叹这御剑宗不愧是天下练剑者的至尊道场，单凭这九层万剑冢，都可以笑傲正道之中，教所有门派都不敢小觑。

过了罡风剑冢，便到了九层剑冢的最高处，灵剑阁。

狂风骤停，外头已经换了一副场景，一栋三层精巧的宝阁立在山巅之上，四周碧草菁菁，种了七八株粉桃翠柳，庭院之前还立着一把巨大的石剑，上面刻着十三个苍劲的大字："乾坤九剑，天下至尊，有能者得之！"

齐云飞一入灵剑冢，整个人的心情似乎好转了一些，他踏着石梯，飞快地往灵剑阁走去，还没到门口，就听阁楼内传来一阵激烈的打斗声，一阵青光激荡而出，将阁楼的门窗抖击个粉碎，齐云飞大惊，急忙冲了过去喊道："师父！师父！"

阁楼内又发出几声暴喝，一人怒喝道："老鬼，师父叫你看管剑阁，不是叫你把乾坤九剑占为己有，快把神剑给我！"

灵犀长老似是受了重伤，勉力道："你居心叵测，我不会将乾坤九剑交给你的！"那人又挥出一剑，这一剑引得头顶上的东海奔腾咆哮，海水漫卷而下，化作巨大的水柱猛击灵剑阁，只一剑就将整个阁楼击成齑粉。

这一剑正是王琼风的海宗神剑！

剑威强横，凌厉霸道！齐云飞整个人被弹飞出去，重重地摔倒在石剑之下。

这正是齐云飞师父被杀的那一幕，赵五郎急忙奔了过去，想看看究竟是谁有这本事杀了灵犀长老，莫非真的是御剑宗主王琼风，但那人身法甚快，杀了灵犀长老后见有人来，便迅速离去。

齐云飞挣扎地爬了起来，朝废墟内跑去，"师父！师父！"

阁楼废墟之内，灵犀长老倒在血泊中已经不行了，他见是齐云飞过来了，痛苦之中勉强挤出一抹笑意，道："云飞，你来得正好，为师看来是不行了，今日有一要事必须交付给你。"

齐云飞突遇变故，惊慌失措之余早已哭成一个泪人，这御剑宗内就灵犀长老最疼他爱他，肯悉心教他剑法，十多年来二人早已情同父子，如今眼见自己师父遭难，心头如何不悲痛欲绝。

齐云飞搂住灵犀长老道："师父，你忍住，弟子这便去找其他长老来救你。"

灵犀长老拉着齐云飞，摇了摇头道："云飞，别傻了，为师得罪的人太多了，他们不会救我的！"他顿了顿，深吸了一口气，似乎是在勉力支撑自己的气息，"你可知道，为师为什么会被困在这灵剑阁内，始终不能离开半步？"

齐云飞哭道："师父想参悟出乾坤九剑最后一剑的奥妙，好重振御剑宗灵剑一脉的威名。"

灵犀长老摇了摇头叹道："错了，是因为有人想偷盗这乾坤九剑，再掀道门中的腥风血雨。我与王琼风、青虹师兄弟三人，同年拜入御剑宗内，共同练习剑法，王琼风修的是气剑，青虹与我修的是灵剑，他天资远胜于我与师弟，精进自然也比我们更快，但随着剑术的提高，他的杀戮之心也愈盛，我师父觉察到这点，始终不肯将乾坤九剑传给他，而是最终传给了我，并立下重誓，此剑只能由我保管。"

"乾坤九剑是万剑之王，更是御剑宗的至宝。只是最后一剑灵剑十分难练，剑家立派八百年无人能成，而我本身练的就是灵剑，王琼风怕我有朝一日真的参悟出乾坤九剑最后一剑的奥妙，剑法超过了他，势必会威胁到他掌门的位置，于是他要与我比剑，以定下这神剑的归属，我自知剑法上难以与他抗衡，所以死活不同意，他便找个借口把我贬入万剑冢之中，要我一生一世看管乾坤九剑，不得出剑冢半步。你看那石剑上刻的大字：乾坤九剑，天下至尊，有能者得之。便是他囚禁我之日一剑一剑刻下的。"

齐云飞望了望那石剑，十三个大字，一笔一画都带着无尽的怒意，那是赤裸裸的嫉恨之心。

御剑之道，强者为王；乾坤九剑，能者得之！

灵犀长老继续道："修炼乾坤九剑始终是御剑宗内所有剑客的究极心愿，他自然也不例外，他见不能明取，便想要暗夺，其间与我争斗了几次，所以这几年来我寸步不离灵剑阁，便是要守住师父临终的遗言，不让乾坤九剑被他所夺。只是今时今日，他终究是按捺不住，朝我下了毒手，哈哈哈，想来真是可笑，我三人同门一场，历经那么多磨难未曾起过间隙，却因为这把剑，而生死相见，魏师弟更是一气之下，叛出剑宗，再也不肯回来。"

灵犀长老说完，又吐了几口鲜血，已是面如纸白，他双指一抖，地上的鲜血飞向那尊石剑，血液在石剑上流动，画出一个法印，而后这石剑如同被烧化了一般，破开一层层的防护屏障，最后露出一件模样古朴的剑匣，剑匣周围是层层环绕的九色剑气。

这正是那威震天下的乾坤九剑。

灵犀长老笑道："他如何能知，这乾坤九剑就藏在这石剑之中，而且必须要用我的血画出开封印记，才能将它解封。云飞，你答应师父一件事。"

齐云飞见灵犀长老已是油尽灯枯，这最后几句话怕是要临终遗言了，更加悲伤得不能自已。他急忙点头道："师父，你说，任何事弟子都要拼尽全力做到。"

灵犀长老断断续续道："云飞，你的天资百年难得一见，修行乾坤九剑是不二人选，我要你背着乾坤九剑下山，找个无人的地方自行修炼，你若能悟出这九剑奥妙，你再回御剑宗为师父沉冤昭雪，你若练不出这神剑，从今往后，你也不必再提起我的名号，更不要说自己是御剑宗的门人，你自己隐姓埋名，做一名普通剑客，远离这场纷争，你能否答应？"

齐云飞听了这话，惊讶不已，灵犀长老守护了一辈子的乾坤九剑如今却要他拿走修炼，还要自己练不出神剑就不要替他报仇，这事他如何能答应，当即摇头哭道："弟子自当全力修行，来日必斩王琼风人头为师父沉冤昭雪！但要弟子远离纷争，不问是非黑白，不管师徒情谊，独自苟活世上，这事弟子万万做不到！"

灵犀长老怒道："逆徒！你不听师父的话了是不是？你有何能耐能取王琼风的项上人头？"他这一震怒，又喷出了一口浓血。

齐云飞连忙帮他擦了擦血渍，哭道："我听师父的话，这就好好练习乾坤九剑，十年内杀不了他，我就苦练二十年、三十年，他终有衰老的一天，我一定会等到那一天杀了他，为师父报仇雪恨！"

灵犀长老哈哈笑道："好！好！你不愧是我的徒弟！"

此时，不远处已经传来一阵嘈杂声，显然有人发现了方才海潮之力的异常，纷纷赶过来查看，灵犀长老有气无力道："云飞，时间不多了，他们就要赶过来了，你自己赶快走，这本是我这几年自己参悟出的乾坤九剑剑诀和心得，你好好领悟，师父，师父没法再教你了。"

他说完这话已是老泪纵横，眼中尽是不甘心，灵犀长老使出最后的力气，一掌将齐云飞和乾坤九剑一起推向天际，留下最后一句话："云飞，好好保重！"

这天际就是大海，齐云飞抓住乾坤九剑坠入东海之中，清虚山在他眼中越来越远，像一块悬在空中的陨石一般，巍峨诡异，新仇旧恨涌上心头，齐云飞情难自制，仰天怒吼道："从今往后，我齐云飞与御剑宗再无瓜葛，十年之内，我必斩王琼风项上人头！"

赵五郎想要追上齐云飞，但奈何自己轻功一般，又没有外力相助，如何能向上跃进东海之中。

他正着急，忽然空中天色一暗，赵五郎抬头一看，却见头顶的海面急速涌动，阵阵波涛汹涌，无数的水花落了下来，像下了大暴雨一样。

四周越来越暗，好像起了迷雾晦涩不明，赵五郎看到海面越来越低，像个巨大的帷幕一样压了下来，压抑得让人喘不过气来。

这时，海面上风浪更大，渐渐浮现出齐云飞挣扎的身影，空中传来一阵笑声："齐云飞，你知道世间什么事是最痛苦的？那就是看到生死离别自己却又无能为力的时候，这梦魇之术就是要让你重复这世间最痛苦的离别，直至你麻木不仁放下心中七情六欲，像个鬼魂皈依我的鬼道。"

大海上卷起巨大的漩涡蔓延而上，赵五郎觉得重心不稳一下子跌了下去，他抬头一看，才发现不是这东海的水涨上来了，而是清虚山坠落下来了！

整个巨大的山峰如同利剑一般插入海中，掀起滔天巨浪，山顶上传来一片哀号，无数巨石滚落掀起大大小小的波涛，海水四处翻腾鼓荡，像一锅沸水一样。

赵五郎水性虽好，但这般乱流横生，人力哪里还有什么用武之地，几下便被卷入海中。

赵五郎心中叫骂道："这是什么破梦境！简直比幻境还要可怕，刚才还好好的，现在说翻脸就翻脸，难不成我也要死在这梦境里了？不行，我一定要救出他们，决不能死在这里！"

赵五郎奋力挣扎了一阵，但终究力竭，意识渐渐有些模糊，垂死一刻，忽然眼前有光影流动，景物似乎渐渐清晰了起来，耳畔又有鸟鸣之声传来。

赵五郎凭着潜意识游了过去，他奋力跃出海面，睁开眼一看，自己居然又到了清虚山的假山红松处，四处暖风依旧，天边流云淡淡，与先前初到清虚山的情景一模一样。

而齐云飞与柳、龟二侍依旧在空地上斗剑。

"我怎么又回到这里了？"赵五郎急忙摇了摇头，难以置信道，"刚才那个是我的梦境吗？还是……"

第四十章
龟钱剑法

松树下，齐云飞御剑喝道："七灵剑，第一剑曰金蛇灵剑，剑如金蛇狂舞，势如灵蛇出洞！还请柳师兄指教指教！"

场景如此的眼熟，连说的话都一模一样。

赵五郎突然脑中一震！

"重复这世间最痛苦的离别？"赵五郎想起那天空中传来的声音，"所以，齐云飞的这个梦境是无限循环的？一次次地重复他与挚爱的人分别之中？"

一次生死离别尚且痛彻心扉，这样无限循环，岂不是要活生生地把齐云飞折磨疯掉？原来墨魔送给齐云飞的梦境是这样的。

赵五郎暗骂道："好恶毒的嫁梦之术，云飞性子坚韧，自是不怕刀山火海一般的折磨，但他极为看重自己的师父和妹妹，这法子可真是要折磨死他。"

"那要怎么才能破解这无限循环的梦境呢？"他眼见齐云飞被劈了一剑，飞倒在松树下，又按捺不住性子出面相助。

众人自然而然又是一阵惊诧，纷纷质问赵五郎的来历。

"臭小子，你是谁？"

"你来干什么？"

"你如何进的御剑宗？"

……

赵五郎也懒得解释了，径直喝道："南宫少羽，你贵为剑宗四少却欺凌一个还在化气之境的师弟，不觉得羞耻吗？"

南宫少羽却不惊讶，而是转过头笑道："你终于出来了，你的隐身术确实厉害，却不知你是符箓门哪位真人的高徒？"

赵五郎道："我是葛云生的唯一弟子！赵五郎！"

南宫少羽哈哈笑道："葛云生？这可真是个名师！"他颇有些嘲弄道："既是符箓门的高徒，来我御剑宗做什么？"

赵五郎道："自是来救人！"

柳侍大笑道："就凭你？我堂堂御剑宗还需要你来插手派内之事？"

龟侍也冷笑道："看来真是来者不善！"

南宫少羽却依旧笑道："这可是符箓门葛云生的高徒，我等怎可轻敌？柳、龟二侍，却不知你们比他的道法又如何？"

龟侍俯首道："符箓之法虽已没落，但符箓门人仍以天下至尊自居，料想这道法是十分厉害的，龟侍不才，愿领教这道人的符箓真法。"

南宫少羽冷哼一声道："莫托大丢弃了飞羽宫的颜面！"

"那是自然，龟侍做事向来稳妥，从不叫少主分心！"矮胖的龟侍踏前一步，从腰间取下一串龟甲纹铜板，双掌在空中一划，二十一枚铜板悬在空中，摆成一个圆形。

他面无表情道："御剑宗飞羽宫，龟不寿，请指教！"

"龟不寿？嘿嘿，那岂不是短命王八？"赵五郎笑了一声，但又见这人气度沉稳，武器怪模怪样，也不敢大意，心中快速盘旋着应敌之策。

龟不寿不慌不忙，伸手朝其中的一枚铜板弹了一下，这枚铜板迅速飞出。

铜钱来势飞快，赵五郎急忙飞出一道火符灼烧铜板，但这铜板不惧火炼，径直飞了过来。赵五郎只好打开混元伞挡了一下，这铜板反弹飞起，却又绕了个弯从伞下面飞击了过来，赵五郎一下子没反应过来，被击中了右臂。

龟甲铜板边缘锋利如刀，正反两面分别刻着"镇邪斩煞，饮血现光"八个字，边缘还刻有吸血吸精符咒，这一枚铜板一旦弹出，便会如飞轮一般快速旋转割裂对手的肌体，同时疯狂吸取精血，十分邪门。

赵五郎见这铜板一点点地没入自己的手臂，鲜血不停地往铜板上流去，急忙拍出一张破秽符咒，喝道："天帝释章，佩戴天罡，破秽！"

黄符光芒一闪，血红色的龟甲铜板应声落地。

龟不寿嘿嘿笑道："你能破掉我一枚龟甲铜板，却不知能不能破掉我这剩余的二十枚！"

他双手如闪电般狂点，剩余二十枚铜板应声飞出，赵五郎急忙捏了个金光金身咒："三界之内，唯道独尊，六丁六甲，赐我金身神光！急急如律令！"

金光大涨，铜板叮叮当当敲打在赵五郎身上，虽然他没能第一时间破掉金身咒法，但这般快速击打而来，也叫赵五郎痛得龇牙咧嘴。

龟不寿的脸上露出一抹难以察觉的笑容，他破开中指，飞出一点鲜血，快速书画，只见二十枚龟甲铜板连同地上的铜板齐齐飞了起来，二十一枚铜板以这一丝血气为线，合成一柄龟钱剑，疾疾朝赵五郎飞击过来。

赵五郎手中没有兵器只有混元伞，他举起红伞横扫这龟钱剑，将这剑打散，但只是片刻这铜板又凝了起来，重新化作利剑刺了过来。

"扑哧"一声，又刺出一道伤口。

这龟钱剑高高盘旋，竟将赵五郎伤口中的血液也吸了出来，形成一弧红色血带，情景煞是诡异。

赵五郎急忙封住自己的血道，又朝这龟钱剑飞出一道火符，但龟钱剑速度甚快，这火球难破它分毫。

齐云飞见这道人是想帮自己，不似坏人，忍不住点拨道："这龟甲铜板水火不侵，不好对付。但二十一枚铜板中必有一枚是牝板，其他都是牡板，牡随牝动，集中打这个牝板必能破掉他的龟钱剑！"

世人只知人畜花草分公母，却不知这金铜也分牡牝。牡铜亦称公铜，乃是以阳火炼制，铜面微微鼓起，色偏紫红，质地脆硬；牝铜却是以温火锻造再存入寒水中冷冻上百年，铜面微微凹陷，色偏青蓝，质地软韧。

牡牝双铜犹如磁铁一般会互相吸引，龟不寿的铜板剑正是利用这一特性，以一枚牝铜板控制二十枚牡铜板。

赵五郎细眼一瞧，这龟钱剑剑托最中间的那枚铜板色泽发青，与其他铜板的色泽微微有些不一样，想必正是牝铜。他已然明了，立即心生一计，佯装身形一慢，露了个破绽。

果然，龟不寿有些暗喜，御剑再击，龟钱剑"扑哧"一声又刺入赵五郎的大腿，鲜血疯狂地往剑上涌去，赵五郎瞧准了机会，五指化雷猛地一拍这龟钱剑最中间的牝铜板，"咔嚓"一声，雷力集中击打到这枚铜板，将它打得扭曲变形。

龟不寿大惊，想要收回龟钱剑，但为时已晚，牝铜板被毁，这剩余的二十枚铜板立即失去了聚合力，叮叮当当地摔落在地上，已不成剑形。

赵五郎捂着自己的大腿，笑道："你的剑毁了，看来是我赢了！"

龟不寿倒比柳未申来得光明磊落，一见自己的龟钱剑被破，立即垂头丧气，拱手道："是不寿输了！"

柳侍颇有些不满，瞧了一眼南宫少羽，道："少主，龟侍一时大意输了一招，不如让属下去会他一会？"

南宫少羽摆了摆手，道："你若再输呢？可不是要折了我御剑宗的颜面，竟比不过一个刚入凝神之境的符箓道人！"

柳侍、龟侍纷纷低头道："是属下无能，叫少主失望了！"

南宫少羽俯首踱步道："我御剑宗虽与符箓门同属正道四门之一，但毕竟门派有别，你贸然闯入我御剑宗已是犯了门规，今日若是这般就放你走，可不是欺我御剑宗门规不严，派内无人？不如，就由我来试试你的深浅。"

他眼中早已掠过一抹杀意，"看看你能不能接住我的九柳龟甲神剑！"

赵五郎一听南宫少羽要用九柳龟甲神剑，脸色微微一变，双脚不自觉退后两步。

南宫少羽的修为奇高，剑法诡谲凌厉，心思更是恶毒异常，这一切都远非赵五郎能敌。但事到如今，也退却不得，五郎心想，大不了自己打不过他就躲起来算了，断断不能丢下齐云飞不管。

这般想定，赵五郎御符捏诀道："那就领教领教南宫师兄的剑法！"

南宫少羽未想这道人竟然不惧他的神威，嘴角一扬，双指御气就劈出一剑，青色剑芒如一条巨蟒般朝赵五郎缠绕过来，赵五郎急忙捏符化出雷法，紫电嗤嗤闪耀，也如一条电蟒般卷了过去。

青紫二色光芒交织迸裂，激荡得四处罡风急旋。

南宫少羽冷笑道："果然是到了凝神之境！"他一变换剑诀，忽然双手手指一抖，喝道："小子，领教下我的柳剑威力！"

卜棺剧烈抖动，一道明亮的青芒飞了出来，正是那柄墨绿色的九柳龟甲神剑！

剑色如墨玉，上刻龟甲纹，剑身之内还蕴有丝丝相柳毒血，是为御剑宗内第一邪兵！

南宫少羽冷傲道："我有兵器，你没有，我且让你三招！"赵五郎心想这南宫少羽当真是一如既往的傲气，当下也不客气，一御三道黄符，化作三道火焰飞射而去。

南宫少羽满脸不屑，体内的真气化出龟甲之形，挡了下来。

赵五郎再捏诀御法，火焰之中生出火绫想来缠住他，但南宫少羽身子一旋就高高跃起，躲过这火光的缠绕。

他借着这转身，飞快地劈出一剑，这剑锋劈在空气中竟生出一道长长的虚影，而后这虚影一变二，二变四，四变八，迅速变成成百上千道的剑影。

赵五郎惊道:"南宫少羽,你这是耍赖!说好了让我三招!"

柳侍冷笑道:"小道人真是不长记性,你第一次就用了三张黄符,可不是三招都用尽了吗?我少主何来耍赖一说?"

赵五郎登即无语。

这空中剑影层层交织,如优昙婆罗花突然绽放,看得人眼花缭乱,目眩神迷。

"这又是什么剑招?"赵五郎满心震撼,这剑招跟那日在淮河畔看到的剑招完全不一样,更加飘忽不定,诡谲难测!

柳剑五式,每一招都蕴含不同凡响的杀招,若是不明其理,饶是你武功再高,也难以招架。

第四十一章
无尽梦魇

果然，这剑影如迷雾一样层层环绕而来，赵五郎早已分不清这真假方位，整个人都有些晕头转向，忽然这无数剑影之中猛地飞出一剑，剑如游龙而来，"唰"的一声就刺伤了赵五郎的大腿！

柳侍大声喝彩道："少主的这招柳剑幻风云可真是越发难以捉摸了，若非少主手下留情，这一招就能要了他的狗命！"

龟侍也赞道："柳剑幻风云乃是虚实迷心之剑，若是看不出这剑形的虚实变化，自然是破不了这一剑！"

柳侍哼了一声，道："但是放眼当今道门，又有几个人能破得了少主的剑法？"

南宫少羽似是听惯了他人的赞美之声，也不以为意，而是朝赵五郎喝道："今日比试到此为止，你私闯我御剑宗，死罪可免，活罪难逃，待我废去你一手一足！"

南宫少羽再一御剑，剑芒之中又飞出两道剑影，电光火石一般地朝赵五郎的手脚劈去，这一剑快得赵五郎根本反应不过来，他虽有混元避世伞在手，却也来不及打开，只有眼睁睁地看着这两剑飞了过来。

齐云飞甩出青锋剑挡下了一剑，另一手揽住了赵五郎，但南宫少羽的剑太快了，这另一剑还是刺中了他的右肩膀，血花喷了出来。

齐云飞忍着痛道："你斗不过他的，这事与你无关，你自己赶快走！"

赵五郎道："怎么没有关系，我必须救你出去才行！"

齐云飞疑惑道："你为什么要救我？"

赵五郎道："我……我是在你梦里啊，你快醒醒啊，云飞！你现在被人迷住了心神，被困在梦魇之境里！"

"我梦里？我现在怎么可能是在做梦，你这人是不是疯了？"

齐云飞如何能信赵五郎的这话，他道："我不知道你来我御剑宗是什么目的，但此事真的与你没有任何关系，你自己赶快走吧。"

混元伞外，南宫少羽找不到赵五郎和齐云飞，又准备对齐若梦下手，齐云飞大怒，准备冲出去殊死搏斗。

赵五郎大喝道："你别过去，他会杀了你的！"

但齐云飞已经冲了出去，南宫少羽冷笑一声，再飞一剑，青色剑芒"扑哧"一声没入他的右胸口。

"云飞！"赵五郎失声大叫。

血液汩汩流出，这相柳毒血渗入其中，血色更加妖异。

赵五郎急忙将黄符化作一把符灰，想要替齐云飞止血，但这九柳龟甲剑划过的伤口都永远不能愈合，这血自然也是止不住了。

龟侍叹道："中了少主这一剑，已经活不过一个时辰。"

赵五郎怒道："南宫少羽，齐云飞也算你同门师弟！你竟然一剑杀了他！你怎么这么无情无义！"

南宫少羽冷笑道："无情无义？这话我可不同意，小道人，我这不是留了你一条命吗？替我将他抬回灵剑阁跟灵犀长老道个别，也算是尽点同门之情，我这样还算无情无义？"

柳侍也笑道："少主，这小子反正都得死，他这如花似玉的妹妹可是有点儿可惜了，不如给你做个贱婢吧，也算还了当日驱逐鹤侍之怨。"

南宫少羽摇摇头道："这话可是又说错了，鹤侍是罪有应得，我南宫少羽如何会做公报私仇之事，今日纯属齐师弟私通符箓弟子，又不听教诲所制，不过师妹孤单可怜，纳入我飞羽宫，改做我的剑婢倒也不算亏待了她。"

齐云飞受到相柳毒血的侵扰，整个人痛不欲生，他脸色越发惨白，低吼道："不可以！你不准动我妹妹！"

齐若梦眼见齐云飞身受重伤，只怕回天乏术，登即跪下哭道："南宫师兄若要我做你剑婢，我无话可说，但求你念在同门之情，救我哥哥一命！"

她泪眼婆娑道："若梦只有这一个请求，从今往后，我一心一意服侍少主，绝不二心。"

柳侍喝止道："要你到飞羽宫做婢女，是少主看得起你，怎么你还敢讨价还价？"

南宫少羽颇有些怜惜的意味，笑道："既是师妹求情了，那也好，我且给他一条生路！"南宫少羽从怀中掏出一枚褐色的丹药，丢给赵五郎，道："这是九色玄龟甲炼制的九龟丸，可以暂时遏制住相柳之毒，但是不过也只能持续一个月的时间，一个月后，你若还想要这解药，就来飞羽宫门口跪着求我，怎么样？想不想活决定权还是在你手里。"

"师妹，走吧！"南宫少羽头也不抬，往山上走去。

齐若梦擦了擦眼泪，朝齐云飞拜了一拜，道："哥哥保重，妹妹先走了，你且先回灵剑阁找长老给你养伤，一个月后，我定会帮你再求得解药的。"而后她朝赵五郎也拜了一拜，道："有劳符箓门的师兄将我哥哥送回灵剑阁，我哥哥身上有通关令牌，可保你过九层剑冢。"

齐若梦依依不舍又看了两眼，终究被柳、龟二侍强行拉走。

齐云飞已经失血过多，有些昏沉不醒，赵五郎急忙将这丹丸送入齐云飞口中。过了一阵，齐云飞才慢慢醒来，问道："我妹妹呢？"

赵五郎不忍心告诉他，只是摇头道："你放心，她没事。"

齐云飞挣扎地爬了起来，怒问道："是不是被南宫少羽带走了？"

赵五郎劝道："你妹妹去给他当婢女，你也不必过分担心，反倒是你的伤势，唉……"

齐云飞苦笑道："你知道南宫少羽为什么要找我妹妹当婢女？因为他练的功法至阴至寒，每月都需要采集处女的阴血炼化他的九柳龟甲剑，你说我妹妹会不会有事！不行，我得去救她！"

赵五郎忍不住喝止道："齐云飞，你现在都这样了，还怎么救你妹妹？你去了还不是找死！"

齐云飞干笑起来，笑声凄凉而绝望，他如何不知自己的伤势，就算他以十成功力去对阵南宫少羽，也是没有百分之一的胜算，这便是现实的残酷，你若技不如人，便如败家之犬，无处说理。

这天下，唯有强者才有真理在手！

赵五郎忽然间对力量的渴求无以名状的强烈，他想若是自己也能有南宫少羽一般的实力，何苦会让自己的师父，自己的朋友历经这么多痛苦。他赵五郎也要成为叱咤风云的人物，也要成为一个强者！

想到这儿，赵五郎把自己的拳头都攥得咯咯作响。

良久，天色渐渐有些昏暗，夕阳如血映照得整个清虚山一片红艳。齐云飞似是想通了一般，他气若游丝道："我不知道你是谁，但事到如今，还烦请把我送回灵剑阁，我想再见我师父一面，我怕我的时间也不多了。"

赵五郎听到这话忍不住又红了眼眶，因为他知道一回到灵剑阁，齐云飞还要面对自己师父被杀的现实，他的心中就越发难受。

此时，赵五郎虽然知道这只是梦境，但是一切却都是如此的真实，以至于自己的心中根本不能平复。他将齐云飞背了起来，说道："云飞，我知道你现在还记不起我，但在现实里，我们一起经历了很多事情，我跟着师父四处流浪，也没有多少朋友，你算是我最好的朋友，所以你放心，我一定会救你出去！我不会再让你做这样的噩梦了！"

赵五郎背着齐云飞一步步地往山下走去。人还未到石桥处，忽然就天色骤变，清虚山下的海潮汹涌而上，赵五郎心头大骇，这人还没到灵剑阁，海水怎么就漫上来了？

这梦境提前了？

旁边巨石翻滚，老松摇晃，他只觉自己胸口一闷，整个人一下失去重心，而后又眼睁睁地看见这清虚山又坠入东海之中！四周天旋地转，飞花溅玉，正是海水掀起千重浪，光华碎成万般影。赵五郎生怕丢了齐云飞，死死地抱住他，但眼前景物又是一变，他的手里终究是一空，只剩冰冷的海水。

"齐云飞！"赵五郎大吼道。

这一切又恢复了原样。齐云飞、齐若梦、南宫少羽、柳龟二侍，红松树，太湖石，红日流云，与第一次见到的一模一样。

"怎么会这样？"赵五郎终于感受到绝望和崩溃，他觉得自己要疯了！这一切的一切一直在循环不息。毫无悬念，南宫少羽一次又一次地击飞了齐云飞，清虚山一次又一次地坠落在东海之中，赵五郎也跟着次次坠入海中，饱受淹溺之苦。

赵五郎已经记不得这是第几次了，他想尽了一切办法，却也没能更改这个梦境的结局，最终都是坠落东海，无一幸免。又一次，赵五郎冷冷地看着跪拜在灵剑阁前的齐云飞，以及奄奄一息的灵犀长老，二人生死离别，场面尤为动人，但赵五郎已经眼睁睁地看了不下一百遍，心里哪里还有触动可言，早就烦不胜烦了，他突然叫吼道："老子受够了！"

赵五郎收了混元伞，"扑通"一声跳入院子中，他两步上前用力地摇动齐云飞的肩膀，大吼大叫道："齐云飞你给我醒醒啊！你这是在做梦！你自己感觉不出来吗！你感觉不出来吗！我们快想办法逃出这个梦境啊！我要疯了！我要疯了！我还要救我师父啊！"

"我不想一直被困在这个梦境里！"

齐云飞眼眶里还是残余的泪花，表情已是惊讶不已，"你，你是谁？"

灵犀长老嘴巴里还都是血，一口话没出来倒把自己噎到了，他努力地指了指赵五郎，惊惧道："你是谁？如何能进得了我的灵剑阁？"

赵五郎已是面无表情，一字一字道："我，赵五郎，是你们的救世主，想活命就跟着老子走！"

这时，不远处传来一阵人群奔走的喧嚣声："不好了，有人偷袭灵剑阁了！快去看看！"无数火把光点闪烁而来，灵犀长老急道："云飞，你快走！"他再一次用尽全身力气把齐云飞和乾坤九剑抛向大海。

但这一次，赵五郎提前上前，一把抱住齐云飞，道："你不准走，你走了这清虚山又要塌了！我们又要死一次！"

灵犀长老叫道："云飞，别听他的，你快走！"

大地一阵抖动，大海化作漩涡又近在咫尺。

轰……海潮澎湃，清虚山终究又一次毫无悬念地坠入东海之中，赵五郎悬浮在海中放弃了挣扎，他这次冷静下来，凝神苦思："破解恶魔之术最关键的是找到恶魔，逐月夫人说，这梦魇会在梦中化作任何一物，它会出现在织梦人的每一个场景里，那这梦魇究竟化作了什么？"

是一只飞蝶，还是一把青锋剑，是一棵松树，还是一朵微不起眼的小花？

赵五郎试遍了几乎所有能见的东西，都未曾见过这梦魇的影子。难道说，这恶魔化作了齐云飞自己？齐云飞就是梦魇？

赵五郎摇了摇头，自言自语道："五郎，如果你是墨魇，你会化做什么？"海水在耳边激荡，冰冷得如针扎了进来，他只觉得自己越发的冷静和清醒，眼前的谜团正在一步步解开。

赵五郎突然睁开眼睛，双眼之中幽蓝一片，口中冷冷道："我终于知道墨魇化作什么了！"

第四十二章
善恶之分

赵五郎旋了个身子，径直朝海底潜去。

大海湛蓝，阳光照射下，一片通透如玉，旁边是无数巨大的山石坠入水中，掀起一串串巨大的白色泡沫，赵五郎也不管这些，整个人像条游鱼一般快速朝海底游去。

赵五郎突然想到，这问题有可能就出在这大海上。

梦境是由无数的片段组成的，一场梦境里最关键的地方就是无数片段的转承变化处，若是这些转承的环节过于突兀，难免令做梦的人觉察惊醒，赵五郎和齐云飞每次都是坠入大海之中，而后才开始周而复始转入新的梦境重新开始，那这大海必然是最关键的地方，因为海水淹溺会让他们意识溃散，而后忘记原先的事情，这场梦就可以重新开始。

同时，漫漫的海水笼罩在清虚山四周，恶魔可以时时刻刻地关注到齐云飞的动向，教齐云飞根本逃不出它的注视。

赵五郎心想："如果我是恶魔，化作大海必然是最好的选择！这偌大的清虚山说不定就是墨魔手中的一粒沙子罢了。"他心中想定，也不再迟疑，下游的速度越来越快。

很快，四周的光线越来越暗，海水的压力让人胸口闷得难受，再往下几丈，已是感觉浑身欲裂。无奈之下，赵五郎再次打开混元伞，伞盖画有一轮黄色的太阳，发出一道淡红色的光芒，赵五郎进入了混元世界，瞬间呼吸通畅，胸口的压力也逐渐消失，他擎着伞，悬浮在深海之中，缓缓下坠。

海水越来越暗，到最后浓得好像一团墨水。

越是这样，赵五郎心中越是激动，这真相恐怕就在眼前了。再落下一阵，赵五郎透过混元伞终于看清楚了一切，这四周哪里是什么海水，处处都是浓得化不开的黑气，黑气凝成一个个海市蜃楼一般的景象，齐云飞便悬浮在这虚幻的景象中不能自拔。

赵五郎不禁叹道："好个墨魇之术！"

但他随即又叫道："我师父呢？怎么不在这里。"可不正是，这黑雾之中，却始终不见葛云生的身影。

忽然，浓雾之中出现两抹巨大的红光，像两个红彤彤的大灯笼悬在夜空中。

光芒妖异，触目惊心！

赵五郎细看了一下，发现这红光之中还有两颗眼仁光彩闪动，这竟然是一对眼睛，恶狠狠的血红色眼睛！

四周黑雾急旋，所有的景物像水墨一般流动变幻，最后化作一个黑色的人影，那影子将梦境凝成一滴浓墨托在手上，用阴冷的声音道："你是谁？竟然能看穿我的墨魇之术？"

赵五郎在混元伞下，恶魇自是看不到他，但他人在恶魇的梦境中，必然也能被它觉察到。

赵五郎心想自己一直躲在这伞下也救不了齐云飞等人，这样耗下去于事无补，不如当面搏他一搏。五郎索性收了混元伞，现出了身子，怒喝道："妖祟！是你道爷我，你快放了他们！"

黑影红眼一凝，似是细细地瞧看赵五郎，而后阴笑道："我道是哪位高人，却是个初出茅庐的小道士。"

赵五郎不服气道："我修为不高，还不是照样破了你的梦魇之术，你还嚣张什么！"

墨魇道："小子，以你三脚猫的修为怎么可能躲得过我的梦魇之境，想必是这红伞助你一臂之力吧？"

赵五郎见被墨魇识破，不自觉地握紧了混元伞，道："你管我用什么方法，你少废话，快快放了我师父他们，不然要你好看！"

黑影哈哈笑道："你这小道士倒是蠢得可爱，我不过是房长生所炼化的灵力罢了，只负责给人制造梦境，这梦是好是坏都是由他们的心境所化，可与我无关，何来放与不放。"他用一团黑雾化作自己的一只手，摸了摸齐云飞的脸庞道："只怪你们世人心中都有爱和恨，太爱太恨都容易迷了心志，叫人不能自拔，如今这少年心中的戾气可不比你们口中的魔道少啊，这是他自己的梦，又能怪谁！"

赵五郎啐了一口，怒骂道："呸！这世间哪有什么不贪不嗔不痴的人，人有恶念，本就该引导他们心向正道，你偏往邪路上带，还说与你无关！"

黑影道："好个义正词严的小道人，既然你要救你的同伴，那不如我们来打个赌，你收了你的红伞，自己来试试我的梦境，看看你究竟是正是邪？你若一身正气，我自然奈何不了你，你若守不住自己的心神，变了初衷，可别说是我带你入了邪道。"

赵五郎心中一惊，急忙摇头道："你休想骗我，我入了你的梦境肯定是九死一生，我才没那么傻呢！"

黑影哈哈笑道："但是你若不与我打这个赌，你是救不了你这几个同伴的。你知道怎么破梦而出吗？你肯定不知道。"

这句话叫赵五郎心中一阵犹豫，如今自己入了梦境，但究竟如何解梦逐月夫人也没说得太清楚，自己是忙活了一阵，若是救不出这几个人，又有什么意义。

赵五郎道："你肯定是想把我困死在梦中，你的话我如何能信？你说打赌便打赌，胜负输赢都是你说了算，你不是稳赢不赔？"

黑影道："此言差矣，我只是一团灵力，心中可没有善恶之念，房长生要我来织梦困住他们，我便照办了，这困住的是好人是坏人不关我的事，他们能不能破梦也不关我的事，小道人你可明白，我若与你打赌，也是如此，你能破梦，便算赢了，与你是正道邪道，是谁的人都没关系。"

赵五郎道："我如何信你？"

黑影盘旋在半空中，道："你可知恶魔是何物？"

赵五郎道："是万千鬼物含恨而灭所化，乃是恶中之恶！"

黑影点了点头道："正是，但有半句话不对，并非恶中之恶，而是恶到了极致。"

赵五郎道："那便是罪大恶极！"

黑影哈哈笑道："恶到了极致和善到了极致都是物极必反，正如阴阳两物，若是到了极致便是阴阳互换，这世间最大的善和最大的恶本就是一物，你可知道是什么吗？"

"是什么？"赵五郎显然有些被绕晕了。

黑影淡然道："是不分善恶，善恶不分。"

赵五郎脑中仿佛被一道响雷炸过，这世间最大的慈悲便是万物平等，不分善恶，平等相待，而这世间最大的恶便是善恶不分，正邪不辨。但世人不想，这不分善恶与善恶不分却分明是同一个意思。

这两个词，竟叫赵五郎无法反驳，只能呆立当场。

黑影道："小道人，你可想好，若是要救他们，这是你唯一的办法，入了我的梦境，你自己来解梦，来救他们。"

赵五郎心中翻腾，逐月夫人入梦前一再告诫自己，千万不能中了恶魔的梦术，若是入了它的梦中梦，绝难有逃生的机会。

但如今，这竟是他唯一的破解法门。

入还是不入？赵五郎心中愈加难以抉择。

"梦中之事真假难辨，唯有守住心神，不为任何人所惑才能解梦而出，如今再想，逐月夫人也没有进过梦魇之境，谁知道她的话是对还是错，我为救师父、救云飞他们而来，我若不入梦又有什么更好的办法来救他们呢，我既然不怕生死这入梦有何足道哉？"

"大不了，就是陪他们一起死！"

赵五郎抬起头，一字一顿道："好，我便来解你的梦境，希望你言而有信！"

黑影道："我的心中没有信与不信这词，只有成与不成。"

他一招手，无数黑气又涌了过来，赵五郎将混元伞插在自己背后，道："放马过来吧！"

黑雾漫过，天地再次变色。

黑气涌入赵五郎的眉心，像无数的毒虫一般破体而入，黑气所到之处，浑身痛麻难忍，便是神志也有些模糊。过了一阵，赵五郎感觉稍稍好一些，他睁眼一看，却见已是半夜时分。自己身处在一座巨大山门的正下方，眼前是一座巍峨的道观，远处八座高耸的大殿依着山势连绵而上，月光下隐约能见青松虬盘，翠竹冉冉，晚风轻轻吹过，撩动树叶沙沙作响。

他目光瞧近了一些，脚下是一个巨大的广场，地面上用汉白玉和玄铁石拼出一个巨大的阴阳八卦。

这显然是一个规模宏伟的庄严道观，倒不知是哪个道观有这般大的气魄。

赵五郎抬起头，瞧见了巍峨的山门上，正反两面都悬挂着的巨大鎏金牌匾，正面写着"天下符箓"，背面写着"道法至尊"。

赵五郎喃喃道："天下符箓？好大的口气啊，天下间有哪个道观敢这么嚣张？"

他这话刚说完，突然脑子里一股热血就涌了上来，一个答案呼之欲出：这是凌虚峰上的符箓门？这就是自己朝思暮想的符箓正教，曾经天下道教的至尊道场，符箓门！

赵五郎心中一喜，急忙狂奔而入，叫道："师父，我终于见到符箓门了！我终于见到符箓门了！真的是洞天福地，好雄伟！好气派啊！"

但他刚喊了两句，突然心中一冷，暗暗自责道："不对，这里是我的梦境啊！我刚才不是与恶魔打了赌吗？我千万不能这么鲁莽行事，得好好想想这恶魔为何让我来了这个地方？"

赵五郎正想着，前头忽然火光大盛，叫喊之声不绝于耳，他急忙找了个地方躲了起来。

"快抓住他！快抓住这叛徒！"叫喊声已是越来越近。

一道人影破开正殿的大门快速蹿了出来，而后无数道人举着红灯笼追了过来，那逃跑的道人浑身是血，这血一片鲜红，早已分不清哪些是他自己的，哪些是别人的。

赵五郎一见这道人，忽然惊叫了起来："师父！"

第四十三章

四大道人

三清正殿中现出四个人影，这四人俱是器宇轩昂，风采不凡，显然是符箓门中身份地位极高的道人，其中一紫衣金冠道人怒喝道："葛云生，真没想到你会做这等欺师灭祖的恶事！"

旁边一青衣道人，不住地摇头叹息道："葛云生啊，葛云生，你如何能入了这魔道啊！我符箓门开山立派八百年，从未出过你这等弑师灭祖的逆徒！你自问掌门师兄待你如何？你怎么忍心下得了手！你就这么想成为天下第一？"

另一名红衣道人甚为刚烈，开口便怒骂道："几位师兄何必与这叛徒废话，今日斩了他人头给掌门师兄报仇！"

葛云生一脸血污，兀自哈哈大笑，其形其神如同恶鬼，哪还有往日和煦面善的模样，他狂笑道："我葛云生从今往后便是符箓道门的第一人，万法辨真，诸法皆破，神霄老儿，你想杀我哪有那么容易！"

葛云生口中的神霄老儿正是这红衣道人，他跨出几步，怒道："葛云生，都说你是符箓门百年一出的奇才，你平日里狂傲也便罢了，如今你又无视门规，偷了混元心，杀了玄掌门，当真是把我符箓门当作为所欲为的自家后院吗？我神霄道人今日便来试试你的能耐。"

他赤红色的袖子一卷，千万道赤红色的电芒闪耀而出。

"五雷猛将，听我急召，速下神霄，敕！"这正是神霄道人的得意绝学，五雷神霄雷法，雷光迸裂而出，将整个广场照耀得如同一片赤红色的血海。

葛云生哈哈笑道："你这神霄雷法，我五年前就学会了！如今想用这道法来杀我，可不是迟了？"

说时迟那时快，葛云生已经脚踏七星，手捏指诀，喝道："五雷猛将，听我急召，速下神霄，敕！"

赤雷闪耀而出，竟是一模一样的招式，两柱雷光撞到一起，发出惊天动地的轰隆声，就连白玉砌成的广场都被炸出了一个大坑，所有修为稍弱的道人都被震飞数丈远。

神霄道人气得浑身都有些发抖，"你，你竟然偷师我的神霄雷法！"

葛云生冷笑道："我一未偷你功法，二未偷看你修练，你自己的雷法施展出来被我看破，怎么能叫偷师？"

神霄道人气得胡子都要竖起来，急欲引雷再击。旁边身着青衣的太平道人见此，急忙挡了一下，自己飞了出来，不缓不急道："师兄，少安毋躁，且让我去会一会他。"

他双掌一拨，仿似空中月光都被他所收，夜色中已有淡蓝色的水波晃动，这太平道人练的是太乙真水妙法，正是以柔克敌法门，他也不念咒，而是直接捏出御水诀，往地上一推。

他怕误伤了自己弟子，口中喝道："符箓众弟子速速闪开！"

地面突然就变得如同水面一般，层层波纹从太平道人的双掌之中荡了出去，这水波看似柔弱无力，所到之处就是坚硬无比的汉白玉、玄铁石也被带得上下起伏如同水波。

相比神霄道人惊天动地的雷法，这太平道人的柔水之力显得过于平和。赵五郎刚想说这掌法看起来似乎威力不大啊，但不想，这水波触及旁边的石像，"啪"的一声闷响，那石像竟然也如水粉一般坠落下来，化作层层涟漪荡了出去。

这外柔内刚的打法，正是真水诀的奥妙所在。

葛云生哈哈哈狂笑："想要以柔克刚，太平老儿，看我如何破你的真水诀！"他眼见水波晃了过来，也不躲避，双掌一合，整个人身上蓝光大盛，一圈光圈"啵"的一声扩散开来，将这水波挡了下来，而后葛云生又收了蓝光，整个人身影一闪，如同利剑一般朝太平道人飞了过去。

太平道人冷哼一声，双掌一分一合，在空中猛画几道，空中水波立即如同惊涛骇浪一般摇了过来，他喝道："葛云生，真水无涯，怒海滔滔，别怪师叔无情了。"

他这招叫"真水无涯"，意为怒海滔滔，真水无界，一入其中再无回头之路。

柔水掌力化作奔腾汹涌的海潮，空气中光影闪动，放眼看去仿佛处处都在扭曲变形，人若是一入其中，必要被撕裂成碎片。

葛云生满脸杀意道："真水无涯，我便自作浪舟！太平，你的招法只有悲天悯人之心，却无上阵杀敌之意，修为一生局限于此，如何能成大道？"他将蓝光汇聚在掌尖上，劈开重重水浪，整个人如同一条游鱼一般在水波中穿梭急闪。

众人大惊，眼前这水波虽然诡谲莫测，却始终奈何不住这游鱼戏水，太平想要用水制鱼，岂不是徒劳无功？反倒是葛云生不停地穿梭，借着这水波之力，速度越来越快，身形化作一道蓝光，肉眼根本不能辨别他的身法。终于，葛云生双手一拨，飞出层层水波的阻隔，以迅雷不及掩耳之势拍了太平道人一掌，掌力灌入心口，太平道人气血一涨，"哇"的一声口吐鲜血，摔入三清殿内。

其他道人大骇，这太平道人虽然性子平和，不爱与人争斗，但一身修为也是十分卓绝，尤其是他自幼苦修的真水诀，便是其他三个长老也未必能有十足的把握破解，不想葛云生不过片刻之间便瓦解了真水道法，一掌将太平道人打得吐血不起。

清微、神霄、净明三大道人急忙涌了过去，眼见太平道人身受重伤，清微道人气得浑身微微发抖，怒道："葛云生啊，葛云生，想不到你性情变成这般是非不分，你若心贪这混元心，只是盗宝也便罢了，但掌门师兄、太平师弟平日里待你如何，我们各位师叔待你如何？你竟然一次次下此狠手！"

他站了起来，双眼之中，是怒不可遏，"既然你执意要入魔道，那我符箓门便再也留不得你了，葛云生从今时今日起，你便是符箓门的逆徒，凡我正道人士人人得而诛之！"

"列阵伏魔！"

数百名道人手持各色法器依据九宫八卦之行，列下九宫伏魔阵，清微、神霄、净明三大长老分别守住天、地、人三个方位，空气之中已浮现一个隐约的巨大八卦囚笼。

乾坤列阵，法阵森严；伏魔斩邪，以鉴天道！

清微道人朗声道："葛云生，我清微一生不伤同门弟子，时至今日，就拿你来破戒！"

"敕奉号令，仙身受刑，赤黄夺先声，鬼神爆光明，缚！"他一扬手，手中的黄、赤双色符漫天飞出，似无数黄红花瓣飘落。

这是赤黄夺血咒法。

空中黄符一道道首尾相连，化作一条条捆仙绳索，急缠葛云生而去，葛云生也不躲避，这捆仙绳立即将他紧紧捆缚起来，而赤符在空中一转，化作无数血光朝葛云生体内钻去，赤符一入体内，如血蛇一般在体内穿梭，无数血蛇破皮而出，葛云生浑身鲜血迸裂，已成一个血人！

赵五郎大惊，他毕竟与葛云生有深厚的师徒情意，此刻虽知是梦境，但见自己师父受刑，也心生不舍，忍不住大喊道："师父！"

但他这叫声根本没有人听见，所有的道人都全神贯注地盯着阵法之中的葛云生，生怕他挣脱了阵法，又杀了出来。

这夺血咒法颇为残忍，只需清微道人再用些功力，葛云生体内的血蛇必然咬断他的血脉，令他浑身爆裂而亡。眼见鲜血四溢而出，场面惨不忍睹，清微道人心中也生出几分不忍，他喝道："逆徒，你可知罪？"

葛云生已然完全入魔，这浑身伤口浑然不觉，反倒是浓重的血腥气息让他更加癫狂，他满脸血红，双眼却是愈加幽蓝，大笑道："夺血大法，清微老儿你这招也是有几分邪劲儿！"

他大喝一声，挣脱了捆仙绳索，而后抹了下自己身上的血渍，道："你能以符化血，我亦能以血化符，你好生看看我如何破你的道法！"

葛云生双掌猛地一张，点点鲜血抖飞在空中，他双指快速书画，凌空以血画符，喝道："天蓬天蓬，杀力无穷，化作火龙，卫我九重，溶！"

血印剧烈燃烧，连带着他体内的血蛇一同烧化成烈焰，汇聚成一条巨大的火龙。

这以血为引，借助天蓬之力，招出九重火龙，这是请神和气运五行相结合的道法，乃是葛云生自己领悟得来，火龙飞奔而出，整个符箓门广场上已是一片汹涌的火海，这九重火龙的烈焰和普通的火焰大不一样，所到之处，不论金石草木俱熔化成一摊岩浆，威力大得惊人。

火焰扩散而出，清微、神霄、净明三大道人急忙喝道："众弟子听令，立阵御敌，不得后退！"

众道人疯狂摇动手中的法器，镇魂铃叮叮当当，镇魔幡猎猎招展，除魔剑来回穿梭，伏魔印猛拍而下。但这些寻常的法器奈何不了葛云生分毫，九宫伏魔阵在九重火龙的席卷下已是摇摇欲坠，各弟子更是死伤不少。

神霄道人急忙叫道："师兄，不能再仁慈了，速速杀了这逆贼！"他又拍出一掌，赤中带紫的雷力又呼啸而来，紫雷破开九宫伏魔阵的一个口子，直击葛云生而去。

雷火交接，又是一阵地动山摇。

数百名列阵的道人全部被掀翻在地，伤的伤，死的死，现场一片惨烈。

葛云生笑道："雷法乃是金火刚烈之力，然而至刚则易折，神霄，你可知你这雷法的弱点在哪里？"

　　神霄道人再御雷而击，怒道："我的神霄雷法乃是历经二十余年苦修才感悟而出，就凭你这逆贼也配对我的道法评头论足！"

第四十四章
破坛灭道

电芒化作一条巨龙蹿了出来，这火龙、电龙在半空中绞缠恶斗，将整个天幕染成一半火红一半青紫，葛云生道："神霄雷法，雷从神霄而下，力却从掌心而出，神霄老儿，你以为你自己便是神霄宫里的仙人吗？"

他双掌一御，忽然火龙并入电芒之中，整个电光更加明亮，神霄道人脸色微微一变，心中暗叫不好，果然葛云生双掌一转，冷笑道："自古雷法都是借天地之力，你却倒好，以人力化出这么刚烈的雷电之术，就不怕这雷电之力反噬自己吗？"

神霄道人急忙运雷而下，想要一举轰烂葛云生，但葛云生却反身而上，周遭蓝光闪耀，这电芒根本穿透他不得，葛云生伸出拇指和中指，往紫电上猛地一弹，喝道："你这电芒之力已达极限，一片鸿毛都能把它压垮！破这道法，只用一指之力就够了！"

只是轻轻一弹，空中万千的青紫雷电忽然如同水晶碎裂一般，所有的电芒坍塌扩散，化作无数电火花闪耀四溢。

神霄道人面色已是灰如尘土，他难以置信道："不可能，我的神霄雷法没理由这么容易就被破。"

葛云生再一捏指诀喝道："尘归尘、土归土，从何来，归何处，神霄，收好你的雷法！"原本四散的电芒突然又聚集了起来，重新化作一条刺眼的电龙朝神霄道人飞去。

雷电反噬而来，神霄道人急急后退，心头惊惧，额头上已有汗水渗了出来，倒是站在一旁的清微、净明两位道人急忙挥掌阻挡，这二人掌心发出一红一金两道光芒，化作一轮巨大的阴阳八卦，二人各挥一手，反向一扭，勉强将这万千雷力化掉。

净明道人震怒道："葛云生，你欺人太甚！我来会你一会！"

这四大道人各有所长，清微道人擅长阵法，神霄道人精于雷法，太平道人修的是真水柔力，而净明道人练的却是请神之术。

他脚踏虚空，浑身已有金光闪耀而出，净明道人往天际飞出一紫色符文，口中急喝："灵官灵官，威胜哪吒。三眼分明，一鞭威武。口吐黑雾，罩定乾坤。闻吾召请，速离天门，驱邪捉祟，速随我意！"

紫符在空中爆裂开来，化作一道金光急射下来，金光罩在净明道人身上，熠熠生辉。

这净明道人请神之术不是将神将天师招出来，而是直接神力上身，将自己化作九天神将。

只见他的身子不断壮大，面容逐渐扭曲变化，双眼分化成了三目，俱是金光灿灿，满口锯齿镣牙，颚下虬须怒张，浑身披甲执鞭，确有震妖降魔的气魄。

众道人见净明道人化了王灵官的真身，不禁纷纷鼓掌喝彩，化成的王灵官一步踏前，怒喝道："何方妖孽在此作祟，速速伏诛！"

这王灵官本是三五火车雷公，用的正是雷火之术，一鞭打出，不单力大无比，更蕴含强大的雷火之力在其中，葛云生也不躲避，双掌猛地举起，硬生生扛下这一击。鞭势强劲，葛云生被震了一下，直接吐出了一口血，众道人见灵官神将威武不凡，一出手就将葛云生打出了血，更加振奋，大声叫嚷道："净明师叔好手段！快叫这逆贼好看！"

净明道人显然有些得意，化作的王灵官也忍不住仰头狂笑，道："葛云生，符箓门内岂容得你这般放肆！今日我便替掌门师兄清理门户，亲手拿你的血来给他祭奠！"

他又挥一鞭，这金刚鞭重逾千斤，如泰山一般压了下来，所有敢阻挡者都要化为一团肉糜。

金鞭化作一道金光迎头劈下，葛云生身子一闪，这一鞭落在地上，直打得地面一个巨坑，无数土石飞溅而出。

王灵官挥鞭再击，每一下都有万钧之力。

葛云生盯着这长一丈，共二十一节的巨大金鞭，突然嘿嘿嘿地笑了起来道："灵官自是威武，但是你的金鞭却并非毫无弱点，如今我混元心已开，在我眼中任何法术都有破绽，你这金鞭的破绽我早已看出。"

"口出狂言！"王灵官又飞一鞭，这把誓要将葛云生砸扁。

但葛云生这下却不闪不躲，而是伸出两指猛地点住了金鞭的第九节。

王灵官神色一变，道："你……你想做什么？"

葛云生双眼之中露出一抹冷峻，"这可是你金鞭的弱点所在？"

王灵官大骇，"你如何知道我这金鞭的弱点？"

葛云生哈哈笑道："你这金鞭依着打神鞭的模样来炼，共有二十一节，八十四道符咒，但打神鞭乃是鸿钧老祖所赐，是何等神器，你如何造得出来？你便依葫芦画瓢，做了这雷火金鞭，须知世间法器都有器眼，这器眼就如同阵眼一般，是其弱点所在，你的器眼就在这第九节这面符咒上，这面符咒统御其他八十三个符咒，乃是关键所在，我破了你这面符咒，这金鞭可就不如烂铁一块了。"

王灵官大惊，急忙收回金鞭，但为时已晚，葛云生将内力聚在双指之上，用力一划，便将第九节青龙位的符咒抹掉了。

几声脆响之后二十一节金鞭节节断裂，化作一团团金光消散在半空中。

葛云生道："净明，该轮到你了！"他欺身而上，双掌猛地拍出一张赤符，喝道："万神助力，雷火开道，敕！"火光夹杂紫电涌出，王灵官急忙御印阻挡，但雷力强劲，巨大的身子也被打得后退了十余步。

葛云生不等王灵官回神，又御雷击打。这一把直接将王灵官击飞几十丈远，王灵官金身一晃，再也支持不住，整个人晃了一下散作一团金光，消失不见了。

净明道人从半空中摔落，整个人脸色惨白，鲜血狂喷。

这二人斗法他已然败了！

葛云生哈哈狂笑，猖狂道："什么符箓四大道人，都不过尔尔！"说着，便要往山门处狂奔而去，神霄道人急忙喝道："不能让他跑了！符箓门弟子听令，誓死拦住葛云生！"

众人急忙又摆阵御敌，山门处数百名符箓门好手层层驻扎，各个飞出法器击打葛云生命门而去。

葛云生此时已然入魔，双眼之中蓝得发紫，加上浑身血污，简直比邪道恶魔还要可怖。

他疯狂杀戮，一掌拍出便拍烂了几个道人的脑袋，一符飞出，又烧焦了一群弟子。

符箓门内已是一片血海，眼见葛云生极尽残忍地屠戮自己门下的弟子，清微道人早已是愤怒得浑身抖动不止，他怒吼道："弟子听令，全力诛杀葛云生！"

四大道人位列四方，一千零八名道人依据九宫八卦之位有序站好，这是九宫八卦诛魔阵法，传闻乃是道门祖师依据吴国名将周瑜在桑洛洲布下的九柳八卦阵中悟出。这诛魔阵法中共分八阵，分别是天覆阵、地载阵、风扬阵、云垂阵、龙飞阵、虎翼阵、鸟翔阵、蛇盘阵，每一个方位都是死路一条，一旦入阵，任他修为再高，也绝无逃脱的机会。

清微道长高喝道："道力在坛，人力莫摧。葛云生，就算你身怀混元心，今夜也休想逃出我符箓门半步！"

一千余名道人疯狂地摇动法器，口中齐齐念出咒法，风旋地裂、虎啸龙吟、鸟飞蛇盘，誓要叫葛云生皮肉不存、神形俱灭。

清微道人怒喝道："法阵诛魔！"

八个方位上升腾出八种异像，东方位天覆阵内大雨倾盆，雷电轰鸣，仿佛天塌了一般。

西方位地载阵内地动山摇，赤红色的地火喷涌而出，四处一片火海，如同炼狱一样。

北方位风扬阵内，罡风狂吹，只吹得人血肉撕裂，神魂难存。

南方位云垂阵内，乌云滚滚，云层如同惊涛骇浪一般翻腾不息，只是看一眼便浑身打颤。

更有东南、西北、东北、西南四个方位，化出青龙、白虎、朱雀、龟蛇四大神兽，一派虎视眈眈，无一不是要将葛云生诛之而后快。

葛云生眼见这诛魔阵气势万千，霸道凌厉，他丝毫也不惧怕，反而脱下了上衣，露出胸口处幽蓝透亮的混元心，蓝色的光芒映照他血红的脸庞，如同恶魔降世一般。

他哈哈狂笑道："有趣！有趣！符箓门千人列阵，这阵仗可是有百年未曾遇到了！"

他五指猛地一拍自己的左胸口，带出一缕缕的蓝色光芒，口中桀桀笑道："但可惜，任何阵法都有破绽，我葛云生今夜就让你们看看什么才是符箓道法的最高境界，什么叫混元之境，破坛灭道！"

他大吼一声，身上蓝光如月光般透射而出，所有阵法在这月华照耀下，虚虚实实一一显露，所有破绽均无处躲藏。

混元灵力皆有铭文，万法辨真的铭文正是：流水至清，月满至明，万物显真露底，能破诸般幻，亦能破诸般阵！葛云生一字一字地念着这混元心的铭文，冷冷道："你们不知道我的这颗混元心叫万法辨真吗？区区九宫八卦阵怎么控得住我？"

话音刚落，葛云生身子一旋，化作一道蓝光在法阵中飞舞，他口中道："杀力在心，道力在坛，但以杀入道，以道破坛，何法不破？诸！神！皆！杀！"

"道破道法道破法，道破道坛道破坛！"

"杀！"

"破！"

"灭！"

这便是符箓六术最后一术："混元之境，破坛灭道"。传说中只有领悟混元之境的符箓门道人才能使出，万般杀力汇成这股神力，可破除天下所有阵法和道术，万般道法，无所不破，无坚不摧！

符箓千年，无极道人之后，再无此绝技！

葛云生疯狂拍出掌力，所到之处各道人血肉横飞，尸横遍野，但这些道人坚守阵法一步不退，明知必死依然列阵迎敌，但在强横的破坛灭道术法面前，这些阵法脆弱不堪，早已溃不成军，殷红的鲜血像流水一般浸染了整个符箓门的道场，黑白两色的巨大八卦早已变成了血红色。

清微、神霄、太平、净明四大道人均身受重伤，其他弟子伤亡惨重，不计其数。

葛云生眼中早已没有了同门之情，只有这见招拆招、见人杀人、见神杀神的魔性，他一路屠戮，强横的真气四处鼓荡，巨大的山门终于不堪重负，轰然倒塌，熊熊燃烧的火光映照下，是一条尸体和血铺就的道路。

天下符箓，千年基业，终究难敌一夜疯狂。

葛云生亲手屠戮同门道人两百七十一人，打伤弟子不计其数，曾经的四大正道之首一夜间几乎惨遭灭门。九窍魔头，混元辨真，这究竟是辨正邪之真，还是灭人伦之道？葛云生一夜成魔，个中缘由再也无人得知。

第四十五章
是神是魔

赵五郎眼见葛云生这般疯狂，整个人呆立在原处良久，动都没有动弹一下。

"这真的是我师父吗？"赵五郎惧怕得浑身有些发抖，他不敢相信自己一直敬重的师父，那个有些小气爱捉弄自己的师父，竟然是这等疯狂的道门叛徒，这等泯灭人性的杀人狂魔。

这行径比之魔道都要狠毒。

赵五郎摇头道："不会的，我师父不是这种人，一定是恶魔给我造的梦境，这梦不是真的！"

空中化出一个人影，淡然道："我的梦境从来都是真的，只是这世人都不爱看到真相，因为真相总比谎言还可怕。"

赵五郎抱头道："我不信，我不信，我师父不是这种人！他不会干这种坏事！他不是叛徒！"

恩师如父，师恩如山。

在赵五郎心中，葛云生一直像一座不可逾越的神山耸立在前方，是自己一直追寻的目标。然而，这座山顷刻间就要轰然倒塌。

葛云生竟然真的是那些道人口中的杀人狂魔，符箓门罪大恶极的叛徒！

赵五郎摇头道："我还是不信，纵使我师父真的做过这等错事，也必定是有缘由，他绝不会是叛徒！"

恶魔笑道："你倒是个忠心的好徒弟，不过他这里还留下一个梦，你看还是不看？"

赵五郎还未反应过来，就见四周场景转换，身边已是古树参天，巨石林立。

葛云生身姿急跃，在茂林中快速奔走，似是在追逐什么东西，天上隐隐有雷声传来，似是要下暴雨一般。

赵五郎急忙跟了上去，他的轻功虽然一般，但是此刻在梦中竟也能堪堪跟住葛云生。

再狂奔了一阵，前头更加宽旷，显然是到了密林的出口处。葛云生一步蹿出，抬头望了下天际，又向南追去。赵五郎一刻也不敢落下，加快步伐也跟了上去。

一出密林，一阵水腥气扑鼻而来，眼前再无遮挡，却是一条几十丈宽的巨大河道横列在下坡处。

河水奔腾，水声隆隆。

赵五郎觉得此处有些眼熟，但此时葛云生已经朝另一头狂奔而去，自己也不再多想，一咬牙也追了上去。

这天上乌云滚滚，不断下坠，显然是天有异象。

果然，一声炸雷在半空中响起，几道紫电翻涌而出，震得赵五郎的心都颤抖了几下。这紫电之中，似乎还有一道幽蓝清亮的蓝色闪电流窜而出，颜色模样与寻常的闪电大不一样。

赵五郎一见这蓝色闪电，瞳孔不由自主地放大，"这里是……洛州？"

蓝色闪电如同一条蓝色的蛟龙一般在云层中游动，时明时灭，端是奇异。

葛云生紧追不舍，生怕跟丢这道闪电。忽然，半空中那道闪电迅速往下劈去，像一支利剑一般朝河中射去，葛云生暗叫了声不好，赶紧循迹狂奔至去，却为时已晚，那道闪电已经朝江中的李嫣儿劈了过去，但就在闪电即将入体的一刹那，赵五郎挡了过来，将这蓝色闪电收了进去。

蓝光一闪，激起灵力迸射而出，将原本层层围绕的水浪压了下去，正好救这二人一命。

葛云生神色大变，震惊道："这……"

他一路紧追这道混元灵力七天七夜，不吃不喝，不休不眠，当真是一刻也不敢停歇，但终究还是没能得偿所愿，灵光一耀，却入了天资如此平庸的赵五郎体内。

葛云生颓然倒地，心中绝望无比，但过了一阵，脸上又露出诡谲难测的笑容，他自言自语道："即便如此，我也不能丢了这混元心，那我便来救一救这小子。"

葛云生眼见蛇妖意欲卷走赵五郎，急忙飞出一道火符，这蛇妖也不是等闲之辈，立即卷动河水化作层层水阵，葛云生反应更快，偷偷化了道雷印到蛇妖体内，几道神雷从天而降，破开洛河水阵，直接劈走河妖将赵五郎救了下来。

这个祭拜河神的场景赵五郎已经见过不止一次，每次想起都觉得心中十分恐慌，他总觉得这场景里有种莫可名状的异样让他惧怕，原先他以为自己惧怕的是蛊伯，如今他终于明白了，他怕的是葛云生，他怕葛云生当初收留他是另有目的，绝不是单纯为了救他。

难道葛云生是想……

赵五郎不敢继续往下想，他摇了摇头，暗暗道："不可能，师父绝不是这种人。"

黑气涌动，恶魔悄无声息地浮现在赵五郎的身后，它幽幽道："你也害怕了是吗？你自己亲眼看到了，你的体内也有一颗混元心，这颗混元心叫神明如电，乃是慧明之力，若是练好了，可让你对世间道法观之不忘，随手拈来。而葛云生的混元心叫万法辨真，能窥破世间所有道法的弱点，其实你二人这两颗混元心本是一体，必须合二为一才能发挥出最大的威力，只是后来被人强行分离，他自己先偷了符箓门的这颗混元心后，还不满足，又去追这颗神明如电，他七天七夜不眠不休一路紧追，是想把它占为己有，但是老天不开眼啊，就这么不巧，这灵力却入了你怀中，他把你带走，你说是有何目的？"

"传言，吃了混元心就能将别人的混元灵力占为己有，修道人士若是能得一颗混元心就能达到混元之境，已是高手中的高手，若是能有两颗，呵呵，那足以成为传奇！"恶魔仰着头，仿佛自言自语，"我若没记错，贵派中有一传奇人物，叫无极道人，正是同时拥有这两颗混元心的奇人！"

"成为天下道教至尊，开创符箓千载伟业，这是多么诱人的目标。你说，葛云生他会不会想要你的混元心？"

赵五郎心中依旧坚定，摇头道："不可能！我师父不会这么对我！"

"那你敢不敢看第三个梦？"

"你这些梦都是迷惑人的心志，引人向恶，我不看了！"

"这不过是在梦中观梦罢了，怎么你有胆量打这个赌，却还不敢看一场梦？"

赵五郎怒吼道："都是假的！我不看虚假的梦境！你不要骗我！"

恶魔哈哈哈狂笑起来："若说这梦境是假的，你又怕什么，你若怕了，就说明你心中也有几分信了，是不是？"

赵五郎不住地摇头道："我不信，我就是不信！"

恶魔却不再管赵五郎，一招手黑气蔓延，森然道："第三个梦，送给你。"

眼前场景再变，是一个破旧的道观。

夜色沉沉，窗外隐约有光华透了进来。

一个少年安然睡在茅草破布堆中，这少年睡得如此安详，显然是知道有人一直在保护他。

保护他的人自然是其师父，葛云生。

道观的庙门"嘎吱"一声缓缓打开了，一个人影出现在大门口。

看身形正是他的师父葛云生，只是葛云生此时模样有些奇怪，他微驼着背，双眼幽蓝，喉咙里发出野兽般的低吟，看起来颇为诡异。

葛云生缓缓踏入道观之中，在赵五郎跟前停了下来，他蹲了下来，细细地观瞧赵五郎的脸庞，月光下这少年的脸上闪耀着调皮男孩特有的古铜色。

"为什么？"葛云生叹道，"为什么混元灵力偏偏选择了你，你资质如此平庸，就算有了灵力也难成大道，太可惜了。"

他抖了两下身子，脸色开始变得有些恶狠狠，低声道："我不能再失控了，我必须要重回符箓门！"他伸出五指轻轻地拨开赵五郎的衣襟，露出微微起伏的胸膛，葛云生深吸了一口气，冷冷道："五郎，别怪师父，师父太需要这颗混元心了，有了它我就能重振符箓之威，我就能达成我师父的心愿了。"

葛云生说到这儿，似有些不忍，他低下了头痛苦道："我杀了那么多同门弟子，早已是千古罪人，我早已没有回头路了，不如这罪责就全部让我葛云生一人承受算了，五郎，要怪就怪这道灵力为什么偏偏选择了你！"

他伸出五指猛地朝赵五郎的心脏插去！

轰！

忽然观外蓝光一闪，却是一道闪电劈过，雷声隆隆直震天地，赵五郎猛地惊醒了过来，他见葛云生蹲在自己身旁，急忙一把抱住他，哭道："师父，打雷了，我好怕啊！"

葛云生的右手就这样停在了半空中，再也拍不下来。

他无奈地抱住赵五郎，再僵硬的利爪也化作一股柔情，轻轻地拍了拍五郎的背，说道："五郎不怕，五郎不怕，只是一个响雷罢了。"

赵五郎擦了擦眼角的泪花，怯生生道："师父，我刚才做噩梦了，梦到有人要杀我，我好怕。"

葛云生强行挤出一丝慈祥的笑意，"有师父在，没有人能杀得了你。"

赵五郎破涕为笑，更加用力地抱住葛云生，笑道："嗯，我知道师父一定会保护我的，等五郎长大了也会好好保护师父的，叫那些臭道士再也不敢追我们了。"

葛云生忍不住也笑了起来："臭道士？但我们也是道士啊。"

赵五郎挠了挠头，笑道："我们是好道士，才不是臭道士。"

葛云生抱着赵五郎站了起来，往门口走去，门外开始雷声隆隆，风雨大作，万物万生都在飘零之中，好像他的心境一般。他轻轻问道："五郎，你为什么会怕雷声呢，雷力是我们符箓道人最常用的术法，正道人士才不怕天雷，只有邪祟才怕这些。小家伙，你是不是做亏心事了这么怕天雷？"

赵五郎静默不语。

葛云生低下头看了看，这家伙已经在自己怀中又沉沉地睡去。

纵然雷声不绝，他依旧安详得像一个婴儿。

葛云生叹了一口气，抬头望了望天上雷云滚滚，道："我这是怎么了？我该怎么办？"

第四十六章
破解梦魇

赵五郎正看得入神,忽然眼前红光一闪,似乎有什么东西闪了进来,天上已经没有了雷云,反倒出现了一轮妖艳的红月。

"又有人来了!"恶魔暗叫了一声,急忙将梦境一收,又化作恶魔巨大的身影,他恢复冷冷的口吻问道,"小子,你可看明白了,若非这一道惊雷,你早已成了葛云生手下的一缕亡魂,你的心早就在他肚子里了。"

眼前一幕幕如此真实,叫赵五郎默然不语。

纵使刚才的梦境里出现了不同寻常的赤月,他也浑然不觉,他怎么会想到,一直待他如父的葛云生,竟然也动过杀他的念头,只是因为他体内的那道灵力。他怎么会想到,原来生性洒脱,不求虚名的葛云生,竟也如此心贪这天下第一的名号,甚至不惜残害同门,杀害徒弟。

他,赵五郎真的一直被蒙在鼓里吗?

他真的是因为自己体内的混元心,才被葛云生收作弟子的吗?

恶魔循循诱导道:"小子,葛云生想杀你的念头何止这一次,在他的梦里,他早已将你杀了千百次,次次都活生生地挖出你的心脏,一口一口地吞进去。这梦境,你要不要看?"

赵五郎虽然还在摇头,但感觉自己心中有什么东西一下子崩塌碎裂,"我不看,我不相信我师父会杀我的……"

"我再告诉你,我的梦境可不是幻术,从来没有虚幻假象,都是每个人自己的记忆碎片和最潜意识里的感知,你可以有你自己的选择,但你不能否认你看到的真相,怎么样,你还要不要救你师父?"

赵五郎沉默不语。

恶魔又道:"我的梦境历来无人能破,你如今在我的梦中,你的任何术法都对我没用,能不能活着出去只有我的意志能够帮你。"他一挥手,卷开乌云一般的黑雾,露出遗落渊内的场景,葛云生、齐云飞、百无邪和百无心都悬在一座清幽幽的大殿内。

这些人都沉睡在最不愿回忆的梦境中不能自拔。

齐云飞的梦是屈辱之梦，齐若梦被南宫少羽所夺，灵犀长老被王琼风所杀，他空有一身天资却始终低人一等。

葛云生的梦是癫狂之梦，他一心想要寻求至高的道术，振兴日薄西山的符箓道门，却不想做出了最疯狂的事，亲手将符箓门摧毁至谷底。

百无心、百无邪有灵根龙守护，不知入了梦境没有，若是有，想必也是二人心中最不愿意回想的往事，最不想看到的结局。

刀山火海纵然可怕，有时却不如内心绝望来得痛苦。

恶魔之境，便是叫人心生一遍遍的绝望，消磨斗志，直到死去。

恶魔坦然道："想我自己原本也是有道之士，可惜被人炼作了恶魔，为房长生所掌控。这天下百灵，哪有比人更复杂的生灵，驭灵自然不如驭人好，这便是鬼道和尸道的来源。"

赵五郎垂头丧气地问道："即使如此，你为何不自己离去？何苦帮助房长生做这些恶事。"

恶魔哈哈笑道："我早已抽去情欲人伦之念，只剩法则二字，听命于主人便是我的法则，什么善恶我心中可没有这等概念。不过，房长生可没叫我控住你，所以我可以给你一个机会，你可以用你的命换他们其中的一条命，当然你也可以把机会留给自己，但你只有一次选择的机会，只能让一个人离开我的恶魔之境，到底放谁走，你好好考虑吧。"

赵五郎迟疑不决，他看了看葛云生、齐云飞等人早已昏迷不醒，不知是死是活，与他们相处的往事一幕幕如画卷般在自己脑海中展开。是救自己，还是救曾经差点杀了自己的葛云生？还是萍水相逢的齐云飞、百无心姐弟。

赵五郎想了一阵，仰头坚定道："我愿换我师父的性命。"

恶魔问道："为什么，你不是已经知道葛云生有杀你之心了吗？"

赵五郎道："你自己也说过，世间最大的善和最大的恶本质上都是一样的，善恶不分与不分善恶都是一个意思，我要救他并非因为他是我师父对我有恩，也并非他曾要杀我，对我做恶，而是我入梦便是为了救他，这就是我的法则，你也说过你的心中没有善恶，只有法则，那我要破你的梦境便不能带有善恶情感，无论是对是错，我都该不变初衷。"

赵五郎的神情转为冷漠道："屏蔽情欲人伦，只剩法则，这便是破解恶魔之道，这也是你我赌这一局的目的所在，对不对？"

恶魔一时间愣在当场。

它有些不敢相信地围着赵五郎转动，想要窥探他真实的想法是不是如此，墨魔是能窥探人心的，它看了一阵，终于叹了口气，收起层层的黑雾，将黑雾在手中化作一团黑球道："你是我第一个见到能不为情所动，能守住'法则'二字的人，你若这样，我的墨魔之术也迷惑不住你，不过这可要多亏了你体内的混元灵力。你可知你体内的灵力叫什么名字吗？"

赵五郎答道："叫神明如电，乃是慧明之力，可对世间道法观之不忘，信手拈来。"

恶魔点头道："正是如此，那你知道，人越聪明越会怎样？"

赵五郎仰头道："会不辨善恶！"

恶魔哈哈大笑道："正是如此，善恶只是人因情感而下的定论，那都是妇人之仁。人的慧觉若是开到了极致，便会不因情感而行事，他的心中只有'法则'二字，这等人可不就是无情无心、不分善恶？小子，你的混元心已开，'情'字终究将与你无缘。"

他一指赵五郎的眉心，颇有些无奈道："不过，你已经破了我的梦境，你走吧。"

"那我师父呢？"赵五郎问道。

墨魔突然笑道："你师父和那少年既在我的梦里，也不在我的梦里，他们能不能出得去，已经不全在我掌控的范围。"

赵五郎惊道："你这话什么意思？那我师父到底在哪里？"

墨魔道："你从哪里来，你师父就到哪里去。多说无益，你走吧。"

墨魔也不再解释，一挥手，四处如流水一般急旋，景物支离破碎，赵五郎仿佛坠入时间的长河之中，周边是世人纷纷扰扰的梦境，或欢喜、或悲戚、或癫狂、或寡漠。

梦如人生，如幻亦如泡影，如露亦如闪电。一念之间，差别却已是千里之遥。

祭月坛上，赵五郎睁开双眼，自己依然站在神坛的边缘，神坛下无数的光圈上下浮动，如漫天的萤火虫四处飘散，发出五光十色的绚烂华彩。

谷神医和小茹已经静坐一旁，见赵五郎醒过来了颇为惊讶，在他们看来，赵五郎也不过是跟逐月夫人在旁边说了几句话的时间罢了。

逐月夫人道："想不到你真的可以破掉墨魔的梦境。"

赵五郎侧过头，突然冷冷道："可惜我还是没能破了你的梦境。"

谷神医抬头惊道："她的梦境？"

赵五郎道："不错，我们一直都是在她的梦境里。"

谷神医和小茹"啊"了一声，"这是逐月夫人的梦境？"

谷神医又问道："夫人，你此举意欲何为？"

逐月夫人笑道："因为只有我的梦才可以连通别人的梦境，你们想要找到恶魔的梦境，不入我的梦如何能成？"

"恐怕你是另有目的。"赵五郎冷冷道，"你想杀我师父，所以你把他嫁到了你自己的梦里对不对！"

逐月夫人道："更准确地说是在我和恶魔共同的梦境里。"

小茹忍不住叫道："为什么？你为什么要这么做？五郎师父也算是你的救命恩人，你为什么要杀他？"

逐月夫人兀自咯咯咯地笑了起来，艳丽的脸上多了几分戾气，"为什么？这事何不去问问你师父！"

赵五郎答道："我知道，因为我师父当年虽然救了你，却放走了洛水神君，两年后洛水神君解了我师父的雷印，卷土重来，大水淹了洛州，毁了你的家园，你因此迁怒于我师父对不对？"

在梦境里赵五郎仿佛过完了漫长的一生，他看到了很多自己没经历过的事情，八年前，葛云生带他离开洛水河后，洛水神君在其他妖道人士的帮助下终于解开了雷印，洛水神君将这满腔的怒意发泄在手无寸铁的洛州乡民身上，他大发淫威，掀起滔滔江水淹没了大地，无数生灵涂炭，李嫣儿的父母、弟弟也淹死在这场洪灾之中。

李嫣儿心中既恼恨洛水神君，但更恼恨葛云生，她忍辱负重降服在洛水神君脚下，对着蛇妖发誓会服侍他生生世世。

洛水神君见李嫣儿模样俊俏，天资甚好，也便收下了她。

李嫣儿跟着洛水神君整整三年，这其中的屈辱恐怕只有李嫣儿自己能够体会，她的脸上已经看不出是悲是喜，只是淡淡道："可惜他没想到，我的天资会如此之好，只不过学了三年，移魂嫁梦之术就胜过了他，我每次趁他休息之时，偷偷进入他的梦境，骗取他的功法再自己入梦修炼，梦中一月，不过是人间一夜，我没日没夜地修炼着，直到有一天我觉得他已经没什么可以教我的了，我就在他的梦中把他杀了！"

那是一个乌云密布的梦境，蛇妖站在洛水河中看着十万乡民对他进行跪拜，五色祭品摆满了河岸，当真风光无限。他正得意着，忽然平稳的洛水河奔腾咆哮而起，这河水突然不受控制，化作巨大的漩涡，蛇妖大觉不妙，他回头一看，洛水河已变成了汪洋大海，巨大的漩涡下是南海之眼，蛇妖想要脱梦而出，却发现这梦境之外依旧是海水急旋。

梦的外面依旧是梦！

层层梦境扭曲相连，化作永远解不开的环形梦境，蛇妖坠落在海眼之中永生永世都出不来了。

逐月夫人将一个梦的光圈套住了另一个梦的光圈，而后滑动玉指划了圈，这两个光圈便拉成了一个环形连通的死循环。

她看了看梦中的场景，满脸嘲弄地笑道："他说自己是河神，是梦的主宰，却还不是要被淹死在水里？困死在梦里？这可不是最好的报应吗？"

第四十七章
侍月神像

谷神医也听出了大概，劝道："既然夫人大仇已报，本该放下心中怨恨，为何如今又要再嫁梦杀人？"

逐月夫人哈哈笑道："大仇已报？这仇如何报得完？想当初若是葛云生不多管闲事，我阿爹阿妈，我阿弟也不会遭此大难，洛州三千多户人家也不会惨遭灭门，他惹怒了蛇妖，却又放虎归山，你说这错是不是在他身上？"

她的面目有些扭曲，美艳的脸庞也布满了憎恨的戾气，"你说他救了我？可我早就去意已决，我根本不需要他救，我要的是他救我一家人，他却偏偏放走了蛇妖，你说他是不是有负于我？你说他是不是该杀！"

赵五郎哑然无语，那梦中的惨象自己是亲眼所见，浮尸满江，惨不忍睹，整个洛州恐怕除了李嫣儿无一人幸免。他又想起葛云生在符箓门疯狂杀戮的场景，一夜之间几乎令整个符箓门灭门，他那疯狂冷漠的模样哪里还是自己认识的那个葛云生，这人是正是邪，是一代宗师，还是一代魔头，赵五郎只觉得自己越来越不认识葛云生了。想到这，他急忙摇头叹道："我师父他……定是有什么难言之隐，他一定不是魔头。"

逐月夫人似是看透了他的心思，冷笑道："五郎，你何必再自欺欺人，你在梦中看到的我也看得到，他不过是觊觎你身上的混元灵力罢了。你要知道，这灵力可是择人而居，它原本要找的是我，只是你替我挡下了它罢了。"

"但是，拥有它，可未必是什么好事。"逐月夫人冷冷道，"是非恩怨，总有一个了断。五郎，念在你往日于我有救命之恩，我且给你一个机会，这个梦我给你留下一个出口，就在山门处，看你们如何破梦而出吧。"

"那我师父、我师弟呢？"赵五郎急忙问道。

逐月夫人咯咯一笑，道："你还记得我刚才说的环形梦境吗？我用我的梦境套住了梦魔的梦境，画了个环，设下了这个牢笼，现在他二人都在这双重梦境里，想要出来，可要看他们自己的本事了。"

她幽幽叹道："这二人的意志都是非同一般的坚定，想要以梦境杀了他们还有些不易，不过他神志在梦中，这肉身可不就是一无是处了？如今我已经知道他的肉身在何处了，想杀他还不是易如反掌？五郎，不想事隔八年还有缘再见，只是这一见却是如此残酷，你我二人今日之后恐怕是后会无期了！"

月光透过，逐月夫人的身子渐渐化作一团红色的光彩慢慢消散在神坛之上。

赵五郎大叫道："李嫣儿！你想干什么！你别走！"

红色的光芒终于消失不见，随之而来的是神坛一阵剧烈的抖动，仿佛要塌了一般。

谷神医往下望了一眼，惊得大叫道："不好了，这些神像活过来了！"

只见漫长的长梯上，原本蛰伏不动的石像全部动了起来，侍月力士、侍月神女、侍月石兽等挣脱神坛的束缚，从石梯上站了出来，一步一步往祭坛上爬了上来。

逃出神坛的出口只有一个，就是石梯下的红色山门，但如今这石梯上有几十具三四丈高的石像阻挠，三人如何能轻松越过防线？况且逐月夫人已经往囚禁葛云生等人的遗落渊赶去，时间耽搁久了，只怕房长生还未动手，逐月夫人就已经先痛下杀手！

谷神医双指一弹，飞出一颗灵木种子，巨大的藤木破石而出，青色的巨藤如同青蟒一般扭曲而出，紧紧缠住最前面两具神像的下身。

青藤绞杀，将巨石勒出一道道寸许深的痕迹。

侍月力士猛地挥出石剑，这剑原本是巨石所雕，无锋无刃，但映着赤红色的月光，剑身如淬火一般，竟发出耀眼的光芒。

红光急闪，眼前的青藤被劈成数段，赵五郎看得清清楚楚，这剑锋劈入青藤时，有什么东西被吸入巨剑之中，青藤立即化作段段枯枝，悄无声息掉落在地。

"灵藤回春！"谷神医再御灵木，想令断枝回春，却发现这枯木毫无生气，动也不动。

小茹问道："爷爷，这是怎么回事？"谷神医的回春之术天下间没有几个人能比得上，为何现在连这几段小小的枯枝都不见成效？

谷神医又看了一眼，惊道："好邪门的赤月术法！以虚入实，以虚夺实，这枯木已被夺了实体，只剩下一段梦里的虚影，自然是回不了春了。"

说话间，侍月力士持剑杀了上来，利剑横劈，谷神医手掌中化出一团绿芒挡了一下，青红交汇，转眼间又被赤剑吸个精光。谷神医大骇，他虽然于回春一术造诣极高，但在对阵杀敌上却着实一般，并不如云机社其他几位戏师那么厉害。

侍月力士又砍出一剑，剑势威猛，谷神医已是无处可避。

小茹吓得急忙闭上了双眼，耳边只听得一声脆响！

隐隐约约有一道红光掠过，赤色巨剑悬在半空中却不能落下。

谷神医和小茹一看，正是赵五郎握着朱红色的混元伞抵住了这千钧之力的一剑。

赤剑能将万物化入梦中，只留一团虚影，但这混元伞却也是由实入虚之物，这赤月之力竟然奈何不了这把小小的红伞。

赵五郎气沉丹田，用力将红伞打开，这伞面一弹，竟然将重逾千斤的石像力士弹出几丈远，侍月力士踉跄了两下，撞到了赶来的石兽，撞断了一条胳膊。这力士乃是青石所塑，断了一臂，自是不痛不痒，他正了正身子，又奔了过来，再度挥剑砍杀赵五郎，赵五郎御起手中的混元伞，身子急旋，绕着力士石像的下盘飞快移动，并不时拍出几张符纸。

这巨石像威势虽猛，但转动身体却有些不灵活，碰到赵五郎以快制敌，几下就被转得晕头转向。

巨石像颇为恼怒，利剑直插而下，赵五郎打开混元伞挡了一下，而后一蹬力士的大腿，整个人反向弹了出去。他人在半空，手中已经捏完法诀，口中喝道："念咒催山神，烧石化作尘。破！"

力士两条腿上的符箓突然剧烈燃烧起来，而后"嘭嘭嘭"地爆裂开来，青石被炸裂成一堆齑粉，侍月力士身子一歪终于摔在地上，分裂成几十块大小不一的碎石。

赵五郎道："前辈，我们赶快走，这赤月要落下来了，我们得赶快出去，不然要被困死在这个梦境里。"

谷神医和小茹抬头一看，可不正是，那赤红色的山门已经越来越暗，仿佛要消失在夜空之中。

石梯之下，几十具巨大的石像又蜂拥而上，这些神像俱是依靠着赤月之力而动，如今赤月渐隐，神力也有所减弱。谷神医这次也有了经验，飞出青藤也不与神像的雾气直接交锋，而是缠绕住他们的下盘，顺势一带，就将他们甩落到石梯旁的深渊中。

小茹修为虽然一般，但亦能召唤出青鸾灵兽干扰啄击这些石像。

　　三人边攻边往下疾奔，很快便到了赤月山门处。

　　山门就在眼前，忽然"嘭"的一声巨响，一座巨大的石像跳落在山门前，将众人的去路挡死了。

　　这石像高逾四丈，三头六臂，脸如菩萨，赤裸上身，下披铠甲，六只手分别握着六把模样怪异的弯刀、神剑、铃铛、梅花锤等武器，每件武器都泛着赤红色的光芒，看起来委实可怖。

　　谷神医叫道："糟了，这是侍月教主！"滇南一带自古便有侍月一族，这些族人生得奇特，男的如同夜叉金刚，女的却娇艳绝色，他们昼伏夜出，专门以月光为生，但若是在满月之夜，会纷纷化作威力强大的侍月神将。

　　而这一族的首领正是三头六臂的侍月教主！

　　小茹惊恐道："想不到这世上真的有侍月一族！"

　　赵五郎冷笑道："你们忘了我们还在逐月夫人的梦境里，这梦里看到的真真假假谁分得清，说不定只是几块顽石罢了。"

　　他朝侍月教主奔了过去，手中火符一甩，化作一道火光击打而至。

　　侍月教主浑身一抖，六支胳膊叽哩嘎啦地响动着，利剑一横，便将赵五郎的火球挡了下来。

　　赵五郎再御符而击，不论雷火、镇邪、玄水、撼地，纷纷飞了过去，但这侍月教主六把武器挥舞得密不透风，什么道法都难近他的身体。赵五郎又想故伎重演，往侍月教主下盘钻去，但这石像有三头六臂，六眼观物几无死角，六臂挥砍八方之内毫无破绽，哪里还有躲避的地方，赵五郎不但没能偷袭成功反倒差点儿吃了大亏。

　　侍月教主一刀猛劈过来，赵五郎纵然有混元伞阻挡也抵不过这力道，直接被劈飞几十步，整个人"嘭"的一声摔在乱石堆里。

　　小茹吓得大叫了起来："五郎哥哥！"

第四十八章
借剑杀人

这一摔，让赵五郎的血脉四处翻涌，他只觉自己胸口"呼呼呼"地转得飞快，浑身的血气都在急速流动，体内的混元真气不断地朝四面八方涌去，这一身蓝光也倏地暴涨出来，如同明月一般穿透了出来。

侍月教主急忙快步踏前想要挥剑再砍，不想赵五郎身子一弹，口中暴喝道："神明如电，速随我意！"蓝光急耀而出，将天上的赤月光芒都掩盖了一些，侍月教主六把武器上的红光也瞬间减弱不少。

赵五郎神色冷峻，双眼仿佛开了天眼一般，他突然领悟到这石像借助赤月之力的原理："我懂了，这赤月之力是筑梦之力，所谓的将实转虚，却不过是将这里的东西移入到另一重梦境之中，让它在这个梦境里化作一道梦影，这样自然是万法不催，但可惜我的混元伞不受赤月之力的影响，所以你们奈何不得。"

他回头朝谷神医道："麻烦前辈把天上的赤月光芒挡掉。"

谷神医立即领会了赵五郎的心意，念了声道："灵木听令，长！"

层层灵木蜂拥而起，互相交织缠绕，只是须臾之间就已经是一道遮天蔽日的屏障。

侍月教主没有了赤月光华的照耀，行动愈加迟缓，手上的武器也变得如同普通的石头。

赵五郎道："我们赶快冲过去，出了这梦境。"

三人趁着侍月教主僵在原处，刚准备冲出去，忽然这石像飞出自己手中的石剑，石剑一下子劈开密不透风的灵木屏障，一道血红色的月光透了过来，侍月教主贪婪地吸取赤月之力，整个面容变得更加诡异，而几把武器再次红光闪闪。

谷神医暗叫不妙。

半空中，另外五把在手的神器已经劈头盖脸地砸了下来。

千钧一发之时，赵五郎反向飞遁，他朝半空飞击的神剑和侍月教主分别拍出一张符文。

双符燃烧，化作一缕几不可见的符灰。谷神医和小茹不明白赵五郎飞出这毫无威力的一张符文意欲何为。

赵五郎迅速念道："青蚨青蚨，速速寻子！急急如律令！"

神剑上的符文绿光一闪，直接便朝侍月教主反向飞了回去，侍月教主急忙伸手想要去夺剑，但想不到这剑的速度远超他的想象，剑尖朝他飞来，直接插进了自己的掌心。

侍月教主石刻的脸上也露出一抹惊异之色。

"前辈，快收了灵木！"

灵木屏障消失不见，而插入侍月教主掌心的石剑红光大涨。

"嗖"的一声，侍月教主终于也化作了一抹虚影，入了第二重梦境，在祭坛下消失不见。

这正是借剑杀人之法。

但此时，赤月西陨，赤月山门也几乎完全消失不见，整个祭月坛已是模糊得如同水雾暗影，谷神医急忙飞出一条青藤，卷住赵五郎和小茹，三个人化作一抹绿光弹了出去。

三人刚刚飞出赤月山门，这巍峨的红门就化作一道红光收进谷中的祭台上。

整个峡谷红光消失，又恢复了原先的模样，天上悬挂的依旧是一轮弯刀一般的新月。

劫后余生，小茹忍不住喘气道："天哪，刚才真的太危险了，我们差一点儿就……"

赵五郎身上的蓝光渐渐消失，脸上的表情转为正常，他略有些疲惫道："若非逐月夫人给我们留了一条生路，恐怕这赤月梦境我们也未必能逃得出来。"

谷神医眼见赵五郎脸色的变化，有些担忧道："五郎，你的混元灵力越来越容易被激发出来，这只怕不是什么好事，你需想一个法子好生控制它。"

赵五郎何尝不是这种想法，混元灵力虽然能给他带来一时的慧觉之力，让他能看破万物的本源，甚至信手学到别人的道法，但正如墨魔所说，神明如电，慧觉开到一定极致，带来的就是善恶不辨，葛云生得到混元心后不也是癫狂异于常人吗？想到这儿，他不由得忧心忡忡。

他怕自己重蹈葛云生的覆辙。

他怕自己泯灭了心中的善恶之念和人伦道德。

可是，自己的天资一般，修为如此有限，若非混元灵力一次次在危急时刻相助，只怕自己早已死了数十次了，除魔卫道更是一句空话，想来这取舍真叫人难办。

三人稍稍休息片刻，谷神医扭头一看，忽然看见祭台旁边停了一只醒目的白蝶，正是自己的寻踪仙子，谷神医捻起白蝶，吹了口气，白蝶上的蝶粉在空中幻化成一行小字，正是妙月郎君的回复，原来今夜妙月郎君并未前来。

谷神医大为惊诧，那先前来的人可不就是假的？难道一切都是逐月夫人营造的梦境？他转头问道："五郎，你怎么知道刚才是逐月夫人的梦境。"

赵五郎站起来道："前辈，我们边走边说吧，逐月夫人想必早已经往遗落渊赶去了，我们也得赶快过去。"

原来，这入谷后的一切都是逐月夫人设下的梦局。

赵五郎道："其实，妙月郎君今夜并未前来，你也说过赤月之力乃是由实入虚的灵力，妙月郎君剪纸化月却不过是障眼法，虽然能幻化出天上赤月，却化不出真正的虚实灵力，按理说这等假赤月是不能招出这赤月山门的，但偏偏这山门就开了，你说奇不奇怪。"

"再者，我一开始与逐月夫人说起我师父时，她的神情颇为复杂，不像是感恩之情，我先前有些疑惑，但未多想，后来在梦中我又到了洛州河畔，我眼见我师父击退蛇妖带走我时，她看我师父的眼神根本没有感激之情，而是多了一股恼怒和怨恨，所以我想她对我师父只有恼恨而没有感激。"

"那她为何要织梦来找我们，难道她一开始就认出你了？"小茹问道。

"是那场雾海幻象！"赵五郎道，"我心中惧怕，生出了洛水河神的幻象，这场幻象被逐月夫人发现了，自然就知道我的来历了，所以她才特地织了这个梦境来试探我们。"

"那刚才一切都是假的吗？妙月叔叔看起来不像幻化出来的。"小茹又问，这梦境与幻境虽然相似，却又有很大的不同，这真假难辨，叫人难解。

赵五郎道："亦真亦假，我也说不清，但是我们在做梦，必然就是自己在骗自己，若是别人骗你，你肯定会有所防备，但是偏偏自己骗自己，往往会信以为真，这也是梦境比幻境更难发现的原因。"

谷神医点头道："你说得没错，但是梦与幻境有一个更大的不同之处，那便是梦境是做梦的人自己记忆碎片的合成，若是太过虚幻超脱现实的东西容易让梦扭曲，这反而会让人惊醒，所以我猜逐月夫人想杀你师父，估计也没那么容易。"

赵五郎想了下，似乎也确实如此，逐月夫人临走前也说了想在梦中杀死葛云生和齐云飞不太容易，所以她才会赶去破葛云生的肉身，人的肉身灭了，自然梦境也不复存在了。

他道："逐月夫人她能操控这赤月之力，肯定是借着我师父的梦境直接去遗落渊了，前辈，我们还是得赶快回去。"

谷神医和小茹应了一声。

三人出了峡谷，急忙往无人渡赶去，到了渡口却见一片迷迷蒙蒙，四野水雾浓厚，早已看不清哪里是码头，哪里是岸边。

谷神医道："看来是逐月夫人在这里设下了迷阵，不让我们走。"

赵五郎面色凝重道："既然有法阵，这前头必然有什么古怪。"

小茹道："不如让我的青鸾去探探情况吧。"

谷神医点了下头，小茹的青鸾个头儿不大，只能供她一人骑乘，但鸾鸟眼力非凡，可视物千里。

小茹召出了青鸾，准备捏诀通灵。

谷神医突然有些不放心，伸手一摊，青蓝色的青鱬游了出来，他道："小茹，你功力尚浅，也不知这迷雾之上有什么危险，让青鱬跟你一起去，若有什么危险，还可助你一臂之力。"

小茹摇头道："爷爷不必担心我，只是上去观察下迷雾的阵形罢了。"

谷神医道："你不懂阵法，这雾阵之内上下左右皆是毒雾，你就算飞得再高也逃不脱这迷雾的干扰，我和五郎在这至少有个照应，你快把这青鱬收着。"

小茹拗不过，只好点了点头把青鱬引入青鸾之中。

随后，她捏诀念道："北斗七真，统御万灵。青鸾解意，与我通灵！敕！"就见小茹整个人微微一晃，就站立不动，整个人变得如同木头一般。

而青鸾鸟却朝二人点了点头，振翅飞了起来。

"这也是驭灵道法中的通灵法？"赵五郎问道，他见过百无心与玉阳雀通灵化作更加强横的神兽，小茹的道法略有不同，只是将自己的神志化入青鸾之中。

谷神医道："对，这是以灵入身的通灵法，可将自己的心神与灵兽合一，小茹正好用青鸾的眼睛来看四周的情况。"

赵五郎心想，这法子倒好，不知道自己可不可以与火精也这般通灵，若是能这样，火精的威力又能增加不少。

二人抬头望去，青鸾拨开迷雾冲上云霄，越飞越高，直到变成一个小小的黑点。

就在这时，迷雾之中突然发出一阵窸窸窣窣的声音，谷神医道："遭了，又是雾海幻象！"

第四十九章

百足赤龙

水雾汹涌而来，二人将小茹护在身后，背靠背环视四周，水雾化作巨大的水浪冲天而起，这些水浪围绕着谷神医和赵五郎旋转，像巨大的海流漩涡一般。

赵五郎道："这水雾最会觉察人心，化出心中最惧怕的东西，却不知道这次又想变成的是什么？"

他见背后一片安静，谷神医良久都没有说话回应，心头掠过一丝不安，急忙回头一看。

却见，背后的水雾之中化出一名仙风道骨的道人款款而来，谷神医见了这名道人早已浑身僵硬，丝毫动弹不得。

那道人微微笑道："谷长春，不想在这荒山之地遇到你了。"

谷神医吓得口词不清道："社主，我……"

那道人身子悬在半空，如同踩在一团祥云之上，越发仙气缥缈，但口中语气已然转冷："谷常春，你真是好大的胆子，竟然屏蔽了我的幻根，你是不是还想再看一次这少女的幻境？"

"不，请社主宽恕常春，我再也不想看了！"

"你，你是赵归真？"赵五郎向前一步道，他虽未见过赵归真的真容，但想来能说这话的必是他了。

威震九门的天下第一幻术师，赵归真。

眼前所见虽然不过是一具水雾幻象，赵五郎心中也不免有几分忐忑，若是见到真身，却不知是个什么情景。

但赵五郎的性子历来是情绪来得快去得更快，这惧怕也不过是转瞬之间就消失殆尽，他急忙挡在谷神医的面前，大叫道："常春前辈，这是水雾幻象，你快醒醒！别被幻境骗了！"

水雾迷迷蒙蒙，盘旋而至，在谷神医的眼中，这赵归真的影像却是越来越真实，他清瘦的脸庞透出水雾走了出来，是那么清晰，天青色的长袍绣着白鹤流云、沧海红日，迎风如水飘洒，仙气缥缈的脸上还隐隐有三分笑意，这些莫不叫他见了胆战心惧。

谷神医浑身瑟瑟发抖，跪地道："常春恳请社主慈悲。"

赵归真不冷不热道："你眼中还有我赵归真这个社主吗？"

谷神医立即吓得面无血色，道："是常春该死，不该屏蔽了你的幻根，但小茹是无辜的，还请社主饶了小茹，有什么罪责我自己来承担。"

赵归真"呵"了一声，伸手一招，水雾就将小茹的肉身抓了过去，赵归真轻轻点了下小茹的额心天脉轮，道："若只是给你造幻境又有什么意思？我跟你们说了多少次，幻术之法，术倒是其次，制心才是关键的，对手最担心什么，你就要变出什么给他们看，这才有趣，这才能让人无法自拔。"

他一抖衣袖，漫天水雾将整个天地都遮盖了起来。

在谷神医的眼中，自己的眼前已是一片荒凉的旷野，无数赤身裸体的野兽、怪人朝小茹爬了过去。

谷神医"啊"的一声惨叫，而后便是疯狂地跪地磕头，求饶道："社主，放了她，求求你快放了她！"

这幻象只有谷神医自己一个人看得到，赵五郎自是不知道谷神医究竟看到了什么样的幻象，只见他磕头磕得满脸血污，痛哭流涕，哪里还有往日的祥和姿态。

赵归真冷冷道："一入云机，便无回头之路，谷常春，你还妄想往回走吗？"

谷神医哭道："社主，常春知错了，求求你快放了小茹，常春此生誓死效忠云机，再无二心。"

赵五郎见这水雾化作的赵归真一直盘踞在半空中，死死地盯着谷神医，料想这谷神医已完全入了水雾的幻象，而小茹的青鸾依旧不见踪影，不知出事了没有。

他先前自己也入了这水雾的幻象，知道那景象之真实叫人难以辨别，尤其这些水雾善辨人心，会制造出受控者最惧怕的场景，人若一入其中，哪里还有出得来的道理，必须尽快救出谷神医，不然后果不堪设想。

赵五郎突然想起自己背后还有混元避世伞，急忙打开红伞，撑在谷神医的头上，他原以为这混元伞隔开空间可以让他躲开迷雾的幻象，但不想谷神医已经吸入了雾海迷香，幻觉毒素已经在他的慧海中蔓延，再用混元伞阻隔已经来不及了。

这谷神医原本百毒不侵，但可惜他的青鳝交给了小茹，不然也不至于遭此迷雾侵蚀。

雾海奔腾，丝丝缕缕的水雾飘洒过来，赵五郎急忙屏住呼吸，但这水雾似乎无孔不入，只要有那么一丝一缕沾染身上，就会出现不同的幻象。

浓雾之中又有万千恶鬼涌了出来，混元伞最多只能护住两个人，护住了谷神医就不能护住小茹，赵五郎无奈之下只好举起红伞朝逼近的恶鬼狂扫而去，红伞发出淡红色的光芒，将水雾化作的鬼物扫得支离破碎，但只是须臾之间，这些水雾又重新凝聚起来。

以赵五郎的修为此时若是自保倒也不难，但是要他同时护住谷神医和小茹，却十分不易。

赵五郎暗自叫道："若是自己学了师父立坛结界的道法，此时遏制这水雾侵蚀岂不正好，只可惜这法门对自身修为要求极高，自己虽然通晓其理，修为却不够，如今情急之下是施展不出来了。"

赵五郎急忙抬头喝道："小茹？小茹？你怎么样了？"

天上迷雾密布，悄无声息。

赵五郎低头一看已有不少水雾盘旋在小茹身边，意欲侵蚀而入。

赵五郎心想若是谷神医的青鳞能够回来，谷神医自然就能抵制这雾海迷香的诱惑了，他心念一动，急忙招出火精，命令道："小胖，快去找青鸾鸟！叫它赶快回来！"

火精这次倒是听话，清啸一声，穿破云雾消失不见。

赵五郎见水雾越发靠近，急忙飞出两张黄符，喝道："飞廉助我，清风自来，急急如律令！"两张黄符化作两道清风快速旋转，而后这两道风汇合变成更加猛烈的旋风，水雾被疾风一带，全部向四周转去，露出了一块十余丈大小的空地。

但这引风吹雾毕竟只是权宜之举，浓雾迷茫不过片刻就会再次汇聚而来。

如此僵持了一阵，赵五郎终究有些支撑不住，层层迷雾已经近在咫尺，再过片刻这三人都要被浓雾所包围，就在这时，天上终于传来两声清啸，一红一青两团光芒穿破迷雾飞了下来，赵五郎喜道："是小茹和小胖回来了！"

青光"嗖"的一声飞入小茹体内，而青鸾也是身子一抖，就停在小茹身边。

原本静坐不动的小茹终于睁开了眼睛，她看了看谷神医一脸痛苦的模样，急忙道："我爷爷怎么了？可是中了迷雾的幻象了？"

"正是，小茹，快把青鳞还给他。"

小茹双手一托，一道似鱼似蛟的光芒就迫不及待地飞入谷神医的口中。

清晰可见，这青鳙化作青芒在谷神医的头中迅速游动，一道道淡白色的水雾从谷神医的七窍之中冒了出来。

赵五郎急忙挥了挥衣袖，把这些雾气赶走。

眼见青鳙逼出了毒雾，小茹一颗心也算定了下来，她道："对了，我刚才借着青鸾的眼睛认真地看了下这四周的情况，这码头就在我们的左前方，不过，那里好像有一只庞然大物守在那里。"

赵五郎问道："是什么怪物？"

小茹摇头道："我也看不清，身子长长的像个蜈蚣。"

"大蜈蚣？是蜈蚣精吗？"赵五郎惊叫道。

这世间动物成精的也不算少，但是虫类想要长成庞然大物乃是成精化出人形的却是极难，世人看到的许多妖精大多是人为操控变化的，好比丹鼎观的五毒化形丹一般。

毕竟人变妖，远比妖变人更容易得多。

"那不是蜈蚣精，是百足赤龙。"谷神医终于清醒了过来，他犹自有些惊魂未定，这幻象对他来说当真是太可怕了，谷神医努力稳了稳心神，断断续续解释道："月之力是许多至阴之物的邪力之源，百足蜈蚣若得赤月之力，过百年则身长逾丈，通体赤红通透，如同玛瑙水晶雕琢一般，这等蜈蚣身有三百二十四足，叫百足赤龙。"

"不过寻常蜈蚣想要生长百年何其艰难，想必是这赤月门的人可以豢养出来的毒物。"

谷神医站了起来，这雾海迷香让他遭受了万般痛苦，尤其是在幻象中看到小茹再次受辱，就算他再和善再慈祥，这把也动了怒意，他怒道："不过，就算是真龙来了，这次也不能心慈手软！"

谷神医右手一托，青鳙飞蹿而出，化作一条巨大的青色鱼蛟盘旋在他四周。

"青鳙开路！"

青色光芒辉耀而出，直接破开层层迷雾。

三人急忙跟着青鳙一路直奔码头而去，水雾凝成千万只野兽咆哮追击，赵五郎飞出几道火中火，烈焰扩散开来，暂时击退了这些水雾的搅缠。

再跑一阵，已经能隐隐约约听到水声潺潺，显然已经到了水边，谷神医一指青鳙，道："速速归水！"

青鳙身子一跃，便朝前方飞去，众人刚要跟过去，突然一阵窸窸窣窣的声音又响了起来。

四周光影一暗，却见一只庞然大物已经挡住了三人的去路。

小茹惊叫道："就是这只怪物！"

长物高昂着头颅，离地足有一丈左右，六目色如赤火，熠熠生光，如同一团团火珠。巨蟒一般的身子上长满了镰刀一样的利爪，一把把生着逼人的寒光，这可不正是百足赤龙吗？

赤龙口中发出"呲呲呲"的声音，浑身鳞甲摩擦，叫人听得头皮发麻。

谷神医道："这东西最怕火焰，五郎，用火精攻它！"

赵五郎应了一声，双指一抵眉心，喝道："火精助我！"烈焰弹射而出，像一支利剑一样朝百足赤龙飞去。

轰隆一声！火花四射！

百足赤龙身形往后一仰，随即又稳住了身子，往前快速一弹，朝火精咬去。

赵五郎赶紧叫了声："小胖，小心！"

第五十章
通灵之法

火精空中躲了一下，而后双翅猛地拍出数道烈焱，直逼赤龙而去，赤龙摇头晃脑，毫无畏惧，似乎这烈焱对它伤害并不大。

谷神医道："糟了，这赤龙估计是修成了赤火甲，烈焱都奈何不住它了！"

小茹着急道："爷爷，那怎么办？"

谷神医道："先想办法破了它的赤火甲。"

他双袖一扬，几十条青藤破土而出，这青藤上都长满三尺有余的利刺，直接缠绕赤龙而去，但这赤龙也是个厉害的妖物，身上百足都像利刃一样，它挥动足爪，寒光闪动间很快就将谷神医的青藤切成一寸寸的碎木。

赤龙破了青藤突然狂性大发，匍匐着身子朝三人快速爬了过去，发起了猛烈的攻势，三人抵挡不住，只有边退边守，只是这时背后的水雾又席卷而至。

前有赤龙，后有毒雾，已是无路可逃。赵五郎看了一阵，心想这赤龙下颚处是最柔软的地方，刚好没有赤火甲的覆盖，若是强攻这一处说不定能击败这恶虫。

他立即喝道："小胖，攻它下颚！"

火精立即化作一道火光直接冲了过去，眼看就要击中赤龙的下颚，但不想，这恶虫突然仰头喷了一口，一团暗红色的毒雾散了出来。这毒雾也不知是什么东西，如水如烟，暗红如血，火精一沾到毒雾，惨叫了一声，火势已然弱了一半。

"这毒雾到底是什么东西？"赵五郎惊道。

"那是百足赤龙的血，这东西饱吸赤月之力，血液中都是这化实为虚的灵力，被这毒雾沾到必然会被化实为虚。"谷神医道，"没想到，这毒物已炼化到这地步了！"

此时百足赤龙又欺身而上，口中毒雾不停地喷了出来。

谷神医将灵根卷得如同风暴一般，死死地守住阵地。

火精受了重挫，心中明显有些不服气，意欲再攻，却被赵五郎一把召了回来。

赵五郎眼神中闪过一丝异样，他突然捏诀念道："北斗七真，统御万灵。朱雀解意，与我通灵！敕！"红光一闪，赵五郎的身上似乎有一抹灵光飞入火精体内，火精瞬间重绽华彩，赤红色的火羽之下竟然有隐隐的蓝色光芒透射而出。

赵五郎的神志竟然与火精合二为一了！

谷神医和小茹二人看得目瞪口呆，二人心想这不是我驭灵司的通灵术法吗？赵五郎何时也学会了？他二人不知道这赵五郎的混元心正是神明如电，乃是慧明之力，万千道法观之皆会，信手拈来，无有不通。

赵五郎学了小茹的通灵法用在火精身上，只见火精在空中疾飞喷吐，烈焱带着狂风袭来，逼得百足赤龙不住地后退，这样被烧了一阵，赤龙大为恼火，飞扑上半空中想要撕咬，但不想赵五郎等的就是这个机会，他神念一动，火精"嗖"的一声化作一支利箭，直接朝赤龙口器中飞去，赤龙口腔中柔软无甲，火焰刺透入体迅速膨胀，一道道红色的火光从赤火甲的缝隙中透了出来。

"嘭"的一声！这赤龙由内而外被炸裂开来，终于化作一道红雾散在半空中。

赵五郎兵行险着，一计得逞，随后火精光芒一收，这蓝光又回到了赵五郎的体内，这人怔了片刻才清醒过来，略带歉意道："刚才情急之下偷学了驭灵司的通灵法，还请前辈和小茹不要见怪。"

谷神医却赞道："世间道法皆出自同宗，只是后人或为了利益之争，或修道的理念不一致，才硬要把这道法分出天下四门，你这一未偷我等心法，二未夺我法器灵物，这不算偷师，不必介怀。"

小茹更是笑道："五郎哥哥好厉害，我不过是在你面前施展了一次，你就学会了，我若是有你这么高的天赋，我爷爷也就不怕自己的回春术法没人学了。"

赵五郎尴尬地笑了起来，他平生还是第一次被人夸赞天赋高，以前所有人见了他莫不是摇头说他资质一般，难成大道，就算是自己师父葛云生也是这么认为。他心里很清楚，这样一看就会的惊人悟性，都要归功于他体内的神明如电，若非有这混元灵力相助，以他的资质如何能有这悟性这手段？看来这混元心当真是个好东西，难怪这么多修道人士想要得到它，只是一想到葛云生梦中的惨状，他心里刚刚生出的喜悦瞬间又消失殆尽。

毕竟世间道法都是遵循自然二字，越是不合常理的神威，越是要谨慎使用，若是不知节制，强行冒进，甚至违背了道法自然四个字，就算练成纵横天地的修为，日后也必会遭到天地惩罚！谷神医见赵五郎痴呆了一般，不知道在想什么事，叫了他一声："五郎，时间紧迫，我们还是赶快走吧。"

赵五郎回了神，急忙"嗯"了一声，三人立即朝码头边掠去。

刚走了几步，前方迷雾之中有一女子的声音暴喝而起："入了我赤月门哪有那么容易走！"

小茹脸色一变道："是赤月门的人！"

水雾之中，却见八个红衣女子驾雾而来，姿态甚是缥缈。

当头的一个女子声如冷霜："门主有令，今夜入我赤月门者，都不得离开望舒山，三位还请退后吧。"

赵五郎救葛云生心切，大喝道："难不成你们还想困住我们？"

女子冷笑一声，拨开脚下的水雾，却见这八个人均站立在一只庞然大物上，这八个人的脚下正是八只巨大百足赤龙。

女子道："你能杀得了一只赤龙，却能敌得过八只吗？"

八只红艳艳的赤龙摩擦着口器，发出令人恐惧的声音，听得人毛骨悚然。

小茹瞪眼娇斥道："五郎哥哥能杀得了你一只，自也能破得了你们一群！"

女子哼道："真是无知，神龙摆阵！"

八条三丈多长的百足赤龙依着八卦阵形，快速移动，口中不停地喷吐暗红色的毒雾，谷神医急忙御出灵木将三人紧紧守护起来。赵五郎还想故伎重演，再度与火精合成一体，但不想这次赤龙有了红衣侍女的驾驭，却变得更加狡猾，眼见烈焱袭来，赤龙立即低头蜷作一团，用坚硬的赤火甲护住自己。

这样一来，这烈焱对这些赤龙就毫无效果了。

反倒是这暗红色的毒雾越来越浓，层层灵木护得再密集，也有空隙可钻，三人所在的空间已是越来越小。谷神医一边要控制灵木，一边还要护住小茹和赵五郎的身体，显然有些吃力，额头上早已是冷汗直冒。

各侍女见火焰奈何不了她们，更加猖狂，立即催促着百足赤龙挺身逼上，准备一举拿下赵五郎等人。危急之时，突然雾气中冲出三团白影，"嘭"的一声撞在了开道的赤龙身上，这白影速度虽快，但是力道不够，只听"哎哟"了几声，三团白影就自己滚落在地。

影子立定，正是那三只鼠精。

谷神医皱眉道："你们过来做什么？不要白白来送死，赶快走吧。"

白鼠精抬头很认真道："我们想过来救你们……"

这三只鼠精倒是一番好心好意，只是这三物的修行着实太过低微。

红衣侍女咯咯笑道："三只鼠物也不看看自己的模样，想斗神龙吗？"

侍女一拍赤龙，巨大的身子立即盘旋而起，这三只鼠精一见赤龙的可怖样子立马吓得缩了回来，躲在赵五郎等人的后面瑟瑟发抖。

第五十一章
神印御虎

众人无计可施，赤龙再度盘旋而来，场面一阵混乱。赵五郎护着谷神医和小茹四处躲避，突然一只利爪划了过来，一把勾住了他腰间的乾坤袋，"嘶啦"一声乾坤袋破裂，里面的东西全部倒了出来。

符纸、朱砂、小纸人、八卦印、铜钱等东西散了一地，更有一枚土黄色的玉章滴溜溜地滚了出来。

谷神医神情一变道："这是……伏虎宝印？"

伏虎宝印乃是驭灵司十二天信印之一，是至高无上的镇派之宝，只是数百年来，这十二天信印有半数被人所盗，流落各处残缺不全。伏虎宝印更是已经消失整整一百年了。

宝印虽然重要，但在赵五郎眼中，却远比不上那个毫不起眼的小纸人，他生怕纸人沾了污水，顾不得危险就想冲进群龙之中抢回来。

小茹见这情景，急忙拉住他道："五郎哥哥，太危险了！不要过去！"

三只鼠精仰头笑道："无妨无妨，这事就交给我们好了。"黑白两只鼠精身子一弹，快速地扑了过去，这鼠精貌不惊人，速度当真是快得惊人，"嗖"的一下就在赤龙嘴巴扑下来前，一只夺回了伏虎印章，一只则拿回了纸人。

两只鼠精身子一旋，纷纷跑了回来，双爪高高捧着印章和纸人，分头献给谷神医和赵五郎，颇有些讨好的意味。谷神医迅速拿起伏虎宝印，喜道："谢谢鼠仙相助，嘿嘿，不知道这伏虎宝印为何会在你身上，能在这里遇到，也算我驭灵一门的机缘。"

赵五郎也终于想起这宝印是自己从天琅尸灰里捡到的，在龙涎阁内恶斗尸僮时，自己还用它降伏过青蟾，只是时过境迁，这等奇物自己居然一直放在背包中不曾想起，想来一方面是赵五郎对符箓道法以外的术法不太上心，二来也是这东西太小了，丢在一堆杂物中没引起注意。

赵五郎想起这宝印的妙用，喜道："前辈，用它去砸大蜈蚣，看能不能降伏这虫子。"

谷神医摇头道："伏虎宝印只能御兽，却不能御虫，不过我倒是另有一法，可助我们退敌。"

这伏虎宝印既是驭灵司至宝之一，自然是有诸多神通妙用的。它除了可以降伏世间的猛兽外，还有另外一个隐藏的奇用，这用途一般人都不知晓。谷神医贵为驭灵司八大长老，对这十二天信印自是十分熟悉，他摸了摸白鼠精的额头道："这法子还需要三位鼠仙相助。"

三只鼠精将谷神医视若神明，自是言听计从，纷纷点了点头，道："真人但说无妨，我等自当尽力相助。"

谷神医说："那便好，贫道就借三位躯体一用。"他双手大拇指和食指捏住伏虎宝印的四个角，其他六指如孔雀开屏般张开，口中念道："天有信，地有灵，御神虎，斩妖邪！"

他双手御印往三只鼠精身上一盖，喝道："御神虎！"

黄光一闪！三只鼠精突然模样大变，一只只身子陡长十余倍，变成三丈大小的巨大猛虎，这一头白虎，一头灰虎，还有一头黑虎，个个都是尖牙利爪，周身还有隐隐的光华环绕，更显得威风凛凛，不可一世。

这正是伏虎宝印的另一个用途，借兽身化出虎灵。

三只鼠精见自己突然变成了巨虎，鼠胆都化作了虎胆，兴奋得难以自持，一只只仰天吼叫，直震得四处一片抖动。

谷神医喝道："神虎杀敌！"

三只巨虎冲了出去，连连拍出巨爪，虎爪带出呼呼烈风，竟是一团团气焰，百足赤龙也扬身而上，不停地口吐红雾，这红雾能化实入虚，原本是个了不得的杀招，但不想这灵虎本就是灵力所化的虚物，红雾飘过竟然不能伤它们分毫。

各红衣侍女惊了一下道："不知道这三只老虎是何方神圣！"

三只巨虎却更加振奋，腾挪跳跃，频频拍出虎爪，百足赤龙同样不甘示弱，利爪如刀般砍来，双方你来我往，又是一场龙虎恶斗。

巨虎越战越勇，利齿一开一合，便撕下一片赤龙的赤火甲，一阵血红色的雾气升腾了出来，灰虎一甩钢鞭一般的尾巴，就把赤龙的爪子打掉了几个，黑虎再一冲，直接就将一名侍女扑了下来。

当头的红衣侍女眼见局势突变，这三只巨虎颇为难缠，当即决定改变战略，立即朝左边的三名侍女叫道："你们三人引开这三只巨虎，我们速速擒了这几个人，好跟夫人复命。"

三只赤龙佯装抵不过巨虎，边战边退，迅速往迷雾中退去，三只巨虎打得兴奋处，哪里还管他是不是有诈，撩开四爪狂奔而追，谷神医和赵五郎喊都喊不住，只是一溜烟儿的工夫，这三只巨虎就被引进迷雾之中，消失不见了。

为首的红衣侍女见计策得逞，轻笑道："终究是鼠辈，给了虎躯也难成什么大事！"她立即一拍赤龙，掉头就朝谷神医等人爬了过来，赵五郎和谷神医急忙护住小茹，飞出火符和青藤，想要击退这些赤龙。

但百足赤龙在红衣侍女的催促下，狂性大发，百爪如利刃一般朝赵五郎疯狂抓了过来。

小茹急忙喝道："五郎哥哥小心！"她扔出青鸾去挡了这一下，青鸾明知是死路一条，也毫不犹豫地冲了上前，"扑哧"一下就被抓得血肉翻飞，挣扎了一下就死了。

小茹眼见青鸾被杀，自是心疼无比，但眼下哪里还有时间容她伤心，这百足赤龙早已欺身又攻了过来，一副居高临下的姿态朝二人抓来。

赵五郎一把推开小茹，举起混元伞硬生生地扛住这一下。

百足天龙第一口没能伤到赵五郎和小茹，立即又高高昂起头，用利爪和尖鳌猛击混元伞，这混元伞虽然坚韧无比，但这般势大力沉地凿击，赵五郎被震得双手虎口发麻，渐渐也有些承受不住。

另外几只赤龙见势也纷纷围了过来，赵五郎和小茹已被困在其中，形势更加危急。这边，谷神医对付一只赤龙都力有不逮，三只巨虎更是不知所终。

战况正胶着着，忽然半空中光亮大盛，一道清朗的月光冲透迷雾撒了进来。

阵阵白鹤的清啸已近在耳畔。

随后，一抹清冷的半月刀光飞了过来，切断了赤龙的两只前爪，赤龙吃痛，急忙退回了原地。

谷神医喜道："总算是等到救兵了！"

浓雾之中烈风急卷，一个男子哈哈笑道："哎哟，常春老儿你也有这么狼狈的时候啊，少见，少见！"

这人乘坐白色纸鹤在迷雾中自如穿行，正是许久未见的纸中仙，白遇仙。

白遇仙拿着一把巨大的纸扇，边飞边扇动，掀起阵阵狂风，将这些迷雾吹得四处飘散。

赵五郎许久未见白遇仙，也忍不住喜道："呀，是白大叔！"

这话刚喊出，随即又觉不妥，立即改口道："不是，是妙法无双的白仙人！"

白遇仙笑了笑，一吹云雾，月下又现一人，这人衣着华美，气宇轩昂，正是妙月郎君，他捧着一面小小的圆镜，笑道："妙月来迟，还请老朋友勿要见怪。"

他这圆镜名曰月华镜，可借用月华之力杀敌，刚才那弯月刀光正是妙月郎君所放，只见他再拨弄圆镜，轻轻道："新月弯弯，化我刀光，疾！"

清透的月光在月华镜的照耀下，化作一道道银色月刃旋转而出。

各侍女大惊，怒喝道："你如何也懂得逐月之术？"

妙月郎君笑道："日月之力，谁都可以借用，你们擅用赤月之力，而我则偏爱这清冷月光。"

月光刃旋转飞出，迅速地割裂百足赤龙的赤火甲，这赤火甲也是赤月之力所凝结，妙月郎君用新月之力破解倒也算是一妙招。

各侍女见自己的灵物受挫，大为恼怒，纷纷催促百足赤龙朝白遇仙和妙月郎君爬去。

白遇仙眯着小眼，盯着百足赤龙道："啧啧，你们这些女娃娃不好好回家做些女红，偏要来耍这些毒物，行为如此不检点，也是叫我白遇仙看了大大的不高兴，罢了，罢了，我来给你们个安顿之法。"

他收了纸鹤，立在码头处，细细地瞧看了赤龙几眼，突然嘿嘿嘿地笑了起来。

他单手一招，一卷白纸凌空飞出，口中念道："万物有形，白纸摹影，你有的我白遇仙也有！"

只见白纸迅速扭曲变换，不过电光火石之间，这卷白纸就折叠出一只一模一样的百足赤龙，差别只是白遇仙的这只是白纸所叠，颜色惨白如霜。

白遇仙童心未泯，也跳到纸龙上面，嘻嘻哈哈道："你们看，我也有一只，来来来，我们来打一架，看谁的蜈蚣更厉害！"他拍了拍纸龙，喝道："走！"

第五十二章
一纸万千

纸龙也窸窸窣窣地朝百足赤龙爬去。

各侍女见白遇仙修为古怪，又故意折出纸龙来污辱她们赤月门的道法，大为恼怒，怒道："姐妹们，杀了他！"

为首的那个侍女一马当先，自己骑着赤龙率先爬了过来。

白遇仙摇摇头道："女娃娃家这么毛手毛脚的，如何能嫁得出去？怕是要孤独终老哦。"

红衣侍女冷哼道："我叫你胡说八道！"

一红一白两只百足龙交缠在一处，你一爪我一口，互有来往，不分上下，这纸龙毕竟是纸物所化，终究不及赤龙凶猛，赤龙利爪往前一探，就将白遇仙的纸龙撕破了一个口子，众侍女登即神色振奋，雀跃道："果然是纸捏的老虎，不堪一击！"

白遇仙一听这话，大为不爽，身子一旋，就捏了个剑指，冷冷道："本想陪你们好好玩玩，没想到你们这群女子如此粗鲁，当真是不识抬举！"

只见纸龙急卷化作一柄巨大的纸剑冲天而起，白遇仙双指御剑凌空一劈，白光急闪而下，为首的那只百足赤龙躲避不及，"扑哧"一声就被削掉了半条尾巴，纸剑再竖劈一下，直接将这条赤龙劈成两半，红色毒物爆裂而出，红衣侍女"哎哟"一声被卷入红雾之中，立即化作一抹残影，滞留在半空中。

"啊！姐姐！"众侍女大为震惊，她们没承想这怪模怪样的人，修为竟如此之高！不过堪堪两剑，就斩杀了百足赤龙。

白遇仙早已换了一副冷傲的面孔，他摇头道："一剑一个，太慢！太慢！不如一起来吧！"说着，自己双掌一分，这巨剑如同复制一般，在空中抖了一下，就分出八只一模一样的纸剑。

这便是他千叶束的奥妙。

一张白纸能分出千张一模一样的纸张，一剑化作区区八只纸剑又算得了什么。

白遇仙的笑意不复存在，心中杀戒大开，御起纸剑当空狂舞，白色纸剑化作一道道白光疯狂击杀这些毒物，整个无人渡一片红雾升腾。

妙月郎君拍手赞道："我等不过是戏耍的伎俩，与白阁主的御纸道法相比还是不可同日而语。"

白遇仙最爱听别人夸赞他的道法，刚刚还是冷峻的面容立即又是一派春风拂面，嘴角都咧到了耳根，他十分得意地问赵五郎道："小道士，你觉得本仙的道法如何啊？"

赵五郎立即点头夸道："白大叔术法无双，这剑法恐怕比御剑宗差不了多少了。"

白遇仙立即又不高兴，哼了一声道："御剑宗？我看也就是王琼风有点儿本事，其他的又算得了什么？"他长袖一卷，所有纸剑化作白纸龙卷，将这团团红雾困在其中，按理说这红雾一沾上任何东西都能将其化为一抹虚影，但白遇仙的纸张上覆有一层气流，这些白纸旋转起来，所有的红雾都被压缩在一起，与白纸始终隔了一层薄膜，自然是夺不去白纸的实体。

白遇仙的御纸术千变万化，当真配得起"一纸万千"这个名号。

几个大难不死的赤月门侍女摔落在地，再也不敢与白遇仙较量，吓得急忙往山中跑去，一溜烟儿就不见踪影。

众人也不再追击，任由这些侍女逃去。

谷神医致谢道："今日，多亏两位老友及时赶来相助，不然可真就命丧于此了。"

白遇仙摆摆手笑道："我三人交情已久，你这老头还要说这话，岂不是太客气了？不好！不好！"

妙月郎君也道："正是，只是妙月稍稍来晚，倒是差点儿让常春兄出了意外。"

原来这妙月郎君收到白蝶后，心知这赤月门中十分古怪，自己孤身前来未必有十足把握，于是通知了白遇仙一同前往，所以耽搁了些许时间。

白遇仙道："你们如何能惹上赤月门，接下来准备去何处？"

赵五郎满脸愁容道："我师父和常春前辈的爱徒都被阴王房长生困在遗落渊内，我们正准备去救他们呢。"

"房长生？可是阴王房长生？"白遇仙皱眉道，"他不是几百年前就被玉文道人杀了吗？居然还活着？"

谷神医道："他只是被玉文真人封印在夔兽体内，前几日已经跑出来了，只怕这滇南又无宁日了。"

炼妖师 2

妙月郎君道："传闻这房长生修炼了不死不灭的长生诀，十分难破，就连玉文真人都只能将他封印而不能灭除，可见这厮修为之高，你们惹了他，这可真是不妙啊。"

妙月郎君看了一眼白遇仙，脸色有些异样，又道："阁主，有句话妙月不知当讲不当讲，这葛云生被阴王所困，我们三人前去救他，若是被社主知道，恐怕……"

白遇仙打断他道："你懂什么？葛云生若是被这什么阴王啊鬼王啊的给杀了，他那颗混元心可不就白白浪费了？所以我们更要救他，救了他才能把混元心夺回来！这对社主才是大功一件！"

妙月郎君"啊"了一声，顿时无法反驳。

倒是赵五郎听了这话立即脸色一变，揪住白遇仙的衣服，大叫道："白大叔，你们怎么还要追杀我师父？"

白遇仙扑了扑衣服，不高兴道："杀不杀葛云生关我屁事！我才没兴趣追杀你师父呢，是社主有令，我们不得不遵旨照办，这赵归真老儿的手段你可是没领教过，哼哼，可厉害了！"

白遇仙说这话时心头明显有几分惧怕。但他随即脸色一转，大义凛然道："不过呢，赵归真这老儿对我也算不薄，谁叫我白遇仙最讲义气，如何能不尽力而为呢？小道士，你还小，这事你可不懂。"

赵五郎听了这话就想起水雾幻象中，赵归真对谷神医下的毒手，很明显这赵归真绝不是什么善类，但这白遇仙怎么还对他忠心耿耿呢，当真是怪人一个。

妙月郎君望了望天色，道："我看时候不早了，若是要救人，我们还是得赶紧吧。"

白遇仙很认真地纠正道："这次可不是救人，是去杀人，先杀房长生，再杀葛云生！一个一个地杀，好一震我云机社的威名！"

谷神医听到这话，心知白遇仙不是在开玩笑，"唉"了一声，偷偷对赵五郎道："五郎，我也只能尽力先帮你从阴王手中救出你师父，后面的事恐怕我也无能为力了，但愿他吉人自有天相。"

赵五郎脑中快速思索，心想自己如今孤立无援，这也只能是最好的办法，只要先救出他师父，后面再走一步算一步了，五郎点头道："常春前辈何须此言，这一路以来你已经帮了我很多，五郎早已感激不尽。"

白遇仙一招纸鹤，道："少说废话，这种客套话听得最叫人肉麻，赶紧走吧。"

众人刚要走，那三只化为原形的鼠精，又蹿了出来，急忙跟了上来，叫道："真人，真人，别丢下我们，带我们一起走吧，助我们修行。"

小茹故意气恼道："刚才你们跑哪里去了，我们差点儿都被大蜈蚣吃了！"

白鼠精面露羞愧之色道："是我们三个脑瓜子没开窍儿，居然中了这几个妖妇的计，我们知错了！"

灰鼠精也说道："正是，正是，我们从来没变化成这么威猛的大老虎，一时间太激动了，就忘乎所以，这才……"

黑鼠精生怕自己没有机会说话，立即抢着说道："这才被骗了！"

三只鼠精跪地磕头，模样极其诚恳。

小茹忍不住掩嘴笑道："好啦，好啦，跟你们开玩笑的啦，赶快起来吧，刚才还要多谢你们三个相助呢。"

三只鼠精见小茹并非真的生气，立即又换做一副兴高采烈的模样，白鼠精道："小仙女别客气，应该的，应该的！"

黑鼠精道："只求真人收了我们，我们也可以当灵宠，可以占卜，可以打洞，也可以寻路什么的，用处也不少呢。"

灰鼠精生怕自己落了后，也抢着道："我们也不挑食，什么都吃，好养，好养。"

谷神医面露复杂神色："这驭灵道人收养灵宠都是有严格的规矩的，这恐怕……"

在一旁的小茹道："爷爷，我的青鸾死了，不如就让这三只鼠先跟着我吧。"

三只鼠精大喜，边跳边笑道："此法甚好！此法甚好！我等必当全力保护小仙女的。"

白遇仙在空中见了，立即摇头嫌弃道："修炼不过百年，关键长得又这么丑，要来何用？给我擦鞋都不要！"

三只鼠精一听这话，纷纷脸色一暗，颇有些自卑。

倒是赵五郎摸了摸白鼠精的额头，一脸的支持道："这鼠精虽然丑是丑了点儿，但本性倒是善良，常春前辈，你就依了小茹吧。"

谷神医无奈地摇了摇头，道："那就先收了吧，能不能招作灵宠日后再说吧。"

小茹立即高兴道："谢谢爷爷！"接着又取出水波镜，将这三只鼠精装了进去。

三只鼠精争先恐后地往水波镜中钻去，生怕自己落了后，就这先后之争又差点儿打了起来。

白遇仙已是一副急不可耐的表情，"我说常春老儿，你们还走不走了？"

谷神医仰头道："白阁主莫急，这便启程！"他一弹青鳙，青光入水立即化作一条龙首鱼身的庞然大物，三人跨上青鳙，急急往南劈波斩浪而去。

白遇仙和妙月郎君乘着纸鹤紧跟而来。

青鳙疾行了一日，众人再次回到了雷泽。

再见雷泽，依旧碧波荡漾，但谷神医和赵五郎等人早已惊得说不出话来，因为这雷泽的中间竟然塌了！

"怎么会这样？"赵五郎望着巨大的深坑惊讶道。

雷泽湖中出现了巨大的深渊，湖水疯狂地向遗落渊中坠去，远远看去犹如大海中漏了一个洞，形成了一个环形的瀑布，湖水奔腾而下，激起水声隆隆，震耳欲聋。

谷神医道："肯定是阵法被破，谷主和房长生的余力又消失了，这湖水自然不受控制，落到遗落渊中了。只是，这样一来，他们三人只怕更是凶多吉少了。"

第五十三章
地下宫阙

如今深渊变峡谷，水流太急，若是直接驾驭青鳞而入跟跳崖没什么区别，实在太过危险。

小茹问道："爷爷，那我们怎么进去呢？"

谷神医看了一眼白遇仙，恭敬道："还请白阁主施法相助才行。"

白遇仙盘旋在空中，哼了一声道："那可不是要我相助才行，你看看你们，没了我白遇仙如何能成大事。我呀，也是能者多劳，太过操劳了。"

他弹出一张方寸白纸，纸张在空中分裂化出纸梯盘旋而下，简直巧夺天工一般。

但白遇仙看了看，自己又摇摇头道："不行，不行，还不够潇洒，这直梯须得这般盘旋才妙。"他又调了调纸梯，一道一道盘旋的角度不差分毫，这才有些满意地拍了拍手。

谷神医急忙颔首致谢，而后他又回头对妙月郎君道："妙月贤弟，常春还有个不情之请。"

妙月郎君笑道："老道，你不必说，我已然明白，你担心小茹？"

"正是。"

妙月郎君道："这样，我先带小茹回驭灵司，随后我再赶来相助，料想有白阁主在此，万事必然迎刃而解。"

白遇仙又仰头哼了一声："那是自然。"

小茹有些不放心道："爷爷，我不走！"

妙月郎君劝道："小茹，这遗落渊内危险万分，你还是先回去好一些。"

赵五郎也道："是啊，小茹，你先回去吧，有白大叔在这里，你爷爷不会有事的。"

"但是……"

赵五郎拍了拍胸脯道："这不还有我吗？我现在也不是一般的小道士了，放心吧，我们一定会救出我师父和无邪他们的。"

小茹这才点了点头，道："爷爷，五郎，那你们都要小心啊。"

谷神医道："放心，你们快走吧。"

白遇仙早已是不耐烦道："行了，行了，小姑娘你快走吧，修为这么低，你在这他才危险呢。"

小茹脸色一红，神情很是尴尬。

赵五郎终于忍不住叫道："白大叔！"

白遇仙哼了一声扭头看看天空，道："我说的是实话！"

"那我二人先告退了。"妙月郎君也忍不住笑了一下，他借着晨曦中一点残月之力，带着小茹隐入湖中月影里，一下子就不知所终。

白遇仙见小茹终于走了，长舒了一口气，一脸嫌弃道："我白遇仙最讨厌这种修为低浅的女子了，什么都不会，只会哭哭啼啼地给别人添麻烦，这种人千万不能碰，理都不能理她们！常春老头，你知道的，我这话并不是针对你，对谁我都要这么讲的！"

谷神医有点儿尴尬，咳了两声表示默认。

赵五郎立即叫道："白大叔！你这话太伤人了，完全是看不起人！"

白遇仙看了一眼赵五郎，小眼睛一亮，喜道："对了，你身边不是也有一个小媳妇吗？那个雷公嗓一样的女娃娃，哎哟，那个才是招架不住哦！嗓门叫起来跟打雷一样响亮！咦，她现在去哪儿了？"

赵五郎脸一红，气恼道："她叫施小仙，不是我小媳妇，我们，我们只是好朋友，你不要乱叫好不好？"

白遇仙啧啧咂舌道："得了，你看你脸都红了，不知道心里有多喜欢那个雷公嗓。"

赵五郎强行辩解道："我才没有！"

白遇仙白了他一眼，反驳道："你还解释个屁啊！你看你这小眼神，可不是把什么都告诉我了。小子，没想到你傻乎乎的还是个痴情种，也罢，你修为这么低劣，资质也差劲，注定是修不成大道，回去娶个媳妇好好过日子才是正事，你啊，可别听你师父的，练什么符箓道法，会祸害终身的。"

面对白遇仙的调侃，赵五郎没有了施小仙相助，一时间也是无计可施，唯有黑着脸问道："我说白大叔，你到底还下不下去了，晚了，我师父真的要出事了。"

白遇仙好像根本没理赵五郎说什么，依旧自顾自地说话："对了，臭小子，你这么喜欢雷公嗓，你师父知不知道？他同不同意啊？这可是大事，肯定要先跟你师父说说的，不过啊，我估计你师父是不会同意的，他那副德行，哼哼，好像也没几个人能瞧得顺眼，你这样可就很糟糕了，师父如父，这老爹看不上儿媳妇，以后的日子可就很辛苦了！师父不正经，媳妇是母老虎，命苦！惨！惨！惨！"

白遇仙越说越兴奋，赵五郎的整张脸已经黑得不能再黑了，他恨不得一把将白遇仙直接推进遗落渊，摔死这个话痨算了。

赵五郎终于等了个白遇仙喘口气的空当，大喝道："我说大叔，你还走不走了！还走不走了！不走我走了！"

"走啊！怎么不走！"白遇仙收了自己的纸鹤，飘飘然落在纸梯上，道，"我们去先救人，再杀人，这才叫我白遇仙的作风！我可告诉你，我救了葛云生，必定要取了他的混元心，叫赵归真这老儿也知道我的本事！"

赵五郎已经被吵得都要崩溃了，不耐烦道："行了，行了，你到时候有本事杀了我师父再说，但求你现在先不要说话了！"

白遇仙又哼了一下，道："这事呢，不可以！"

二人一路吵闹，声音简直比瀑布水声还大，就这般大张旗鼓、大摇大摆地顺着纸梯走了下去。

周围都是巨大的瀑布，倾泻而下，抬头望去，这天变成一个圆形的洞口，而水柱从洞口落下，又化作水雾从遗落渊内升腾而起，水汽在半空中缭绕，四下里隐隐约约还有虹光异彩浮动，众人走在纸梯间犹如穿云驾雾一般。

越往下走，水汽越重，光线越昏暗，这水流下坠的速度也越慢，甚至有不少水珠已经悬浮在半空中四处飘荡。

谷神医道："看来是靠近遗落渊里头了，这遗落渊内重力有异，水流到了这里也不再是向下流动了，而是散成团团水球四处飘散，可真奇异。"

白遇仙道："传言这遗落渊内重力有别，只因有长生石存在，砸了它的长生石，这里就不复存在了。"

这长生石乃是天生地养的灵石，不知被谁埋入这不见天日的遗落渊内，令这深渊内的磁场发生巨变，导致如今这般无上无下、无方无界的模样。

赵五郎自言自语道："长生石？那是个什么模样的宝石？这世上人真能长生吗？"

谷神医摇头道："人人都想要长生不老，但这长生一法不过是偷天之术，天地间唯有日月不变，就算是山河草木也要不断变迁，在我看来，想要长生便是与乾坤大道相违逆，可不是什么正道之术！"

白遇仙反问道："那你这老头还要修行常春之术？可不也是违背乾坤大道？"

谷神医道："我修常春之术，只管医病救人，却从不炼制长生不老的丹药。"

"哼，你别以为我不知道你给赵社主炼了多少长生丹药。"白遇仙瞄了一眼谷神医道，"是什么好东西？怎么从来不给我们兄弟几人尝尝？也忒小气了！"

谷神医脸色一变，欲言又止道："非常春不舍得献药出来，而是此事说来话长，只怕赵社主知道了，对你我都不利，不说也罢，省得连累了你们。"

白遇仙听了这话脸色讪讪了一下，也便不再多问。看来，赵归真三个字对云机社的戏法师而言都是禁忌一般的存在。

三人边走边聊，这白纸不断地向前蔓延，已经到了先前葛云生等人被困的地方，但此时这里早已被雷泽湖水淹没，水波化作一道道凌空飘浮的天河四处奔腾，哪里还有葛云生、齐云飞等人的影子。

赵五郎道："我在梦中看到我师父他们被关在一座大殿里，想来是被房长生带走了。"

谷神医脸色一变道："若是被房长生带走，那想必就是关在了长生殿。"

赵五郎一脸焦虑道："但是遗落渊内这么大，长生殿在哪里我们也不知道啊。"

"这我倒有办法。"谷神医一捏指诀，念道，"寻踪仙子，速随我意！"

一群白蝶从谷神医的指尖飞了出来，点点白蝶扇动着翅膀向四面八方的洞穴里飞去。

白遇仙摇头道："常春老儿，你这白蝶寻踪虽然模样好看，但是太慢了，不如看看我的纸鸢。"他飞出一张白纸折成一只几寸大小的纸鸢，吹了口气，道："纸鸢听话，模样乖乖，带我们去长生殿。"

纸鸢扑闪着翅膀飞快地朝左前方的一个洞穴飞去。

白遇仙笑道："老儿，你看我这鸟飞得是不是更快一些？"

谷神医道："白阁主的术法自然是远胜常春的。"

纸鸢闪动了几下就消失在一个洞口处，三人急忙跟了过去，这洞穴起初狭窄只容得一人通过，越往里走越开阔，光线也越昏暗，到了里面更是没有了一丝一毫的光芒。

常春道人飞出一团绿芒在前方照路，才勉强可辨别四周的情景，这遗落渊内洞穴连着洞穴，一个山洞便有几十个岔路口，若非有纸鸢带路，三人恐怕早就在这迷宫之中转晕了。

又飞了一阵，眼前渐渐明朗，空气中有团团幽绿的鬼火在跳跃闪动，前头更有一道道绿色的光芒透了过来。

白遇仙道："这里可真是养鬼物的好地方，阴森得紧啊！"

赵五郎忍不住也搓了搓双臂道："可不是，我都觉得有几分阴嗖嗖的。"

白遇仙傲然道："这等鬼物不过是些含冤而死的厉鬼，都不足为惧。"他一挥袖子，掀起一股烈风，吓得这些探头探脑的鬼物纷纷逃遁起来。

白遇仙哈哈笑道："叫你们这些鬼东西偷看，再看散了你们的魂魄！"

三人跟着纸鸢又拐了几个弯，终于出了曲曲折折的洞穴，进了一个巨大的地下溶洞。

溶洞宽敞犹如一方崭新的天地，而眼前的情景叫赵五郎只看一眼，便毕生难忘。

这是一个巨大的环形深渊，深渊的峭壁上依着山势建满无数青石蓝瓦的宫殿、亭台、宝塔，楼宇堆叠而起，嵌入绝壁之上，高不见顶，低不见底，离得近了，看上去有一种迎面欲倒的危险。

正中央最显眼处是一座九层高的巍峨大殿，殿如悬空寺一般嵌在崖壁上，飞檐翘角，石柱蟠龙，楼顶上挂着一面匾额，上书三个大字："长生殿"。

不死不灭，是为长生。

第五十四章
九重大殿

这滇南之地虽属化外之属，但古时仍是秦国的一部分，这遗落渊内的建筑大多数融合了秦汉建筑的特点，雄伟庄严，工整对称，玉阶踏道上合星术，琉璃紫柱尽显奢华。尤其是这些殿阁的石材砖瓦中均蕴含夜光石，能在黑暗之中发出清幽幽的冷光，将整个深渊映照得如同水晶世界一般。

只怕阎罗大殿也未必有这气势和规模。

"这里便是长生殿？"谷神医抬头仰望，满脸震惊道。

"若是在寻常悬崖上这么盖宫殿必会坍塌，但这里的重力有别，长生殿巧妙地结合了遗落渊内的地势特点，层层繁复而上，真是巧夺天工的设计！"此番，就连一向眼高于顶的白遇仙也忍不住赞叹道："假以时日，我也要以千种千色纸盖起如此宏伟的遇仙殿！"

赵五郎抬头细看，心中也不由得更加惊叹。

那长生殿之上竟然还有许多倒在悬崖上的宫殿，这些宫殿围绕着长生殿或横着盖，或竖着盖，或倒着盖，虽然方向不一，但却错落有致，有一种异界的雄奇。

那纸鸢似乎也看呆了，停在空中陪着白遇仙一起看。

白遇仙立即瞪了一眼纸鸢，喝道："怎么，我们看你个破鸟也有资格来看，还不快给我找人？"

纸鸢在空中又急忙抖动翅膀往长生殿中飞去。

赵五郎道："看来我师父他们真的被囚禁在殿中了！"

说着，他便要跟着纸鸢往长生殿中赶去，白遇仙一把拉住他，道："小娃娃急躁得很！急躁得很！你这样进去岂不是羊入虎口？就算你师父真在里面，你能救出他吗？"

谷神医也劝道："我们都不知道这长生殿上下有多少鬼物隐藏在其中，若是贸然进去岂不是白白送死！"

"磨刀不误砍柴工。"白遇仙摊开一张白纸，徐徐道，"待我来看看这长生殿里头的布局。"

白遇仙又抖出一只纸鸢，与方才飞进去的那只一模一样，这纸鸢在白纸上飞来飞去，似乎在四处瞧看，却始终飞不出这一尺见方的白纸，赵五郎不明白这白遇仙又想做什么，但这人的御纸术法千奇百怪，着实不能以常理来判断。

过了一阵，这纸鸢停在纸上一动不动。

白遇仙道："看来就在此处了。"

他一弹纸鸢，纸鸢突然爆裂成一团纸沫，这纸沫向四周扩散开来，在到达一定的地方后就停住不动，悬在纸上，片刻之间，这些纸沫就在白纸上显出一座立体的古怪建筑。

赵五郎又一次被白遇仙的术法所震慑到。

倒是谷神医笑了笑道："白阁主当真了得，我驭灵的法门也被你学到了几分。"

此番，赵五郎也能猜透了六七分，但具体如何做到的，他却是难以理解。

白遇仙不以为意道："天下的术法还不是一通百通，我这两只纸鸢唤名比翼鸢，注入了比翼鸟的灵力，所以大小动作均是一样，我让第一只纸鸢进去探路，找到了葛道人他们，就碎裂成纸沫，这些纸沫沾到宫殿之中，必然会显出这内里的结构，而另一只纸鸢也会爆裂成一模一样的碎纸，这可不就是长生殿里头的样子？"

他托起白纸，一尺白纸上一座精巧的殿堂结构立在上面，内里的通道设置均是清清楚楚，赵五郎看了下道："但这样也不知道我师父在哪里啊？"

白遇仙道："这纸雕之上看不出三人的外形，想必这三人是被房长生用术法困起来，我这纸沫飞不过去，所以凝成这三个圆柱形，你看。"

他指了指殿阁顶上的一个角落，果然有三个圆柱形的东西。

"估计就在此处了！这三个应该是个牢笼之类的。"白遇仙得意地笑道，"怎么样，我的道法厉不厉害？"

赵五郎刚想称赞这法子确实好，就见谷神医突然脸色一变，叫道："糟了，白阁主，恐怕有些不妙。"

"怎么了？何事这么慌张？"白遇仙问道。

"你们看！"谷神医指了指三人脚下的深渊，无数绿色的光点浮了上来。

赵五郎见过这绿光，叫道："是遗落渊内的掌灯阴兵！"

这些掌灯阴兵形如一团人形灰雾，个个提着绿幽幽的灯笼飘了上来，一时间整个遗落渊内绿得如同翡翠雕琢而成的世界。

白遇仙冷笑道："这等鬼物何足挂齿？小道人，你不是学的符箓道法吗？符箓一法驱鬼破秽最是好用，快使出来看看。"

赵五郎应了一声，拍出几张黄符，喝道："天气荡荡，地气明明。化身东岳，镇灭诸鬼。急急如律令！"黄符应声化作一道金色的镇鬼符咒悬在空中。

赵五郎双指一点，喝了声："咄！"金色符咒就拍了过去，为首的两个掌灯阴兵瞬间就被符咒打散，化作一团绿光扩散在空气中，但这绿光四处飘荡，很快就被其他掌灯阴兵的灯笼收了去，化作更强的光芒射了出来。

掌灯阴兵口中发出怪异的声音，手中的勾魂锁链飞了出来，锁链穿透绿光如同翠绿色的毒蛇一般缠向赵五郎，赵五郎闪了几下，躲了过去。

但这阴兵越来越多，锁链交织纵横如同密密麻麻的蜘蛛网，赵五郎无处可躲，疾疾捏了个咒诀，大喝道："气运五行，火龙诀！"火焰从双掌之中喷涌而出，化作一条长龙朝掌灯阴兵卷了过去，火龙飞舞，将这些人形的烟雾搅成漫天的灰雾，无数绿色的光点散落其间，倒像是飞满了萤火虫。

但这些灰雾不过片刻之间就又凝成模样更加真实的阴兵，那阴兵手中的灯笼已经亮如一团绿色的日光，不可直视。

赵五郎往前一跃，他刚一靠近这些绿光，就觉得自己的三魂七魄都摇摆不定，仿佛下一刻就要脱壳而出，整个人都一阵眩晕，他心知古怪立即又缩了回来，惊道："这些灯笼可有些诡异。"

谷神医道："那是拘魂灯，阳人若是靠近，三魂七魄便要被这灯笼所收，你修为尚浅，不可靠得太近。"

这拘魂灯又名忘尘灯，大概是说人死为鬼，就该忘记红尘，做一个无知无畏的幽魂野鬼。

空中的掌灯阴兵汇聚起来，又甩动手中的绿灯和锁链，纷纷朝赵五郎飞了过来。

赵五郎还要御符抵挡，白遇仙哼了一声把赵五郎拉到身后，有些不耐烦道："走开，走开，你这符箓道法还没你师父一根手指头厉害，打了半天也没灭掉几个阴兵，看得人简直乏味至极，还是我来吧！"

赵五郎不服道："喂，我还有绝招没使出来呢！"

白遇仙一抖双袖，傲然道："你给我走开！好好看看本仙的手段！"

他映着漫天的绿灯旋身而上，无数幽魂将他团团环绕，这些掌灯阴兵纷纷飞出翠绿的锁链，在遗落渊上交织成一副天罗地网，白遇仙身子化作一道白光在其中穿梭，竟叫这密密麻麻的幽魂不能沾他一下。

白遇仙在空中道："一共一千零二十七个阴兵，不多！不多！"他手中撒出十余张千叶束，念道："古有天师撒豆成兵术，今有我白遇仙御纸排兵法。"

他十指一张，往外一扬，喝了声："变！"

十几张千叶束碎裂成一千零二十七张薄如蝉翼的白纸，这些白纸迅速折叠成七寸大小的纸人，各各手持纸刀、纸锤、纸剑等武器，朝掌灯阴兵飘去。

半空中纸人和阴兵打得叮叮当当，好不热闹，这些纸人虽小，但是一个个速度甚快，专打阴兵手中的灯笼，将这些翠绿色的灯笼中的绿色阴力完全打散而出，然后将这些阴力化入纸人体内，为自己所有。

不过片刻，这些白色纸人就变成翠绿色的模样，更加妖异。

白遇仙笑道："有趣，有趣，我的纸不单能吸水，还可以吸魂魄，你这收集的阴灵给我可不正好？受用！受用！"

白遇仙的道法千奇百怪，常人根本难以理解，每每施展起来都教人目瞪口呆。

白遇仙起了兴致，舞动着白色长袍，高声唱跳道："撒纸成兵，要你老命。来来来，一撒南方丙丁火，打得小鬼无处躲。二撒北方壬癸水，打得小鬼难做鬼。三撒西方庚辛金，打得小鬼化成灰。四撒东方甲乙木，打得小鬼哇哇哭。五撒中央戊己土，打得小鬼回地府！我打！我打！给我打！"

这些小纸人群情激奋，一个个挥舞着小小的刀剑，追打着残余的阴兵，只杀得这些阴兵四处躲藏，遗落渊内一片混乱。

白遇仙在千名小纸人之中飘动，整个笑声将这遗落渊都穿透了几个来回。

谷神医摸了摸额头的冷汗道："我以为就是偷偷将人救出就走，看他这模样，今日必是有一场恶战了。"

赵五郎点头道："就是，这做法也是太过了些……"

二人忍不住叹了一声。

"好一个御纸排兵！倒是有我鬼道的几分风采！"长生殿内突然传来一声阴冷的声音。这冷若寒霜的声音赵五郎一辈子都忘不掉。

"是阴王房长生！"

原先四处躲避的阴兵迅速朝长生殿飞去，逐渐汇聚成一盏巨大的灯笼，悬在长生殿顶上的宝塔中，发出妖艳滴翠的光芒。房长生冷冷道："不想我房长生刚出来，就有高人前来拜访，真是荣幸之至。"

白遇仙高喝道："我可不是来拜访的，我是来拆你的长生殿的！"

房长生哈哈大笑道："好狂妄的戏师！我看你非佛非道，如何也要来管我鬼道的事？不过，你既敢来，我也当以贵客相待！这长生殿也是许久未曾待客了，你是第一个，理当重礼相迎。小的们，听我阴王号令！"

"掌忘尘灯！"

"设奈何桥！"

"迎阳间客！"

第五十五章
七指阴王

长生殿内各鬼物此起彼伏的厉声高喝，只见崖壁上层层叠叠的宫殿内瞬间都发出幽绿色的光芒，一排掌灯阴兵飘了出来，分立两旁低头弓腰高高举起绿色的灯笼。

而后，一个身材魁梧的阴将飞出一把骨刀，碎骨嘎啦嘎啦作响，不断拼接，化作一条贯穿遗落渊的巨大骨桥。

鬼钟馗身着红裳，手持五鬼扇，立在长生殿的台阶上，比画了个手势道："诸位，请！"

白遇仙哈哈笑道："好大的排场！可惜我还没活够，我不走奈何桥，也不想忘红尘。"他自己飞出一卷白纸，如一道白练铺陈在深渊之上，弯如新月，白如秋霜，赫然醒目。

白遇仙负手飘飘然走上白纸桥，朝长生殿缓缓行去。

赵五郎和谷神医也急忙跟了上去。

踏道森严，石兽狰狞。

一百零八道玉阶，暗合天上星宿之数，二百一十六只石兽分别立于玉阶的两侧，仿佛都在注视着来访的异客，这些阶梯层层往上，仿佛登天一般。

三人原先在对面看到长生殿时已觉十分雄伟，上了玉阶仰望而去，更觉得这殿阁高耸直上，就像九天宫阙一般，几乎都望不到顶。

鬼钟馗扇了扇黑扇，冷冷道："一入长生，便不再是阳间的人了，诸位可要做好准备。"

他一招手，汪仁立即召回了万千碎骨，化回一柄巨大的骨锤拎在手中。

白遇仙嘿嘿笑道："装模作样，这阳间也好，阴间也罢，我白遇仙都是想来就来，想走就走，你们能把我怎么样？"

他也不管鬼钟馗，自己推门进了长生殿，大殿内颇为宽敞，因为是依着山势而建，所以一半是青石青瓦，一半却还是黝黑嶙峋的山石，看起来古朴怪异。这殿阁内处处铺了巨大的黑色石砖，殿阁顶上吊着十八盏巨大的白骨灯，幽绿色的冥火在骨架中跳跃闪烁，更添几分阴森。

借着这忽明忽暗的冥火，隐约可见大殿的最深处是一排巨大的石碑，料想那最高的石碑下便是房长生的宝座了。

大殿内摆了十八尊阴将的雕像，除此之外再无他物，赵五郎看了一阵，也不见一个鬼影，忍不住叫道："房长生，我师父在哪里？快把我师父放了！"

殿阁内忽然阴风乍起，一道黑雾卷了过来。

一阵阴冷的笑声传了进来，黑雾在殿堂中央凝成一个人形，黑气渐渐剥落，赵五郎终于看清了这恶名昭著的阴王房长生的模样。

他脸色青白，容颜看不出年岁，下颌微微有须，身穿一身黑色拖地长袍，气度确实很不一般。房长生负手道："老夫刚从封印中醒来，就有这么多道友前来拜贺，真是叫人受宠若惊啊！"

赵五郎道："我们才不是拜贺，而是来要人！"

房长生见赵五郎修为并不高，这般口出狂言心中大为不快，但他又细看了一下，见赵五郎双眼之中有异光闪露，忍不住露出几分贪婪，阴阴笑道："你跟你那个师父倒是分别藏了件好宝贝，只是这宝贝恐怕不是你这等修为能得的，给你也是浪费，不如乖乖献给老夫，老夫倒是可以考虑让你死得痛快些。"

他说这话时，忍不住伸手捋了捋胡须，这一个漫不经心的动作教谷神医见了忍不住浑身一抖。因为，这露出的右手有些奇特，只有四指！

谷神医惊道："你，你断了一指！你在修炼墨魔的肉身！"

房长生哈哈笑道："你这老道倒是有几分见识，我炼的可不只有一只魔！"他伸出左手，却只有三根指头。

一共断了三根手指，七指阴王房长生！

谷神医神色微微有些颤抖道："你一共断了三根手指？你真的炼成了三只恶魔？"

房长生笑道："不错，修炼恶魔，最后一步就是要断指化作他的肉身，好在老夫只修炼了三只，不然这十指可真不够用了啊。"

恶魔再强也不过是团灵力，若想要自己修炼的恶魔化出肉身实体，必要以自己身体上的血肉来给恶魔造肉身，常言道十指连心，这指头有骨有肉、有皮有毛，又与修炼者的心脉相连，以此铸就肉身自然是最合适的器官。

赵五郎不知这恶魔有没有肉身有什么区别，又径直问道："少废话，我师父他们在哪里？"

房长生见这小道人不惧强敌，一副愣愣的模样，觉得有几分好笑，说道："他们？可是那几个不知死活的道人，嘿嘿，自是去了他们该去的地方。"

他拍了拍手，黑暗中又走出一个模样奇怪的道人，只见这个人没有头颅，身着一件橙色黑边的道袍。

这无头道人摇摇晃晃地朝众人走了过来，声音像漏了气的皮球似的："见过诸位。"而后他朝赵五郎半俯了身子，客气道："这位小道人，可还记得我，梦中偶见，今日不想还有机缘再见。"

赵五郎奇怪道："我，我好像没见过你吧？"

无头道人嘿嘿笑道："你入了我的梦魇之境，怎么会没见过我？"

赵五郎脑中嗡了一声，这道人就是那只墨魇？这道人就是墨魇化出的肉身，怎么这么奇异骇人？

众人都是第一次见到墨魇的实体，忍不住都仔细瞧看。但见这道人有身无头，显然是房长生给它修炼肉身时太过仓促，有些地方出了差错，变成这般怪异的样子。

只是没有头颅，他又是如何说话的？

恶魔似乎看透了赵五郎的心思，轻轻撩开道袍，他的胸口裂开一个一尺长的口子，肋骨血肉清晰可见，这声音就从这裂缝中往外透出，难怪听起来如此怪异，像漏气了一般。

这恶魔显然还未成型，但房长生倒是十分得意道："能把魇炼成人形，数百年来我房长生还是第一个。墨魇，给他们看看那些道人。"

恶魔胸腔里应了一声，双手一摊，却见长生殿上落下三个黑色的铁笼，这铁笼模样古怪，上刻诡异纹路，所有的纹路像毒蛇一样在铁栏杆上缓缓移动，铁笼上一条巨大的铁链将其拴在半空中，葛云生、齐云飞、百无心和百无邪四个人分别被囚禁其中，百无心和百无邪一直被灵根龙守护着，不知是死是活，而葛云生和齐云飞依旧是一副昏昏沉睡的模样。

"师父！"赵五郎忍不住叫道，他眼见葛云生干瘦的身躯如同一片枯叶般悬在铁笼中，模样颇为凄凉，往日气度荡然无存，自己的眼角已经微微有些湿润。

而几乎就在同一时间，谷神医也苦叫了声："无邪！"

房长生发出叹息声："师徒情深，真是见者流泪啊！"

赵五郎大怒道："少阴阳怪气，快放了我师父！"

他一凝眉心，喷出一道火焰，朱雀烈焱虽然来势汹汹，但墨魔只是挥动长袍轻轻一带，就见层层黑气急旋而出，将这明亮的火光都收了个干净。

房长生冷冷道："这等修为也敢在我长生殿撒野？"他一扬手，一道黑气如同惊涛骇浪一般朝赵五郎涌了过来。

这黑气气势磅礴，速度惊人，还挟带万千恶鬼号叫，赵五郎呆了呆竟没有反应过来，白遇仙急忙飞出一道白纸，快速一旋，就将层层黑气挡了下来。

白遇仙笑道："看来也不过如此！"

房长生阴笑道："是吗？"却见原本洁白如雪的白纸上现出一道道焦黑的纹路，再过片刻，这白纸已化作一抹黢黑的纸灰，眼看是不能再用了。

而后黑气像冲破堤坝的洪水一般朝三人涌了过来，白遇仙急忙拉着赵五郎和谷神医跃上半空，险险躲过了这一击。

白遇仙身子一旋落回地上，表面上没什么表情，心里却惊了一下，他刚才飞出的白纸不是一般的纸张，而是瑾公笺，白遇仙以独特技法将这纸张凝炼，更加脆硬，质地犹如生铁，是最扛击打的纸物，不想就是这等纸张也不过须臾之间就被房长生的黑气染成一片纸灰，犹如烧焦了一样。

其实，并非黑气有灼烧的本事，而是白纸被黑气中的恶灵夺了灵力，变成毫无用处的灰烬罢了。

房长生冷傲道："入我长生殿者，便是死人，你们几个乖乖地交出阳魄，我让你们不至于死得那么痛苦！"

白遇仙倒也不惧，反而哈哈大笑道："咱俩还没开始打，你就这么嚣张，你当我白遇仙没见过高人吗？"他拧出一朵纸莲花，神情转为冷峻道，"我的千叶束也很想领教下七指阴王的本领。"

房长生不屑道："就凭你们，也配？"

他猛地一震长袖，整个大殿都随之微微抖动。

"小鬼何在？"鬼钟馗、吞噬童子等十多个人急忙闪了进来，恭敬道，"属下在此。"

白遇仙再次仰天哈哈笑道："你这偌大的长生殿如今就剩这十来个手下了吗？也太过寒酸了吧。"

房长生不以为意道："老夫被封印多年，这些鬼物如今还不成气候，自然还需要调教调教，再说了，我若杀你们几个小道人还需要召唤万千鬼物？传出去岂不是有损我阴王的威名！今日就先叫这几只小鬼试试你们的手段，看看你们配不配与我交手。"

这遗落渊内数百年无主，无数鬼物早已飘散到深渊各处，无法找寻，鬼钟馗、吞噬童子、鸠兰婆等人偶然间见雷泽湖内的三盘结界被破，趁机占地为王，躲入这遗落渊内借着长生殿中积蓄的阴气修炼鬼道术法。鸠兰婆更是在无意间得了驱鬼铁令，可驱使守卫在长生殿门口的掌灯阴兵。

三人在这长生殿内好不自在，但不想这好日子待了不过几年，阴王房长生就卷土重来，重归长生殿中，遗落渊内的鬼物如何敢不俯首称臣，唯他马首是瞻。

这鬼钟馗本是个极为自负的驱鬼道人，如今沦为房长生的打手，心头安能舒坦，但房长生修为之高，又岂是他这等鬼物敢违背的。

第五十六章

太阴将军

房长生一声令下，这十余人齐齐涌了上去。

鬼钟馗五鬼扇一开，五只阴将又跳了出来，五个人摇头晃脑，飞了过来。赵五郎立即甩出几张黄符，化作几道烈焰飞击而出。

一人五鬼已经斗在一处。另一旁的吞噬童子也喝了声："长！"自己摇身一变，骨骼肌肉暴涨，模样更加狰狞恐怖。谷神医却笑道："这人的术法我倒是可以破他。"

他飞出一枚灵藤种了，种了中立即生出无数于臂粗细的青藤将这吞噬童子紧紧捆住，这童子力大无比，"砰砰砰"几下就将青藤挣断，但谷神医一换口诀，就见这青藤之中又长出褐黄色的老藤，这藤木上生有片片鳞甲一般的坚壳，名曰铜甲藤，一条一条如同褐黄色的蟒蛇一般，比青藤更加坚韧，吞噬童子被藤蔓紧紧捆住，挣扎了一阵，始终挣不脱谷神医的铜甲藤，气得在地上哇哇大叫。

白遇仙道："常春老道，对付这些鬼物你也不需这般客气，该杀生还是得杀生，做尽千般好事还不是为了杀该杀之人时更加心安理得吗？"

谷神医点头道："白阁主说得有理，杀恶即是行善！"他立即再念一咒道，"灵藤灵藤，铜刺翻腾！刺！"铜甲藤之上立即生出几寸长短的铜刺，这些巨藤如同八爪鱼一样快速扭动，无数利刺扎入吞噬童子体内，瞬间皮开肉绽，鲜血直流。

吞噬童子受不得痛苦，急忙喝了声："缩！"

他迅速变回三尺小儿模样，想急急地从灵藤的空隙处逃出来，但不想这铜甲藤中又生出无数更加细小的旁枝，一把又将他擒住，牢牢地捆在柱子上。

谷神医冷笑道："我的铜甲藤虽然比不上掌门的千叶金蝉，但是用来捆缚你这种小鬼还是不成问题的。"

这边，鬼钟馗驱使五鬼阴将直奔赵五郎而去，赵五郎先前与这些阴将都有过交手，心中已经有了应敌之策。

他举起混元伞，喝了声："避！"整个人就消失不见了。

房长生微微有些怒意道："这混元伞可是我的宝物，怎么还流落到这么不入流的小道人手里？鬼钟馗，可是你做的好事？"

鬼钟馗吓得抖了一下，也不敢应答。

赵五郎也不管他们的谈话，借着伞的掩护径直朝五鬼奔了过去，这五鬼各个神色紧张，但他们又看不到赵五郎在何处，只有围成一个五角形向外张望。

赵五郎看了看这五个阴将，心中选定了一个目标，突然一收混元伞，猛地拍出一张雷符，紫电急闪，立即就将抱着万蝠壶的曹十击飞，泥罐摔在地上，裂出了一道痕迹。

曹十心痛不已，抱着万蝠壶"哎哟哎哟"地大叫着："我的宝贝哟！"

汪仁大怒，一手挥出万骨锤，骨锤变成一条白骨锁链直缠赵五郎而去。

赵五郎也不硬拼，又喝了声："避！"

白骨锁链缠了个空，又飞了回去。赵五郎反向闪了出来，又是一道雷符，打得汪仁晕头转向，但汪仁还没回过神来，赵五郎又消失不见了。这般迂回游击战术，让汪仁一身力气无处释放，气得哇哇大叫，一把骨锤化成白骨锁链四处飞舞。如此这般，五鬼虽然有五个，但赵五郎靠着混元伞的隐身术，不停地闪躲偷袭，也教这五鬼阴将无可奈何。不过五鬼之中，朱光最是恼怒，这混元伞本是它的法宝，如今却被赵五郎拿在手里反制于它，它当真是气不打一处来。

这一口恶气令他身形骤变，牙齿爪子疯长，又化成怪物一般的躯体。

朱光猛地拍出数爪，赵五郎急忙隐身躲避锋芒，朱光满腔怒意，每一掌都用尽十足力气，速度是越来越快，力道是越来越强，它的爪势一拍出都化作一道道炙热的气焰四处扩散，威力确实惊人。

李九见朱光又有些失控，劝阻道："老五，那小道人藏在混元伞下，你打不到他的，别白费力气了。"

但朱光哪里肯听这话，兀自疯狂挥出掌力，它一回头，竟然一掌直接朝李九拍了过去，手拿千魂幡的李九躲避不及被这气焰划到，整个千魂幡都被撕成碎片。

李九大怒："老五，你干什么？你疯了吗！"

汪仁朝鬼钟馗道："天师，老五不行了，它已经失控了，求你快快收回它的鬼形。"

鬼钟馗执意要杀了赵五郎取回混元伞，大怒道："五鬼听令，夺不回这混元伞，休想回我的玄扇之中！"

五鬼听到这话，一个个脸色大变，这五鬼都是借着玄扇上的图画之形，凝出的肉身，每日必要在扇子中待足两个时辰休养生息才行，若是不返回扇子中，这五鬼必然要失了肉身，散尽百年修行，化作一团毫无意识的无主孤魂。

这对鬼物而言，当真是最恶毒的惩罚了。

汪仁无奈道："我等合力速速杀了这小儿！"话虽如此，赵五郎却始终躲在混元伞下面不出来，五个人根本找不到他在何处。

此时，朱光俨然已完全失控，它也不管是敌是友，见人见物就杀，见东西就挠，汪仁和张四都是御刀御剑的好手，暂能勉强抵挡，曹十却没那么幸运，他还在心疼自己的万蝠壶，这边朱光已经朝他杀了过来，其他三鬼连忙大叫小心！

朱光的利爪已经拍了过来，万蝠壶彻底碎裂，一摊浓黑的血液流了出来，正是壶中蝙蝠王的血。曹十还在骇然，朱光又出一爪当头拍下，利爪划过曹十的脑袋，曹十身子晃了一下，连叫都来不及叫，就化作一股黑烟消散不见了。

"大哥！"汪仁大叫道。

"朱光，你竟然杀了曹十！"其他二鬼也惊恐道。

朱光早已是不辨敌友，它桀桀笑道："哈哈哈，谁说我胆小如鼠？谁说我懦弱无用？我朱光今日见鬼杀鬼，见神杀神！你们都是我的敌人！都要死！"

他又拍出几掌，其他三只阴将急忙躲避，朱光杀了一阵，见这些鬼物都不敢与它正面交锋，它一瞧远处的房长生，突然大喝一声道："什么破阴王，我今日便杀了你，还我自由之身！"

它转头疾奔而去，誓要杀了这阴王房长生。

鬼钟馗大惊，急忙喝道："朱光阴将，速速回位！"

但这话已经晚了，朱光高高跃起，十指全张，森森利爪已拍了下去，但这爪子刚拍出一半，就停在半空再也下不去了。房长生一只手已经扼住了朱光的脖子，冷笑道："就你这鼠辈也敢如此放肆？我就知道你们几个还不够忠心！"

鬼钟馗见房长生起了杀意，惊恐道："阴王请手下留情，这五鬼阴将在下炼了多年才小有所成，请体恤在下的一番苦功。"

房长生哈哈笑道："几十年也才炼成这么个无用的阴将，不得不说悟性着实一般，不如安心归服于我，让我传授些精妙鬼道之术于你，岂不胜你苦修百年！"

"不过……"他口气又一变，怒喝道，"若是你心怀异己，有那么一丝一毫不甘心情愿，你们的下场就如同这只老鼠一样！"房长生猛地将朱光高高抛起，挥出五指，凌空将它的心脏挖了出来，那是一枚黑红的鬼心，臭不可闻。

朱光发出一声尖啸，整个人立即化作一股黑烟四处飘散，如流水般泄去，再也不见踪影。人被杀了就成为鬼，鬼被杀了也会堕入聋道，阴间鬼之畏聋，尤胜阳间人之畏鬼。鬼钟馗难以置信自己苦炼而成的五鬼就这么少了两只，其他三阴将也吓得瑟瑟发抖不敢作声。

房长生厉声道："归顺我长生门者，尽享长生之福，不归顺者，永入酆道，不得超脱！"

长生殿内外所有大小鬼齐齐跪拜，高声诚服道："愿为阴王效犬马之劳！杀尽长生之敌！"

白遇仙看了摇头道："要不说怎么会做鬼，真是蠢不可及！蠢不可及！这几句话就被镇住了！"

众鬼将气焰陡涨，一起蜂拥而上，但白遇仙根本未将这几个人放在眼里，他弹出白纸，化出道道纸剑飞舞而出，只是一招就将这些鬼物逼退数丈，一个也近不得身。他摇摇手指嘲笑道："太差！太差！"

房长生却不以为意，他一指白遇仙道："我看你倒是颇有道行，这些小鬼自是奈何不了你，不如试试我的太阴、太岁两位将军如何？"

白遇仙摇摇扇子，笑道："不要装神弄鬼，有什么本事尽管来，你若本领不济，就快快放了这几个道人。"

房长生也不生气，他抖出一滴黑血，在空中画了一道歪歪曲曲的鬼符，口中念道："敕奉号令，恭请太阴太岁两位将军，现形！"

大殿之上传来一阵窸窸窣窣的爬动声，这声音听起来尤为熟悉，是一种鳞甲交错，千百只爪子爬过的声响。

"又是大蜈蚣？"赵五郎骇然道，他现在也像葛云生一样，对这些密集、多足的虫子十分厌恶。

"不是百足赤龙，是太阴将军！"谷神医神色微微一变，他朝大殿之上弹出一枚绿色光球，光球如同孔明灯一般迅速升了上去。

众人抬头看去，不由得倒吸了一口冷气。

这长生殿九重殿阁，层层石梁交错搭在石壁上，青黑色的瓦片鳞次栉比而上，一眼望去高不见顶，如同一个悬在头顶的深渊一般。

殿阁内一半是青石砖瓦，一半是黑石山崖，山崖之上不知道用什么颜料，画了密密麻麻的鬼兵鬼将，这些鬼兵之中还盘着一只青红色的巨大多足虫怪，状如蜈蚣，脚却比蜈蚣长，模样甚是丑恶。

这正是房长生口中的太阴将军，千足蚰蜒。

第五十七章
御火成刀

壁画上的虫子只有一只巨大的红色眼睛，它突然抖了一下眼珠子，渐渐复苏，只见它整个虫身色泽愈加鲜艳立体，下半身还在壁画里，上半身却已经化为实体，无数长足破壁而出，互相摩擦发出令人发麻的声音。

太阴将军在崖壁上挣扎了一阵，终于整个身子都从岩壁上爬了出来，它整个身子是暗青色的，背甲之上长满赤红色的凸起物，像镶了一个个拳头大的宝石一般，千余只黑红相间的长足，每一条都像大腿粗细的铁钩。

这庞然大物模样巨大且古怪，盘踞在长生殿顶上，发出"呲呲呲"的叫声，而后快速地旋了下来，谷神医和赵五郎见此都不由自主地后退了两步。白遇仙却毫不畏惧，问道："不是有两位将军吗，另一位太岁将军何在？"

房长生笑道："那太岁将军可不是在你们脚下？"

赵五郎急忙低头一看，不由得更加震惊。

脚下黑色的石砖如同黑色水晶一般呈半透明状，俯看下去，隐约可见砖石下面有一团肉色的庞然大物，足有一丈大小，这东西无头无脚，却不知是个什么东西。

忽然，这肉团迅速朝众人移动了过来，地面像起了波浪一般抖动了一下。

肉团微微蠕动了一下，竟然透砖而出，它裂开一个口子，化成一个嘴巴，这嘴巴之中密布环形的细齿，只是轻轻地吸了一口气，四周破碎的砖石立即像水浪一般朝肉团的口中涌去。

这便是太岁将军，一种能遁地、能吞物的恶虫。

太阴、太岁二将一上一下攻了过来。

谷神医往房顶上又弹出一株灵藤，想要用藤蔓将太阴将军捆住，但不想这太阴将军百足利如刀刃，只是几下便将这灵藤绞碎，谷神医只好又祭出铜甲藤，这把利足没能立刻将藤木割断，但这恶虫一低头，"噗"的一声朝铜甲藤上吐出一口毒液，毒汁喷了下来，无论脚下的砖石，还是身上的藤木，一旦沾染上立即化作了臭水。

千足蚰蜒疯狂地喷吐毒汁，三人急忙四下散开躲闪这毒液。

而这脚下的太岁也完全苏醒过来，肉身像蛞蝓一般缓缓舒展，肉球之中生出无数拳头大小的眼球，每一颗都黑乎乎的，闪动着妖异的光泽。

"这是千眼太岁！"谷神医惊叫道。

太岁原本不过是团活肉，不死不灭。但有一种太岁，十分嗜血，它每过百年便会化出百眼，过了千年便会化出千眼，是为千眼太岁。

千眼太岁如同饕餮，万物皆吞。

千足蚰蜒却像恶龙，有吐不尽的污秽之物。

这一吞一吐两大恶虫都是借着遗落渊的鬼物生出的至阴至寒之物，五行不受，极难对付。

白遇仙却冷笑道："什么太阴太岁，我看不过是两只臭虫！"

两只恶虫疯狂扑至，白遇仙也不再说话，伸手御纸化剑，纸剑在空中一抖，瞬间坚硬逾铁，利如玉阙。

白遇仙御剑直击千足蚰蜒而去，这恶虫立即狂喷恶臭的黏涎，纸剑沾污，立即软化成一堆纸泥。

白遇仙"咦"了一声，道："好污秽的黏涎！"

他冷哼一声，又一抖长袖，原本污秽不堪的烂纸就烧了起来，纸张燃成一团火球，直接朝千足蚰蜒口中弹去，但这怪物也不是省油的灯，整个身子一旋便躲了过去，它再一弹尾巴上的尾刺，直接就将这火球打散成了纸灰。

千足蚰蜒千足齐动，顺着石柱石梁径直爬了过来，齿爪交错，更有碎石滑落下来。

白遇仙道："常春老儿，你先缠住这千眼太岁，我先去杀了这蚰蜒怪，一会儿再来帮你。"

说着他又化了一柄纸剑，御剑朝长生殿房梁上飞去，他飞了一半又朝赵五郎道："小道士，我看你的修为也长进了不少，先对付那几个鬼物，保住自己性命要紧。"

赵五郎有混元伞在手，对付鬼钟馗等人基本已是不在话下，他应了一声，就见鬼钟馗等人已经冲了过来。

五鬼术如今被破了两鬼，只剩汪仁、李九和张四三人，赵五郎更有恃无恐，鬼钟馗奋力挥扇驱鬼而来，赵五郎急忙放出火精，火焰翻腾教这三鬼一时也不敢靠近。

汪仁先前吃了赵五郎雷火术的亏，一直心存恨意，它大喝一声："凝骨成兵，骨刀斩魂！"万骨锤化作一柄白骨刀直接劈向赵五郎。

赵五郎御起风影咒，身子一闪躲了过去，紧接着张四、李九又御起夺魄剑和千魂幡来收赵五郎的三魂七魄，赵五郎驾驭火精回身一旋，火光化作一道屏障将这剑芒和厉鬼悉数挡掉了。

四人各显其能，斗了一阵，也未分出胜负。

鬼钟馗在一旁又想使出九幽冥火，但一想起上次误伤了鸠兰婆，心中就有些发虚，这九幽冥火乃是返照之境的术法，本就不是它自己修炼而成的，驾驭起来并非那么得心应手，若是有偏差又伤到自己的阴将，那可是自毁修为。

鬼钟馗急得团团转，一时不知如何下手。

这边，赵五郎却是越打越兴奋，他只觉自己打的时间越长，心脏转得就越快，混元灵力和火精烈焱在自己体内就愈加快速地流转，到最后他只觉自己有用不完的真气，杀戮之心也是越来越强盛。

赵五郎此时看到的景象与方才已是大不一样，他能看到各色杂乱的气体在四处流动游荡，鬼钟馗等人的体内各色真气如何运行流转都瞧得一清二楚，这正是神明如电的另一个作用，六识俱明，天眼神通，可观道法本源，进而修得一窍百通的绝技。

赵五郎冷笑一声道："招式用久了难免就老了！你们这样跟我打哪里有不输的道理。"

他闭上双眼，只觉慧海之中明净如镜，汪仁、张四、李九三人的术法在镜子中一一显露，如此的清晰透彻。

赵五郎突然想起自己初遇火精时，七圣社的火师陆寿可以随意改变火精的形状，这火精是烈焱灵力，本就没有固定的外形，想到这他突然领悟到新的法门，双手也像汪仁一样一凝火精，火精在手心中收缩变幻如同一团软泥。

赵五郎双手的四指齐齐用力，只听火精一声尖啸，突然暴涨而出，火光直冲天际也化作一柄巨大的火刀，跟汪仁的白骨刀一模一样。

三个阴将大惊，这赵五郎何时也学会了这凝物成刀的技法，赵五郎道："你们的一招一式我都看得清清楚楚，自然也能学了为我所用。"

神明如电，一通百通，万千道法自可信手拈来可用。

赵五郎与火精心意相通，这火焰刀虽然没有汪仁白骨刀的霸道，但火光明亮更加精粹，刀势猛劈过来，将汪仁的白骨刀斩成碎片。

一时间，火光、碎骨漫天飞舞。

汪仁大惊失色还要再凝碎骨，赵五郎却速度更快，他双掌化指一凝，烈焱刀已高高祭起，这一刀从上猛劈而下，汪仁尖啸了一声，在炙热的火光中化作一缕黑烟消失不见。

汪仁是五鬼阴将中修为最高的一个，张四、李九眼见赵五郎一刀就劈散了汪仁的鬼形，吓得赶紧往回躲，鬼钟馗也急忙打开五鬼扇想要把这二将收回去。

此时赵五郎已杀戮成性，他一变换指诀，火焰刀化作了锁链飞舞而出，直接将张四和李九抓了回来，火链一绞，这二阴将也随汪仁一般化作黑烟消失不见。

鬼钟馗惨叫道："我的五鬼！还我五鬼！"

"臭道士，你受死吧！"

他翻了个扇面，再也毫无保留，猛力一挥扇子，黑色的火焰席卷而来，正是九幽冥火。

赵五郎神色冷傲，立于殿内冷笑道："冥火再疾，也是三界之火，与我的混元避世伞相比，也是毫无用处！"他急忙开了混元伞，消失在火浪之中。

鬼钟馗大怒，他如何不知这混元伞的妙用，当下急忙收了九幽冥火，奔过去四处瞧看，赵五郎突然从他背后闪了出来，迅速拍出一张雷符，紫电急闪，鬼钟馗直接就被炸出长生殿，摔落在平台之上。

赵五郎还要再弹出一符，鬼钟馗却翻身一扇，九幽冥火再度喷薄而出，赵五郎又故伎重演，先躲再闪，又是一道火符，打得鬼钟馗又是滚了两滚。

鬼钟馗一次次受辱，禁不住大怒道："有本事你别用我的混元伞，用你的符箓道法与我较量较量！"

赵五郎此时已完全被混元灵力所制，整个人早已换了一副模样，他转了转手中的混元伞，笑道："你的混元伞？这混元伞从现在开始已经姓赵了。"

鬼钟馗还要说话，赵五郎却"啪"的一声收了混元伞，他将伞插在背后，而后冷冰冰地道："今天就让你输个明白。"

鬼钟馗暗叫好机会，立即再扇冥火，浓黑色的火浪化作千军万马奔腾而来，赵五郎也不躲避，整个人站立不动，他一抵眉心，绛宫内的心脏突然开始逆转，蓝光渐渐消失，红光逐渐强盛。

赵五郎的心脏靠的是两股灵力的旋转带动周身血脉气息运行，这正转为混元灵力主导，化出的乃是冷冰冰的混元之力。而逆转则是火精主导，生出炙热无比的烈焱之力。灵力转化都在他一念之间，只是这一念不管向左向右都是成魔之道，唯有守住心念不偏不倚才能保持本性。

此时，绛宫逆转，赵五郎只觉得浑身的烈焱越转越快，红色的光芒遍布全身，将自己的血液都烧得沸腾，他感觉自己体内的火精在蠢蠢欲动，而自己也像一只振翅欲飞的朱雀一般，想要统御三界，威震八方！

赵五郎双目紧闭，手中自动捏诀念道："北斗七真，统御万灵。朱雀解意，与我通灵！敕！"

又是这招通灵法！但这次的通灵法与他在无人渡时对付百足赤龙的大不一样！

第五十八章
以身化灵

赵五郎浑身开始散发出无比炙热的气息，他的双眼早已由蓝转赤，每一个毛孔都在往外喷吐烈焰，只是眨眼之间，整个人就变成一个剧烈燃烧的火人。

火焰不断壮大，直冲遗落渊上方而去，照得原本幽绿的深渊变成一片赤红，鬼钟馗不知赵五郎这番又要用什么道法，急忙更加快速地扇动九幽冥火，火浪席卷而来，将赵五郎的火柱层层围住。

黑色的火浪围绕着红色的火柱旋转，犹如惊涛骇浪中的不周山，天地都为之变色。

赵五郎突然暴喝了一声，火柱之中化出一对巨大的火焰翅膀，一声猛禽的尖啸破浪而出。

赵五郎整个人已经变成了一只巨大的烈枭升腾而起。

谷神医在长生殿内见到殿外的情景，也惊得瞠目结舌道："他怎么会这招？这种通灵法可是许久未见了！"

驭灵司的通灵法分为三个法门，其一乃是以灵化身，就像小茹的通灵术法一样，将人的神志融入灵兽之中，借用灵兽的躯体来行动做事，这是最粗浅的法门，大凡驭灵一脉的修道者大多会用。

其二乃是以身化身，就像百无心一样，将自己的肉身和玉阳雀的肉身合在一起，变成更加威猛的神兽。这等法门比较不易，至少要修得凝神之境才能炼成。

其三正是以身化灵，将自己的肉身化入灵力之中，变成单纯的一道真灵，从而祛除肉身的限制，飞天遁地无所不能。这一术法十分少见，并不是说对修为和内力要求极高，而是金、木、水、火、土、风、雷这七真灵力不易寻找，而且修炼者必须与真灵心意完全相通，这样当自己的肉身完全融入真灵之中时，才不会被灵力所伤。

若是人灵未能一心无二，这种通灵法极易导致自己肉身被灵力反噬，人与灵再也分不出来了。赵五郎将自己化入火精之中，这不正是以身化灵的通灵法吗？

赵五郎一次次的挫折奇遇，早已与这火精血脉相通人灵相融，也正因为如此，能让他一举悟出这招罕见的通灵法！

赵五郎化作的火枭仰天长啸，声音仿佛穿透九霄而不散，鬼钟馗大惊失色，双掌运风疯狂吹动五鬼扇，掀得黑色火浪如惊涛骇浪般狂卷而至。

这火枭的火色还是赤红如血，原本是抵不过这黑色的冥火，但火枭却不硬拼，而是张开双翅振动高飞，巨大的翅膀带出炙热的风浪，这风劲远比鬼钟馗五鬼扇的风力更大，只是扇了三下，就把层层黑火吹了回去。

冥火反扑，鬼钟馗急忙御扇喝道："收！"

层层黑火回收到了扇子里，赵五郎化作的火枭也趁机飞了过去，他口中再喷出一道烈焱，这火光已然是红中微微带蓝，比原先赤色的火焰更加耀眼，鬼钟馗无处可躲，只好张开五鬼扇在胸前画了个印记挡了一下。

火焰汹涌而来，扇子被赵五郎的火焰冲破了一道口子。

五鬼扇被撕裂，扇子中的黑气开始疯狂四溢，无数冤魂厉鬼从扇子中挣扎着爬了出来，赵五郎这才看清原来这黑色的扇面上有成千上万的鬼影，赵五郎道："以鬼力凝成扇形，你这小小的扇子如何装得下万千冤魂的愤怒！"

鬼钟馗眼见自己的扇子开始破裂，已是一副心疼加绝望的表情，他哀号道："不可能！不可能！我的五鬼扇坚不可摧，不可能破的！"

"臭道士，我马上就要登入返照之境，怎么可能输给你！"他奋力再扇五鬼扇，黑色的冥火混合着鬼物呼啸而出，但他此时这一招早已是强弩之末了。

赵五郎冷冷道："返照之境又如何，我凝神之境照样能破你！"他再喷出一道烈焱，两道火光猛烈撞击，而后烈焱冲进五鬼扇中，这纸扇终究是承受不住内外力道的挤压，只听"嘭"的一声，无数黑色的焰火喷涌而出，在长生殿门口炸裂成一团黑色的火花，鬼钟馗无处闪躲，整个身子被九幽冥火炸成黑色的粉末消散在长生殿前。

其他阴兵鬼将见鬼钟馗惨败在赵五郎的朱雀烈焱下，一个个再也不敢过来，只是远远地躲藏在上上下下的柱子、台阶后，窃窃私语，伺机再攻。

恶战方罢，烈枭光芒回收，赵五郎身上的火光也渐渐熄灭，双眼之中恢复黑色的眸子，这灵力一退散，他只觉自己仿佛做了一个长长的梦一般，整个人颇有些疲惫不堪，站都有些站不稳。但此时战况正酣，难以容得他歇息，赵五郎不过稍稍喘了几口气，就急忙转身朝大殿之中跃去。

一入长生殿，已是处处恶战，白遇仙早已飞上九层大殿的房梁上，与千足蚰蜒打得不可开交，这蚰蜒浑身铜甲铁足，似乎坚不可摧，白遇仙的纸剑虽然削铁如泥，但也难伤它分毫。

而千眼太岁更是邪门无比，它的身形可大可小，可长可短，可以在墙壁和石柱之间自如穿梭，最厉害的是它的每一颗眼珠子都能散发出妖异的光芒，若是被这光芒击中，必然会神志溃散，为其所吞。

谷神医拼了老命架起灵藤死死守护，才没被这异光所伤。

赵五郎奔了过去道："常春前辈，我来助你！"

谷神医道："你别管我，你去把那个铁笼子打开，把你师父他们放出来，时间晚了，怕他们要支持不住了。"

赵五郎见谷神医还能支撑一会儿，立即开了混元伞躲过千眼太岁的毒光，直奔囚禁葛云生的铁笼而去。

铁笼离地足有四五丈的距离，晃晃悠悠，那只墨魔静静地站在铁笼下一动不动，手中三道黑气却源源不断地朝三个铁笼中流去。

如今葛云生齐云飞二人已在墨魔和逐月夫人的双重梦境之中，虽说是双重但却更加不稳定，因为这双重梦境并非互相支撑，而是互相排斥侵蚀，只要墨魔稍稍分神，葛云生二人必然被逐月夫人的梦境完全掌控，自己就再也控制不了葛云生二人的心神了。

再加上葛云生本身聪慧过人，赵五郎又入梦一再捣乱，这二人的梦境早已是岌岌可破，若非葛云生的辨真混元心被墨虫所遏制，墨魔根本不可能控制得住葛云生，所以它寸步不敢离开这三个铁笼子，一直御气牢牢锁住这几个人。

赵五郎刚靠近铁笼，就被墨魔察觉，它冷冷道："小道人，你打不开这笼子的，何必徒劳。"

赵五郎道："不试一试怎么知道？"他开了混元伞整个人往半空中蹿去，而后飞出一道火符想要击毁这铁笼子。

墨魔身子黑烟一闪，烈火瞬间消失。它毫无情感道："在我这里，从来没有意外！"

赵五郎嘿嘿笑道："那是因为你没碰到我，我的生活里可是处处充满意外！"他招呼火精化成一柄巨大的火焰刀猛地朝墨魔劈了过去。

火焰刀呼啸而下，炙热难当。墨魔原本不怕烈焱，但它此时有了肉身，却惧怕自己的肉身被赵五郎的烈焱烧坏，急忙一聚黑气想要将火焰刀挡下来，但不想这不过是赵五郎的一个虚招，火焰在空中一转，直接朝铁笼飞去。

三具铁笼几乎同一时间坠落在地，巨大的震动让葛云生整个人都微微抖了一下。

赵五郎大喜道："师父，你要醒了吗？"

只是等了片刻，葛云生等人还是没有醒来，齐云飞的脸色似乎变得更加难看了，赵五郎心里更加着急，用力地拍打铁笼叫道："师父，云飞，你们醒醒，你们快醒醒啊！"

第五十九章

破梦出笼

原先一直作壁上观的阴王房长生实在是看得有些不耐烦了，"你们这些小鬼可真叫老夫失望，墨魇，速速取了他们性命！"

墨魇旋身而上，一团黑气化作五指又压了下来。

赵五郎急忙打开混元伞顶住这一掌。黑气化作的巨掌力大无比，无数的黑气绕过混元伞，如附骨之蛆般朝赵五郎身上钻去。

墨魇冰冷道："小道人，上次侥幸让你破梦而逃，今日我看你还能不能破梦而出。"

黑气围了过来，赵五郎只觉自己的意识渐渐有些昏沉，这墨魇之力仿佛渐渐要控制住他的心神一样，但过了片刻，赵五郎却依旧没有进入梦魇之境，只是觉得有万千的虫子在脑袋里钻来钻去，头疼得要命。

墨魇有些惊讶，道："怎么可能，你竟然对我的墨魇之力免疫？"

赵五郎痛得龇牙咧嘴，大叫道："因为我赵五郎可不是一般的道士！"但这硬话刚说完，他就不争气地大叫起来："哎呀，疼死我了！"

头顶上，白遇仙久斗蚰蜒不下，突然心生一计折了只巨大的纸公鸡，去戏弄蚰蜒，自己则跳到一根石梁上休息，摇头晃脑道："你们人多势众，这么打起来可是要人命，我且先歇一阵，一会儿再跟你们打。"他低头一看赵五郎整个人都被恶魔之力所包围，惊讶了一声，以为赵五郎必也是入了梦魇之境，但再一看却发现这小子神志还算清醒，显然还未入梦，也是大为诧异，只是过了片刻，他就笑道："我懂了，你小子是个无心的人，心都没了，控制心神的术法对你自然也没什么用。"

其实这话白遇仙只说对了一半，赵五郎虽然没有了心，但神志依然在，墨魇若是侵入他的慧海依然是可以控制他的，不然赵五郎也不会被雾海迷香控制，也不会见到那些梦境，只是赵五郎体内的这股混元灵力最是聪慧，它在梦里破了恶魔的梦魇之境，就学会了破解之法，所以此番同样的术法再来，自然是很难奏效了。

白遇仙道："算了算了，看你小子可怜，我帮你一个忙。"说着他化纸成镖，急旋而来，直接破开了囚禁葛云生的铁笼，墨魇担心葛云生等人破梦而出，急忙又朝这些人拍出一团黑气。却不想铁笼之中，原本包裹成一团的灵根龙突然分裂开来，化作一条九头蛇直接将这黑气死死地挡住了。

赵五郎眼见这灵根龙还生龙活虎，料想这百无邪必然也是安然无恙，心中大喜，叫了声："是无邪！"

但铁笼之中悄无声息，似乎百无邪根本没有醒来。

墨魇恶狠狠道："好个灵根宝物，你能长春不死，我也能吸尽你的灵气！"这墨魇之力除了能营造梦境，更能吞噬灵力，它一御掌，黑气涌来疯狂地吸取灵根龙的灵力，灵根龙快速飞舞，死死地护住三个铁笼子，只是此消彼长，抵抗了片刻终究力有不逮，这灵根龙在笼子里已经受墨魇之力折磨许久，这把也是强行护主，再抵挡了一阵，终于从一条威武万千的九头龙变成了一根筷子粗细的树藤。

"啪嗒"一声，灵根龙摔落在地上一动不动，看那颜色也从黄绿色变成黯淡无光的灰黑色，显然是被吸光了灵力。

墨魇哈哈笑道："好纯粹的阴力！果然十分受用！现在，我得杀了你们！"

它还要往前攻，忽然却见灵根龙身后一道火光飞舞而出，这火光从赤红转为深蓝，火焰如潮水般冲破黑色的烟气，径直朝墨魇飞了过去，竟叫墨魇也吓得退避几丈。

"蓝焰？"墨魇也是惊了一下，这可是返照之境的修为！

"是谁？"难不成……

火光如烟花炸裂，蓝焰之后已然站了三个人影，正是葛云生、齐云飞和百无邪，而百无心却依旧昏迷不醒。

墨魇惊讶道："不可能，你们不可能醒得这么快！"

除了葛云生外，齐云飞和百无邪的脸色都有些惨白，葛云生踏前一步，冷冷道："什么狗屁梦境，若非我自己封了混元心，你这些鬼道的把戏如何能控住我葛云生。"

他抖了抖手中的一道赤符道："你有嫁梦术，我有破梦法！臭东西，赤阳断梦之术你听过没有？"

墨魇还愣在原处，葛云生冷笑道："一看就知道你没听过，不过也没关系，反正我已经用它破了你的梦魇之境。"原来方才铁笼着地时，剧烈的冲击令葛云生和齐云飞在梦境中也受到震动，这梦境稍稍一晃动，就让葛云生抓住了逃生的时机，第一时间施展赤阳断梦咒法，一举破梦而出。

只是，齐云飞又是如何破梦而出的？

墨魔大为惊讶，心想这二人的本事可当真不小！自己真的是太大意了！

葛云生嘿嘿笑道："臭东西，你困了我几天几夜，现在也该轮到我收拾你了！"他正要催动体内的真气，突然觉得胸口内又一阵疼痛，显然这墨虫又开始吞噬心力，一阵一阵的剧痛传来，令葛云生的整张脸都忍不住抖了一下，只是这痛楚登即被自己强压下来。

白遇仙瞧在眼里，在空中道："葛云生，你体内还有玄天明的墨虫未去，你这功力施展不出一半，想要斗过这墨魔怕也是很难。"他掏出一枚丹药，笑道，"这是全天下唯一能解墨虫的化墨丹，是苏老儿亲自炼制的，你求求我，我就把解药给你！如何？"

葛云生哼了一声道："我看不必了，怕你自身也难保了！"

白遇仙很认真道："我可告诉你，这墨虫全天下真的只有这丹药能解，快点儿求我，我这药绝对药到病除，让你重新施展混元之力。"

葛云生是一点儿都不想求白遇仙，白遇仙非要葛云生来求一求他，眼见这二人还在斗气，谷神医急忙劝道："白阁主，葛真人，如今都到了这份上，何必再争一时意气，我等还是想着如何齐心协力御敌最要紧。"

他第一时间给众人递了几枚回神丹，他见齐云飞等人气色十分虚弱，又不惜耗费自己的真元，给他们传入一团绿芒，这三人的神色才稍稍好转。

百无心伤势最重，她昏昏沉沉地醒了过来，瞧见四周的情景，神色大变道："这是哪里，我如何在这里了？师父呢？他怎么样了？"

齐云飞怔了怔道："你师父他……"这话他怕伤了百无心的心，不知怎么说出口，倒是百无邪直来直去道："师尊只是被人破了元神，倒不至于有性命之虞，反倒是姐姐你，差点儿就死了，可吓死我了。"

"破了元神？"百无心挣扎地爬了起来，在她心中威严如神明一般的严明崇，竟然也被房长生和神秘人破掉了元神，这简直比自己被打败了还要难受。

她喃喃道："不可能！师父不可能会输的！"

百无邪摇头劝道："那二人也都是一等一的高手，师尊也只是以元神出战，能斗成这样已是不易了，不算输的。"

百无心瞪了百无邪一眼，道："你懂什么，师父闭关必是修炼本门神功，如今被破了元神，想必这神功再难练成，这可不是误了大事。"

百无心转头又看了一眼齐云飞，想起自己昏迷之前的最后场景，脸色微微一红，咬了咬嘴唇，似是做了很大的决定才朝齐云飞致谢道："我若没记错，当时我坠落下来，是这位公子救了我，驭灵司门下百无心谢过公子。"

齐云飞微微点了点头回应了一声："在下齐云飞，举手之劳，不足挂齿。"两人四目相交，互相怔了下，纷纷脸色一红，又不再说话。

百无邪看在眼里，记在心里，"嘿嘿嘿"地干笑了两声，一副欲言又止的表情。

百无心登即有些羞恼，娇喝道："百无邪，你笑什么？"

百无邪翻了翻眼珠子，笑道："原来姐姐你的心里也不是只有练功啊，我看'无心'二字也可以改一改了。"

百无心和齐云飞二人脸色均是一红，百无心更是立即呵斥道："百无邪，这都什么时候了，你还有心思开玩笑！"

齐云飞也尴尬道："你们两个有伤在身，且在这休息一会儿，我去助他们一臂之力。"说着自己负剑就朝葛云生处掠去。

原本房长生是一副胜券在握的姿态，但眼见这些人从梦魇之境中活生生地破梦而出，开始让他感到有些焦躁不安，他冷喝道："墨魇，你的梦魇之术为何没有夺走这四人的精元！可是在梦中留了一手？"

墨魇低头道："那驭灵司的两名弟子被灵根所护，暂未进入梦魇之境，而这二人，非墨魇不夺他们精元，而是那小道人受高人相助，入了我的梦魇之境，破了我的术法，让这二人跌入两个梦境的边缘，故此，我不能亲手杀他们，只能以梦境暂时控住他们，是墨魇无能。"

房长生怒道："非你无能，而是你过于执着法则二字，不肯痛下杀手！再说普天之下能破你的梦魇之境的，除了赤月门的那些臭娘们儿还有谁？"

墨魇没有答话。

"不如今日就一网打尽！"房长生又一震身后的石碑，飞出一支黑铁令，急急念道，"阎罗有命，令我排兵。百鬼受敕，佐吾行刑！"

第六十章

百鬼行刑

长生殿上又发出一阵"嘎啦嘎啦"的声响，只见壁画中的鬼将鬼兵一个个摇头晃脑全部复活了过来，鬼兵手持刀枪挣扎着从黑色的岩石中爬了出来。

这些鬼将鬼兵一个个浑身焦黑，如同黑泥捏成的一般，污秽不堪。而那只千足蚰蜒也撕烂了纸公鸡爬了下来，整个长生殿内已完全被这些鬼物层层包围了。

白遇仙道："你这阴王不讲道理，你们人多，我们人少，这样打起来可不公平。"

房长生冷笑道："公平？玉文道人当年率领滇南正道数百人围攻我一人，这是否也算公平？"他怒意难平，恶狠狠道，"胜者为王，败者为寇，这是千古不变的铁律，你入了遗落渊，就得服我鬼道的规矩，你们都乖乖受死吧！"

他一扬手，数百名阴兵齐齐杀了过来。

葛云生见长生殿内鬼物众多，立即吩咐道："不如这样，我对付这只恶魔，白遇仙你负责这千足蚰蜒，常春道人和云飞对付千眼太岁，五郎照顾好这对驭灵司弟子。"

白遇仙摇头道："我凭什么要听你的，我偏要去打千眼太岁！"

葛云生道："千眼太岁会射出毒光，白阁主的道法恐怕恰好会被其所克，你不怕伤了自己吗？"

白遇仙勃然大怒，道："放屁！当真放屁！我的御纸术怎么可能会被这臭虫所克！我这便杀了它给你看看！"说着也不管其他人，自己朝千眼太岁飞了过去。

谷神医见了忍不住叹道："白阁主修为卓绝，但性情当真是……葛真人不过几句话就能让他顺你所愿，贫道佩服。"

葛云生哼了一声，道："治这种怪人就得用这怪招。"

原来这千足蚰蜒乃是金刚之躯，白遇仙的御纸术虽然千变万化却始终难以破它坚甲，这般斗下去自然是没有胜算的。反倒是千眼太岁虽然神出鬼没，毒眼厉害，但白遇仙的道法本就是灵巧之术，加之御纸可以遮盖毒光，却刚好能制住这一邪法。葛云生深知这人怪里怪气，肯定不听他吩咐，故意说他打不过千眼太岁，这一激将法果然让白遇仙上当。

葛云生随后又恭敬道："常春道长，你的内力已经消耗了不少，不如你先照看这驭灵司的两位弟子，这些鬼物暂时就交与我们对付。"他回头盯了一眼墨魇，双眼之中火光暴绽，想他被墨魇控在梦中，受尽折磨，此番出梦早已积了一肚子的火气，整个人身子一跃，喝道："五郎，你和云飞先控住那只千足蚰蜒，这东西就由我来收拾！"说着，双掌就朝墨魇拍出一道雷火。

墨魇不动声色，只是冷冷道："你想以五行之力对付我？"

葛云生嘿嘿笑道："你这墨魇若是成形了自然是不好对付，但你现在不过是个残躯，雷火之力一样可以打烂你的肉身。"

这墨魇若是完全修得肉身，便能将这肉身与魇合二为一，随心所欲灵肉互换，做到肉身不毁魇神不灭，当真是无限神通的灵物。但房长生显然有些太过着急，炼制这只墨魇时候还未到就以自己的一指化出肉身，最终化出这么个残缺不全的怪物。

赤红色的闪电夹杂火光直飞墨魇的肉身而去，墨魇也拍出一团黑气阻隔雷火之力，黑气急旋，一点一点将雷火之力吞噬。

葛云生再催掌力，雷光之中蓝色的火光迸裂而出，这是太阴真火，虽属于五色正火之一，却是正火之中唯一的阴火，也是吞噬之焰，这一蓝一黑两股力道互相吞噬，交缠在一起难分难解。

另一边，齐云飞不等赵五郎，自己已经提剑朝千足蚰蜒冲了上去，赵五郎摇头道："云飞还是这么冲动。"

齐云飞身子一跃，当空喝道："乾坤借法，紫金烈焱，俱化神剑！斩！"沉寂已久的乾坤九剑再度出鞘，剑鸣之声嗡嗡不绝，火光四溢飞舞而出，凝成一把巨大的烈焱神剑，金火交汇，势如闪电，直接朝千足蚰蜒劈去。

眼见齐云飞御剑如飞，神采照人，房长生心中也惊了一下："这神剑可是御剑宗镇派之宝乾坤九剑？怎么会在他手里！"

空中传来一声巨响！

神剑威武，饶是千足蚰蜒身形庞大，也被直接劈入地面之下数尺深，背甲上已有一道焦黑的灼烧痕迹。

神剑果然还需配高手，才能尽展华彩！

齐云飞这一剑虽不说举世无双，但其锋、其利，其形、其式都用得恰到好处，这正体现了他用剑的天赋。

千足蚰蜒受了重击，勃然大怒，千只利足齐齐用力，蹦出浅坑，两只前爪就往齐云飞身上捞去。爪子锋利如刀，来势迅捷。齐云飞同样身形如飞燕，他闪动的同时，喝了声："分！"紫金神剑变出一百零八支细剑，与这千只利爪打个不停，一片火花四射开来。

赵五郎还担心齐云飞刚从梦魇之境中出来，会真气不足，但不想这家伙五行神剑已成，五行之力运用起来，生生不息，源源不断，越发得心应手，丝毫不见疲惫之态。他看了一阵，心中唯有更加羡慕和赞叹。

齐云飞见千足蚰蜒凶狠嚣张，着实不易对付，突然身子一跃，化作一道白光径直往千足蚰蜒的背部飞去，他凌空踏步，大喝一声，一百零八支紫金神剑迅速合拢，重新化作一柄巨大的紫金剑，剑锋之中五行之力层层透了出来，时而是赤红色的烈焱之力，时而是冰蓝色的真水之力，时而是翠绿色的青木之力，时而是褐黄色的幽土之力。

五色变化，气如长虹！

齐云飞喝道："乾坤借法，力御五行，化我神剑！再斩！"

神剑奋力斩杀而下，五彩光芒炙烈而耀眼，这一剑让百无心"噌"的一下就站了起来，她只道自己的天资修为在年轻一辈中已是无人能及的翘楚，却不想这齐云飞的内力修为虽然不及自己，但御剑的招式，御敌的气势，对真气的运用，竟丝毫不输给自己，甚至在天赋之上已然有超越的势头。

齐云飞御剑而击，身姿潇洒，风采卓绝飘逸，让她一时间有些看呆了，不自觉地赞道："好……好剑法！"

百无邪也忍不住赞道："五郎说得没错，这人的灵气和天赋确实百年罕见！真的好强！"

剑芒猛劈而下，拦腰斩在千足蚰蜒的背上，千足蚰蜒发出一阵惨叫，背甲"咔嚓"几声直接破裂，浓绿色的汁液喷了出来。

千足蚰蜒的毒液可销金熔玉，十分可怕。

蚰蜒借力身子一鼓，毒液如利箭般飞射出去，齐云飞一惊，急忙御剑护身，但毒液无孔不入，眼看就要沾到齐云飞的身上，百无心急忙一步飞了过去，手中迅速捏了指诀，喝道："玉阳生辉，破除万秽！"

一阵清啸！

百无心化作白色的玉阳雀在齐云飞面前突然展翅开屏，白光如红日一般耀眼生辉，这些毒汁被玉阳雀的光芒一照，全部都气化成一股绿色的浓烟四处消散。

日光强盛，千足蛐蜒被灼烧得狂叫，巨大的身子开始四处翻滚，显然是痛不可遏。

百无心原本就伤势未愈，这把又强行使出"玉阳生辉"，突然晕厥，整个人都有些驾驭不住，玉阳雀也"嗖"的一声消失不见，她身子一软就从半空中摔了下来。

齐云飞急忙一把抱住百无心，两人均是白衣如水，从房梁上飘落下来，如同月下仙子一般轻逸洒脱。

齐云飞见百无心脸色惨白，心里罕见地起了怜惜之意，但他又想这女子必然也是个十分倔强的人，怜惜想来于她是毫无用处的，心中立即转为几分钦佩。齐云飞抱着百无心朝百无邪道："你姐姐还未全好，刚才突然施法又堵塞了血脉，你好好照看她。"

百无邪这把却不接手了，一脸坏笑道："这个，我姐姐还是你抱着比较好，估计她会喜欢。"

百无心原本见这少年又将她抱了下来，白衣如雪，胸膛暖暖，心中还有几分莫名的喜悦，这喜悦她是第一次感受到，说不出来由的欢喜，但她未经情爱，这感觉也说不清道不明，也不知是不是常人所说的情愫暗生，只是这感觉被百无邪一语道破，让她突然间就觉得十分尴尬。她登即就觉得齐云飞的怀抱现在滚烫得就像火山口，简直不能再躺住片刻！

百无心挣扎地从齐云飞怀中站了起来，朝齐云飞冷冷道："我百无心还没这么不济，别忘了，我已入返照之境，修为上可是远胜过你的。"

齐云飞微微有些错愕，他淡淡道："既然无碍，那就最好，看来是我多虑了。"

说罢，他自己转身又朝千足蛐蜒飞去，只留下百无心留在原地略略有些失落，百无邪笑嘻嘻道："姐姐，你明明喜欢他，又非得说这些冷冰冰的话，你看人家跑了吧，何必呢？"

百无心瞪了他一眼，羞恼道："要你嚼舌根，讨打是不是？"

远处，齐云飞再度和千足蛐蜒斗在一处，这条受伤的恶虫突然一个翻身就朝齐云飞压去，百无心和百无邪几乎同一时间喊道："小心！"

巨大的身子犹如一座大山压了下来，齐云飞脸色大变，不知该如何破敌。万分危急关头，赵五郎一步跃出，一手抱住齐云飞，一手开了混元伞，整个动作一气呵成，二人"嗖"的一声入了混元世界，眼前的世界立即如同隔纱一般发白，千足蚰蜒巨口咬下却扑了个空。

赵五郎长吁一口气道："好险！好险！"

第六十一章
双头蚰蜒

　　齐云飞第一次见识到这混元避世伞的玄妙之处，也有些惊讶道："五郎，你这是什么伞？"

　　赵五郎嘿嘿笑道："我这叫混元伞，你在梦里见过的啊，你忘记了？不过这伞还有许多神妙我没参透呢，你有神剑在手，我也得配件法宝，不然差你太多了。"

　　齐云飞突然模模糊糊地想起自己在梦魇之境中的遭遇，好像是有一个素不相识的少年道人一直陪着他，原来这人就是眼前的赵五郎，可是他怎么会在自己的梦境里？

　　这其中的缘由，赵五郎历经的磨难，齐云飞如何能知道。

　　赵五郎瞧准了一个机会，提议道："云飞，一会儿我收了这伞，你就用乾坤九剑斩它的眼珠子，这恶虫浑身铜铁，我估计这眼珠子应该是个弱点所在。"

　　齐云飞"嗯"了一声。

　　赵五郎瞧准了一个时机，急忙喝了声："收！"齐云飞一步踏前，又御神剑而出，紫金烈焱再化作锋芒万丈的利剑，怒劈千足蚰蜒头上的独眼！

　　嘭！剑芒透入千足蚰蜒的头部，直接将其眼珠击破，红色的毒液喷溅出来，落在地上化作黑红色的毒火。

　　恶虫被刺破独眼，仰头尖啸，声音尖锐而凄厉，赵五郎和齐云飞大喜："击中了！"

　　再威猛的虫兽若是目不能视，这威力也要大打折扣。但不想，这千足蚰蜒背甲上一颗颗拳头大小的红宝石发出道道妖异的光芒，它猛地回头，千足如同千把铁枪挥动，直接朝赵五郎和齐云飞爬了过来。

　　齐云飞惊道："这厮不是被伤了眼睛吗？怎么还看得见我们！"

　　赵五郎道："糟了，是它背上的东西，那都是它的眼睛！"

　　蚰蜒张口狂喷毒液，绿液赤火交织而出，如同暴雨一般倾盆而下，赵五郎急忙打开混元伞将这毒液挡了下来。

齐云飞身子急闪，又准备御剑再击，他一步跃上前想要出剑再斩蚰蜒的头部，不料这恶虫的尾巴突然高高翘了起来，原本长有两个长须的尾部突然往前动了几下，在泄口处翻出眼睛和口器。

利齿交错，独眼血红，这蚰蜒的尾部竟然又生出了一个头！

这竟然是双头千足蚰蜒！

齐云飞原本想从背后给这恶虫一个痛击，他哪里想到这千足蚰蜒屁股后面突然长出一个头，两个头部同时翘起，合力朝自己咬了过来。

这把，齐云飞已是无处可躲了。百无心有心再救齐云飞一次，但她稍稍用力，就觉胸痛难耐，这玉阳雀却是无论如何也招不出来了。

百无邪也拍了下自己的葫芦，想要驱使灵根龙去救齐云飞，但此时的灵根龙早已被墨魔吸尽了灵力，变得不足筷子大小，显然是力有不逮了。

似乎什么都来不及了，众人唯有大呼："云飞小心！"

千足蚰蜒的利齿已经像百把刀刃一般朝齐云飞砍去，但这利齿还没破入云飞的躯体，已见一道巨大的火光奔袭而来，一声巨响，这火光直接将千足蚰蜒的两个头往两边轰退了三四丈的距离。

火光在空中一凝，化作巨大的烈枭，正是赵五郎和他的火精合灵了！

百无心和百无邪脸色大变，"这，这是以身化灵？"

"他什么时候学会的这个法门？"

百无心问道："百无邪，这个也是你教他的吗？"

百无邪立即摇头道："这法门我自己都不会，怎么可能教他。"

"那他是无师自通？"百无心彻底震惊了！

谷神医解释道："正是，你们还记得他体内的那道蓝色灵力吗？那道灵力大不寻常，似乎可以参透天下所有术法的玄机，转为己用。"

百无心越发震惊，道："天底下有这么厉害的灵力吗？这可不是太逆天了？"齐云飞和赵五郎的内力修为虽然远不如她，但这二人的表现也是教她大吃一惊，她心中暗暗思量，如今这正道之中各门派的弟子当真是卧虎藏虎，不可小觑，自己想要登顶道坛诀只怕日后还要更加刻苦才行。

半空中，赵五郎与火精合成的火枭威风凛凛，越长越大，在气势上与千足蚰蜒已是不分上下。

齐云飞眼见赵五郎修为大涨，已不是自己往日所见到的莽撞少年，有些惊喜道：

"真没想到，几日不见你也进步这么多了！"

赵五郎听了这话自是有些高兴。

但百无心却急忙叫道："五郎，御使七真灵力并非越大越好，你若能将这灵力汇聚一点，必可倍添威力！"

说话间，千足蚰蜒的两个头颅再度高昂了起来，齐云飞喝道："五郎！你我二人，一人对付一只虫头！"赵五郎在空中应了一声，两人不由分说，疯狂地轰打千足蚰蜒的双头。

另一边，葛云生与墨魇早已斗得难分难解，太阴真火和墨魇之力已是难分难解，但葛云生毕竟内力受到遏制，不能久斗，运气的时间长了，心口处又开始如百虫撕咬，痛不可言。

墨魇趁机而上，他催动黑气朝葛云生的眉心处飞去，想要再度控制葛云生的心神。葛云生冷笑道："同样的招式对我可没有用！"他双手捏诀，化出一个阴阳八卦之行，口中喝道："左有六甲，右有六丁，千邪万秽，逐气而清！疾！"

这是辟邪破秽法门中的六丁六甲破秽咒，只见八卦快速旋转，化作一黑一白两团气体，交织旋转，迅速将这黑气吹散开来，层层墨魇之力竟不能靠近葛云生七尺之内。

墨魇意欲再攻，忽然葛云生整个人停滞了一下，双眼都有些恍惚，一抹妖冶的红光从脸上透了出来，这一变化所有人都不曾注意到，但墨魇却一眼便看破玄机："看来想取你性命的不止我一个，那女子对你的仇恨想来也是很深了！"

葛云生眼前红光闪闪，整个人似乎又沉入梦境之中不能自拔。

脚下是洛水奔腾，头上是乌云低沉。

他站在祭坛上，看着那道蓝色的闪电劈了下来，这场景已是熟悉得不能再熟悉，赵五郎想要替李嫣儿挡下这一道闪电，但不想李嫣儿这一次一把制住赵五郎，自己迎身接住了这蓝色的闪电。

灵力入体，李嫣儿似乎有说不出的受用。

"不对！不对！"葛云生人在梦里，只觉得这场景有些不对劲儿，但又说不出来。

李嫣儿抬头笑道："师父，带我走吧，我愿意跟你学符箓道法。"

葛云生怔了怔道："要我收你为徒吗？"

李嫣儿道："师父，我体内有了这混元灵力，日后修为必定不一般，请你教我道法吧，我可以替你光复符箓一门。"

葛云生着了魔一般，将李嫣儿抱了起来，道："好！好！我带你走，教你符箓道法。"

李嫣儿突然脸色大变，手中化出一把匕首，猛地朝葛云生背后刺去……

墨魇也趁机朝葛云生的心脏抓去！

真实和梦境，都要将葛云生一击毙命！

千钧一发，葛云生突然仰天长啸，他这一长啸，直震得体内的蓝光如同万千利箭般射了出来。

墨魇急忙收回黑雾护住自己的肉身，但饶是这样还是被这光芒震飞十几丈远。

而长生殿上，有女子暗叫了一声，似乎也受了伤，她化作一抹红光一闪而过。

葛云生浑身精光暴涨，怒问道："你是谁？为何一而再再而三地用嫁梦之术扰乱我的心神，还数次在梦中对我暗施杀手！有本事出来一较高下！"

长生殿上一片死寂，逐月夫人始终不肯露面，似是消失不见了。

葛云生说完这话，胸口又一阵剧痛，低头狂喷出一口鲜血，血色已是越来越黑，显然是他一再施展术法，让体内的墨虫更加活跃。

墨魇趁机又上道："葛云生，你已是强弩之末，你斗不过我的，不如把你的真气都给我吧！"

黑气化作巨掌拍了过来。

葛云生强行御气挥掌一拍，堪堪抵住墨魇的袭击，墨魇得势不饶人再用力气，黑气蜂拥而起，葛云生浑身的金光咒已是越来越暗。

白遇仙见此，再也不能坐视不理，他急忙飞出一道白纸，变出一朵碗口大的莲花旋转而至："墨魇，你这术法人人都怕，但我却有一计能收你。"只见纸莲花不停旋转变大，一丝一缕的墨魇之力都被莲花吸了进去，白色的莲花也逐渐变得浓黑如墨，再过一阵已是乌黑如玄铁。

墨魇大为惊讶，就连房长生也忍不住惊道："好厉害的御纸术，你如何能收得了我的恶魔之力？"

白遇仙笑道："哈哈，我的纸千变万化，来历用途不尽相同，我这纸叫六吉连绵纸，最是软薄，而且纸张里有无数细小的孔缝，我将真气灌入这些孔缝之中，遇到你这墨魇之力时再将自己的真气抽走，这白纸莲花可不是变成一朵能吸天下所有灵力的法器？你的墨魇之力只能对付有灵智的东西，对付我的白纸可不是毫无用处？"

　　白遇仙还在得意自己的术法遏制住了墨魇的黑气。

　　葛云生却突然明白了什么，他朝白遇仙道："白遇仙，借我一张六吉连绵纸用用！"

第六十二章

巧除墨虫

白遇仙不明白葛云生想做什么，故意道："我凭什么给你，这纸贵得很！"

葛云生道："问那么多干吗，我自是有用！"

白遇仙嘻嘻笑道："你求我啊！"

但这话还未说完，白遇仙就自己摆手道："唉，算了，算了，要你求我也没意思，你就这倔脾气，来，送你一张六吉连绵纸玩玩。"

一张柔弱无力的方寸白纸飘了过来，葛云生道："只要这点儿就足矣了！"他撕下一小块白纸，双指一揉化作一根小小的纸针，而后迅速将纸针逼入自己右臂的血脉中，众人都不解其意，不知道他将这纸针刺入血脉中做什么，只有白遇仙恍然大悟道："难道你想……"

葛云生嘿嘿笑道："不错，这世间道法相生相克，我正好借你的纸来破体内的墨虫，我看你的化墨丹也可以丢了。"

白遇仙依旧惊讶得有些瞠目结舌，葛云生竟然能想到用纸术来破墨术的法子！

但见这纸针顺着血脉迅速流入心脏之中，葛云生以气控制纸针快速游走，不过片刻便入了绛宫，纸针在他的心脏中四处搜寻，发现墨虫后更是如同游鱼般快速追逐，两物你追我赶，让葛云生的胸口发出一阵阵剧痛！

葛云生眉头一皱，道："这墨虫速度倒是快！"

白遇仙看了下，说道："你以血气御纸，速度自然赶不上墨虫，不如让我助你一把！"

他双指御纸，这纸针速度倏地加速，一把就追上了墨虫，将这一点墨汁吸了进去。纸针再顺着血脉流动，从左臂处飞了出来。

白遇仙一收纸针，将其摊开，果然不足一寸的白纸上有一点黄豆大小的墨渍在快速蠕动，无奈六吉连绵纸吸墨性极佳，加之白遇仙的真气束缚，这只墨虫根本难以挣脱。

白遇仙比葛云生还高兴道："好个葛云生，果然厉害，你今天倒是教会了我一招，让我知道怎么破老三的墨虫术！这化墨丹当真是可以丢了！"

只是这高兴不过片刻，白遇仙又突然叹道："葛云生，如今你的墨虫已除，道法更不受控制，只怕今日我也不能带走你了。也罢！也罢！今天就先杀这臭虫，再杀房长生，最后再拆了这长生殿！也算不枉此行！"

他旋身而去，径直朝千眼太岁飞去。

千眼太岁见白遇仙又来，千眼齐晃，毒光爆射而来，白遇仙白纸一张，毒光丝毫不能透过，他一弹手指，白纸化作纸针如暴雨一般袭来，竟然射爆了几十颗眼珠子。

千眼太岁吃了大亏，急忙隐入墙壁之中，黑色的山石之内显露出一个黑色的影子快速移动，白遇仙道："你喜欢躲，我看你躲到哪里去！"

他白纸化作利刃直接朝山石绞杀而去，这纸刀削石如同砍瓜切菜一般，千眼太岁隐在巨石中迅速朝殿外滑去，途经大殿柱子、地砖，白遇仙杀得起劲，十几把纸刀一路砍过去，把千眼太岁追出了大殿。

这一人一虫，一前一后，往长生殿外的遗落渊上跑去，直杀得四处宫殿倒塌，亭台销毁，处处一片鬼哭狼嚎。

长生殿内，葛云生墨虫一除，感觉体内的真气又一点点凝聚起来，只觉得浑身说不出来的舒泰，他双眉一竖，口中冷冷道："我当真是很久未起杀戮之心了！"

"现在，让你来见识见识符箓道法的真正威力！"

葛云生一步跃去，双掌一拍，掌力之中已是一片幽蓝，墨魇依旧将黑气凝成一团硬生生扛了过来，这把蓝光透气而过，如同利剑穿透水雾一般，直接就击中了墨魇的胸口，这墨魇的胸口正是其五官所在之处，他一声惨叫，飞出了十几丈，重重地摔在一座石碑上。

墨魇还未爬起，葛云生整个人又飞扑而至，他震破指尖，凌空以血化咒，喝道："天煞归天界，地煞归地府，凶神恶煞百种煞，以血化煞！急急如律令！"

这是消煞咒，血符发出赤红色的光芒，将墨魇死死地镇在石碑上，一动也不能动，葛云生一拍血符，喝道："化！"

偌大的符咒化作一抹红光逼入墨魇体内，墨魇一阵哀号，房长生这下再也坐不住了，身影一闪就朝葛云生飞了过来，他喝道："想破我的墨魇肉身，哪有这么容易！"但同时，长生殿外也有一道白影飞了过来，正是白遇仙，他也叫道："你的千眼太岁太不堪一击了，现在可是轮到你了！"

　　白遇仙凝纸成剑也朝房长生刺去，房长生也不躲避，直接飞出一掌，一剑一掌对击而来，这纸剑立刻就被房长生一掌拍烂，白遇仙还没反应过来，房长生又迅速再挥一掌，这掌力浑厚一下子就将白遇仙击退了七八丈远。

　　但就这片刻的耽搁，葛云生已经化咒入体，墨魔终究是抵不住这化煞咒的威力，一声惨叫从肉身脱离而出，重新变作一团黑气散了出来！

　　房长生大怒道："我的墨魔！"

　　这魔难炼，将虚无的魔再炼出肉身更加不易，房长生若是时间再充裕一些，将这墨魔的肉身完全炼成了，达到魔与肉身合二为一的地步，那这魔便可自如转换自己的虚实形态，这样的恶魔才是最厉害的邪物。只是如今这肉身被葛云生所破，房长生只怕又要再等好几年才能重新给这只墨魔修得实体。

　　房长生大怒，朝葛云生猛地拍出一掌，葛云生符化掌力硬生生接了下来，两强对碰，一道强横的气浪扩散出去，整个长生殿都抖了一抖。

　　这一掌着实威力十足，葛云生毕竟大伤初愈，内力上与房长生相比也有不小的差距，直接被震飞出去，整个人摔倒在地上，颇有些狼狈。

　　房长生一掌试出葛云生的内力，不由得更加放肆道："虽然老夫现在内力恢复还不到七成，但要杀你二人还是易如反掌！不如试试我的百鬼柩如何？我这宝物可是六百年未见人血了！"

　　房长生单手一托，墨魔化作黑气环绕凝成一个棺材模样的匣子，匣子上刻了栩栩如生的百鬼图案，发出阴森妖异的光芒。房长生一拍百鬼柩，这匣子上方似有黑色的浓墨起伏，原本雕刻的一只只恶鬼，渐渐开始复生，而后从灵柩上探出脑袋，伸出双手，再挣扎着爬出上半身，整个百鬼柩上有千百只模样恐怖的恶鬼挣扎蠕动，想要挣脱这匣子的束缚，好大开杀戒。

　　房长生喝道："阎罗有命，令我排兵，百鬼听令，速速行刑！"万千鬼物呼啸而出，鬼物在空中纷纷凝成一道道黑色利箭，这箭头却不是利刃，而是恶鬼的头颅，一个个口中号叫着在长生殿内来回穿梭，大殿内立即变得一片肃杀阴寒。

　　万箭穿梭，已是躲无可躲。

　　原先还在击杀千足蚰蜒、阴兵鬼将的众人急忙纷纷作法抵御鬼箭的袭击，纸剑、紫金剑、灵藤、混元伞纷纷祭出，各色光芒交织迸射。

　　这些鬼物飞入千足蚰蜒体内，只见蚰蜒背上一颗颗拳头大小的突起物破裂开来，一条条黑色的触须伸展出来，这触须似水似雾，挣扎扭动，千足蚰蜒仿佛一瞬间披了黑色长发一样。

房长生笑道："不如再试试我现在的太阴将军！"

赵五郎和齐云飞大惊，这千足蛐蜒本就不好对付，如今又伸出这么多鬼手一般的触须，岂不是更难消灭。

齐云飞冷冷道："管他变出什么！神挡杀神！鬼挡杀鬼！"

紫金烈焱再度出鞘！

这千足蛐蜒乃是至阴至邪之物，以金火之力对付本是最适宜，但这蛐蜒外覆有坚硬的甲壳，这一剑威力虽大，斩杀下去却也不过是打出了一道焦黑的印记！如今背甲上又有鬼手一般的触须生长出来，一剑下去立即消弭于无形，不见丝毫波澜。

这恶虫狂性大发，双头一裂，竟然化作两只蛐蜒。

谷神医惊道："遭了，这千足蛐蜒还能分身变化，这样下去，只怕越来越难缠了，必须速战速决！"

赵五郎扭头望着齐云飞道："云飞，还记得上次我们对阵尸神君时五行变化的打法吗？"

齐云飞想起上次对阵尸神君的血尸，五行神剑相生而出，妙用无穷，他点点头道："自然记得！"

赵五郎道："我们再试一试！"

齐云飞嗯了一声，喝道："不如就先从紫金开道！"

"乾坤借法，紫金化剑，助我斩妖！"

紫金神剑冲天而去，金光赫赫凝成一把巨大的神剑径直朝第一只蛐蜒劈去，赵五郎也立即一凝眉心，喝道："火精助力！"

火精飞舞而出，火焰包围紫金神剑，威力更添一倍，这一剑势如破竹，猛地劈下，竟然直接将其中一只蛐蜒斩趴在地，上百根利爪悉数碎裂，背上的背甲也裂了一个巨大的口子。

赵五郎叫道："云飞，换癸水剑法！"他手中的水符咒早已飞出。

齐云飞也立即念道："乾坤借法，五行转换，紫金化水！疾！"巨大的紫金剑一闪立即化作一股柔软无力的癸水四处蔓延，这些癸水迅速从各个裂口处往蛐蜒腹内钻去，寒水入体，蛐蜒直觉一阵痛痒，立即在地上剧烈翻滚。

"再换青木剑法！"

齐云飞捏诀喝道："癸水生木！"

无数的青木藤从蚰蜒的体内暴生而出，青藤缠绕，将这蚰蜒捆得如同两个巨大的粽子，赵五郎大喜道："这恶虫怕要不行了！"

但不想，这恶虫体内的鬼物突然盘旋而出，化作一个个模样怪异的厉鬼手持利刃，疯狂地砍切青木藤，更有无数的黑色触手反向缠绕青木藤，互相绞杀在一起。

齐云飞冷笑道："你们来得正好！"

他再喝一声："乾坤借法，以木夺魂，以木取魄，残魂余魄，俱化剑威，收！"

第六十三章
青红二魔

这青木夺灵剑法正好是夺恶灵的法门，青木藤上青光闪闪，每一根木藤仿佛都化作了收鬼的利器，各色厉鬼号叫着就被青木藤收进了剑中，千足蚰蜒的背上只剩下残破的甲壳，再也没有了缠绕的触须。

齐云飞双手剑指一比，大喝道："烈焱幽黎，化我神剑！破！"

这是五行神剑最后两剑，青木藤上突然火光暴涨，两只蚰蜒的体内有无数的烈焰喷薄而出，这千足蚰蜒的外壳虽然水火难侵，但内里却也是皮肉所生，烈焱炙烤蚰蜒，发出一阵阵剧烈的焦臭，而后火光之中又有无数的石剑刺了出来。

无数虫甲碎肉飞了出来，这千足蚰蜒终究是再也抵挡不住，被烈焱、幽黎二剑击杀成一堆烂肉，两个脑袋只是抖了抖，就再也不能动弹了。

这边房长生见自己的太阴太岁将军都被斩杀，更是怒不可遏，他再也不敢托大，整个人身子一闪，无数的鬼箭又飞了出来。

众人急忙御法抵抗，唯独百无心和百无邪一个法宝失灵，一个有伤在身，显然是毫无抵抗力，谷神医更是力竭，护住自己尚且不易，还要照顾这二人更是难上加难。

果然，一支鬼箭见了一个空隙，直接朝百无心飞了过来，百无邪眼见没办法阻挡，情急之下，自己挺身而上，直接中了一箭。百无邪整个人愣了一下，而后开始两眼翻白，口吐白沫，脸色更是一片青白，显然这恶鬼入体后迅速侵蚀白无邪的肉体和神志。

百无心惊道："无邪？无邪！"

这恶鬼入体，只需片刻，就能夺占肉体。

谷神医不顾自己安危，毫不犹豫地将自己的青鳙送入百无邪的体内，青鳙入体犹如蛟龙归海，化作一抹青光在体内四处游走，恶鬼虽厉害，却还是不如这青鳙纯净，只是片刻之间就将百无邪体内的恶鬼逼了出来。

百鬼枢中的墨魔眼见谷神医没了青鳙的守护，趁机又飞了过来，化作团团黑气弥漫而过，直接将谷神医卷了进去。

百无心惊得大叫起来，她想要救人，但终究已是力竭，这玉阳雀尚未凝成，自己倒先吐了一口血，整个功法也破了。

白遇仙见状，也是惊得变了脸色，大叫一声："常春老道，你可要撑住！"白纸化成一道旋风呼呼刮来，但终究为时已晚，谷神医整个人垂然倒地，干枯得只剩一副皮包骨。

如梦初醒的百无邪被眼前的情景惊呆了，他也不顾墨魇环绕，立即冲了过来，死死地抱住谷神医，哇哇大哭起来："师父！师父！你怎么了，你醒醒啊！你不能死！"

百无邪虽然生性不羁，但对自己的师父却是十分敬重，眼见谷神医奄奄一息，如何能不伤心欲绝，这泪珠滴滴答答地已经掉落一地，谷神医艰难地动了动干枯的嘴唇道："无邪，莫哭莫哭，师父不碍事，还死不了。"

谷神医常年修炼回春之术，身体自然是异于常人，体内的回春真气死死护住谷常春的命脉，才叫他今日不至于惨死当场，只是遭此重创，他的修为也基本散了个精光。

此时，长生殿内，鬼物猖獗，四处飞舞叫人难以立足。

白遇仙大怒道："你敢动常春老儿，那我也要动动你这长生殿！"

他双袖一扬，数百张宣纸飞舞而出，这些白纸像蜘蛛网一般卷住长生殿的房梁柱子，房长生神情一变，怒喝道："臭戏师，你想做什么？"

白遇仙冷冷道："我要拆了你的长生殿！"

他一用力，白纸扯动得整个大殿都在晃动，房长生急忙飞出一掌，这掌力化作一头黑虎直扑白遇仙而去，白遇仙猝不及防整个人直接飞了出去，重重地摔在一根巨大的石柱上。

远处隐约有骨骼碎裂的声音，一道猩红的鲜血已经从白遇仙的口角处流了出来。

房长生冷笑道："果然是华而不实的戏把式，不过一掌就要了你半条命。"

这房长生的内力之强远远超过白遇仙的预料，但仔细一想，这房长生乃是六百年前鬼派的开山祖师，与玉文道人恶斗七天七夜才被镇入夔兽体内，自然是个不得了的人物。

房长生双手捏指，厉声道："下面，才是我房长生真正的绝技所在，青赤二魇，听我号令，速速现形！"

葛云生和白遇仙脸色剧变，"青魇？赤魇？"

房长生一共炼了三只魇，其一曰墨魇，主掌吞噬和控神之力；其二曰青魇，主掌再造乾坤之力；其三曰赤魇，主掌究极毁灭之力，只是这青、赤二魇当年被玉文道人所破，至今尚未痊愈，此番房长生把它们放了出来，显然是心中愤怒至极！

房长生身后的石碑上慢慢显露出两个人影，这人影一青一红，悄无声息，悬在半空中犹如两团明亮的烟气。

葛云生震怒道："炼就三魇，不知要残杀多少无辜的修士，你当真是死一万次都不足惜！"

房长生冷笑道："天生地养之物，都是吸取天地之精华，这精华你得的多了，别人自然就少了，天道之理就在于弱肉强食，适者生存，如今我为猛虎，你等为羔羊，那吃掉你们又有何不妥？"

他一招手，青红两色阴影分别化作一团青光、一团火焰飞了出来。

这青光朝白遇仙而去，而赤炎却朝葛云生飞去。

显然，房长生也看出这二人的修为最高，必须首先解决掉！

白遇仙也不知这青魇有什么特别之处，只知道它是再生之力，他躲了一下，折了个纸人先过去探探虚实。

纸人飞了过去，青光突然化作一个高大的人影，这人影薄得好似一面巨大的人形镜子，它朝纸人照了照，镜子中绿光一闪，忽然也爬出一样东西。

这东西竟是个一模一样的纸人！

这青魇的再造乾坤便是可以化出一模一样的事物？若是这样，这等功法可是太过恐怖了！

这变化出的纸人与白遇仙的一般无二，两个纸人扭打到一处，直打得白纸破裂，不成人形，那青魇变化出的纸人浑身绿光一闪，突然一刀劈碎了另一个纸人，直接朝白遇仙飞去。

白遇仙大惊，想要御纸却发现这纸人根本不能为他所御，只好用力一挥，将它打散成一团碎纸。

"好邪门的再造乾坤之术！"白遇仙惊讶道，"我自认为自己的御纸道法都算诡谲之术，不想今日才算大开眼界。"

另一面，赤魇化作一只晶莹剔透的火虎直扑葛云生而去，葛云生飞出一张符纸，催动太阴真火，火虎猛地拍出一掌，烈火汹涌而出，这火光与寻常的火焰大不一样，而是微微透明的光芒，像一团团赤红色的水晶一般。

葛云生大惊道："这是玲珑真火？"

玲珑真火，状若玲珑水晶，薄薄的玲珑结界之下却是威力无穷的真焰，葛云生急忙退后几步，果然这玲珑结界突然破裂，玲珑真焰飞舞而出，犹如排山倒海一般袭了过来。

火焰过处，四处并非一片焦黑，而是变得晶莹剔透，仿佛又生出无数的水晶火焰一般，齐云飞和赵五郎见状也飞出水符和癸水剑，但符、剑一击破玲珑真火就引发更大更汹涌的火潮，生出更多的玲珑水晶，这等以火生火，生生不息的招式，当真是令人匪夷所思。

房长生得意道："我的二魔可是许久未见天日了，比你们所谓正道的术法如何？"

葛云生道："邪法终究是邪法，再怎么奇淫巧计，也是违背天地而行，必定要遭天谴！"

第六十四章
青红二魇

葛云生说得义正词严，白遇仙原本还想附和两句，但一想自己好像也不是什么名门正派，练得也是邪法，这话要骂出来可就怪里怪气了，当即拉了下葛云生道："喂，喂，我说葛老道，这话说的我就不同意了，什么叫遭天谴，若是天地真会惩罚的话，这房长生早就该死千百遍了，怎么还能活这么久？我说这天地有好生之德，什么法都可以练，只不过他这法术太过阴毒了，连我白遇仙也看不惯！"

葛云生哼了一声道："你这是给自己找台阶下吧？"

房长生怒道："你这二人废话倒是不少，我平生最讨厌话多的人！简直就跟婆娘一样！"他一挥手，青魇又欺身而上，青芒转动，如一面青色的镜子般四处晃动。

白遇仙急忙御纸遮盖，叫道"这镜子可看不得，我可不想变出另一个白遇仙！"

房长生冷笑道："你以为这样就躲得过吗？"

"疾！"

青魇化作青光四处闪动，照得整个长生殿内都是翠绿色的妖冶青光。

葛云生叫道："大家小心，千万别被这镜子照到！"

赵五郎急忙打开混元伞，躲了起来。

齐云飞身形急闪，化作一抹白光四处躲闪。

但百无邪心念着受伤的百无心，动作慢了一步，一下子就被这青魇照到，他还未回过神，就见这镜子里缓缓地爬出一个人影，正是另一个百无邪。

这个百无邪与真人一般无二，一样的衣着，一样的容貌，一样的神情，甚至连笑起来的柔媚都有些相似，只是他的双眼之中泛的是绿色的光芒。

假无邪爬出了镜子，朝百无邪道："我才是真的百无邪，你和我，自然只能存活一个！"他猛地一拍腰上的葫芦，灵根龙突然暴涨而出，化作一条灵龙盘旋而来。

"你放屁！我才是如假包换的百无邪！"真实的百无邪也赶紧拍了下自己的

大葫芦，但他的灵根龙已经被墨魔吸干了灵力，卷曲在葫芦上一动不动，哪里还能动？他气得大叫了起来："为什么？为什么你的灵根龙还能用？这不公平！"

假无邪的灵根龙色泽更加翠绿，如同翠藤凝聚而成，直接化作恶龙朝百无邪扑了过来。

百无邪从未想过自己的灵根龙会来吞噬自己，哪怕是眼前这条复制出来的邪物，他整个人呆如木鸡地坐在地上一动不动。

灵根龙咆哮而来，忽然半空中金光一闪，龙头就被斩了下来。

这御剑杀龙的自然是齐云飞，他冷冷道："假的终究是假的，以假乱真，最是无道！"

灵根龙再化出几个龙头扑过来，齐云飞双指一御，剑匣再开，火光呼啸而出，化作一支锐利的火剑横劈过来。

不过一剑，五六个龙头就被悉数斩飞。

"好厉害的小子！不如试试我的另一条龙？"假无邪脸上露出一抹妖异的笑容，低头捏诀念咒道："颠颠倒，二十四山星盘绕；倒倒颠，穿山破甲神形现。龙神听令，穿山破土！"

百无心和百无邪大骇，这驱驭灵根龙的咒法是她姐弟二人独创的，怎么这青魔复制出来的人也会？

假无邪刚念完咒语，原本被烧作灰烬的灵根龙全部隐入黑色砖石中消失不见，又过了片刻，长生殿忽然一阵猛烈抖动，黑色的岩壁之中突然裂出一个巨大的口子，黑洞洞的深不见底，仿佛直通九幽之地，而后伴随着山崩地裂的声响，一条黑褐色的灵根龙破土而出。这巨龙古怪，身形庞大，浑身如同黑铁打造，乌金发亮，在黑石崖壁之中来回自如穿梭。

黑色灵根龙张牙舞爪地缠绕过来，齐云飞御剑再劈，紫金神剑化作一抹金光斩了过去，这一剑却没能劈断龙头，反倒是龙口中化出无数尖利根须，像一条巨大的八爪海怪一样，朝齐云飞抓了过来。

齐云飞一惊，他人在半空被树根包围，已是无路可躲。

赵五郎急忙一步跃起，用混元伞挡了下，再把齐云飞救了下来。

二人见灵根龙模样大变，状如鬼怪，纷纷大惊失色。

齐云飞道："这青魔变化出的东西似乎比原本的还要厉害。"

赵五郎道："可不是，青魔之力真是闻所未闻。"

假无邪听到这话,忍不住笑道:"青魔主再造乾坤之力,万物皆是以新胜旧,我这新人自是要胜过你这旧人。"他一捏诀,喝道:"夺!"

黑色灵根龙再度出击。

齐云飞双手立即变换剑诀,又喝了一声:"不管你怎么变,这灵根龙终究是灵木,我就以火克木,斗斗你这木龙。"

"乾坤借法,烈焱化剑!破!"

火光再次冲天而起,明亮火光凝聚成一条火龙朝灵根龙飞去,一火一木两条巨龙在空中交缠搏斗,直打得漫天火花狂舞,土石飞溅,激烈异常。

绞缠了一阵,灵根龙突然又从脑门处自动撕裂开来,化成十几条粗大的树根,像一条巨大的章鱼在半空中扭动,这些树根触手将火龙全部包裹在胸口,迅速合拢,就要将烈焱神剑吞入腹中。

齐云飞怔了一下,心想这灵根龙竟然厉害如斯,但他也不慌,暗暗运气变化体内五行真气,烈焱"嘭"的一声当空炸开,神剑化作无数沙土从树根缝隙中飞射出来,险险躲过被吞并的危险。

乾坤五行剑法本就是生生不息,变化无穷。

齐云飞迅速变化剑指,喝道:"乾坤借法,后土幽黎,化我神剑!"

明黄色的幽黎神剑离匣而出,引得沙土在空中、地上凝聚成无数剑形,如同一条条长蛇蜿蜒而上,直扑灵根龙而去,这些沙土剑像生了根一般不断地朝树根缝隙中钻进去,从地上到半空连贯起来,须臾间就将灵根龙牢牢缚在地上。

假无邪见齐云飞化烈焱剑为沙土剑,忍不住哈哈笑了起来:"我看你资质奇佳,不想御剑法门却如此愚钝,你还看不出我这灵根龙是土、木二象神兽吗?竟还敢用沙土来捆缚神龙,这岂不是放龙归海吗!"他单手二指在空中书了"破"字,喝道:"颠颠倒倒,穿山破甲!"

灵根龙怒吼了一声,顺势就朝地底下钻去,而后整个长生殿倚靠的山崖都开始剧烈抖动,无数根须破石壁而出,纷纷绞缠成恶龙模样,模样更加凶狠,这些恶龙足足有七十二只,全部昂首扑了过来。

百无心惊恐道:"这不是灵根龙,是七十二龙盘阵中的穿山破甲龙!他,他如何会召唤这神物?"

七十二穿山破甲龙乃是灵虚谷七十二龙盘阵的护谷灵根龙,灵虚谷青红灵木,在大地之上化为赤、碧二将,在地面下却化作七十二条穿山破甲龙。

只是召唤这等神龙，非拥有一件神物不可。

"是地信宝印！"谷神医惊道，"房长生找到了地信宝印！"

房长生笑道："不错，玉文老狗当年设下了天地人三盘结界将遗落渊封印起来，这天信宝印设在雷泽湖中，地信宝印压在我长生殿中，而万灵宝印则设在夔兽腹中。不过也多亏了那黑衣人帮我盗走了天信宝印，破了这三盘结界，我才能脱困而出，如今用驭灵司的宝印来对付你们，可不是正好报了当年三印之仇？哈哈哈！"

说话间，假无邪又驱使穿山破甲龙攻了过来。

长生殿内，龙盘虎啸，杀机处处。

白遇仙叫骂道："这青红二魔太不好对付了，反正人已经救出来了，我们拆了他的长生殿就赶紧走吧！"他四处飞击，无数的石柱、石梁断裂开来，而后他又飞出一张白纸卷走谷神医、百无心、百无邪等人，自己拉着这些人就往外飞遁而去。

葛云生、赵五郎和齐云飞也准备走，但一道玲珑真火在大门口处炸裂，一丛丛血红色的水晶从石缝里绽放出来，火光蔓延而出，瞬间又化作更多的赤色水晶。

"想走？有那么容易吗！"

青魔化作的假无邪，单手往天上招去，树根如同蛛网一般四处蔓延，迅速地撑住了那些断裂的石柱、石梁，让即将倒塌的长生殿又稳如磐石。

白遇仙人在门口，一见这情景又想回来相助，葛云生却阻止道："白阁主本就不是我正道门人，这事原本就与你无关，烦请你将他们三人送回驭灵司，这房长生就交给我三人对付。"

白遇仙啐了一口，骂道："我呸，葛云生，你这是狗眼看人低，我白遇仙虽不是正道人士，但我这人历来最讲义气，这事我答应了常春老道，岂有不帮忙帮到底的说法。"

说着，他放下百无心姐弟，对百无邪道："这两个人暂时就先交给你了，我去帮葛云生杀了这房长生！"

他又飞身想往长生殿内掠去，却不想十余条穿山破甲龙从大门口飞了出来，长龙咆哮而来，白遇仙空中身姿一转，立即御纸也化作一条纸龙朝这树根龙绞杀了过去。一黑一白两条巨龙在大殿外打得天翻地覆，青色砖瓦纷纷坠落，如同下了暴雨一般。

谷神医提醒道："白阁主，这穿山破甲龙乃是地信宝印所招，若是能夺了地信宝印，这术法就不攻自破。"

第六十五章

山河奇阵

"地信宝印？"白遇仙心念一转，既然这穿山破甲龙是青魇所招，但这宝印必然是藏在青魇的身上，只是要怎么把这宝印解封出来？

他使了个分身，叠出了一个与自己一模一样的纸人，朝破甲龙飞去，果然这些树根龙围拢过去迅速绞杀这个假白遇仙。

白遇仙捂嘴嘿嘿笑道："终究是木头做的脑袋，还是傻！"他急忙掠了身子，就往大殿中飞去。

百无邪掏出自己的大葫芦，头也不回道："师父，姐姐，你们有伤在身，就在这先歇一会儿，我也进去帮帮他们。"

他也不等谷神医和百无心是否同意，直接跟了进去。

大殿之内，葛云生、赵五郎和齐云飞三人早已被穿山破甲龙和玲珑真火层层包围起来，眼看这穿山破甲龙就要收拢，葛云生急忙捏了个五岳印，喝道："五岳擎天，不动如山！"蓝色光芒从五个方位冲天而起，光芒汇聚成五座巍峨山脉矗立在半空中，化作坚不可摧的屏障。

假无邪笑道："你不知道我的神兽叫穿山破甲龙吗？以五岳来阻挡我这神龙可不是白费功夫？"

穿山破甲龙飞击而来，想要穿山破阵，却不想葛云生一变指诀，化出一张极为罕见的紫色符文，这符文上描金云纹，画着九道湾和九座山，煞是奇异，他捏符快速正反各转了九圈，口中喝道："阵设九曲，山化九峰，山河入阵来，连绵不绝出！急急如律令！"

无数蓝色的光芒如同九曲黄河一般奔腾咆哮而出，波涛之中，层层波浪又化作山峰连绵而起，一时间山如浪，涛如峰，层层叠叠，幻化成亦虚亦实的九曲九峰山河阵！

山河阵是十分罕见的迷行阵。道门的迷阵分为迷眼、迷魂、迷行三门。迷眼者，不过是障眼之法，眼前生出幻象，最是粗浅；迷魂者，以控制人的心神为主，叫人心生虚妄之像，而自乱阵脚；迷行者，则是切切实实扭曲空间，一步扩出千里，无所逃遁。

九曲九峰山河阵，阵中曲折迂回，一入其中绝难逃脱出来。

果然，穿山破甲龙入了山河阵，立即被蓝光所控，几十条巨龙犹如坠入了黄河一般，迅速淹没在滚滚的河水中，四处毫无头绪地游弋不止。假无邪大惊，立马又念咒驱使这些巨龙，但这些穿山破甲龙往往刚钻出九曲黄河水，就又入了九峰连绵山，山水不绝，始终逃不出来。

"阵锁恶煞！"

蓝光一耀，假无邪整个人就被蓝光罩住，他身子急闪，满脸惊恐。毕竟魔也是灵物，若是被这九曲九峰山河阵困住，也是极难逃脱，它见这肉身保不住了，"嗖"的一声脱壳而出，假无邪立即软化成一堆黑色泥土。

青魔化作一团绿光急急向外逃逸，这边白遇仙知道青魔有再造乾坤之术，也不正面迎敌，而是御纸掀起层层疾风挥向青魔。

青魔见这二人都不好对付，又见百无邪也跟了进来，直接就朝他飞扑过去。

但不想，百无邪突然拔开自己的大葫芦，念道："御灵神君，与我神方。先杀恶鬼，后斩夜光。何灵不摄，何鬼敢当，收！"

一阵强大的气流急旋而来，青魔这人形镜子还未凝成，就被这气流吸得溃散成一团绿芒，他见此干脆也不化镜，而是冷笑道："以你的修为还想收我？简直可笑！不如试试我的宝印如何？"

青魔身子中爆射出一团明黄色的光芒，一枚巴掌大小的大印显了出来，在半空中旋转，这正是驭灵司十二天信印之一，地信宝印！

青魔借着地信印的神力，准备再度夺取百无邪的肉身，却不想这时，门口传来一阵微弱的声音："天有信，日月转，星斗应运；地有信，水火风，常照大地。此地信宝印，动地摧山，开山建河，伏鬼降神，成沟断涧，乃玉文先祖取地母之精华所造，地印在此，万鬼伏藏，驭灵道人谷长春敕奉祖师号令，请印定煞！"

这声音断断续续，有气无力，但每说出一个字，都令青魔和房长生惊恐一分。

房长生道："你如何也懂得地信印的法诀！"

但这话还未说完，地信宝印就发出耀眼的光芒，这光芒直接罩住了青魔，令它丝毫动弹不得。

而后，百无邪又举起大葫芦，喝了一声："收！"

罡风又起，青魔挣扎了一阵，忽然化作绿光一闪，借着这股力道直接飞进了大葫芦里。

葫芦上绿光暴涨，颜色变得更加翠绿，如同翡翠雕琢出来的一般，原本奄奄一息的灵根龙仿佛被灌入了无上灵力，立即散发出耀眼的光芒，围着绿葫芦迅速转动起来。

百无邪大喜道："当真是好灵力！我的小灵子又活过来了！"

青魔乃是再造乾坤之力，而小灵子又是常春灵根，它得了这青魔的灵力自然要大幅精进，只怕过了多久就要突破百无邪想要的境界了。

只是，这青魔毕竟是有灵智的，它化入灵根龙之中，却不知是好事还是坏事。

房长生见自己的青魔被夺，大为震怒，他猛地一拍百鬼柩，鬼物再化乌黑的利箭爆射而出。

众人纷纷又作法抵抗，赵五郎挥动手中的混元伞，齐云飞驾驭紫金神剑，而百无邪则一拍葫芦，灵根龙呼啸而出，根本不惧这锐利的鬼箭。

突然，整个大殿又是一阵的剧烈抖动，一把把灰尘还有碎石抖落下来。

这长生殿原本就被白遇仙破坏得几欲倒塌，靠着七十二穿山破甲龙的缠绕将这些破碎的石柱石梁又撑了起来，如今这些破甲龙被葛云生的山河阵所困，长生殿没了支撑，自然又是摇摇欲坠。

葛云生道："这长生殿要塌了，我们赶紧走！"

众人急忙往外跑去，房长生喝道："到这会儿了，还想走吗？"

玲珑真火飞舞而出，赵五郎急忙打开混元伞，挥动之间，这玲珑火竟然被伞弹了回去，想这玲珑真火外层薄如气泡，触物必爆，但是偏偏落在混元伞上如同气泡一般又弹了回去，这伞可真是奇物。

赵五郎振奋道："你这火对我的伞没用！"

葛云生拉了一把赵五郎，说道："你还有心思在这儿得意，还不赶快走！"

房长生大怒，喝道："恐怕你们是走不了了！"他连拍几掌，八块巨大的石碑凌空飞出，直接将大门堵住了。

整个长生殿立即陷入了一片漆黑中！

赵五郎惨叫道："糟了！走不了了！"

葛云生骂了一声，大喝道："走不了就不走了，既然敢来，也就没必要怕死！"

"对，我不信凭我们师徒二人齐心合力还走不出这长生殿！"赵五郎眼见葛云生在自己身边，心中也多了几分信心。

葛云生嘿嘿笑道："好小子，你现在倒是越来越像我了！"

他点了个火，转头看了看赵五郎，只见他那浓浓的眉毛，乌溜溜的大眼睛异常坚定，身姿也直挺挺的，整个就是一副慷慨就义的姿态，忍不住又话锋一转道："不过就凭你这兔崽子的修为，还好意思跟我说齐心协力，不拖你师父后腿就算是万幸了。"

赵五郎很有些不服气道："师父，我现在已经不是以前的赵五郎了，你是没看到我在望舒山这一路怎么杀过来，还有我的内力修为现在已经突破无漏凝神之境了，还有……"

"行了，闭嘴！"葛云生抽出一张黄符啪地拍到赵五郎嘴巴上，"什么时候跟白遇仙学的，吵得要命！"

长生殿的另一头，房长生一挥手，墨魇再度从百鬼枢中飞出，赤魔也化作一抹红光盘旋左右。

葛云生喝令道："墨魇迷心，但它已经对付不了你了，你去破了它！其他的都交给我了！"

葛云生刚要跃出几步，忽然大殿之上又坠落了几块巨大的岩石，这长生殿真的是摇摇欲坠了。葛云生心念一动，说道："擒贼先擒王！"身子闪了几下，他就朝房长生飞了过去。

赤魔立即化作一串串晶莹的火焰闪了过来，将整个大殿照得一片火红。

葛云生身形疾闪，火光在四周爆裂，长生殿轰隆隆作响，更多的石块碎瓦坠落下来。整个大殿内就像下了暴雨一样。

房长生哈哈笑道："现在这里才适合我们斗法！"话音刚落，房长生突然愣了一下，整个大殿里的气息似乎变得有些不同，葛云生和赵五郎第一时间也发觉了问题所在，这大殿之内的所有景物似乎都慢慢停滞了下来。

坠落的石瓦像一片片羽毛般缓缓飘落。

爆裂的玲珑真火，也如同一朵朵荷花般慢慢绽放。

葛云生一惊："这又是梦魇之境？"

赵五郎摇头道："如果是梦魇之境，我理应有免疫才是！"

那这是……

周边的光线渐渐有些昏亮，坠落的石头瓦片化作了淅淅沥沥的小雨，眼前的景物时明时暗，伴随而来的是空气中浓得呛人的血腥味。葛云生环身四顾，却见周边的情景早已变得面目全非，他低头一看，一块残破的鎏金牌匾倒在污血和雨水汇集的浅坑中。

"天下符箓"四个字赫然醒目。

第六十六章
双心汇聚

　　葛云生整个人呆立当场，眼前出现一堆小山一般的东西，那是无数身穿道服的尸体，这些尸体虽然大多残缺不全，甚至严重变形，但他们的模样葛云生是如此熟悉，一个个名字早已呼之欲出。

　　"袁伍。"
　　"古成云。"
　　"摘星子。"
　　……

　　葛云生虽知这里是梦境，但却始终难逃心中的魔障，脸上很快由震惊转为悲戚之色，双膝已经不自觉地跪了下来，两百七十一个符箓道人，二百七十一个与自己朝夕相处的同门就这样惨死在自己手上。

　　这血淋淋的事实他如何能逃避，他如何能安心一刻。

　　这愧疚就像一只永远消灭不了的梦魇一般缠绕着他，以至于只要自己的意志稍稍一动摇，它就要侵蚀而来，教他浑身惊惧！

　　这愧疚如此之深，只怕他一生一世都无法释怀。

　　赵五郎不知该说什么，这梦境他是见过的，他虽然不愿意相信，但事实却一次次地告诉他，葛云生真的杀了这么多同门道人，葛云生真的是符箓门的叛徒，一个不折不扣的叛徒！

　　葛云生仰天悲道："没错，我葛云生就是个符箓门的罪人，千年基业毁在我的手里，我纵然千死万死也难抵这一罪责！"

　　赵五郎有些动容，他心地始终是有些单纯和善良，更是十分念情之人，眼见自己的师父这么痛苦，他也觉得浑身如刀割一样难受，即便他眼前的这人真的做过十恶不赦的坏事，但这人始终是自己的师父，是一手将他带大的、如父亲一般的师父。

　　葛云生待他如子，他还能怎么做？

赵五郎也很痛苦，"这事，一定有什么缘由，我不相信师父会做这么傻的事！"

但这究竟是怎么一回事，自己也未曾经历过，根本不清楚，只是内心里有一个念头执着地相信葛云生，他一定是有难以说出口的缘由。他还想出口劝下葛云生，忽然就听一阵骨骼断裂的声音，赵五郎抬头一看，却见那些原本都死去的道人一个个都缓缓地蠕动起来，有的跟跟跄跄地爬了起来，有的在地上疯狂地蠕动着，形同一具具被人操控的僵尸。

这是……尸变了？

这些道人挣扎地爬了起来，一个个面如腐尸，纷纷朝葛云生走了过来，口中还含混不清地叫着："师兄，你好残忍啊，你把我们都杀了，结果你自己也活得这么痛苦，既然活着这么不堪，不如下来陪陪我们吧。"

葛云生垂头沉默不语。

那些尸体一个个都在痛斥葛云生的罪行，有的像厉鬼一样哭泣着，场面越发的诡异和悲戚。

良久，葛云生终于叹气道："也罢，想我葛云生一向磊落，唯有此事叫我日夜难安，不如就此解脱吧，我也不想再逃避了。"

赵五郎听了这话，大觉不妙，急忙喝道："你们这些梦魇休要来扰乱我师父的心神！"他一个箭步想要冲过去救葛云生，却发现自己直线奔走过去却是越走越远，葛云生与他始终隔了几丈的距离。

赵五郎大惊，这莫非是有人设下了扩地千里术？他念动疾行术想要冲过去，但是每次都是越走越远，他和葛云生之间仿佛隔了层无形的界线，始终冲不过去。

"为什么会这样？"赵五郎百思不得其解，就算是扩地千里术也不会让人越走越远。

这梦境大为古怪！赵五郎突然想起了什么，急忙双指一探眉心，喝道："小胖，一直往前飞，去帮我试探下这个梦的边界在哪里。"火精得了命令径直往前飞去，但赵五郎看到这火精一直向前，但却偏离葛云生越来越远，而后"嗖"的一声突然又从远处飞了回来。

赵五郎相信这火精应该不是半途折返回来，因为火精也是扑扇着翅膀有些疑惑不解。

这梦境与上次自己进入的梦魇之境当真不太一样了，太奇怪了。

赵五郎终于确认了一件事，惊愕道："难道这就是梦中梦？我的梦境套在了师父的梦境上？”这两个梦境像气泡一样互相套在一起，再拉成一个圆环，他赵五郎可以看到里层的葛云生梦境，但是却始终隔着一条界线，不能靠近他。

然而，葛云生在里层梦境，是根本看不到也听不到赵五郎的。

能驾驭梦中梦的，除了逐月夫人天下再无他人。想来方才在长生殿中出现的一抹红影一定就是她。她进了遗落渊后就一直未露面，想必是就一直躲了起来，如今终于寻得机会来杀葛云生了。

这梦境当真厉害，恐怕此时就连房长生、墨魔都被围困其中了。

梦境之中，葛云生原本正准备放弃，但突然间他又惊醒过来，毕竟这已是他第二次入梦，加上混元心的释放，让他渐渐地发觉了异样所在。葛云生心中既痛苦又愤怒，双眼瞪得血红，“你一次次地利用我死去的同门来迷惑我，不可饶恕！”

说着，他掏出一张赤红色的火符，符咒在手，只差一击就能必杀眼前的这群尸怪。

但这一符却僵在手里，始终打不出去。

虽然是梦境的虚幻之象，但面对同门弟子，葛云生却还是痛不下那股决心，再杀一次自己的同门，他如何能做得到，哪怕这些同门都是梦中的假象。

赵五郎眼见葛云生犹豫难决，那些尸体越走越近，只怕再犹豫下去，葛云生就要被这些幻象中的尸体所害，情急之下他突然想起自己背后的混元伞，赵五郎急忙打开伞面御气一转，混元伞像一把锥子一般朝梦境的界限急转而去。

红盖为阳，黑面为阴，日月颠倒，阴阳虚实大乱。

混元伞的旋转带动周边的气流，这梦的边界竟然也被搅出一个洞，赵五郎打通了两个梦的界限，急忙跃了过去。

此时，这些复生的尸体已经与葛云生相聚不到七八尺了，只需一挥手就能伤到葛云生，赵五郎急忙一步冲过去，一伞将为首的几个道人击飞，再飞出一符化作火中火，将围上来的尸体全部震开。

但这尸体越聚越多，两百个道人如同恶鬼一般扑了上来。赵五郎心系葛云生的安危，频频出手杀敌，一开始他还顾及同门之情，只是将这些尸体震开，到后面已是痛下狠手，每一道雷火符飞出，都将这些原本就扭曲的尸体打得更加面目全非。

赵五郎浑身染满血污，如同那一夜的葛云生再世！

奋力杀敌，无他，唯自保！赵五郎越杀心中的念头也在不断变化扭曲，墨魔曾对赵五郎说过：善恶之念不过是世俗的观念，法则二字才是世间的真理！这道理现在想来真是越发准确，比如猛虎抓捕活人喂子，于人而言便是大恶，但于虎而言却是哺育后代的大善，这善恶岂有标准？不过是每个人的利益所向罢了。善恶之心，不过是于己之善和于人之恶罢了，如何能叫万生信服？天地间唯有法则二字才是永恒不变的真理。

混元灵力，便是择法则而生，灭善恶而存！

赵五郎整个人完全被神明如电掌控，只觉得自己有无穷无尽的力气，他一掌震开两个尸体，见葛云生十分惊讶地看着自己，他身子高高一跃，大声喝道："葛云生，你还不醒悟吗！"

葛云生喃喃道："我，我如何醒悟？"

赵五郎面色冷冷道："葛云生，善恶本发自于心，你若不悔当初，又何必内疚；你若是悔悟了，为什么还不放下寻得自在？执念难祛，这便是心魔所在，倒是让这些梦魇找到了可乘之机！这等简单的道理如何你还不懂！"

"人有七情六欲，修道者修心，便是要控制情欲不为波澜所动，如今你心存愧疚，还如何驾驭混元道法！你愧对同门，就不愧对这混元之道吗！"

赵五郎这些话说得极为冷漠，仿佛葛云生已不再是他师父，而是一个向他求助的红尘俗客。

他高高在上，睥睨下方，仿佛世间万法在他眼中都不过是一株野草，一粒沙砾，他赵五郎现在才是这一切的清醒者，才是葛云生的师父！

葛云生心中大是震撼，他缓缓站了起来，胸口的蓝光也不受控制地绽放出来，他突然也桀桀笑了起来，朗声道："好五郎，你说得没错，我葛云生向来做事顶天立地，我杀同门道友也是无奈之举，我遵从师命，一生为光大符箓正道为己任，我如何就成了叛徒和罪人？"

"个人生死虽大，但比起我辈对道法的追求，当真是不值一提！天地之法，有善就有恶，有生就有灭，想要与日月齐辉，必然要毁灭靠近你的万生万物！想要与天地齐寿，必然要夺走万生万灵的造化！神仙之道不就是偷天夺命之术吗！"

"我的道就是生，既是生，那就是道！"

葛云生的面容逐渐扭曲，他的眼中俱是蓝光暴射，赵五郎也是一般无二，这二人一个面容扭曲如同放出牢笼的上古野兽，一个冷峻寡漠如同千年不化的北极冰川。

两道蓝色光芒交织汇聚，形成更加耀眼的清辉！

神明如电，万法辨真本是一脉而出，如今这两股灵力第一次这么真切地靠近在一起，越发悸动和活跃。

那是一股亘古时期就存在于天地间的混元真灵，现在终于穿越时间的长河，汇聚在一起了！

赵五郎冷冷道："明净似昊镜，神锐若雷霆；万法随心意，万物显真形。这是神明如电之法。"

葛云生也哈哈笑道："流水至清，月满至明，万物显真露底，能破诸般幻，亦能破诸般阵！这梦可不也是如幻似阵？我要破这梦境，也是辨真之法！"

二人灵力交汇，蓝光与蓝光交融，汇成亮如满月的光华。这蓝色光华透射而出，纵是再高深的梦境，再真实的幻境也无法阻隔，梦境一层层地剥离，一道红色的身影终于从长生殿上跌落下来。

逐月夫人造梦夺魂不成，反被混元灵力所伤，已然元气大伤，大不甘心道："葛云生，你有辨真之心，我今日暂且杀不了你，但我能随时找到你的梦境，只要你睡觉我便会入梦来杀你，你躲得了一次，能躲得了一世吗？"

第六十七章
天蓬火龙

洛水之恨，是李嫣儿一辈子的仇恨！

葛云生这才渐渐明白，这也是自己当年无意间造下的罪孽，但如今混元灵力充斥他的身体，他心中如何还有愧疚可言，有的只是狂傲和杀戮之心，葛云生冷笑道："自古有冤报冤，有仇报仇，你敢来，我葛云生也不怕你！"

逐月夫人咬牙道："那你便等着吧！总有一天，我要取了你的性命！"说罢，她身子一旋化作一抹红光扬长而去。

梦境终于消散，梦中仿佛过了漫长的时间，现实不过是弹指一瞬间。

这长生殿内，原本停滞的瓦石又开始纷纷下坠，而后还有一些水流如瀑布一般倾泻下来，想来是遗落渊上面的雷泽湖水已经倒灌进来，顺着各洞穴涌进了这深渊之内。

房长生有些难以置信，他没有料到这二人身上的混元灵力竟然这么厉害！

这二人依旧蓝光护体，如同神将。

葛云生狂傲地笑道："我说，老鬼，好戏现在才刚刚开始！"

赵五郎也冷冷道："万千道法，难逃本源，你的鬼道也不例外！"

房长生怒道："口出狂言！你二人内力与我差距甚大，就算有混元灵力相助，又能如何？"

他一转百鬼柩，玲珑真火、万千鬼箭再度呼啸而出！

赵五郎冷笑道："玲珑真火，乃是实相之火，我也可以用实相之水来破你！"

赵五郎也学着赤魃的术法，一捏指诀，喝道："气运五行，玲珑真诀！"

房顶上落下的水柱凝成一条水龙蜿蜒而来，这水龙朝玲珑真火盘旋而去，竟然也化作一串串剔透的玲珑水晶。

玲珑真火爆裂开来，化作一团团烈焰，但这烈焰震破了水结晶，水结晶内的寒水也破裂而出，化作汹涌的水潮朝火焰扑去，这一水一火不断地爆裂结晶，竟然堪堪打了个平手，谁也没能再越界限一步。

　　玲珑之法，在于毁灭之力，毁掉万物而化作自己的生生不息，真火不灭，真水亦不止。这神明如电可窥破道法本源，信手又将这术法融入到自己的道法之中，自然是教房长生大吃一惊。

　　房长生道："你的道法虽然够巧，但是内力终究不足，能奈我何？"他一扬手，玲珑真火突然暴涨起来，向前翻滚而去，直接就把玲珑水晶全部烧作水蒸气。

　　"老鬼，对付一个凝神之境的道士都这么费力，说出去可不光彩，不如试试我返照之境的道法！"葛云生脚踏坎、兑二位，双指破血在空中画出一道符文，念道，"九江水帝，四渎源公，朔风似箭，波涛如峰。急急如律令！"

　　这是引水咒。

　　一声巨响，无数水柱冲破房顶倾倒了下来，这长生殿终究是被强大的水流压垮了，葛云生和赵五郎踏水而飞，两个人借着下坠的砖石，逆水而上。

　　长生殿被毁，房长生大怒，他一收百鬼枢，自己化作一团黑气追了上去。此时万千波涛汹涌而出，这水浪化作无数水龙朝玲珑真火扑了过去，整个大殿内水火交锋，水雾升腾，愈加混乱。

　　而大殿之外，白遇仙等人还在设法突破这巨石一般的石碑，但就见遗落渊内一阵剧烈抖动，无数水花散落了下来。再过片刻，就见那些水花突然凝成一条巨龙直接冲破九层高耸的长生殿，无数瓦砾、青砖、黑石混合着水流倾倒了下来，众人急忙向外躲去。

　　水雾之中，葛云生和赵五郎御水飞出，紧跟其后的是房长生化作的黑气。

　　葛云生再凝水浪朝房长生包围了过去，房长生一掌拍出，水浪倒流，冲垮了更多的殿阁。

　　葛云生和赵五郎二人师徒齐心，又引水困住房长生，但房长生的内力何等深厚，双眼中红光一闪，玲珑真火再度爆裂而出，将洪流彻底地炸成水雾。

　　白遇仙、齐云飞二人见势也飞身而上，这五人在空中斗，法你来我往，竟然不分胜负。

　　但这房长生不死不灭，不伤不累，又斗了一阵，已经渐渐占据了上风。

　　房长生狂傲道："我修的乃是长生之法，你们如何能杀得了我？就算是当年的玉文道人也只能将我封印起来，却也奈何不了我！"

　　葛云生道："任何道法都有破绽，你虽然长生不死，却也有弱点所在！"

　　房长生不服道："我房长生的鬼道之术没有任何弱点！你们毁了我的长生殿，

统统受死吧!"他化出百鬼柩,喝道:"今日,便让你们见识见识,我鬼道的终极秘术!"

这百鬼柩原本不过一丈大小,上刻成千上百的鬼物,在房长生的召唤下,百鬼柩上的鬼物一只只都活了过来,化出了实体,从百鬼柩中飞出,朝葛云生等人杀了过来。

房长生道:"你可知道我这百鬼柩上的大鬼小鬼从何而来?都是你们这些修道人士被我拘了魂,化上去的!"这些鬼物生前都是颇有修为的道士,化作厉鬼也更加难缠,不少鬼物还保留着生前的术法,一时间,遗落渊内,各色法器、鬼符、阴火纷纷飞了过来。

白遇仙和齐云飞斗了许久,终究有些力竭,二人出手已是倍感吃力。

但葛云生和赵五郎却如入魔了一般,越斗越兴奋。

葛云生双掌一拍,一对道人模样的厉鬼就烟消云散,他越打身形越快,心中似有所悟,突然哈哈笑道:"所谓长生,不过是偷天邪法!你长生之法的奥秘就在你这口百鬼柩!传言遗落渊内有长生石,可令万物长生不灭,想来你把这长生石炼成了你的百鬼柩,所以你才能不死不灭!今天,我就打烂你这口破棺材,我看你还如何长生!"

房长生听了这话,脸色微微一变,而后又狂笑道:"就凭你?也想破我的长生石!"

葛云生冷笑道:"那要试试才知道!"

葛云生朝赵五郎道:"五郎,你的修为虽然刚刚突破无漏之境,但你混元心已开,已不能用寻常内力功法来限制你,现在为师就教你返照之境的符箓道法!你可要好好看了!"

他破开中指,凌空以血画符,口中急急念道:"天蓬天蓬,杀力无穷,化作火龙,卫我九重!溶!"

这天蓬火龙神咒正是葛云生大破清微道人的血咒阵法时所用,阳血借助天蓬之力,将九重火龙与自己的五行术法融合在一起,化作刚猛的火龙术!

这道血咒的最后一笔是拖出一条血迹绕一个半圈,仿佛长长的龙尾一般,火焰从龙尾处开始激烧,直到引燃整个血符,化作火龙冲天而起。火光乍现,九重火龙疯狂咆哮,破开层层鬼物,将这些飞舞的厉鬼全部烧成灰烬,它在遗落渊内绕了一圈,一躬身又朝房长生的百鬼柩飞去,房长生冷哼道:"火龙神咒,能奈我何！"

百鬼枢忽然如精巧的机关一般折叠变化，变成一面巨大的百鬼墙，阻挡在房长生面前。

"轰隆"一声爆响！火龙冲击百鬼墙，引得整个遗落渊又抖了一抖，附近的宫殿楼宇震塌无数，毕毕剥剥地往下坠落。

赵五郎眼中蓝光一转，当即心领神会，他也以血为引，画了一道血符，念道："天蓬天蓬，杀力无穷，化作火龙，卫我九重！溶！"

整个动作与葛云生一般无二，血符剧烈燃烧，也化作一条火龙飞了出去，这火龙与葛云生的相比虽然形状小了一些，但火光却更加纯粹明亮，盖因赵五郎体内还有火精所致，这火龙还融合了朱雀烈焱，自然威力更加纯正。

葛云生的火光还未散去，赵五郎的九重火龙再度击来！房长生始料不及，整个人都被震得退却了两步，而后"咔嚓"一声轻响，这百鬼墙竟然出现了一丝小小的裂缝。

房长生大惊！

他如何想到赵五郎这刚入无漏凝神之境的修为，竟然可以裂开他的至宝百鬼枢！

葛云生冷哼了一声道："臭小子，你依葫芦画瓢学得倒是不错，可惜还未学到你师父的精髓！"他再度捏指，高喝道："这天蓬火龙神咒被称作符箓返照之境的六大绝技之一，可不只有这点儿威力！"

房长生更惊，葛云生身子一跃，大喝道："五郎，你用神明如电再好好看看，天蓬神咒的真正杀招可是在这后招！"

"借天威，助道力，以吾之血，化道之威！急急如律令！"

空中残余的火焰化作一道道血雾迅速朝百鬼墙中钻了进去，房长生急忙拍出一掌，黑色的力道融入百鬼枢中，想要逼退这些血雾，但不想这血雾一入百鬼枢，如同附骨之蛆一般迅速腐蚀百鬼枢，房长生想要再变化百鬼枢，却发现这黑色水晶一般的棺材已经锈迹斑斑，根本不能再变化。

葛云生暴喝一声："溶！"

血雾暴绽而出，整个百鬼枢竟然被炸得千疮百孔，好像在风雨中历经千万年的腐蚀。

这才是天蓬火龙神咒的溶之力！

房长生震惊愤怒到了极点，这百鬼柩乃是采用遗落渊内的长生石，与自己的灵力合炼近百年乃成，是何等坚韧，就算玉文道人以十二天信印也无法将它摧毁，只能将它封印起来。却不想，今日被一个符箓门的道人所毁！

葛云生哈哈狂笑道："当年，玉文道人道行虽通天彻地，但他一生太过正气凛然，从不屑于用偏门术法，所以杀不了你！但我葛云生可不是这般老实迂腐的人！我倒要看看你六百年的道行可比得上我四十年的修为！"

第六十八章
碧波法印

长生石已毁，房长生再也没有了决斗之心，他正欲逃窜。

忽然，半空中飞来一道黑影，颇有些嘲弄道："老夫原本还想等你三魔炼成之时再来收取，不想如今你竟如此不堪，几个符箓门的道士都把你打成这样，看来今日必须强行取走这墨魔了！"

这黑影正是那黑衣神秘人！

葛云生和赵五郎齐齐喝了一声："又是你！"

黑衣人傲立空中哈哈大笑道："正是老夫！我今天来取走我想要的东西。"他双掌一推，一股黑得油亮的水浪飞舞而出，这水浪将墨魔层层围绕起来，煞是诡异。

房长生大惊："你这是什么法术？"

黑衣人道："我这御墨之术正好收你的墨魔！"

房长生急忙要收回自己的墨魔，但黑衣人出手更快，他冷笑道："阴王，已经晚了！"黑色水浪一收，这墨魔如同被淹溺在水里一般，竟然丝毫挣扎不出这层层涌动的水浪。

这御墨的道法齐云飞觉得尤其眼熟，好像在哪里见过。

白遇仙却直接叫了出来："怎么是你？老三你来干什么！"

众人大惊！这神秘的黑衣人是云机社的阴阳墨客，玄天明！但他为何会御剑宗的六宗神剑？他如此苦心积虑想要夺走墨魔是有何用途？为何他的修为如此之高，还要屈服云机社的赵归真？

层层谜团非但没有因神秘人身份的曝光而清晰起来，众人心中的疑问反而越来越多。

玄天明见自己的身份被白遇仙识破，也不以为意，而是冷笑一声道："白老鬼，天下大道，各行其是，怎么只许你出来勾结葛云生，就不许我来夺墨魔吗？"

白遇仙哼了一声道："我可没勾结葛云生，我这是替社主来夺他的混元心。"

玄天明冷笑道："混元心？这东西不过是饮鸩止渴的法子罢了，要他何用！不过我可是先劝你一句，你千万别学苏丹青那么愚忠，省得到时候自己被卖了都不知道。"

他见墨魇已然到手，得意道："房长生，你的三魇，我只看中了这个墨魇，剩下的赤魇就留给你防身吧，省得说我贪得无厌！"

房长生狂怒道："想夺走我的墨魇，先吃我这一掌再说！"

黑色的厉鬼化作一道浓厚的黑色掌印飞了出来，黑衣人不急不忙，一手收了水浪化作一团墨球凝在手里，另一手掌化作剑指，朝房长生猛地一点！

"御墨化剑，无往不利！破！"

墨汁凝成一把黑色的墨剑朝房长生刺了过去，墨剑如玄铁，势如破竹直接穿透掌印，拐了个弯朝房长生杀去。房长生急忙结了个鬼印，把这迅捷的一剑挡了下来，他又拍出一掌，却是赤魇化作的玲珑真火。

黑衣人毫不畏惧，只是弹出一黑一白两团光芒，高喝道："道法乾坤，阵设阴阳，阴阳无尽，连绵不绝！"这黑白两团光球迅速结成一个阴阳法阵，黑白两道光芒繁复交织，如同无穷无尽的迷宫，玲珑真火一入法阵，立即被困其中，叮叮当当却始终破不出界限。

玄天明笑道："我的阴阳法阵，无穷无尽，你的真火再厉害也逃不过'阴阳'二字。"

"你……"

玄天明见自己想要的东西已到手，冷冷道："房长生，墨魇已在我手里，我也无须再跟你费劲了，你就和你的长生殿一起葬生此处吧！哈哈哈！"

玄天明飞出一剑，捅破头顶的深渊石壁，"轰隆"一声，巨大的水柱冲了进来，原来这遗落渊内千洞万洞相连不绝，上面的雷泽湖倒灌已经把各洞穴都灌满了湖水，唯独这长生殿内充沛着强劲的鬼力，加之长生石的作用，导致重力有别，水流一直没能灌进来。如今长生石破裂，玄天明又一剑破开石壁，正把这湖水全部引了进来。

巨大的水柱喷溅而下，犹如飞帘悬挂，不过片刻，整个遗落渊内处处都是湖水横流。

玄天明笑道："诸位，后会有期了！"

他身子一旋，化作一只墨鸦径直破水而出，很快就不见了踪影。

"老三，你这法子可是太恶毒了！"白遇仙忍不住叫骂道。

"算了，别理他了，这遗落渊要垮了，我们赶紧走！"葛云生等人急忙往上头飞奔而去，房长生如何肯那么轻易让他们离去，他恶狠狠道："想走，我看不如全部留下来陪我吧！"他自己一震百鬼枢，原本就千疮百孔的黑色玄石"咔嚓"一声碎成齑粉，房长生哈哈大笑道："长生石碎，遗落渊必然坍塌，你们谁也走不了！"

白遇仙回头骂了一句："你这老鬼可真是坏透了！还想拉我们陪葬！想得美！"

"本仙不伺候你了！"他急忙变出一只纸鹤，躲避着下坠的石头和水流，往外飞去。

但他飞到半空，见谷神医、百无心二人所在的地方已经被冲毁坍塌，眼看就要淹没在汹涌浑浊的水流中。

而葛云生和赵五郎的混元灵力也渐渐消散，不复方才之勇，这二人显然也已是体力透支。若是自己不出手相救，只怕这几个人都要淹死在这遗落渊之内了。

白遇仙"唉"了一声，叹息道："我白遇仙虽然讲道理，但也不能做这种见义勇为的事啊，嗯，我这是替赵社主保住葛云生的混元心，他若死了，这心也就找不到了。"他这般劝解了自己，立即在空中调转回头，朝谷神医、百无邪等人飞去，而齐云飞也朝百无心飞去。

此时，整个遗落渊地动山摇，无数的巨石、水花坠落下来，如同世界末日，众人逃生之机越发的渺茫。白遇仙又开始唉声叹气道："你说我这是何苦呢，干吗来蹚这浑水！真是亏本买卖！大亏本！亏得血本无归！"

葛云生此时灵力消散，脸色白得像一张白纸，但他毕竟内力深厚，还能勉力支撑住，而赵五郎灵光一散，整个人几欲昏厥过去，站都站不稳。葛云生背着赵五郎喘气道："还是少说废话，想办法冲出去最要紧！我们一个人带一个，一起破开水浪冲出去！"

众人分出三个小队，白遇仙御纸而飞，齐云飞御剑破开迎面而来的巨石，逆着瀑布飞奔而上。就在这时，突然一个几十丈宽的巨浪迎面落了下来，这巨浪之中还有无数巨大的山石，众人只觉得整个遗落渊内都为之一暗。

"遭了！这巨浪太大了！"齐云飞惊道。

神剑威力再大，想要短时间劈退山峰一样的巨浪，那也是无稽之谈！

众人脸色都随着这光线越发黯淡。

"完了！完了！这下真翘辫子了！"白遇仙苦叫道。

就在这时，水浪上方传来一阵幽幽的吟唱之声，声音虽然不大，却浑厚有力，直接穿透层层水流而来，教人听得一清二楚。

谷神医干枯的脸色露出一抹笑容，大喜道："哈哈，天不亡我等，是碧波、遣云他们来了！我们有救了！"

水流之中闪现出几十个人影，为首的四人正是驭灵司的降龙、遣云、引风、碧波四大长老，背后跟着的自然是驭灵司颇有修为的一众弟子。

小茹也在其中，她焦急道："爷爷！爷爷！你在哪里！"

小茹背后正是三只鼠精，灰鼠精眼力最好，一指下方叫道："我看到了，神仙道长在那里！"

白鼠精和黑鼠精也跳着叫道："我也看到了，我也看到了，神仙道长快快上来。"

为首的遣云道人急声道："碧波师弟，快快施法！"

碧波长老应了一声，抛出一个微蓝透明的宝印，喝道："请印御水，无有不应。分！"

迎面而来的巨浪"哗啦"一声就向两侧分开，如同拉开了一道巨大的门帘，而后各驭灵司弟子纷纷乘着飞禽神兽将葛云生等人接了过去。

巨浪奔泻而下，遗落渊内四处倒塌碎裂，房长生连着长生殿全部被巨浪带进了无尽的深渊中，无数的楼阁碎瓦翻涌在浑浊的浪花里，如同一团团草芥沙砾，纷纷消失不见。

长生殿毁，鬼道势力刚欲振兴便遭重挫。

驭灵司众人自然是大为振奋，唯独白遇仙叹了一口气，道："这等雄奇的宫殿毁了也叫人可惜。"他回头朝葛云生道："今时今日，单凭我一人之力已经奈何不了你了，算了，算了，混元心之事以后再说吧！不过你可记得，今日你师徒二人可是欠了我一个人情。"

说着，他便准备驾鹤离去。忽然，赵五郎想起什么重要的事，急忙喊住道："白大叔！等等！"

白遇仙人在空中，态度冷漠道："臭小子，还有什么事？"

赵五郎挠了挠头，有些不好意思道："五郎还有一事相求。"

第六十九章
螭龙法阵

赵五郎从怀中摸索了一阵，终于掏出一个微微有些变形的纸人，说道："你上次送我的这个纸人是坏的，一直都传不了话啊，我对它说了很久的话，小仙都没回我。"

白遇仙哼了一声道："我的小小白遇仙可不会坏，它不说话那只能说明那个雷公嗓不喜欢你了，她不想理你了，所以你是被甩了。"

赵五郎脸色微微一变，道："你不要瞎说，她才不会……"赵五郎原本想说她才不会不喜欢我呢，但一想这话当着众人的面，尤其是葛云生的面说出来委实有些尴尬，于是一句话就噎在喉头，上不去下不来，哼哼唧唧了半天，才挤出几个字："她听到我说话肯定会回我的！"

白遇仙摇头啧啧道："看来你是真喜欢这雷公嗓了，搞不懂你喜欢她什么，修为这么差，性格也不够温柔，真是眼睛坏了！"

赵五郎不悦道："不许你这么说她。"

白遇仙哼了一声，道："算了，算了，念在你一片痴心，我来看看。"他一招手，赵五郎手中的纸人就如风筝一般摇摇晃晃地飞到他手里。

白遇仙看了下，突然嘿嘿笑了起来："哎呀，哎呀，是我猜错了，这纸人灵力用完了呢！我说你是不是一天到晚地对着小小白遇仙说话啊？这才多久就变成这副模样了，好造孽的小人哦。"

赵五郎脸色一红，道："也没有啊，我就是有空抓出来看几下，明明是它不经用。"

白遇仙哼了一声，道："别解释，我这么耐用的谢公笺都给你磨成这个样子了！"他话虽这么说，右手却轻轻一弹，一团微微发白的灵力就注入道纸人之中，小纸人立即又直挺挺地立了起来，一副生龙活虎的样子。

白遇仙把纸人甩给赵五郎道："喏，好了！"

赵五郎虽然一脸疲惫，却难掩喜悦，他摸了摸纸人又道："但是，小仙那个纸人用这么久了估计也没灵力了，光我这只有灵力也说不了话啊，白大叔你还得再送我一个！"

白遇仙眉毛一竖，极不耐烦道："嗨！我这还一送就送一双了呀！这小小白遇仙一共就这么两只，你回头见了那雷公嗓啊，把你自己那只纸人跟她那只纸人嘴对嘴放在一起，那灵力就能自动流过去，你们两个纸人不就都能用了？"

"啊，要嘴对嘴啊？"赵五郎怯生生地看了一眼葛云生，而后满脸通红道。

白遇仙道："对，不过又不是要你亲她，纸人嘴对嘴关你屁事！你害什么羞！"

赵五郎还是觉得这法子有些怪，又问道："那就没别的办法了吗？"

白遇仙突然有些坏笑道："没了！没了！时候不早了，老夫该走了！"

说着，他自己驾着纸鹤径直往北飞去，再也不见踪影。

大战方罢，各驭灵弟子分带着葛云生、谷长春等人也往驭灵司飞去，雷泽湖上只剩下四大长老。

碧波长老往下望了一眼，忧心忡忡道："这房长生号称不死阴王，恐怕没那么容易死，不如我等先在这做个法阵控住他，过了新年等严掌门出关了再禀报他，看他如何处置。"

遣云长老点头道："我觉得此法可行。"

降龙长老道："我四人都是最擅长云雨之术，不如就借着雷泽水力设下螭龙法阵罢。"

其他三位长老点头道："螭龙法阵，以水阵控鬼魂，此法甚好！"

降龙、遣云、引风、碧波四大长老御波而立，分别站在遗落渊上方的四个方位，遣云长老道："那不如我先来，螭龙以水为生，今日万里晴空，若天上无云雨，怎能生螭龙？"

他从袖口中掏出一个素白色的宝印，化出一滴水珠点在宝印上，而后往空中一抛，念道："点水在印中，云雨须臾至。"

"起印！"

"招云！"

"降雨！"

这素白色的宝印正是遣云宝印，他咒诀刚一念完，就见原本晴空万里的天上生出滚滚乌云，乌云如帷幕一般迅速下沉，很快雨滴就落了下来，再过片刻已是滂沱的暴雨。

雨势越来越大，整个雷泽湖上波涛汹涌，水位不断上升。

这四名长老身上发出微微透亮的光芒，雨滴竟不能沾染他们分毫。

遣云长老道："现在该你了，碧波师弟。"

碧波长老也不客气，化出透蓝色的泛波宝印，念道："阔水茫茫，碧波万顷，水随风意，自转不息。"袖子一舞，宝印迅速转动，这雷泽湖上的水流也跟着泛波宝印一样，环绕着遗落渊开始快速旋转，无数水流被转进深渊之中。

引风长老道："风助水流，不如我助你一臂之力吧！"

他一鼓动双袖，袖子之中似乎有微风拂出，这微风一出袖口越卷越烈，最后化作龙卷飓风，搅动得整个雷泽湖水快速地朝遗落渊内卷去。

遣云、碧波、引风三大长老齐齐回头望着降龙长老道："这螭龙阵，最后一步还需降龙师兄亲自出马才行。"

降龙长老也不客气，迈出一步，从怀中掏出一条七尺的白绸，他破掉自己的中指，在白绸上写了一个"龍"字，但这个"龍"上面却没有一点，而后再化出金黄色的龙信印，分别在白绸头尾上各印了一下，最后将白绸往空中一抛，喝变三声。

就见这白绸在空中一抖，化作一条幽蓝色的无角螭龙，螭龙入水迅速融入风浪之中，顺着遗落渊上方急旋不停，发出一道道蓝色的光芒。

四大长老呵呵笑道："螭龙法阵已成，这房长生元气大伤，一年之内怕是出不得这阵法了，我等也该放心离去了。"

"正是，一年后，严掌门自会来收服这阴王，走吧，走吧。"

四个人引风遣云，如同仙人一般也朝灵虚谷行去。

经过这一役，众人均受了不同程度的伤，葛云生和赵五郎耗尽了内力，回来之后昏迷了一日，驭灵司各长老以回春神药相助，倒也逐渐地恢复了起来。

齐云飞倒是罕见地毫发未伤，这一点令百无心钦佩不已，她姐弟二人此次也算初经大战，可惜惨败得一塌糊涂，这叫一向高傲的百无心心里着实难以接受，想要追求更高道法的念头日益迫切。

众人之中唯有谷神医伤势最为严重，他的内力尽失，俨然已成为废人一个。

谷神医躺在长春宫内，如同垂危的病人，面色枯黄得有些吓人。百无邪和小茹守在左右，自是伤心不已，小茹更是忍不住抹了几次泪花。

谷神医倒不以为意，他摸了摸小茹的头，淡然道："你们两个也不要难过了，我的道法都是医病救人之术，如今没了，反倒觉得轻松了些，这世间疑难杂症再与我毫无关联了，我现在是闲人一个，乐得轻松自在。百无邪终于忍不住道："可是师父，你没了这功力，自己可不是……"

小茹立即就哭了出来："爷爷！"

谷神医呵呵笑道："是啊，常春多好，世人谁不想像这花草一样，年复一年，常开不败，可是人都是要死的。"

他望着庭院中的百花妍妍，这里四季如春，寒冬似乎从来不曾踏足这块地界，长春宫仿佛真的是这世间一处万年长春的神仙之处。

谷神医若有所思，叹了一口气，问道："无邪，你当初为何选长春一门？"

百无邪愣了一下，说道："因为医病救人，造福万生。"

谷神医笑了一下，他显然知道这不是百无邪的真话，只是见他垂危，故意说来哄他高兴，他不置可否，徐徐道："长春宫历来是驭灵司众人丁最稀少的一个地方，但这道法却也是最能休现道心的一门，舍己为人本就十分艰难，你愿意修行回春之术，不管出于什么目的，我都十分欣慰，但如今为师老了，能教你的也不多了，但愿你能将本派的术法发扬光大，造福更多的世人，不违我们的祖训。"

百无邪向来不羁，正邪性情尤其难定，但他听了这话，也是鼻尖一阵酸楚，他偷偷问自己为何修行回春之术，绝非因为有谷神医这么崇高远大的志向，他不过是生性懒惰，惧怕其他门派的修行之苦罢了。如今，谷神医话语之中明显有托付志愿之意，百无邪骤然觉得自己肩上的责任重若千钧，一刻都挥之不去。

师道的传承，犹如薪火相续，哪怕只剩一点火星，也不该就此放弃。百无邪自问，这难道就是当初自己选择的宿命吗？

往事如潮而至，竟叫人如此难忘。

八年前，谷常春虽早早列为驭灵司八大长老之一，若论内力修为，他是最差的一个；论门派势力，长春宫也是司内势力最微小的一名，但他却从不在意这些虚名，始终甘于平淡，带着小茹安静地居住在这小小的长春宫内，外面的热热闹闹、人来人往似乎都与他毫无关系。每年驭灵司内最热闹的弟子招录活动似乎从来都没有长春宫什么事，比起驾驭灵兽，夺天地造化，这回春法术着实太过无趣了，任何有资质的弟子都不会来报回春一门。

直到百无邪的到来。

百无邪的天赋是驭灵司内极为罕见的，他的资质甚至超过了百无心，就连严明崇都对其寄予厚望，各大长老更是争着要收这二人为徒。所有人都以为这对姐弟必然会选择最有人气的驭灵一门，但不想百无邪临时变卦，自己挑中了这门无人问津的回春术。

这一结果让所有人都错愕不已。谷神医也劝道："你这资质修行回春之术实在是太浪费了，你再考虑考虑。"

百无邪笑道："不必考虑了，我就练习这门道法了。"说着，他也不顾百无心的劝阻，就自己搬进了长春宫。

一连七八年过去了，百无心无日无夜地刻苦修炼，内力修为早早地突破了返照之境，并被严明崇收为关门弟子，出落成驭灵司内最风头无量的新一代翘楚，而百无邪却始终徘徊在聚气之境，连中级的凝神之境都突破不了，不仅如此，他生性调皮，还到处惹是生非，简直成为驭灵司内人人都嗤之以鼻的大麻烦。

所有人都认为是谷神医耽误了百无邪的修行，他的不善管教浪费了一个天才一般的少年。

尤其是百无心，更对此耿耿于怀。谷常春却道："回春之术本就是发乎于心的道法，若非自己自愿，就算学了一身的救人道术，他也不会去救一个人。"

这或许就是杀人道法与救人道法的区别。

只是岁月变迁，沧海桑田，再不懂事的少年也都有成长的一天，此时此刻，百无邪忽然就觉得自己明白了很多道理，谷长春对他唠叨过的话一句一句突然都回荡在自己耳边，那些教诲此刻听起来是那么语重心长。

百无邪仰头看看天，突然笑了，这笑比院子里的鲜花还灿烂，而后他很郑重地跪了下来，朝谷神医磕了三个响头，朗声道："尊师在上，弟子百无邪，愿一世修行回春之术，将本派功法发扬光大，绝不负历代祖师所托！"

长春宫内依旧清幽孤寂，一颗修道之心也渐渐淡如止水。

第七十章
试功大会

很快就要到新年了，葛云生和赵五郎的身体恢复得也差不多了，加上齐云飞一心念着乾坤九剑的修行，这三人就要拜别离去，众人自是一再挽留，尤其是百无邪拉住赵五郎，道："驭灵司内过新年可热闹了，你们还是留下多待几天再走嘛。再说，过新年，我们这还有一件最大的事呢！这事可隆重了！"

"什么大事？"赵五郎原本好奇心就强，这下一听有大事要发生，两只耳朵像小狗一样登即就竖了起来。

"驭灵司试功大会！"百无邪有些得意道，"我今年也要参加，你们陪我见证下我怎么突破凝神之境！"

赵五郎登即就大失所望："我以为什么大事呢，你这都试了多少年了，还是聚气之境，怎么可能一下子就突破凝神之境？不要自欺欺人了！"

百无邪哼道："那我们打赌，要是我突破了凝神之境怎么办？"

赵五郎想了想好像自己身上也没什么值钱的东西可以赌，问道："你想赌什么？"

百无邪奸笑道："不如，输了就把你的火精送给我？"

赵五郎立即制止道："不行，这个绝对不行！小胖是我的，不能送人。"

百无邪道："那你有什么可以拿出来赌的？"

赵五郎想了想，道："这样，你若能突破凝神之境，我就把这个镜子送给你！"

说着他从八卦乾坤袋中翻出一面古朴的宝镜，拿在手里转了转，这镜子浑身银光闪闪，镜面上水波如烟，可不是百无心的天地含象镜吗！

百无邪惊道："啊！这镜子怎么在你手里！我说怎么找都找不到了！原来是被你偷了！"

赵五郎嘿嘿笑道："你们被困在梦境里，估摸这镜子就自己掉出来了，我是半路上捡到的，这可不算偷。"

百无邪伸手想要抢夺，"这可是我驭灵司的宝物，快还给我！"

赵五郎赶忙身子一闪，笑道："这镜子还有点儿好用，先给我玩两天。"

百无邪气得哇哇大叫："臭黑炭，你这个小偷，快还我！"

赵五郎故意摇了摇含象镜道："我才不稀罕你们驭灵司的东西，你若是能突破凝神之境，这含象镜就还你；你若不行，我就带走，这一路我也可以变几只灵物来耍耍。"

"先变个灵猴来捶捶背。"赵五郎故意逗百无邪道。

百无邪气道："臭黑炭，你……你给我等着，我一定要叫你哑口无言。"

赵五郎笑道："我等着呢，等你着破聚气之境再说。"

百无邪气嘟嘟地走了，小茹急忙问道："他要是突破不了凝神之境，这镜子你真要带走啊，恐怕无心姐姐知道了，要大发雷霆哦。"

赵五郎收了含象镜，笑道："这镜子虽好，给我也没什么用，我就拿来刺激刺激他。"

小茹脸上一舒，也掩嘴笑道："但愿无邪哥哥今年能如愿以偿，这一境界可是等得太久了。"

赵五郎也叹道："但愿吧。"

过了三日，便是新年。

这驭灵司身处滇南深山之中，但掌教严明崇是大理国国君的表亲，所以驭灵司内无论建筑、礼仪都颇有几分皇家的风采。庆贺新年更是驭灵司一年一度最盛大的节日，这一日门派上下早早地摆上鲜花饰品，挂上红灯彩绸，众人除了聚在一起吃饭饮酒、彩戏游乐外，还要参与最引人注目的一件大事，那便是试功大会。

试功大会乃是驭灵司各掌门、长老对门派内弟子修为程度的一次阶段性检验，各弟子在聚气之境只能修行一种法门，若是过了凝神之境，便能再修一门，门内弟子要是达到了返照之境，便会由掌门收为关门弟子，亲自指点驭灵道法，这等荣光可是驭灵司内所有弟子孜孜追求的。

今日艳阳高照，是个极好的天气。

刚到未时，占星拜月坛下的广场边早已挤满了人，这些人大多数是驭灵神司四门的弟子。

祭坛之上，通天、法地、降龙、伏虎、遣云、引风、碧波、常春八大长老身着华服齐齐出列，似在等待什么庄严的时刻。

赵五郎伸长了脖子，问道："师父，他们这是等什么？都这么久了还不开始啊。"

葛云生道："等严明崇啊，今天也是严明崇出关的日子。"

严明崇这人赵五郎虽然见过他的分身，但真人却还没见过，他见驭灵司上下门人一个个神色庄严，满脸尊崇，想来这严明崇在驭灵司内当真是至高无上尊圣一般的存在。

旁边有弟子更是无限崇拜道："掌门师尊整整闭关了三年，今日竟然提早大半年出关，肯定是神功大成，日后我驭灵司的威势必将更加鼎盛。"

众人纷纷猜测着，唯有百无邪脸色有些凝重，严明崇被人破掉元神，又提早出关，如何能神功大成，必然是修炼遇到了不可逾越的阻碍，才不得已出来。

九龙盘绕日晷上的光影指向申时，忽然一阵铿锵作响，一道金光从祭坛前方的圣君殿中闪了出来，金光灿烂堪比日光，叫人几乎不能直视，一个身穿华美金袍的男子终于慢慢走了出来。

这人正是灵虚谷卡，驭灵圣君，严明崇。

他虽然金袍飞扬，神采丰朗，气度亦是卓绝，却也难掩一丝疲态，显然被房长生和黑衣人破掉了元神让他修为受到大挫，这万灵心经也是没有练成。但此事万万不能让教派内的长老和弟子看出来，严明崇嘴角上勉强挂起难得的笑意，好似他闭关时神功有成，修为又有所精进。

各长老、弟子不知内情，齐齐躬身道："贺喜圣君修得万灵神功！"

严明崇摆摆手道："此事不提，只是我闭关时日已久，这神司上下有劳各位长老代理，辛苦了。"

各位长老齐声道："不敢，本是分内之事。"

严明崇踏前几步，指了指祭坛前的广场道："这时日过得可是真快，转眼已过了三年，对了，今年的试功大会有多少名弟子参加？"

通天长老上前道："禀圣君，今年共有三十七名弟子参加试功大会。分别是驭灵术法弟子二十一人，通灵术法弟子十人，造化术法弟子六人，回春术法弟子一人。"

严明崇点了点头道："可有能突破返照之境的弟子？"

"这……"通天长老迟疑了一下，说道，"今年恐怕没有。"

严明崇脸色一暗，显然颇有些失望。

在一旁的法地长老笑道："禀圣君，试功大会尚未开始，这结果都是未知，说不定有那实力隐藏的弟子尚未发现。"

碧波长老也道："每年试功大会都有突然突破境界的弟子，今年必定也有这等奇才。"

试功大会虽然能准确试出各弟子的内力，但也有身负异秉的奇才，越是在关键时刻越能将自己的潜力激发出来，突然间就突破境界修为，这等弟子都是万中无一的好苗子。

严明崇显然对自己门下的弟子也没太大信心，叹了一口气道："但愿吧。"

另一旁的降龙长老道："圣君，时辰已到，试功大会可否开始？"

严明崇道："开始吧。"

各长老依次退开，围绕广场的十二个方位站立。

通天长老面向烈日，高声唱引道："上观北斗七真，下御世间万灵。我驭灵神司，立派八百余载，镇守西南，辅佐乾坤，扫妖氛不侵云汉，茂天地万物滋生。救人间扶衰度厄，化邪魅悉皈正真。宣行宝箓，万圣卫轩！今，更是门人辈出，弟子济济，驭灵正道日益昌盛，百世流芳。"

"在此，驭灵神司敕奉祖师古训，恰逢新旧交汇之际，特设星台，以砺门人之志，以试弟子其功！"

"先祭天地！"

通天长老唱引完毕，向天地各洒三杯清水，水雾腾空入地，算是祭了天公和地母。

"后拜祖师！"

众人齐齐跪地朝东方拜了三拜，驭灵司内不设祖师堂，所有掌教羽化登仙都葬在东方的灵冢之中，面朝正东，叩了三首，就是祭了先祖。

"再敬掌门！"

众人又齐齐朝严明崇鞠了一躬，严明崇起身回礼。

而后，通天长老高喝道："礼毕，现在试功大会正式开始！"

祭台下众弟子终于从方才肃穆的气氛中解脱出来，爆发出一片欢呼！

"第一位，神龙宫第一百二十一代弟子，姚千，修炼的是驭灵道法。"

祭台的右边方位立即掌声雷动，显然这些都是神龙宫的弟子，只见这名叫姚千的弟子昂首阔步走上祭坛，恭恭敬敬地朝严明崇和各大长老施了个礼，而后道："弟子已经准备好了，请长老布阵！"

通天长老朝碧波长老点了点头，碧波长老从手中抛出一物，却是一个水晶球一般的气泡，模样有几分像水波镜，但却内外有三层。

赵五郎好奇道："这是什么宝贝？也是水波镜？"

百无邪解释道："这水泡名曰'三重镜'，内外三层正对聚气、凝神、返照三个境界，试功的弟子罩在三层水镜中由内而外拍出掌力，若是能震破第一层水波，便是突破了聚气之境；若是能破第二层，便是凝神之境；若是一举将三层水波都击破，那就是功力已达最高级别的返照之境。我姐姐去年就是一指穿透三层水镜，登入返照高手的行列呢。"

目前驭灵司上下，除了严明崇，能够突破返照之境的不过十余人，就是有些长老都未曾突破这一境界，可想而知想入返照高手行列有多么不易。当然这返照之境内的差别也是十分巨大的，若是强行细分，还可分为天境、地境、人境三个层次，百无心虽然也是返照之境的修为，但不过是刚达到人境，与严明崇天境的修为着实有巨大的差距。

返照之境是修道人士迈向一流高手的标志，但只有达到天境才能算是超一流的高手，这天下间能够进入天境的人也不过五六个。

第七十一章
破凝神境

　　齐云飞原本对这试功大会毫无兴趣，但他听到百无心去年就突破了返照之境，也微微有些惊讶，他转头看了一眼百无心，眼神颇有些复杂。

　　百无心瞧见齐云飞看了自己一眼，眼神中明显有几分难以置信和敬佩之意，不禁心中窃喜，脸色不禁微微一红，但这喜悦不过刚刚冒了荷叶尖尖，就被自己强行打住了，她心想今日试功大会这么多长老弟子在场，自己断断不能就这样失了分寸，立即又强装镇定，恢复一副冰霜模样，看也不看齐云飞一眼。

　　小茹自是知晓这少女的心思，忍不住掩嘴暗笑道："看来无心姐姐是真动心了，这二人倒也有些般配。"而后她又看了看赵五郎，又忍不住"唉"了一声，心想五郎终究是要离开驭灵司的，跟自己恐怕是有缘无分了。

　　百无邪此刻却是另一番想法："姐姐性子冷傲，这齐云飞也不是个热情的主，这两坨冰块怎么谈情说爱啊，不合适，太不合适！唉！想来想去还是秦师兄最好，长得帅待人还热情呢！"

　　这气氛原本就有些微妙，百无心和齐云飞还心照不宣地朝两边刻意挪了挪。

　　但就在这时，赵五郎突然叫了起来："哎呀！无心姐姐已经突破返照之境了啊，好厉害啊！完全看不出来呢！云飞，不知道无心姐姐跟你比起来谁更厉害哈！我觉得无心姐姐年纪比我们都大，自然修为会比我们高啊，云飞你还小，虽然还没有入返照之境，但是勤学苦练一年半载说不定也能成呢！我们要多跟无心姐姐学习呢！"

　　赵五郎一口一个姐姐，一口一个年纪比我们都大，听得百无心脸上早已挂不住，脸色更是一阵青一阵白的几欲发作。

　　她忍了忍，还是觉得忍不住，争辩道："我，我其实年龄比你和云飞都小的。"

　　百无邪也气得大叫道："黑炭你胡说八道什么啊！我姐姐比云飞还小一个月好吗！你不要一天天无心姐姐、无心姐姐的乱喊！她只是心态比较老成好吗！"

　　"你怎么知道云飞比你大一个月啊？"

"你们居然知道云飞的生日！你姐弟二人居然这么关心齐云飞！"

"啊，有问题！"赵五郎突然惊叫了起来，他好像发现了什么不得了的重大秘密，口无遮拦大喊大叫道："我知道了，你喜欢齐云飞！无心姐姐你肯定喜欢齐云飞！"

齐云飞和百无心只觉得"轰隆"一声巨响，好像一道晴天霹雳劈过一样！

现场一片沉寂……

赵五郎丝毫不看别人脸色，自己越说越欢快，大喜道："你们说我说得对不对？肯定是这样，不过这样也好，郎才女貌，我看也很配，是不是云飞？"

齐云飞的脸色越发尴尬，但他扭过头不想回答这个问题。

一直默不作声的葛云生再也忍不了了，给赵五郎脑袋一个大巴掌，怒喝道："说你蠢，你还真是蠢得一点儿都不客气！这小妮子喜欢齐云飞不是明摆的事吗？还要你说出来啊！你看你现在说出来大家多尴尬！"

赵五郎"哎哟"了一声，叫道："师父，好痛啊！"

"人蠢屁事多，说的就是你！"葛云生喝道。

这一巴掌之响亮，葛云生这一怒吼之霸道，教在场所有人都忍不住侧目过来，整个广场的人都听到："这小妮子喜欢齐云飞不是明摆的事吗多尴尬！"

一下子全场哗然，各代各派弟子哪里还有心思看什么试功大会，一个个侧过头来议论纷纷。

"哎哟，原来这玉翎仙子也有喜欢的人啊！"

"这冰山下原来是悸动的火山口啊！"

"终究是春心难耐哟！"

百无心终于忍无可忍，脸色气得煞白，怒喝道："够了！你们统统给我闭嘴！尤其是你，赵五郎，给我闭嘴！"

通天长老眼见这西北角乱成一团，略为不快，问道："那边出了何事？这般喧哗！"

百无邪急忙摆手叫道："没事，没事！闹着玩！"

齐云飞的脸色丝毫不变，只是皱了皱眉头，道："你们真是无聊，我还要去练剑，先走了。"

说着，他也不管众人，自己径直转身离去。百无邪气得狠狠地拧了下赵五郎的胳膊，骂道："你看你，就是你这破嘴，这下齐云飞走了，他俩的事估计要黄了！"

赵五郎自知理亏，撇了撇嘴，装作没听见，好像很认真地看试功大会。

这时，祭台之中，已经开始正式出拳破境了。

这名叫姚千的驭灵弟子，面对三层试功镜，运足了真气，大喝一声，猛地向一个点击出一拳。

一股内力汇聚成一个金色的拳印直接穿透了第一层的水波纹，而后又迅速朝第二层水波纹奔去，拳劲丝毫不减，虎虎生风，重重地击打在第二层水波上，水波没有被立即穿透，而是显露出一个凸起的拳印。

姚千咬了咬牙，又出一拳，第二个拳印再度飞来，又击打在同一位置上，这水波上的拳印更加明显，已是几欲破裂。姚千大喜，急忙深吸一口气，双拳齐出，两道拳印接连击打在水波上，终于是将第二层的水波穿透。

台下立刻爆发出雷鸣般的掌声，不少人振臂高呼道："姚师兄好厉害！"

"姚师兄加把力，把第三层试功镜也一并破了！"

台下的喝彩声、欢呼声、鼓励声，甚至微微嫉妒的冷哼声不绝于耳，但这姚千倒是很有自知之明，他显然觉得今日自己能破凝神之境已是达到自己的预期了，冲台下摆了摆手，而后朝严明崇道："师尊在上，弟子姚千修为尚浅，今日功力便到此了。"

严明崇早已看出他的修为顶多就是凝神之境的水平，双眼中虽然有少许失望，但面子上还是点了点头表示赞许。姚千见严明崇点头表示肯定，已是喜不自禁，朝严明崇郑重地作了个揖，就雀跃欢呼地跳下了台，与本派弟子簇拥在一起。

接下来是一名通灵派的弟子，可惜这弟子不知是太紧张了还是内力尚浅，比画了一阵连第一层水波都不曾突破，煞是尴尬，通灵派的阵营内一片失望声。

别的阵营内更有讥笑声和嘘声传来，这叫负责通灵一门的法地长老脸上十分无光，口中暗暗地骂了声："废物！"

各派别的弟子陆陆续续上台，但别说突破返照之境的，就连突破凝神之境的也不过三人，整体水平十分一般。严明崇的脸色已是冷若冰霜，他质问道："我驭灵司弟子就这么不堪吗？通天！法地！我闭关修炼三年，你们二人可曾好好带领众弟子修行？"

通天长老吓得急忙俯首道："这三年，我通天每日勤督勤教，从来不敢懈怠半分，只是今年这些弟子天资有限，进步是要慢一些。"

法地长老也说道："禀掌门，这弟子的质量每年都不一样，去年百无心不就突破了返照之境了，可是近十年来少有的不满二十便突破这一境界的奇才。"

严明崇一听到"百无心"三个字，脸色才稍稍缓和了一些，赞道："心儿确实是难得一见的奇才，本座必然要好生培养，这五年后的道坛诀，我门派上下估计也就是指望她了。"

各长老纷纷应是。

"下一名，长春宫第七十二代弟子百无邪！"

百无邪喜道："终于轮到我了！"

他整了整衣着，挤开人群就准备往祭台上跳去，百无心突然喊了一声："无邪！"

"嗯，姐姐，怎么了？"

"你尽力就好，若破不了凝神之境，也不要太过勉强。"百无心道。

百无邪的脸色微微变了下道："姐姐，你怎么了。"

百无心道："你破没破凝神之境，我都不会逼你离开长春宫了，毕竟谷长老只剩你这一名弟子了。"经遗落渊一役，百无心对谷神医也是多了几分敬佩，同时她也看出了谷神医对百无邪的宠爱之心，这等良师自己无论如何也不能教百无邪辜负了他。

百无邪听了这话，神情明显一暗，而后又坚定道："放心吧，姐姐！我不会让你失望的！"

百无邪一步跃上祭台，底下却传来了不合时宜的揶揄声。

"哟，是长春宫的百无邪，驭灵司内天资最好的弟子，你们猜他这次能不能突破凝神之境？"

"我看他这辈子是准备把第一重镜牢底坐穿了！"

"哈哈哈……说白了就是懒！"

这些闲言闲语传来，教百无心听了尤为刺耳，但她这次却不去喝止这些人，能不能破凝神之境完全靠自己的修行，旁人再议论纷纷，与你何干？

早春的风吹过，还有些发冷，偌大的广场上只剩下百无邪一个人。

碧波长老再弹出一枚三层试功镜，说道："开始吧！"水波轻轻晃动，笼罩在百无邪的身边，如同隔起了三重坚不可摧的防护气罩。

百无邪将自己的内力缓缓聚在手心中，这是一团翠绿的光芒，这光芒在一点点地变大，亮得如同一团绿色的火焰。

他紧紧地盯着试功镜的一个点，而后大喝一声，手中的光芒如电很快就穿透了第一层水波，绿芒再度飞舞，又重重地击打在第二层水波上。

噗！水波被光芒拉扯成一个锥形，却依旧没有破裂，很显然这第二层的水波比第一层至少坚韧了十倍，整个水波都明显变形了还是没破。

赵五郎急得在台下大叫："无邪！再用点力！马上就要破了！"

百无心也攥紧了拳头，心中暗叫道："无邪，你一定可以的！"

百无邪全神贯注，闭上了眼睛。

突然，他的脸上闪过一抹诡异的笑容，这笑容如此古怪，以至于赵五郎看了之后心中突然都冷悸了一下。

这笑容有些眼熟，赵五郎想了半天好像在哪里见过，他再想了想，忍不住心中一寒！

这不是遗落渊内那个假无邪的笑容吗！

怎么会这样？

第七十二章
青魇之力

　　一想到假的百无邪，赵五郎顿觉浑身冰冷，他立即摇头道："不可能，这个百无邪肯定是真的，青魇已经被灵根龙吞噬掉了，怎么可能还是他，一定是我自己想太多了。"

　　但那个笑容为什么这么古怪？

　　他眼眸中的绿光分明就是青魇的光芒！

　　这时，祭台上的百无邪大喝一声，绿色的光芒毫无悬念地穿透了第二层水波，水波破裂成一团水雾。

　　百无邪终于突破了凝神之境！

　　底下的人都惊得目瞪口呆，一时间都不知道怎么评述，全场一片沉寂，而后又迅速哗然一片。

　　百无心激动得泪水夺眶而出，双手忍不住捂住自己的嘴巴叫了起来，小茹也高兴得手舞足蹈，"无邪哥哥太厉害了！"

　　但此时，祭台之上那团绿芒的速度却依旧不见减缓，又狠狠地朝最后一层水波击打过去！

　　绿光闪过，第三层水波往外一鼓，发出轻轻的一声闷响，难道百无邪今日要一举击破三层试功镜，直接跃入返照之境？

　　各长老极度震惊，严明崇更是直接站了起来，百无邪已经有七八年一直徘徊在聚气之境没有任何进展，怎么今时今日突然就变得这么强势！

　　百无心此时也是难以置信，低呼道："无邪……"

　　绿芒快速旋转，发出"呼哧呼哧"的声音，它就像一只锐利的锥子一般往前钻去，这最后一层水波已然受不住绿芒的攻势，出现了一道道不深不浅的裂纹。百无邪只需再用一点儿力气，这水波必然破裂。

　　他的神情依旧十分轻松，似乎击破这层薄薄的水波只是一念之间的问题了，但不想，在这关键的时刻，百无邪却突然收了手势，那团绿芒"扑哧"一下就消散在空气中。

第三层试功镜虽然几近破裂，但终究还是没破。

"唉！"众人发出一阵失望的叹息，这叹息之中当然也有不少弟子的庆幸和窃喜。

百无邪笑了笑，俯首道："掌门师尊在上，弟子百无邪功有不逮，只能破这凝神之境，有负掌门和各长老重托，实在惭愧！"

严明崇显然有些失望，但也有几分疑惑，他问道："你不再试试吗？"

百无邪十分干脆道："不必了，弟子已经尽力了！"

通天长老历来对长春宫的弟子有些歧视，此番自己门下弟子发挥欠佳，眼见百无邪差点儿抢了全场的风头，急忙道："既是如此，那请下位试功弟子上台！"

百无邪作了个揖，就转身跳下祭台，百无心和小茹刚要上前祝贺他，却不想百无邪冷冷道："我今日有些累了，我先回去休息下，诸位失陪了！"

说着，也不管众人自己就往长春宫走去。

"无邪他……没事吧。"小茹怯生生地问道。

"可能是最近练功练得太累了吧。"赵五郎脸色凝重道。

百无心却依旧沉浸在自己弟弟突破凝神之境的喜悦中，劝解道："他最近夜以继日地练功，真的是下了很多功夫，不然怎么能一下子进步这么多，让他先休息一会儿。"

葛云生见百无邪走远了，才拉了下赵五郎，低声道："五郎，我们过去看看！"

赵五郎瞬间明白了葛云生的意思，二人身子一闪便朝长春宫行去。

百无邪走得甚快，二人跟了一阵，却见百无邪身上的绿光更盛，整个人如同一尊翡翠雕像，而他腰上的灵根龙也盘旋而上，一副蠢蠢欲动的模样。

"不好，果然是青魇之力！"葛云生急忙一步跃出，破指一划，血珠化作一枚血印罩在百无邪身上，立即将他身上的绿光逼了回去，那灵根龙也立即缩了缩，盘旋在葫芦上似是有些害怕。

百无邪整个人一抖，眉眼之中戾气陡现，低吼道："臭道士，又来多管闲事！"

"你真是不死心啊！"葛云生又喝了一声，"封！"

血印光芒一涨，百无邪整个人完全跪倒在地，面容更加扭曲，看起来跟恶魔无异。

青魇整个光芒似乎都要将百无邪吞噬进去，它要透入百无邪的每一寸血肉，每一缕经脉，最终夺走百无邪的全部魂魄。

葛云生急声道："五郎，我的血咒只能封住他的六脉，用你的血来封他的另外两脉，把这青魇逼回去。"

赵五郎应了一声，也依照葛云生的姿态念化煞咒，阳血在空中化作一道血印，猛地拍中百无邪的后背，"封！"

一前一后两道血印缠绕渗透，终于将这团绿光直接逼了回去，百无邪惨叫一声就昏了过去。

"看来这青魇果然还活着。"身后传来一阵苍老的叹息声。

来人正是谷神医，神医对自己的徒弟最是了解，今日百无邪在试功大会上的表现太不寻常了，这事他如何能不发现端倪？

葛云生道："这青魇似乎已经和无邪还有灵根龙融成一体了，我们这驱邪道法只能一时镇住它，却不能彻底驱赶它。无邪这孩子恐怕……"

谷神医叹了口气道："或许这便是宿命，也怪我长春宫享尽了太多的清净，现在终于也要卷入这纷争之中了。"说着他化出自己的青鳙，这青鳙如今不过巴掌大小，威力显然大不如前了。

葛云生惊道："常春道人，这青鳙是你的本命灵物，你如今内力尽失，再这么做，恐怕挨不了一年了。"

谷神医笑道："老朽今年九十一岁，人生七十古来稀，我也算多享了二十余年的阳寿，也该到尽头了。"

赵五郎也劝道："前辈，这法子太过冒险，我们再想想其他办法吧。"

"你们不必劝我了！"他双指一弹，青鳙径直飞入百无邪的口中，他道，"无邪，青鳙入体，百邪不能侵你，百毒不能害你，纵然青魇难祛，但它也难以迷惑你的心志，只是日后修行，你更要多多修炼道心，千万莫忘记回春一脉的祖训。"

青光环绕着百无邪的身体，似乎形成了一个微微发亮的屏障，这屏障坚不可摧，不单是谷常春的毕生修为，更有着他最深的期望，这屏障早已超脱了回春道法的意义，只是不知道百无邪日后能不能领会其中的深意。

而此时，灵虚谷外的悬崖上又是另一番景象。

夜幕降临，黑色笼罩着整个大地，山顶上已经刮起阵阵寒风，齐云飞顶着烈风登上崖顶，不知道此刻他来山崖上做什么。

山崖的前方站着一名黑衣人，看穿着打扮正是阴阳墨客玄天明，他戴着诡异的阴阳面具，如同一团黑色的浓墨凝聚在狂风之中。纵使这山上的风再大，他的衣袂也不曾飞起一片。

"小子，你来了！"

玄天明的声音毫无感情色彩，说不上冷却始终拒人以千里之外，仿佛此刻站在这里的不过是一具傀儡。

齐云飞问道："你究竟是哪位前辈？为何会我御剑宗的剑法！"

玄天明哈哈笑道："御剑宗？我跟你一样早就不是御剑宗的门人了，御剑宗只属于王琼风，与我毫无瓜葛！"

齐云飞又问道："那你为什么三番四次要救我！"

玄天明依旧不冷不热道："我只救了你一次而已。"

"在长生殿中若非你破了墨魔的梦魇之术，我可没那么容易出来！其实你一直藏在长生殿内是不是？"齐云飞被关在铁笼中，墨魔的梦魇之境多次想要入侵腐化他，但都被另一股强劲的力道阻隔掉，这股奇异的力量就是玄天明的水墨之力，只是因为这水墨之力与墨魔的力量太像了，所以很多人没有发觉出来。

"若不是你，以我的修为早就死在梦魇之境中了。"

"小子，你果然够聪明，那几日我确实就一直没离开过长生殿！"玄天明的话语中终于透露出一丝赏识。

齐云飞再问："还是那句话，你为什么要救我！我不想平白无故受人恩惠！"

玄天明明知故问道："你真想知道？"

齐云飞道："不管你是正是邪，但你救过我几次，这等救命之恩当涌泉相报，还请告知在下。"

玄天明嘿嘿笑道："你倒是比王琼风更懂得知恩图报！不过想知道我是谁，得看你现在的修为如何了！配不配得上与我为伍！"他突然手指一凝，黑袍上的墨气如水墨一般凝聚，化出一柄黑森森的墨剑，直指齐云飞。

"我这剑名曰墨引，我的剑法皆是以这墨来引出，我看你能抵挡住我几层功力！"他话刚说完，双指一戳，墨剑"嗖"的一声就急转而至，玄天明道："这是我三层功力！这一剑名曰墨画乾坤！"浓墨漫天飞舞，好像无数的飞剑在齐云飞身边盘旋，所有的墨剑突然剑锋一转齐齐朝齐云飞刺了过来。

齐云飞未曾想这人说出手就出手，丝毫不给他准备的时间，赶紧御出乾坤九剑来抵挡，紫金烈焱辉耀而出，将整个山崖照得十分明亮。

齐云飞大喝一声："破！"烈焱化作一轮火光扩散而出，"轰"的一下就将玄天明的墨剑烧成墨气四处消散。

玄天明不怒反喜，道："倒是有些长进！那不如再看看我的五成功力，这一剑叫笔诛墨伐！以墨为刀剑，诛天下无道，伐世间无情！"

墨气再一聚，化作一柄长剑直插齐云飞而来，齐云飞急忙变换剑诀，这一把召的是幽黎神剑，卷动山崖上的碎石化作一柄石剑也朝这墨剑飞去，两剑在空中剧烈碰撞，直杀得碎石翻飞，墨色狂卷。玄天明一换剑诀，墨水直接顺着石缝钻了过来，在空中又化作一支长剑杀了过来。

齐云飞大惊，这墨剑神出鬼没，虚虚实实，着实叫人难以抵御。但此时的他早已不是当时被困阴阳塔中的齐云飞，眼见墨剑疯狂袭来，他反倒更加冷静，心中已经有了御敌之计。

第七十三章
剑宗往事

齐云飞双掌一合，念道："乾坤借法，癸水化剑，化！"

剑匣之上八卦急转，背后的水剑升腾而出，一股股水势围着墨剑快速转动。

玄天明哦了一声："你想以水溶墨？"

齐云飞也不说话，兀自驾驭水剑快速旋转，这癸水包裹住墨剑，竟然将这墨汁一点点地消融在其中，齐云飞道："你的墨看来要化作我的剑了！"

"癸水凝冰，斩！"

癸水剑直接将墨剑凝在其中，两剑化成一柄冰剑朝玄天明反向斩去，这一招溶墨化剑的招式用得当真是极妙，直接把玄天明的墨剑融化在自己水剑中，而后控制水势，一举变成自己的杀招。

玄天明哈哈笑道："当真是用剑的奇才！不过可惜了！"

他伸手"啪"的一声握住冰剑，冷笑一声道："可惜这剑法终究是要以内力修为为基石，你这剑虽然用得巧，力道却差了！"

冰剑直接碎裂成碎片，玄天明双指又一抖，这碎冰中的墨汁突然又爆裂而出，以迅雷疾风的速度朝齐云飞飞去。这次的速度快得肉眼已经不能看见了。

齐云飞有心抵御，却发现墨汁已如一阵黑雾吹了过来，一点浓墨点在了齐云飞的额头上，留下颇为难看的墨渍。

齐云飞伸手抹了一下自己额头的墨渍，垂然道："前辈剑法卓绝，云飞甘拜下风！"

玄天明收了墨剑，赞赏道："小子还算不错，我刚才已用了将近六成功力，想来你这修为已快突破返照之境了，是时候修炼雷霆双剑了。"

"雷霆双剑？前辈知道如何修炼雷霆双剑？"齐云飞惊喜道。

玄天明哈哈笑道："以剑御雷，本就是御剑宗的绝技之一，区区雷霆双剑有什么难的。"

齐云飞突然想起在遗落渊内，这玄天明曾以青锋剑驾驭夔兽的雷电二力反过来击杀夒兽，看来他确实有驾驭雷霆双剑的本事，这人究竟是谁，竟然能精通这么多武功和道法，当真深不可测。

齐云飞忍不住又问道："那不知前辈现在可否告知你的真实身份，这云机社的戏法师恐怕只是你遮人耳目的身份吧。"

"不错，云机社虽然神秘，但如何能制得住我，我入这云机社本就是另有所图。"

玄天明转头望了望山崖下的灵虚谷，今夜正是新年夜，万家灯火辉煌，纵然隔了这么远，依然能听到驭灵司内处处欢声笑语，端是喜庆热闹，但这些热闹似乎与这两人毫无关系。

他选择了这条路，就注定一生要隐姓埋名，只是若为了剑道的至高境界，这点儿孤寂又算得了什么？

玄天明问道："你师父没跟你提及过我吗？"

"谁？"齐云飞颇为惊讶道，难道这人自己认识？

"魏青虹！"

"你，你是魏师叔？"齐云飞大惊，"魏青虹"这三个字灵犀长老虽然提及的次数不多，但齐云飞却是印象深刻，在灵犀长老口中，他的师弟魏青虹是一个俊朗无双、性子刚烈、天资卓绝的风华剑客。

一个与王琼风都不相上下的绝世高手。

为什么？为什么他会变成如今这副人不人、鬼不鬼的样子？

这御剑宗内当年究竟发生了什么变故，让这师兄弟三人这般反目成仇，互相残杀。

玄天明见齐云飞脸色震惊，兀自嘿嘿嘿地笑了起来，他似是回忆起了往事，徐徐道："想当年，我跟陆子阳、王琼风三人一同拜入师门，我三人趣味相投，都爱饮酒舞剑，朝夕相处已是情同手足，子阳为大哥，琼风为二哥，那时候的日子多么潇洒快活，花间饮酒不知年，月下舞剑与鹤鸣，不过十年时间，我三人已在御剑宗内难遇敌手。平心而论，王琼风的天资是要高于我和子阳师兄，原本这也没什么，但王琼风一心追求剑道的最高境界，隐隐有走火入魔之势，我兄弟二人多番劝阻，不但没有遏制住他的念头，反而让他起了恨意。"

"御剑宗内的乾坤九剑是人人都想修炼的无上神兵，但是传闻修炼最后一剑灵剑非常艰难，不历经百劫千难绝不可能成功，王琼风他心气最高，一心想要练成乾坤九剑，但教派内历来只有掌门才能修炼这等神兵，王琼风担心我与陆师兄会成为他当掌门的阻碍，于是处处打压我们，加之当时他与掌教女儿阮惜初相恋，这女子百般教唆，致使我们三人的关系更加势如水火。

"终于是到了争夺掌门之位的时候，斗剑比试，王琼风技高一筹击败了陆师兄和我，登上了御剑宗掌门之位，但我师父临终前却破例将乾坤九剑传给了灵犀长老，王琼风嫉恨陆师兄手中有乾坤神剑，故意处处打压他，并将他囚禁在灵剑冢内，要他生生世世看管乾坤九剑，永远不能出冢，这等兄弟反目，着实叫人心悲！我亦心灰意冷，便离开了御剑宗，从此隐姓埋名不问御剑宗的门内之事。

"一年前，我偶然间听到秘闻，陆师兄被王琼风所杀，心中震惊，他王琼风已是一派至尊，天下的习武修道之人莫不尊他为第一高手，都到了这等境界还要贪图乾坤九剑的奥秘，痛下毒手，亲手杀了自己的师兄！陆师兄当年待我二人如父如兄，王琼风竟做这等灭绝人性之事，着实令人可恼！"

"我魏青虹不屑与此人为同门，更不怕他这天下第一的剑术，所以如今我改叫玄天明，玄为青黑，本是阴暗混沌，明为日月，却是光明磊落，黑夜总有天明之时，我必能守得云开见天明！"

齐云飞脸色微微颤抖，默然不语。

玄天明的话与灵犀长老临终前告诉自己的几乎一模一样，想来这就是当年的真相所在了。他王琼风，果然是个十足的伪君子！

齐云飞浑身绷得紧紧的，拳头都不自觉地握紧了几分。

玄天明突然转身逆着风问道："小子，想击败王琼风吗？"

齐云飞怔了一下，他做梦都想击败王琼风，但他心里也深知自己与王琼风的差距有多大，这是一条天堑一般的鸿沟，绝非勤学苦练就能跨越过去的。

但杀师之仇，不能不报。

他深知，能不能击败王琼风是修为上的差距，但想不想击败王琼风却是意志上的抉择！

这问题还需要用问吗？

齐云飞怒吼道："不是想！是必须击败他！"

玄天明道："很好！"

齐云飞星目之中似有火花在飞溅，他问道："所以，你想教我剑法吗？"

玄天明哈哈笑道："聪明！乾坤九剑，有能者得之，如今你的剑还不算是你的，跟着我，五年之内，让你驾驭飞廉神剑！"

飞廉二字乃是风神之名，乾坤九剑第八剑飞廉神剑，位列乾宫，掌风云之变，当不顺不逆，御剑如同风中之神，畅游天地，不可阻挡！这一剑，已是历代御剑宗掌门人修炼的极限了！

若能修得飞廉神剑，齐云飞才有资格挑战剑圣王琼风！

齐云飞只觉得浑身血液都在燃烧，五年，不过五年，就可以挑战王琼风！即便前方是无尽炼狱，是刀山火海，自己也要义无反顾前去修炼！

他双目之中精光熠熠，那是难掩的兴奋和激动，他坚定道："师叔在上，齐云飞愿追随左右！"

玄天明恢复冷傲的姿态，道："时间不多了，你现在就跟我走吧！要练得雷霆二剑，非得去一个地方不可。"

齐云飞应了一声。

这二人刚准备下山，忽然玄天明喝了一声："竟有人偷听！"

他右手一抖，飞出一团墨球，墨球在空中立即化作一柄墨剑，直取黑暗中的一道人影而去。

这来人修为也不低，清喝一声，一团白光如孔雀开屏般闪耀出来，竟将玄天明的墨剑挡了下来。

玄天明赞道："好厉害的小妮子！"

齐云飞惊道："怎么是你？你来这做什么？"

这来人正是百无心，百无心脸色有几分尴尬，磕磕巴巴道："我，我只是无聊四处转转，恰巧看到你们。"

玄天明一语道破这谎言："这谎话可不高明，恐怕是一路跟踪而来的吧。"

百无心立即脸色羞得通红，但她迅速平复了自己的情绪，冷眼看了一眼玄天明，道："云飞，这人一身邪法绝非正道人士，你不可以跟他走！"

齐云飞道："无心，他是我……"

玄天明立即喝止道："你管我是正是邪，怎么你驭灵司就代表天下正道了吗？严明崇背后做的坏事也不少吧！"

当日雷泽湖下，玄天明联合房长生破了严明崇的元神，百无心就对玄天明恨之入骨，今日又见这人出口污辱自己的师父，如何还忍得住，立即怒喝道："你不要血口喷人，一再污蔑我师父！"

玄天明哈哈笑道："污蔑？小妮子，是你自己知道得太少！"

百无心不管玄天明，一把上前拉住齐云飞，口中急声道："云飞，你不能跟他走，葛师叔也不会同意你跟这种人练剑的。"

齐云飞不知怎么回答她："我……"

玄天明冷笑道："真是不知羞耻的妮子，竟然这般不讲脸面吗？你道自己是他什么人？"他手中墨球一抖，层层墨气飞舞而出，当真比夜色还要浓黑。

第七十四章
仰望凌虚

墨气涌来，百无心赶忙招出玉阳雀，白鸟振翅飞舞，散发出炽烈的光芒，墨气竟然被阻隔在一丈开外不能侵入。

玄天明微微有些惊讶道："看来我低估了你的本事！"

他手指一弹，墨气化作无数剑锋飞舞而来。齐云飞深知百无心是绝对斗不过玄天明的，急忙阻止道："师叔，万万不可！她是我朋友！"

玄天明手中的墨剑攻势稍稍一缓。

百无心又出言相劝："云飞，你要想清楚！你跟了他，最终必堕入魔道！"

玄天明哈哈大笑道："什么是魔道？什么是正道？你分得清吗？再说他入不入魔道关你什么事，你真当他是你情郎吗？"

百无心咬了咬下嘴唇，道："我，我与他只是几面之交，但……"

"但你心生爱慕之情，舍不得看他出事是不是？但可惜，你根本不懂齐云飞最想要的是什么，你这儿女情长只会羁绊了他的手脚，不如趁早断了吧！"

百无心被玄天明一语道破，一时慌乱而不能自持，只能呆呆地看着齐云飞不知所措。她与齐云飞认识不过月余，但不知为何却对他尤为关注，他的一举一动、一颦一笑都教自己心如鹿撞，难道当日在遗落渊内少年出手相救时自己就已芳心暗许？难道这少女怀春之心自己也是逃避不过？想来自己再冷傲倔强也不过是一个初懂情事的女子，"无心"二字现在看起来也真是讽刺。

齐云飞此时也是心潮翻腾，他如何不知百无心是为自己着想，这情意他再是榆木疙瘩也能看得出来，其实平心而论，自己对百无心也有几分好感，甚至还有几分惺惺相惜之意，但如今他心意已决，这点微不足为道的男女私情如何能教自己却步不前？

齐云飞冷峻道："无心，我心意已决，你也不必再劝，但愿后会有期吧。"

百无心哑然道："云飞……"

齐云飞转身离去，头也不回道："师叔，我们赶快走吧！"

玄天明一抖袖子，墨剑化作阴阳法阵，将百无心控在其中，而后他笑道："无心却有心，有缘却无分，小妮子，你死了这条心吧！"

齐云飞跟着玄天明不辞而别，从此消失不见。

过了两日，葛云生等人伤势恢复得差不多了，准备启程离开灵虚谷，严明崇特地设宴为葛云生等人饯行，感谢他二人替天下正道除了房长生这大魔头。

葛云生笑道："其实你不用宴请我师徒二人，是房长生先要杀我们的，我们只是顺手把他打了一顿，再拆了他的长生殿而已，我葛云生已不是正道门人，严掌门地位这么尊崇，何必这般屈尊来宴请我们两个无名之辈，说出去可不太好听。"

上次在雷泽湖下，严明崇对葛云生出面阻止他收服雷兽的态度颇为轻视，结果自己反倒被房长生和玄天明击破了元神，此番葛云生咸鱼翻身，打败了房长生，以他的性子自然要好好揶揄一下严明崇，找回一点儿面子。

严明崇毕竟是一派之主，心胸气度还是不同常人，眼见葛云生当着众人的面挖苦自己，也只能哑然失笑道："你这老滑头性子还是一点儿没变，你三人此次对我灵虚谷有功，今日要走了，我如何能不亲自设宴饯行？"

葛云生道："这话说得还中听！不愧是驭灵圣君！"

严明崇笑道："什么驭灵圣君，不过都是虚名，驭灵司虽然位列正道四门之一，却也极少与其他门派来往，我等守在这滇南蛮荒之地，只因玉文祖师有祖训在此，重责在肩，时时都如履薄冰啊。"

葛云生笑道："若是各门各派都有你这想法，这天下早就不太平了！"严明崇原本对修行十分重视，败给王琼风后更是时常闭关苦修，这等勤奋显然可不仅仅是为了镇守西南要塞，葛云生这话也是有几分深意。

严明崇自是明白这些，他话锋一转道："葛师弟当真是符箓门百年难得一遇的好资质，如今新一届道坛诀即将到来，葛师弟上次没参加，这次可不是有机会了？符箓一门也该重振威名了！"

葛云生摇摇头道："我都已经是符箓门的叛徒，如何还敢去参加道坛决，这不是去自投罗网吗？不过你这话说对了一半，我符箓门确实也该重振威名了！"

"哦？"严明崇饶有兴致道，"倒不知是出了哪位厉害的弟子？可否说来听听。"

葛云生嘿嘿笑了起来道："这事你到时候自然就知道了。"

通天长老原本就瞧不起符箓道人，见葛云生还要故作神秘，忍不住冷笑道："据我所知，符箓门下除了李默然，可是从未听说还有其他什么高徒，这李默然虽然有几分厉害，但若说要靠他在道坛决上占据一席之地，恐怕是难之又难。"

法地长老也附和道："正是，当今天下四道最强盛的还是丹鼎和御剑二门，我驭灵司虽然弟子不如这两个门派多，但也有不少精锐门人，可算是紧随其后，只是符箓门，呵呵，我就不多评价了。"

葛云生虽然已被逐出符箓门，但平生最受不得外人说符箓门的不是，他毫不客气地将回一军道："也真是会给自己脸上贴金，你驭灵司上下除了严明崇，恐怕也没有几个拿得出手的，你们这次只怕又是陪太子读书，空跑一趟。"

通天、法地两位长老脸色一变，就要出言反讥，但想了半天也想不出怎么反驳，这驭灵司内如今也是弟子凋零，好不容易出了个百无心，却也在长生殿内被杀得颇有几分狼狈，而且这百无心性子冷傲又与自己不对味，他二人如何还好意思提"百无心"三个字。

严明崇见此摆了摆手，冷笑道："葛师弟一心为符箓门着想，当真叫人敬佩，不过这时间还有五年，鹿死谁手犹未可知，我驭灵司就静候符箓门的好消息，希望届时还请符箓门的弟子手下留情才是。"

几句言语不和，这气氛尤为尴尬。

但葛云生的性子历来如此，寡群而古怪，他饮了一杯酒水，站起来道："既是如此，严掌门的心意葛云生也心领了，时候不早，就此别过吧。"

严明崇和各长老也起身道："恕不远送！"

时值新年刚过，滇南一带已有几分回春之象，蓝天白云，草木新绿，四处温温润润，令人闻之欲醉。葛云生和赵五郎与众人拜别，小茹拉着赵五郎哭得梨花带雨，她很是不舍道："恐怕以后就再也看不到五郎哥哥了！"

百无邪似是完全不知道自己体内青魔的事，依旧笑嘻嘻道："小茹，你丢不丢人，五郎已经有心上人，你还整天这么瞎相思，趁早断了这念头，不如跟着我好了，让无邪哥哥来照顾你。"

小茹听了这话，立即就不哭了，问道："五郎哥哥的心上人是谁？我怎么没听五郎哥哥说过？"

赵五郎脸色有些尴尬道："百无邪，你又乱说什么！"

百无邪道："我可是听说了，你原来就有一个小媳妇，叫施小仙，不过听说嗓门可大了，像只母老虎！小茹你怕不怕母老虎？"

　　小茹两只眼睛泪花都还没干，就冲上前，拉住赵五郎道："五郎哥哥，这种女孩子可不能要，你觉得我不好吗？"

　　赵五郎完全不知所措："这……我……小茹你别这样。"

　　倒是葛云生一把拉过赵五郎，喝道："你这个多情种，到一个地方就留一点儿情根，齐云飞模样那么俊俏都没你这么多情，这个样子还怎么修炼大道！赶快给我走！"

　　小茹怨道："啊？五郎哥哥，原来你是这种人！"

　　赵五郎有口难辩道："我才不是这种人……师父，你一天不败坏我名声就不舒服是不是！"

　　葛云生叹道："我这不是要让小茹断了这念头嘛，再说你有什么好的，可别祸害人家小姑娘了，快走快走。"众人拉拉扯扯一阵，终于挥手告别。

　　小茹呜呜呜地又哭了起来，葛云生和赵五郎又挥了几下手，赶紧一溜烟儿出了灵虚谷。

　　走了一阵，终于出了大山，赵五郎道："师父，云飞又去哪里了？怎么这家伙每次都是神龙见首不见尾的，不会又出事了吧。"

　　葛云生似已知道什么事情，叹息道："以他现在的剑术，一般的高手都对付不了他，你倒不必担心。只是齐云飞与我们本来走的就不是一条路，他可能已经做出了自己的选择，只是希望他不忘道心才是。"

　　赵五郎"嗯"了一声，若有所悟。

　　他想到齐云飞的身上背负着血海深仇，对剑法的追求是如此的急迫，这与自己当然不一样，倘若有再相逢时，希望大家都能安好才是。

　　过了一阵，他又问道："师父，我有件事一直想问你，不知道该不该问。"

　　葛云生看了一眼赵五郎道："你是不是想问我梦中看到的事？"

　　"嘿嘿，果然什么事都瞒不过师父。"

　　葛云生停了下来，问道："五郎，你相不相信师父。"

　　赵五郎很坚定地点了点头，毫不犹豫道："我相信！"

　　葛云生笑了起来，显然他对这个答案很开心，他又问道："你就不怕我真是个魔头，要挖了你的心？"

　　赵五郎正色道："师父对我如何我怎么会不知道，就算有一天你真要挖我的心，我自然也会给你。"

葛云生急忙摇了摇头，道："五郎，你这么想就错了，你可知道人为什么要修道？"

"修道是为了除暴安良，除魔卫道！"

"对，但也不对，我们的心会生七情六欲，'情欲'二字最易被假象所惑，以至于乱了正邪，所以我们才要修道，修道便是辨是非，明真理，我若真做错了事，你也不该被师徒之情所控，而是要誓死捍卫你心中的道，明白吗？"

他怕赵五郎没听懂，又正色道："简而言之，我要吃你，你必须杀了我！"

赵五郎原本想点头，但随即立即摇头道："此事弟子不明白，弟子绝不会做欺师灭祖之事。"

"其实你明白的，你只是害怕。"葛云生摸了摸赵五郎的头道，"人都有做错事的时候，无论这事是不是出自你的本心，错了便是错了。我葛云生逃避了这么多年，却怎么也逃不过自己的心魔，我想如今也是该轮到我去赎罪的时候了。"

"师父你……"

"五郎，你想不想回符箓门？"

"想！"赵五郎的眼神中流露出无限期盼，毕竟他自称是符箓门的道人，但从未去过符箓门，也没拜过祖师爷，当真算不得入门，只是这期盼之后又立即多了几分担忧，"但师父回符箓门不怕那些道人找你麻烦？"

葛云生笑道："痛痛快快地赎罪总比窝窝囊囊地逃避好，我师父交给我的遗志，恐怕就要实现了。"

"你师父？那不就是我师爷？那是什么遗志啊？"赵五郎问道。

葛云生笑而不答，他只顾着一路哈哈大笑，似乎从来没这么开心过，二人的前方是无尽连绵的大山，千里之外，还有一座巍峨的青山，名曰凌虚峰。万象凌虚，那是所有道法开启和盛兴的地方，葛云生心里很坦然，他知道是时候带着赵五郎回凌虚峰了。